BASTEI LÜBBE
TASCHENBUCH

Weitere Titel der Autorin:

Zeit der Verheißung
Das Glück der Sonnenstunden
Ein Haus in Cornwall
Die Mühle am Fluss
Die Wärme eines Sommers
Wo die Liebe wohnt
Das Spiel der Wellen
Jene Jahre voller Träume
Der Tanz des Schmetterlings
Ein Geschenk der Freundschaft
Ein Paradies in Cornwall
Ein Hauch von Frühling
Der Ruf der Amsel
Julias Versprechen
Das verborgene Kind
Der Duft des Apfelgartens

Titel in der Regel auch als E-Book erhältlich

Über die Autorin:

Marcia Willett, in Somerset geboren, studierte und unterrichtete klassischen Tanz, bevor sie ihr Talent für das Schreiben entdeckte. Ihre Bücher erscheinen in 18 Ländern. Die Autorin lebt mit ihrem Ehemann in Devon, dem Schauplatz vieler ihrer Romane.
Besuchen Sie die Website der Autorin: www.marciawillett.co.uk

Marcia Willett

DAS PARADIES AM FLUSS

Roman

Aus dem Englischen von
Barbara Röhl

BASTEI LÜBBE
TASCHENBUCH

BASTEI LÜBBE TASCHENBUCH
Band 16895

1. Auflage: Oktober 2013

Dieser Titel ist auch als E-Book lieferbar

MIX
Papier aus verantwortungsvollen Quellen
FSC® C014496

Vollständige Taschenbuchausgabe

Deutsche Erstausgabe

Titel der englischen Originalausgabe: »The Sea Garden«
Originalverlag: Transworld Publishers, London

Titelillustration: © Plainpicture/Narratives; © Bengale the Hymenes, from ›Les Roses‹, 19th century Redoute, Pierre Joseph/Lindley Library, RHS, London, UK/The Bridgeman Art Library
© shutterstock/phloen
Umschlaggestaltung: Kirstin Osenau
Satz: Urban SatzKonzept, Düsseldorf
Gesetzt aus der Garamond
Druck und Verarbeitung: GGP Media GmbH, Pößneck
Printed in Germany
ISBN 978-3-404-16895-8

Für Regina Hartig

Prolog

Sommer

Reisen … Schon immer ist sie gern gereist. Sie steigt in den Zug, drängt sich an anderen Fahrgästen vorbei, sucht mit der Reservierung in der Hand nach ihrem Platz und verstaut ihren kleinen Koffer in der Gepäckablage. Das Paar mittleren Alters, das ihr gegenübersitzt, lächelt ihr zu, als sie sich an den beiden vorbei zum Fensterplatz schiebt. Sie erwidert das Lächeln, hofft aber, dass sie nicht mit ihr reden wollen – jedenfalls noch nicht gleich. Zuerst muss sie ein Gefühl für die Reise bekommen, auf den plötzlichen Ruck warten, mit dem der Zug sich in Bewegung setzt, und erleben, wie der Bahnhof und die ganze Stadt an ihr vorbeiziehen und zurückbleiben.

Während Jess zu den Menschen auf dem Bahnsteig hinaussieht, erinnert sie sich daran, wie sie als kleines Mädchen in ihrem Kindersitz auf der Rückbank des Wagens ans Meer gefahren ist oder wie sie, Jahre später, wenn sie vom Internat beurlaubt war oder Ferien hatte, abgeholt wurde und auf dem Beifahrersitz sitzen durfte. Für gewöhnlich fuhr Mum, weil Daddy mit seinem Regiment fort war. Diese kindliche Aufregung über die Aussicht auf eine Reise ist heute noch genauso frisch.

Vor dem Fenster verabschiedet sich ein Mädchen in den frühen Teenagerjahren von den Eltern. Das kleine, hübsche Gesicht zeigt eine Mischung aus Aufregung und Verletzlichkeit. Sie schützt eine Tapferkeit vor, von der sie selbst nicht ganz überzeugt ist. Ja, sagt sie ihnen, sie hat ihre Fahrkarte; ja, sie hat ihr Handy. Erneut setzt sie eine übertriebene Miene auf, die ergebene Geduld ausdrückt, aber ihre Eltern keinen Augenblick hinters Licht führt. Ihr Vater beugt sich zu ihr hinunter, um sie zu umarmen, und Jess sieht die Liebe und Besorgnis auf seinem Gesicht. Mit einem Mal erfüllt sie ein vertrautes Gefühl von tiefer Trauer.

Acht Jahre ist es jetzt her, seit ihr eigener Vater bei einem Einsatz in Bosnien gefallen ist, doch sie hat seinen Verlust nie verwunden. Immer noch vermisst sie diese besondere Art von Liebe und Sorge, die für ihre vom Glück begünstigten Freunde ein selbstverständlicher Teil des Lebens ist. Jess fehlen der Humor ihres Vaters, seine Gradlinigkeit, die tief empfundene Gewissheit, dass er auf ihrer Seite steht.

»Deine Mum ist so eine starke Frau«, sagten andere zu ihr. »So tapfer.« Und ja, Mum ist sowohl stark als auch tapfer. Aber als sie ein Jahr später ihren Liebhaber, einen Diplomaten, heiratete und nach Brüssel übersiedelte, wusste Jess, dass der erste Teil ihres Lebens abgeschlossen war. Ihre Kindheit war vorüber. Dann begannen die Jahre, in denen sie regelmäßig den Eurostar nach Brüssel nahm und ihre Ferien in der schicken Wohnung in der Nähe der EU-Gebäude verbrachte. Bis heute fühlt sie sich dort nicht einmal entfernt zu Hause. Ihre Mutter betätigt sich als Gastgeberin und beschäftigt sich mit internationaler Politik und neuen Freunden, einer völlig anderen Welt als die der Dienstwohnungen für verheiratete Offiziere bei der Armee.

Nach und nach hat Jess gelernt, dass sie ihren eigenen Weg gehen muss. Sie hat sich in der Schule angestrengt, um einen Studienplatz an der Universität Bristol zu bekommen und Botanik zu studieren, und neue Freundschaften geschlossen. Aber das sichere Fundament durch die Liebe ihres Vaters hat ihr gefehlt, das Gefühl, unterstützt zu werden, eine Familie zu haben.

Jetzt ist sie älter und begreift, dass heutzutage ein Teil ihrer Freude am Reisen darin besteht, dass sie auf diese Weise Entscheidungen aufschieben und sich frei von Zukunftsängsten fühlen kann. Während dieser Zeit kann sie das Leben auf Eis legen und nur im Augenblick existieren.

Endlich verlässt der Zug den Bahnhof Temple Meads und legt an Tempo zu, und Jess hält den Atem an. Ihre Vorfreude kehrt zurück. Sie hat das Gefühl, die bisher wichtigste Reise ihres Lebens anzutreten; sie verlässt die Universität und fährt nach London, einer noch unbekannten Zukunft entgegen.

Das Paar gegenüber packt schon Essen aus, Schachteln und Päckchen und Tupperdosen, als hätten die beiden Angst, zwischen Bristol und London zu verhungern. Jetzt, bei genauerem Hinsehen, erkennt Jess die Ähnlichkeit zwischen ihnen: Mit ihren dicken Wangen und den rundlichen, stämmigen Körpern erinnern die zwei sie an Tweedledee und Tweedledum, die Zwillinge aus *Alice im Wunderland*. Sie breiten ihr üppiges Mahl zwischen sich auf dem Tisch aus, und die Frau wirft Jess einen fragenden Blick zu, als überlegte sie, ihr etwas anzubieten.

Doch Jess ist viel zu aufgeregt, um Hunger zu verspüren. Am liebsten hätte sie alles herausgesprudelt.

Ich habe einen Preis gewonnen. Einen richtig bedeutenden. Den David-Porteous-Preis für botanische Malerei, der an junge Künstler verliehen wird. Und ich fahre nach London, um ihn entgegenzunehmen. Ist das nicht großartig?

Aber das sagt sie nicht, damit die anderen nicht denken, sie wolle angeben – oder sei ein wenig gestört. Stattdessen sieht sie aus dem Fenster und fragt sich, wie gut sie in ihren Botanikprüfungen abgeschnitten hat und was für eine Abschlussnote sie wohl bekommt. Der Preis – bei dem Gedanken zappelt sie unwillkürlich ein wenig auf ihrem Platz – ist mit einem Scheck über zehntausend Pfund verbunden.

Alle, sogar ihre Mutter und ihr Stiefvater, sind sehr beeindruckt. Jess selbst betrachtet das Geld als Chance. Es verschafft ihr Freiraum, die Möglichkeit festzustellen, ob sie jetzt vielleicht eine Laufbahn als Künstlerin einschlagen will, statt zu unterrichten, was sie ursprünglich vorhatte. Ihr Stiefvater ist allerdings immer noch der Meinung, sie solle sofort ihre Lehrerausbildung beginnen. »Malen kannst du in deiner Freizeit«, sagt er, als wäre die Malerei für sie nur ein Hobby, etwas, das sie nebenbei betreiben kann. Wenn sie versucht, ihm ihre Leidenschaft für die Malerei zu erklären, erinnert er sie daran, dass Anthony Trollope alle seine Bücher nach einem anstrengenden Arbeitstag im Büro geschrieben hat.

Ihr Stiefvater ist fantasielos und oberlehrerhaft, und sie möchte ihn am liebsten anschreien. Wenn sie aneinandergeraten, was sich häuft, seit Jess die Schule abgeschlossen hat, schaut ihre Mutter immer nervös, aber ziemlich streng drein, und Jess weiß, dass sie sich nicht auf ihre Seite schlagen wird.

»Ich finde, du solltest auf ihn hören, Jess«, sagt sie, irritiert über die Aussicht auf einen Streit und die Störung des sorgfältig aufrechterhaltenen Friedens in dieser äußerst kontrollierten Umgebung. »Er ist nicht dort hingelangt, wo er heute ist, ohne ...«

Und Jess hört ihm höflich zu, wobei sie sich unvermeidlich an diese Person in der Reggie-Perrin-Serie erinnert fühlt – »Habe ich recht, oder habe ich recht?« –, und handelt dann nach eigenem Gutdünken. In diesem Fall wird sie sich vielleicht eine Auszeit von einem Jahr nehmen, um auf dieser erstaunlichen Leistung aufzubauen.

Selbst der Anblick von Tweedledum und Tweedledee, die sich langsam und stetig Sandwiches, Kuchen und Schokoriegel einverleiben, verdirbt ihr die reine Freude dieses Augenblicks nicht. Ihre Gedanken schweifen nervös zu ihrem neuen Kleid in der Tasche, die in der Gepäckablage über ihrem Kopf steht – ist es angemessen für eine Verleihung? –, und dem Telefongespräch, das sie mit Kate Porteous geführt hat, David Porteous' Witwe. Kate hat freundlich und begeistert darüber geklungen, dass Jess den Preis gewonnen hat, und freut sich darauf, sie kennenzulernen. Jess ist dankbar für den Anruf.

»Treffen wir uns doch vor der Verleihung«, hat Kate vorgeschlagen. »Warum nicht? Oder nimmt Ihre Familie Sie zu sehr in Beschlag?«

»Nein«, antwortete Jess leicht verlegen. Sie hat keine Familienmitglieder, die sie unterstützen, ermutigen oder ihre Freude teilen könnten – weder Geschwister noch Cousins oder Cousinen. Und die einzige Großmutter, die sie noch hat, lebt in Australien. Und sie möchte sich nicht in Details über ihre Mum ergehen, die zu viel mit irgendeinem diplomatischen Empfang zu tun hat, um zur Verleihung über den Ärmelkanal zu kommen. »Aber zwei Freunde von der Uni nehmen an der Zeremonie teil.«

»Großartig. Hören Sie, ich gebe Ihnen meine Adresse. Davids Tochter hat sein Atelier behalten, und ich kann es benutzen, wenn ich in London bin. Ich war seine zweite Frau, verstehen Sie? Wann wollen Sie anreisen? Ich komme am Vortag aus Cornwall ...«

Sie haben sich noch ein wenig unterhalten und die Verabredung getroffen. Jess würde Kate in Davids Atelier treffen – seinem richtigen Atelier, in dem die meisten seiner Arbeiten entstanden sind –, und dann würden sie zum Abendessen ausgehen und sich über das Leben mit dem großen Künstler unterhalten. Das ist das Sahnehäubchen. Jess beißt sich auf die Lippen, damit sie aus purem Vergnügen über diese Aussichten nicht einfältig grinst.

Tweedledum und Tweedledee stillen jetzt ihren Durst mit

Sprudelgetränken aus der Dose. Sie sitzen dicht zusammengequetscht, schwitzen und rutschen unbehaglich auf dem Sitz herum. Jess lehnt sich in ihre Ecke zurück und sieht zu, wie die Landschaft vor dem Fenster vorbeigleitet. Die Reise hat begonnen.

Ungefähr zur selben Zeit sieht Kate, als ihr Zug das Bolitho-Viadukt überquert, in dem Feld darunter eine junge Frau und zwei kleine Jungen. Sie haben sich zu einer Reihe aufgestellt, starren nach oben und winken dem Zug heftig zu. Spontan beugt sie sich nach vorn und erwidert den Gruß. Die kleinen Jungen springen herum und wedeln mit beiden Händen; und sie hofft, dass die beiden sie gesehen haben, und verdoppelt ihre Bemühungen.

Als sie sich auf ihren Platz zurücksinken lässt, ist sie sich des skeptischen Blickes des Mannes gegenüber bewusst. Er zieht eine Zeitung aus seiner Aktentasche, und Kate fühlt sich erleichtert. Sie hat keine Lust, sich in ein Gespräch verwickeln zu lassen oder ihre Handlungen zu erklären. Stattdessen schweifen ihre Gedanken zurück in die Vergangenheit, zu Picknicks und Ausflügen, als ihre Zwillinge noch klein waren. Wanderungen durch Dartmoor, Nachmittage am Strand. Selbst in den Erinnerungen an die Zeit vor der Scheidung ist Mark selten mit von der Partie. Wahrscheinlich war sein U-Boot auf See und hat im Ausland Flagge gezeigt. Und dann, Jahre später, als Guy und Giles an der Universität waren, war da David gewesen, mit dem sie in ihrem Haus am Rand von Tavistock und in seinem Londoner Atelier fünfzehn glückliche Jahre verlebte. Sie lernte Künstler, Fotografen und Schauspieler kennen und genoss Vernissagen, Privatausstellungen und Atelierpartys; eine vollkommen andere Welt als die Marine und die Wohnquartiere für verheiratete Offiziere.

Und jetzt sind Guy und Giles verheiratet und haben selbst Kinder, David ist tot – und sie ist auf dem Weg nach London, um sich mit Jess Penhaligon zu treffen, die den nach David benannten Kunstpreis gewonnen hat.

»Sie sind nicht mit der Schauspielerin verwandt?«, hat Kate gefragt, der der Name bekannt vorkam; und Jess klang verwirrt und antwortete: Nein, soweit sie wisse, gebe es keine Schauspielerinnen in ihrer Familie.

Ziemlich traurig, denkt Kate, dass niemand aus Jess' Familie zur Verleihung kommt. Es war deutlich, dass sie nicht darüber reden wollte, doch als Kate erklärte, sie reise aus Cornwall an, sagte sie: »Cornwall? Daher stammt die Familie meines Vaters. Mein Großvater war bei der Marine. Leben Sie in Cornwall?«

Kate erklärte, sie habe nach Davids Tod das Haus in Tavistock verkauft und lebe seit drei Jahren zur Miete im Cottage eines Freundes an der Nordküste von Cornwall. Sie sprach darüber, wie es war, mit einem Künstler verheiratet zu sein, und wie schwierig es sei, von der Malerei zu leben, und Jess erklärte stolz, wenn auch ein wenig schüchtern, sie habe jetzt ein neues Ziel: die Anerkennung durch die Society of Botanical Artists.

Als der Zug sich schnell auf Plymouth zubewegt, lächelt Kate in sich hinein. Jess hat sich da ein hohes Ziel gesetzt, aber vielleicht erreicht sie es ja. Während der Mann gegenüber seine Zeitung umblättert und der Erfrischungswagen klappernd angefahren kommt, regt sich in Kates Hinterkopf etwas, das Jess gesagt hat, und will keine Ruhe geben. Aber was? Das Gefühl lässt nicht nach, während sie Kaffee bestellt und an das Cottage in Tavistock denkt, das sie kaufen möchte. Sie hat sich davon überzeugen lassen, in Immobilien zu investieren, solange die Preise niedrig sind, und weiß, dass es vernünftig ist. Doch sie ist sich nicht sicher, ob sie die Verantwortung übernehmen will, die es bedeutet, es zu vermieten, und kann sich nicht entscheiden, ob sie wieder nach Tavistock ziehen möchte. Sie lebt gern an der Nordküste, direkt am Meer, wo sie den Schriftsteller Bruno Trevannion zu Fuß besuchen kann – ihren Vermieter, Freund und Liebhaber.

Ihre Freundschaft mit Bruno war ihr in den letzten paar Jahren sehr wichtig, seit Davids Tod und seit Guy mit seiner kleinen Familie nach Kanada gezogen ist, um auf der Werft seines Vaters zu arbeiten. Guy und Gemma und ihre kleinen Söhne fehlen Kate, und sie macht sich Sorgen, die Beziehung zwischen den beiden – die schon bei ihrem Wegzug heikel war – könnte sich dadurch verschlechtert haben, dass Gemma so weit fort von zu Hause ist und nur zwei so verschlossene Männer zur Gesellschaft hat. Kates eigene Ehe ist an Marks mangelnder Wärme, seiner distanzierten Gleichgültigkeit und seiner scharfen Zunge gescheitert. Guy ist zwar kein Ebenbild seines Vaters, aber Kate sieht genug Gemeinsamkeiten zwischen den beiden, um zu fürchten, dass die Geschichte sich möglicherweise wiederholt.

Sie nippt an ihrem Kaffee und denkt erneut über Jess nach. Während der Zug langsam über die von Brunel errichtete Eisenbrücke rumpelt, sieht Kate nach unten auf den Hamoaze, wo kleine Segel hin- und herflitzen und die Fähre zwischen Torpoint und Devonport pendelt. Sie dreht sich in die andere Richtung und sieht jenseits der Straßenbrücke die vertraute imposante Fassade von Johnnie Trehearnes Herrenhaus aufragen, das am Ufer des Tamar liegt, und mit einem Mal stellt sie die Verbindung zwischen dem nagenden Gefühl im Hinterkopf und Jess Penhaligon her. Kate erinnert sich an Jess' Worte: »Die Familie meines Vaters stammt aus Cornwall. Sein Vater war bei der Marine.« Und sie fragt sich, ob Jess' Großeltern etwa Mike und Juliet Penhaligon sind. Vor vierzig Jahren war Mike auf einem U-Boot im Einsatz, genau wie Mark, und ein guter Freund der Trehearnes. Der alte Dickie Trehearne war damals Flaggoffizier, und die Partys in dem eleganten alten Haus am Ufer des Tamar waren legendär.

Alle jungen Kadetten kannten Al und Johnnie Trehearne. Seit Jahrhunderten waren die Trehearnes Seeleute, Händler und Kaufleute, und Dickie und seine Söhne hatten diese Tradition fortgesetzt, indem sie zur Königlichen Marine gegangen waren. Als er in den Adelsstand erhoben wurde, hatte Dickie eine wunderbare Party ausgerichtet, die sich aus dem Haus bis in den Seegarten ausgebreitet und bis in die frühen Morgenstunden gedauert hatte. Bei der Erinnerung seufzt Kate. Was für ein Abend! Als sie sich nach vorn beugt, um noch einen Blick auf das Haus zu erhaschen, sieht sie die Schatten aus ihrer Vergangenheit: junge Offiziere in Uniform, Mädchen in langen Kleidern. Sie spürt den scharfen, durchdringenden Schmerz der Nostalgie. Namen hallen wider wie bei einem Appell, und sie murmelt sie halblaut vor sich hin: »Al und Johnnie Trehearne, Mike Penhaligon, Freddy Grenvile …«

An dem Samstag, an dem vor all den Jahren die Party stattfinden sollte, war sie mit derselben Eisenbahnlinie wie heute von Penzance hinauf nach Plymouth gefahren. Kate weiß noch, wie sie sich gefühlt hat, wie unbehaglich. Sie hatte gezögert, die Einladung anzunehmen.

»Jetzt fang nicht an, hin und her zu überlegen!«, hatte Cass sie gewarnt. »Ich weiß, dass Mark nicht eingeladen ist, aber das liegt daran, dass er nicht zum engeren Kreis der Trehearnes gehört. Ja und? Noch bist du nicht mit ihm verlobt. Meine Güte, du kennst ihn erst seit ein paar Wochen. Komm und amüsiere dich! Sie können immer zusätzliche Tanzpartnerinnen gebrauchen, und es ist eine richtig große Party. Dickie

Trehearne ist frisch zum Flaggoffizier ernannt und geadelt worden, und er hat jede Menge junge Offiziere eingeladen. Du wirst Johnnie Trehearne anbeten. Du bist ihm schon beim Sommerball begegnet, weißt du noch? Tom und ich gehen jedenfalls hin, und ich weiß, dass es dir da unten am Tamar wunderbar gefallen wird.«

Die schöne, blonde, freche Cass war ihre beste Freundin. Fünf gemeinsame Internatsjahre an der Nordküste von Somerset hatten ein starkes Band zwischen den beiden geschmiedet, und die Mädchen waren fest entschlossen, ihre Freundschaft auch nach der Schule fortzusetzen. Und jetzt hatte Cass einen jungen Marineoffizier, Tom Wivenhoe, kennengelernt und war dabei, sich in ihn zu verlieben. Und sie war entschlossen, Kate ebenfalls in die Kreise der Marine einzuführen. Cass hatte sie es zu verdanken, dass sie vor ein paar Wochen zum Sommerball der Marineakademie in Dartmouth eingeladen worden war – genau wie jetzt die Einladung zur Party bei den Trehearnes.

Während sie damals im Sommer von St. Just herfuhr, fragte sich Kate, ob Cass bereits bedauerte, sie Mark vorgestellt zu haben. Tom und Mark waren zusammen an der Königlichen Marineakademie, und beide hatten den Ehrgeiz, später auf einem U-Boot zu dienen, waren jedoch nicht besonders eng befreundet. Mark war reserviert, ruhig und hatte etwas von einem Einzelgänger; Tom dagegen war extrovertiert, laut und gern unter Menschen. Es war reines Glück für Kate gewesen, dass Marks vorgesehene Begleiterin sich den Knöchel verstaucht hatte. Darauf hatte Tom – angestiftet von Cass – Mark eröffnet, Cass habe eine sehr hübsche Freundin, die gern kurzfristig für das arme Mädchen einspringen würde.

Die Königliche Marineakademie, die hoch über dem Fluss lag, die Ballkleider, die Uniformen, die Royal Marines' Band, die bei Sonnenuntergang auf dem Quarterdeck spielte ... Der

Sommerball war das romantischste, aufregendste Fest, das Kate je besucht hatte; sie hätte sich nichts Herrlicheres vorstellen können. Sie hatte sich auf der Stelle verliebt: in Dartmouth, den Fluss, die Marine – und in den hochgewachsenen, gut aussehenden Mark, der all diese Wunder zu verkörpern schien.

Vielleicht hatte Cass ja recht, dachte Kate. Sie und Mark hatten Telefonnummern und Adressen ausgetauscht und wollten sich treffen, aber sie war immer noch frei, auf eine Party zu gehen. Sie war ihm gegenüber in keiner Weise verpflichtet, und es wäre verrückt gewesen, eine solche Gelegenheit auszulassen. Vielleicht würde es Mark sogar beeindrucken, dass sie zur Party eines so beliebten vorgesetzten Offiziers eingeladen war. Nein, sie gab Cass nun recht: Sie würde Spaß haben, und wenn sie nicht hinging, würde sie es bereuen.

Doch als sie aus dem Zug ausstieg, wobei sie hoffte, dass ihr Etuikleid nicht allzu zerknittert war, und ihr Köfferchen festhielt, überfiel die Nervosität sie erneut. Sie würde niemanden kennen außer Cass – und Tom, aber ihn hatte sie bisher nur flüchtig kennengelernt –, und sie würde hoffnungslos überfordert sein. Kate wünschte, sie wäre nicht gekommen, und überlegte sogar, wieder in den sicheren Zug zu steigen, doch dann tauchten aus dem Getümmel der Feriengäste auf dem Bahnsteig zwei junge Männer auf.

»Kate«, rief einer von ihnen, ein blonder, ziemlich stämmiger junger Mann mit einem warmherzigen Lächeln. »Sie sind Kate, nicht wahr? Wir sind uns auf dem Sommerball begegnet. Johnnie Trehearne.« Sofort erinnerte sie sich an ihn und nahm mit großer Erleichterung seine ausgestreckte Hand. »Und das ist mein Cousin Fred Grenvile.« Er wandte sich seinem Begleiter zu, der größer als er war. »Du hast gesagt, du hättest Kate auf dem Ball kennengelernt, Fred.«

»Sie waren in Begleitung von Mark Webster.« Fred schüttelte ihr seinerseits die Hand und schenkte ihr ein anerkennendes Grinsen. »Wir waren uns alle einig, dass er Sie nicht verdient.«

Sie lachte und fühlte sich mit einem Mal herrlich zuversichtlich. Er nahm ihre Tasche, und sie gingen alle auf den Bahnhofsparkplatz hinaus, wo ein Hillman Imp wartete.

»Der Wagen meiner Mutter«, erklärte Johnnie ziemlich bedauernd und tätschelte zärtlich die auf der Beifahrerseite eingebeulte Stoßstange. »Aber sie geht sehr großzügig damit um. Al hat ihn letzte Woche eingedellt, und ich muss sagen, dass sie es äußerst gelassen hingenommen hat. Doch andererseits kann Al bei ihr auch nichts verkehrt machen. Haben Sie meinen großen Bruder Al schon kennengelernt?«

Er hielt ihr die Beifahrertür auf, und Kate stieg ein, setzte sich auf den von der Sonne erwärmten Sitz und überlegte, ob sie Al kannte. Es waren so viele junge Männer auf dem Ball gewesen, die in ihren Uniformen alle gleich ausgesehen und Vitalität und Selbstbewusstsein ausgestrahlt hatten.

»Wenn nicht, macht es auch nichts«, meinte Fred, kletterte hinter ihr in den Wagen und beugte sich nach vorn. »Können Sie in einer Minute nachholen. Er wollte Sie abholen, aber wir haben eine Münze geworfen, und Johnnie und ich haben gewonnen.«

Instinktiv wusste Kate, dass das nicht stimmte und die beiden jungen Burschen abkommandiert worden waren, um einen ziemlich unbedeutenden Gast am Bahnhof in Empfang zu nehmen, doch Freds Höflichkeit wärmte ihr das Herz.

»Ich freue mich darauf«, erklärte sie. »Ich erinnere mich an Sie und Johnnie, aber nicht an Al.«

»Aha«, schrie Fred triumphierend und schlug Johnnie auf die Schulter. »Eins zu null für uns, Johnnie, mein Junge! Sie erinnert sich an uns, jedoch nicht an Al! Das war noch nie da.

Kate, Sie müssen ihm das unbedingt sagen, wenn Sie ihn treffen. Das machen Sie doch, oder? Ich kann es kaum abwarten, seine Miene zu sehen.«

Kate warf Johnnie, der vom Parkplatz fuhr, einen Blick zu und sah, dass er ebenfalls lächelte, und sie fühlte sich von einer irrationalen und überwältigenden Zuneigung zu diesen beiden jungen Männern, Johnnie und Fred, erfüllt.

Der Zug rattert von der Brücke hinunter, und Kate lehnt sich zögernd zurück. Der Mann gegenüber beobachtet sie ziemlich nervös. Nun hebt er die Zeitung ein wenig höher und schirmt sich ab, und Kate ist ihren Erinnerungen überlassen, den Geistern ihrer Jugend und dieser ersten Party im Haus der Trehearnes am Tamar.

Als die Vierzig-Fuß-Jolle *Alice* durch das bewegte Wasser auf die beiden Brücken zusegelt, schaut Sophie, die im Cockpit sitzt, auf und sieht zu, wie der Zug von der Brücke rattert. Zwei Kinder stehen an einem Waggonfenster und winken, und Sophie winkt instinktiv zurück. Johnnie Trehearne, der am Steuerruder steht, lächelt.

»Freunde von dir?«, fragt er müßig.

Sie lacht. »Weißt du nicht mehr, wie du das als Kind gemacht hast? Zügen und Lastwagenfahrern und vorbeifahrenden Autos zuzuwinken? Es war immer so toll, wenn jemand zurückgewinkt hat.«

»Wenn du es sagst«, meint er freundlich.

Sie fahren mit Motorantrieb flussaufwärts, weichen einer kleinen Gruppe um die Wette segelnder Laser-Dingis und ein paar Sonntagsseglern aus, die mit ihren Booten nur am Wochenende oder in den Ferien hinausfahren, und Johnnie spürt die Zufriedenheit, die er auf dem Fluss oder auf dem Meer immer empfindet. In dem Moment, in dem der Anker hochgezogen wird, die Taue fallen und die Entfernung zwischen Boot und Anlegestelle sich vergrößert, ist er am glücklichsten. Vielleicht liegt es daran, dass er in seinen jungen Jahren im Schatten seines älteren Bruders gestanden hat – des mondänen, brillanten Al –, und das Dingi-Fahren war damals seine ganz persönliche Art, sich unabhängig zu fühlen und stolz auf seine Fähigkeiten zu sein. Als Kind hatten seine Alleinfahrten im Dingi, bei denen er über das Wasser geglitten war und sein Geschick an Wind und Flut gemessen hatte, sein Selbstvertrauen und seine Zuversicht auf eine Weise gestärkt, wie es in Als Nähe nicht möglich gewesen war.

Als sie heute mit Motorkraft der Flut entgegenfahren, trägt auch Sophies Anwesenheit zu Johnnies Zufriedenheit bei. Sie ist Haushälterin, Gärtnerin, Faktotum, Gefährtin und Verbündete. Sophie, eine enge Freundin seiner jüngeren Tochter, lebt bei ihnen, seit die beiden Mädchen das Studium an der Universität abgeschlossen haben; und jetzt, zwanzig Jahre später, ist sie ihm so lieb wie jedes andere Mitglied seiner Familie.

»Eine von Johnnies Versagern.« So hatte seine Mutter sie in diesen frühen Jahren genannt, als er darauf bestanden hatte, Sophie für ihre viele Arbeit ein Gehalt zu zahlen. Doch Johnnie weiß, wie viel sie Sophie verdanken, die sie mit dem ihr eigenen unkonventionellen gesunden Menschenverstand und ihrer liebevollen Fröhlichkeit durch Todesfälle und Geburten, alltägliche Freuden und Verletzungen begleitet hat. Sie ist damals zu ihnen gekommen, um sich von einer Abtreibung und einer gescheiterten Beziehung zu erholen, und einfach geblieben. Eine schöne Beigabe ist es, dass sie gern und gut segelt.

Nach dem Tod seiner lieben Meg und nachdem die Mädchen mit ihren Familien ins Ausland gezogen sind – Louisa nach Genf und Sarah nach Deutschland –, hätte er sich ohne Sophie sehr einsam gefühlt.

Johnnie vermutet, dass nicht einmal Sophie ermessen kann, wie sehr ihm die Mädchen und ihre Kinder fehlen. Er weiß, dass er Glück hat, weil sie ihn regelmäßig besuchen, um in sein Haus einzufallen, seine Boote zu segeln und im Seegarten Partys zu feiern. Aber ihm ist auch klar, dass ihre Bereitschaft, aus Genf und Deutschland anzureisen, teilweise darauf beruht, dass Sophie hier ist und plant, organisiert und ihren Aufenthalt angenehm und mühelos gestaltet. Häufig bringen sie noch Freunde und deren Kinder mit, und sie feiern weiterhin hier am Tamar gemeinsam Geburtstage und Weihnachten. Die Kehle wird ihm ein wenig eng, als er an seine süße, liebevolle Meg denkt und daran, wie viel sie verpasst hat und wie glücklich ihre hübschen, klugen Töchter und ihre ungestümen, lebenslustigen Enkelkinder sie gemacht hätten.

Die Flut kommt herein und trägt sie das breite Flussbett hinauf, wo die Möwen jetzt ihre Futterplätze verlassen und das gelbbraune Watt sich mit ineinander verwobenen und sich überkreuzenden blauen Rinnsalen füllt, als das Wasser sich in tiefe, schlammige Kanäle ergießt.

Sophie sieht auf die Uhr. »Wir sind rechtzeitig zum Mittagessen da«, erklärt sie. »Das wird Rowena freuen.« Die beiden wechseln einen kurzen, amüsierten Blick, der die Tyrannei der älteren Generation kommentiert.

Johnnies Mutter – Rowena, Lady T. oder das Granny-Monster, je nachdem, wer spricht – lebt weiter bei ihm. Sie ist kränklich, dominierend, undankbar, aber immer noch jemand, an dem man nicht vorbeikommt. Doch er liebt sie, soweit sie das Zeigen von Gefühlen zulässt, so wie sein Vater vor ihm.

Das Haus mit seinen klaren, eleganten Linien ist jetzt deutlich zu erkennen. Es liegt zwischen Wiesen und Buschwerk, die zum Seegarten und zum Fluss hin sanft abfallen. Der Seegarten, den einer von Johnnies Vorfahren angelegt hat, ruht auf den Fundamenten eines Anlegers. Der Rasen, der von Lavendelhecken und einer Steinbalustrade auf der Seeseite eingerahmt wird, erstreckt sich bis in den Fluss hinein. Eine imposante Galionsfigur, eine Circe von einem alten Segelschiff, wacht darüber und schaut flussabwärts aufs Meer hinaus.

Zwischen der Circe und *The Spaniards*, dem Pub in Cargreen auf dem Westufer des Tamar, erstreckt sich eine unsichtbare Linie. Sie war die Ziellinie zahlreicher Rennen seiner Kindheit: Al und Mike auf der Heron und Fred und er auf der *The Sieve* – dem »Sieb«. Mit einem Mal erinnert Johnnie sich an den besonders herrlichen Tag, als Fred und er zum ersten und letzten Mal vor der Heron ins Ziel kamen, und für kurze Zeit ist er wieder ein Junge und lacht mit Fred, während sie die *Sieve* ins Bootshaus rudern.

Eigentlich hat Al der *Sieve* den Namen gegeben. Fred hatte das Boot – eine alte National 12, die vernachlässigt hinter einem Schuppen in Cargreen lag – entdeckt, während er im Garten half, um sich ein zusätzliches Taschengeld zu verdienen. Ihr Besitzer war 1942 in den Krieg gezogen und nicht zurückgekehrt, und seine Witwe war nur zu froh, Fred das Boot umsonst zu überlassen. Er beriet sich mit Johnnie, der seinen Vater um die Erlaubnis bat, die National 12 in ihr Bootshaus bringen zu dürfen, damit Fred und er sie reparieren konnten.

Ganz offensichtlich freute sich sein Vater über den Unternehmungsgeist der beiden. Er kutschierte sie nach Cargreen, lud das Boot auf seinen Anhänger, fuhr es zurück und brachte es ins Bootshaus. Sie brauchten über ein Jahr für die Reparatur. Die Jungen verdienten sich Geld, wo sie konnten, legten jeden Penny zur Seite, kauften das Holz und die anderen Dinge, die sie brauchten, und verbrachten ihre ganze Freizeit mit der Arbeit an ihrem Boot. Sie liebten es und probierten während der Arbeit daran Namen aus. Aber nichts schien so richtig zu passen.

»Säbelschnäbler?«

»Langweilig.«

»Königin des Tamar?«

»Angeberisch.«

»Als Verderben?«

»Du machst wohl Witze.«

Nachdem sie ein paar Stunden im Bootshaus gearbeitet hatten, gingen sie eines Nachmittags zur Teezeit zum Seegarten hinauf. Al und Mike waren dort.

»Wir lassen es morgen zu Wasser«, rief Johnnie aus. »Jetzt können wir es jederzeit mit euch aufnehmen.«

Sein Vater schlenderte ihnen mit einer Teetasse in der Hand entgegen und lächelte ihnen zu. »Gute Arbeit«, erklärte er beifällig. »Wir werden es richtig machen, und Mutter soll eine Flasche Champagner am Bug zerschlagen, wie es sich gehört.«

Johnnie strahlte ihn an. Er war begeistert über die Aussicht auf eine offizielle Schiffstaufe als Würdigung der harten Arbeit, die Fred und er in das Boot gesteckt hatten. Er wusste, dass sein Vater nicht ganz damit einverstanden war, wie Al die Heron monopolisierte, nämlich derart, dass er niemand anderen ans Ruder ließ. Aber dieses Gefühl war etwas, das zwischen ihnen schwang, ohne dass es ausgesprochen oder offen zum Ausdruck gebracht wurde. Und doch bezog Johnnie Trost daraus.

»Und nach dem Stapellauf unternehmen wir Probefahrten«,

erklärte Fred, der seiner Aufregung nicht Herr wurde. »Nur zur Überprüfung.«

»Dann vergesst nicht, die Küstenwache in Bereitschaft zu versetzen.« Als Stimme klang amüsiert, aber noch nicht höhnisch. Er rekelte sich im Gras neben seiner Mutter und vertraute darauf, dass sie ihm beipflichtete, und sie quittierte seine Bemerkung mit einem Lächeln. Mike lehnte grinsend an der Balustrade. »Ein paar Witzfiguren«, fuhr Al in verächtlicherem Ton fort, denn er fühlte sich ermuntert, weil seine Mutter seine Partei ergriff, »die in einem Sieb aufs Meer fahren.«

Und der Name war hängen geblieben.

»Wie oft ist die *Sieve* schon gekentert, Freddie? Gehört sie da nicht ins *Guinnessbuch der Rekorde?*«

So hänselten und verspotteten Al und Mike die beiden Jüngeren und gewannen weiter ihre Rennen. Für gewöhnlich lag das daran, dass sie konzentrierter und entschlossener waren – sie machten sich sogar untereinander Konkurrenz –, während Johnnie und Fred damit zufrieden waren, einfach nur Spaß zu haben.

Und dann, an einem besonders denkwürdigen Nachmittag, schlug die *Sieve* die Heron. Sie segelte binnenbords um die windseitige Boje, kreuzte die unsichtbare Linie zwischen der Circe und *The Spaniards*, und hielt auf das Bootshaus zu. Mit herabgelassenen Segeln ruderten sie sie durch das große Tor hinein, spulten fröhlich jeden Moment des Rennens noch einmal ab und tauschten ihre Erlebnisse aus.

Zuerst waren sie so beschäftigt damit, das Großsegel einzuholen, dass sie die finsteren Mienen von Al und Mike, die die Heron hinter ihnen ins Bootshaus ruderten, gar nicht bemerkten. Die beiden zeigten keineswegs die noble Hinnahme einer Niederlage, die sie von Johnnie und Fred erwarteten – ja sogar verlangten. Al knurrte Mike an, der zurückfauchte; sie machten einander Vorwürfe, und ihre Schuldzuweisungen waren so erbittert, dass sie den anderen die Freude an ihrem Erfolg fast verdarben. Beinahe, aber nicht ganz. Johnnie und Fred frohlockten im Stillen weiter und kosteten die ersten süßen Früchte des Triumphs. Doch Johnnie ging bei dieser Gelegenheit auf, dass die Freundschaft zwischen Al und Mike nicht so tief reichte wie das Band zwischen Fred und ihm. Vielleicht hörte er in diesem Moment auf, seinen älteren Bruder zu beneiden.

Als Johnnie sich jetzt daran erinnert, sieht er die ersten Anzeichen der gefährlich tief reichenden Rivalität zwischen Al und Mike, die für gewöhnlich durch ihre vermeintlich enge Freundschaft verschleiert wurde. Hier wurde die Saat gelegt, die Jahre später so katastrophal aufging, als Mike die schöne Juliet, die Al begehrte, für sich gewann. Johnnie erinnert sich daran, wie sie zu viert – Fred und er, Al und Mike – von einem anderen Rennen nach Hause segelten; die erhobenen Stimmen, das plötzliche Halsen des Bootes und dann Mikes panischen Schrei: »Mann über Bord!«, und wie Fred und er, Johnnie, unten aus ihren Kojen geklettert waren. Sie suchten die ganze Nacht, aber Als Leiche wurde nie geborgen.

Johnnie lässt die Maschine langsamer laufen, umkreist die Boje und grüßt wie immer die Circe, und Sophie geht nach vorn, um das Boot zu vertäuen. Sie sind zu Hause.

Tavistock

Herbst

»In letzter Zeit sehe ich Geister«, erklärt Kate, lässt den Claret in ihrem Glas kreisen und stellt es dann auf den Tisch. »Oben im Moor. Unten in der Stadt. Weißt du, was ich meine?« Sie wirft ihm einen Blick zu. »Nein, natürlich nicht. Dazu bist du zu jung.«

Oliver hat die langen Beine unter dem Küchentisch ausgestreckt. Eine Hand steckt in der Tasche seiner Jeans, und in der anderen hält er sein Glas. »Die Geister der vergangenen Weihnachten?«, meint er. »Oder vielleicht die der kommenden Weihnacht?«

Rasch schüttelt sie den Kopf und zieht eine Grimasse. »Ganz bestimmt nicht die Geister der kommenden Weihnachten. Du weißt, dass Cass mich zu euch eingeladen hat?«

»Du nimmst doch an, oder? Lass dich von diesem Scheidungsgerede bloß nicht herunterziehen! Du benimmst dich, als wärst du schuld daran. Guy und Gemma sind erwachsene Menschen.«

»Ach, komm schon, Oliver!«, versetzt sie ungeduldig. »Du weißt genau, dass das so einfach nicht ist. Cass und ich sind schon den größten Teil unseres Lebens eng befreundet, seit unserer Kindheit. Guy ist mein Sohn und Gemma ihre Tochter. Wie sollen wir zwei denn so tun, als ginge es uns nichts an, wenn die beiden sich scheiden lassen? Tief im Inneren gibt Cass Guy die Schuld ...«

Die Retriever-Hündin, die neben dem Herd liegt, hebt den Kopf und sieht die beiden aufmerksam an. Dann legt sie sich zu ihren Füßen unter den Tisch. Warmer, frühherbstlicher Sonnenschein fällt plötzlich durch die hohen Fenster ein und strömt über den Tisch; es glitzert auf Kates Handy, zwei leeren Kaffeebechern und der Flasche Château Brisson.

»Und du«, sagt Oliver in das Schweigen hinein, »gibst insgeheim Gemma die Schuld.«

»Nein«, entgegnet sie schnell. »Na schön, ja. Irgendwie schon. Ach, zum Teufel!«

»Ich kenne meine kleine Schwester sehr gut«, erinnert er sie. »Ich weiß, warum Guy darauf bestanden hat, nach Kanada zu ziehen und Gemmas lästigen Exlover hierzulassen.«

Sie schaut ihn voller Zuneigung an. Von Cass' Kindern hat sie Oliver schon immer am liebsten gemocht. Hinter ihm sieht sie eine ganze Abfolge von Olivers: das bezaubernde, aber auch raffinierte Krabbelkind mit dem blonden Haarschopf; den immer zu Streichen aufgelegten, schlagfertigen Schuljungen, der in den Ferien nach Hause kam und seine jüngeren Geschwister ärgerte; den hochgewachsenen, eleganten Cambridge-Absolventen, der sich ausgezeichnet darauf verstand, seinen Vater auf die Palme zu bringen.

»Und was Ma angeht, hat die Sache auch Vorteile«, setzt er leise hinzu. Die Geister dicht hinter sich bemerkt er nicht. »Gemma und die Zwillinge fehlen ihr. Dass sie so weit weg wohnen, hat ihr gar nicht gefallen. Jetzt kommt Gemma nach Hause und bringt die Zwillinge mit.«

»Aber ... Scheidung. Und was ist mit Guy?«

»Ach ja.« Oliver zuckte mit den Schultern. »Ganz unter uns, Kate, ich glaube nicht, dass Ma sich allzu große Sorgen um Guy macht.«

»Also, ich sorge mich schon«, gibt sie empört zurück. »Er ist schließlich mein Sohn. Ich möchte, dass er glücklich ist.«

Er wirft ihr einen scharfen Blick zu. »Und, ist er glücklich?

Ich kenne Guy schon mein Leben lang, und er kommt mir nicht vor wie jemand, der zum Glücklichsein geschaffen ist. Kurze fröhliche Augenblicke hier und da. Ab und zu ein momentanes Hochgefühl, meistens nach einem oder zwei Drinks. Aber glaubst du wirklich, dass Guy jemand ist, der ganz durchschnittlich, normal und tagtäglich glücklich sein kann?«

Sie starrt ihn an, denn seine Bemerkung rührt an eine persönliche, tief in ihrem Herzen verborgene Furcht. »Was meinst du?«

»Du weißt genau, was ich meine.«

Zögernd, betrübt nickt sie. »Doch das ändert nichts daran, dass ich es mir für ihn wünsche.«

Er sieht sie mitfühlend an, aber bevor er etwas sagen kann, öffnet sich die Küchentür, und Cass und Tom stürzen, mit Tüten und Paketen beladen, herein, reden durcheinander und erschrecken den schlafenden Hund zu Kates Füßen.

Kate springt auf, um Cass zu umarmen und sich von Tom küssen zu lassen. Doch selbst hier sind die Geister anwesend. Hinter Toms Schulter schaut ein junger, raubeiniger U-Boot-Kapitän hervor. Seine braunen Augen blitzen, und eines davon zwinkert hinter Cass' Rücken beifällig. Cass' Geist ist schlank und sexy, bindet sich das lange blonde Haar hoch und beugt sich dann zu Kate herüber, um ihr eine anzügliche Bemerkung ins Ohr zu flüstern.

Oliver sieht die Geister nicht. Er bringt sein Glas vor den umkippenden Einkaufstüten in Sicherheit, beruhigt den Hund und lächelt seinen Eltern gelassen zu. »Wieso habt ihr so lange gebraucht?«, fragt er munter und strahlt seinen Vater an. »Hast du dich heute Vormittag dem Kaufrausch hingegeben, Pa? Hast du daran gedacht, eine Zeitung zu kaufen?«

»Hör bloß auf!«, meint Cass warnend. »Schenk uns lieber etwas zu trinken ein! Tut mir leid, dass wir so spät kommen,

Liebes.« Sie umarmt Kate noch einmal kurz. »Du weißt ja, was freitags immer los ist. In Tavistock war es brechend voll. Es gibt sofort Essen.«

»Einkäufe«, sagt Tom, zieht sich einen Stuhl heran und setzt sich. »Ich hasse Einkäufe.« Er betrachtet die halb leere Weinflasche. »Die hatte ich eigentlich fürs Abendessen vorgesehen.«

»Kate hat er geschmeckt.« Olivers Stimme klingt leicht vorwurfsvoll. Er tadelt seinen Vater, weil er ein schlechter Gastgeber ist. Oliver beugt sich vor, nimmt die Flasche und schenkt Kates Glas voll. »Oder, Kate?«

Wie immer, wenn Oliver seinen Vater provoziert, möchte Kate am liebsten schallend lachen. Auf Toms Miene mischen sich Frustration, Zorn und Zerknirschung, als er jetzt beteuert, er freue sich sehr, dass er ihr schmeckt. Natürlich freut er sich.

»Und außerdem«, sagt Oliver, »wette ich, dass du noch jede Menge davon hast. Was gibt's zum Mittagessen, Ma?«

Kate steht auf. »Soll ich dir helfen, Cass? Oder wäre es dir lieber, wenn Oliver und ich mit Flossie spazieren gehen, während du dich sortierst?«

»Ja, das wäre es«, antwortet Cass dankbar, »wenn es für euch in Ordnung ist. Es war alles ein bisschen hektisch, und ich möchte diese Sachen wegräumen. Ich bin ziemlich spät dran ...«

»Und ich bin zu früh gekommen«, gibt Kate zurück. »Komm, Ollie!«

Mit einer eleganten Bewegung steht er auf, nimmt ein Glas aus der Anrichte und stellt es zusammen mit der Flasche vor seinen Vater hin. »Bedien dich!«, sagt er freundlich. »Du siehst aus, als könntest du einen Drink gebrauchen.«

»Warum machst du das eigentlich?«, fragt Kate. Sie gehen gerade durch die Diele und bleiben auf der Treppe des ehemaligen Pfarrhauses stehen, um sich die Jacken anzuziehen. »Warum reizt du Tom so gern?«

Oliver zuckt mit den Schultern. »Weil ich es kann. Er springt so schön darauf an, immer schon.«

Das stimmt. Schon als Kind hatte Oliver den Kniff heraus, seinen Vater auszutricksen, und bisher hat Oliver – zu Toms allergrößter Irritation – noch nie eine Quittung dafür einstecken müssen. Jahrgangsbester in Cambridge, der Erfolg der Firma, in der er und der alte Onkel Eustace zusammen Merchandising-Produkte herstellten. Dann, als der alte »Unk« starb und Oliver den Großteil seiner Anteile vermachte, hatte Oliver sehr geschickt die Firma genau im richtigen Moment verkauft und sehr viel Geld verdient. All das hat zu Toms Eifersucht auf seinen Sohn beigetragen.

Kate lacht in sich hinein. »Armer Tom! Es muss sehr schwierig sein, dir dabei zuzusehen, wie du von Erfolg zu Erfolg eilst und dir anscheinend sehr wenig Mühe zu geben brauchst. Komm, lass uns zum Moor hinaufgehen!«

Das alte Pfarrhaus, das auf der anderen Straßenseite gegenüber der kleinen Granitkirche liegt, steht am Dorfrand. Von hier aus ist es nicht weit bis zur Hochmoorstraße, aber der Anstieg ist steil. Ein paar Schafe stieben vor ihnen auseinander und laufen in hohe Stechginster-Dickichte davon, aber Flossie ignoriert sie. Kate hat sie gut erzogen.

»Ich wünschte, Ma hätte noch einen Hund«, meint Oliver. »Hat sie dir erzählt, dass die beiden das Pfarrhaus verkaufen und nach Tavistock ziehen wollen?«

»Was?« Kate bleibt stehen und starrt ihn an. »Ist das dein Ernst? Cass liebt das Pfarrhaus. Und wenn Gemma und die Zwillinge nach Hause kommen ...«

Sie wendet sich ab und sieht zum Burrator-Stausee hinaus. Das Dorf Sheepstor ist oberhalb des Stausees als fernes Gewirr aus grauen Linien zu erkennen, und auf den Hügeln raschelt das rostrote, abgestorbene Farnkraut.

»Gemma muss irgendwo bleiben, wenn sie aus Kanada zurückkommt«, pflichtet Oliver ihr bei. »Aber Pa findet, wenn sie Guy verlässt, muss sie lernen, allein klarzukommen. Er sagt, dass es ein Vermögen kostet, das alte Pfarrhaus zu unterhalten, und er sich das nicht mehr leisten kann. Pa will ein kleines Haus in Tavistock kaufen, wo die beiden zu Fuß zum Einkaufen gehen können. Und in den Pub.«

»Und wie denkt Cass darüber?«

»Na ja, Ma eiert herum und sagt: ›Aber wie sollen die Kinder in ein kleines Haus in Tavistock passen, wenn sie uns in den Ferien besuchen?‹ Und dann antwortet Pa, dass er kein Hotel führt und dass sie in der Nähe in einer Frühstückspension oder in einem Ferienhaus für Selbstversorger wohnen sollen, und Ma sagt, dass das absolut nicht das Gleiche ist.«

Zögernd lächelt Kate; sie kann sich diese Gespräche vorstellen. Tom wird sich aufregen, er wird herumbrüllen, und Cass wird in ruhigem Ton weiterargumentieren – und sie werden im Pfarrhaus wohnen bleiben.

»Das Problem ist«, sagt sie wie zu sich selbst, »dass ich wirklich nicht die Richtige bin, um mich dazu zu äußern. Ich habe Mark wohl so ziemlich aus den gleichen Gründen verlassen, aus denen Gemma sich jetzt von Guy trennen will. Das denkt jedenfalls Cass. Sie weiß noch, wie das damals für mich war, und sagt, wahrscheinlich ganz zu Recht, dass ich es mit Mark auch nicht geschafft habe. Wie kann man dann verlangen, dass Gemma mit Guy klarkommt? Und ich weiß nichts darauf zu erwidern.«

Oliver fasst sie wieder unter, eine tröstliche, freundschaftliche Geste.

»Der Unterschied ist bloß«, meint er, »dass Guy nicht Mark ist.«

Die Dankbarkeit überwältigt sie beinahe. Deswegen liebt sie Oliver: Er begreift schnell und kommt direkt zum Kern der Sache.

»Nein«, pflichtet sie ihm rasch bei. »Nein, oder? Guy liebt seine Kinder, und er hat sich große Mühe gegeben, Verständnis für Gemma aufzubringen, die das Bedürfnis hat, mit jedem verfügbaren Mann zu flirten. Sogar als sie diese Affäre hatte, hat Guy akzeptiert, dass es an seinen vielen Reisen lag, um Boote auszuliefern und abzuholen, und dass sie schrecklich einsam war.«

»Ein Jammer, dass Guy darauf bestanden hat, mit ihr nach Kanada zu gehen! Ich weiß, dass es gut klang – ein Neuanfang und all das Zeug –, doch ich finde auch, dass die Hoffnung zu optimistisch war, Gemma würde sich so weit entfernt von ihren Freunden und ihrer Familie einleben. Und dann noch mit zwei ziemlich starken, aber schweigsamen Männern!«

»Mark hat Gemma sicher schwierig gefunden«, meint Kate zustimmend. »Sie ist Cass so ähnlich, und mit deiner Mutter ist er nie zurechtgekommen. Ihre Sexualität hat ihm Angst gemacht, und er fand Cass viel zu affektiert und töricht. Er konnte einfach nichts mit ihrer überschwänglichen Art anfangen.«

»Aber Guy kann das«, ruft er ihr ins Gedächtnis. »Guy mag Gemmas Überschwang eigentlich gern, außer natürlich, wenn er sich auf andere Männer richtet.«

Fest umklammert sie seinen Arm. »Was soll ich bloß tun? Wie kann ich allen helfen und gleichzeitig auf Guys Seite bleiben? Er ist mein Sohn. Ich liebe ihn. Und seine Kinder lieben ihn. Ich mag gar nicht an die ganze Zerrissenheit und Trauer denken. Wie sollen sie ihn je zu sehen bekommen, wenn er in Kanada ist und sie hier bei Gemma?«

Sie haben die schmale Straße überquert, die sich durch das offene Moor schlängelt, und bleiben stehen, um auf den Stausee hinunterzusehen; ein schmales Band schimmernden Wassers tief im Tal, das von Bäumen eingerahmt wird.

»Ich finde«, sagt er gelassen, »dass es richtig von Gemma ist, zurückzukommen.« Rasch, nervös blickt Kate zu ihm auf, doch er nickt und sieht immer noch ins Tal hinunter. »Ja. Sie soll nach Hause kommen, und dann warten wir ab.«

»Du denkst, dass Guy ihr fehlen wird?«

»Ich glaube, dass er Gemma und die Zwillinge viel stärker vermissen wird, als ihm jetzt klar ist, und ich vermute, dass weder seine Beziehung zu Mark noch sein Job für ihn die Trennung von Frau und Kindern wettmachen können. Wenn ich überhaupt etwas über Guy weiß, dann das: Er ist ein Mann, der nur eine Frau liebt, und er liebt seine Söhne. Ich bin überzeugt davon, dass er ihnen nachreisen wird.«

Kate würde ihm nur allzu gern glauben. »Aber was ist mit Gemma? Und wenn sie ihn nun nicht mehr liebt?«

»Das müssen wir riskieren. Für mich hört es sich nicht so an, doch wir müssen abwarten. Aber wenn sie dort draußen bleibt, ist die Ehe der beiden bestimmt nicht mehr zu retten.«

Sie stehen noch einen Moment da, und dann sieht Kate auf die Uhr und pfeift nach Flossie.

»Wir sollten zurückgehen. Dann kann ich also damit rechnen, dass es beim Mittagessen Streit wegen des kleineren Hauses gibt?«

»Aber ja«, erklärt Oliver zuversichtlich. »Ich habe beschlossen, Pas Partei zu ergreifen. Das wird ihn so schockieren, dass er vollkommen verwirrt sein wird und an seinem Urteilsvermögen zweifelt.«

Kate lacht. »Wenn das so ist, brauche ich noch einen Drink.«

»Ich begreife einfach nicht«, sagt Tom gerade, »warum Kate nicht wieder nach Tavistock zieht. Sie besitzt ein hübsches Cottage in der Chapel Street, aber sie wohnt weiter zur Miete in diesem Häuschen irgendwo unten in Cornwall. Das ist doch verrückt.«

»St. Meriadoc ist vielleicht ein wenig abgelegen«, gibt Cass zurück und stellt dabei die Bestandteile des Mittagessens zusammen: Ciabatta, Couscous-Salat mit Aprikosen, Schinken und Ziegenkäse-Flan, »doch für Kate hat es einen entscheidenden Vorzug, nämlich Bruno.«

»Ja, ich weiß, das ist deine Theorie«, meint Tom wegwerfend. »Aber sie zieht nicht zu ihm, oder? Er wohnt in seinem komischen Haus draußen auf der Klippe und Kate in einer Häuserreihe von winzigen Cottages unten an der Werft.«

»Bruno ist eben Schriftsteller«, entgegnet Cass ungeduldig. Sie ist dieses Gesprächs überdrüssig, das Tom ein ums andere Mal führt wie ein Hund, der einen unappetitlichen alten Knochen immer wieder ausgräbt. »Er zieht sich stundenlang zurück, doch die beiden verbringen auch viel Zeit zusammen. Ich finde den Plan sehr gut, dass jeder von ihnen seinen Freiraum hat. Und Kate ist bei ihren Männern an so etwas gewöhnt. Zuerst Mark, der immer auf See war, und dann David, der die Hälfte seiner Zeit in seinem Londoner Atelier gemalt hat, während sie hier unten blieb. Sie ist an solche lockeren Beziehungen gewöhnt, und sie bekommen ihr.«

Tom zuckt mit den Schultern. »Ich wäre lieber verdammt, als da draußen zu leben, obwohl ich ein schmuckes Häuschen in Tavistock habe. Die Makler haben mit diesem Cottage ein richtiges Schnäppchen für sie gemacht. Ich bin heute Morgen dort vorbeigegangen, während du bei Crebers warst, und habe ihnen erklärt, dass wir überlegen, dieses Haus hier zu verkaufen.«

Kurz verharren Cass' Hände reglos. Verschiedene Gefühle steigen in ihr auf: Angst, Zorn und der Wunsch, kurz vor Olivers und Kates Rückkehr keinen Streit anzufangen. »Was haben sie gesagt?«

Ein kurzes Schweigen tritt ein; Tom gießt sich einen Tropfen Wein nach. »Dass der Zeitpunkt nicht schlechter sein könnte«, antwortet er widerwillig.

Cass stößt einen lautlosen Seufzer der Erleichterung aus. »Nicht erstaunlich, oder? Es wäre verrückt, wenn man derzeit versuchen wollte, einen solchen Besitz zu verkaufen.«

»Die Sache ist aber die«, widerspricht Tom, »dass alles, was wir kaufen würden, auch viel billiger wäre. Wenn der Markt günstig für Käufer ist, können wir davon profitieren. Das funktioniert ja wohl in beide Richtungen.«

Auch dieses Streitgespräch schlägt eine vertraute Wendung ein, und Cass ist erleichtert, als sie Oliver und Kate in der Diele hört.

»Bitte, setz Kate nicht zu, dass sie wieder hierher ziehen soll!«, sagt sie schnell. »Sie freut sich so darüber, dass Jess zu Besuch kommt, und ich will, dass sie es genießt. Im Moment braucht sie unsere Meinung dazu nicht.«

Kate ist entschlossen, das Gespräch von Scheidungen oder dem Umzug in ein kleineres Haus wegzulenken, daher erzählt sie beim Mittagessen von Jess.

»Es war so ein Schock zu sehen, wie ähnlich sie Juliet ist«, sagt sie. »Natürlich ist Jess auch ungefähr so alt wie Juliet, als ich sie kennengelernt habe. Das war wie ein Blick in die Vergangenheit. Wir haben den Kontakt verloren, nachdem Mike und Juliet nach Australien gegangen sind, doch Jess war ganz begeistert darüber, dass ich sie kannte. Was für ein erstaunlicher Zufall!«

»Ich kann es nicht abwarten, sie kennenzulernen«, meint Tom. »Besonders, weil du uns jetzt erzählt hast, dass sie ganz wie ihre Großmutter aussieht. Juliet war ein richtiger Hingucker. Wir waren alle hinter ihr her. Aber traurig, das mit dem guten, alten Mike! Ich frage mich, ob Juliet jetzt, nach seinem Tod, zurückkommt.«

»Höchst unwahrscheinlich«, sagt Cass. »Sie waren bestimmt seit vierzig Jahren da draußen. Warum sollte sie zurückkommen? Vor allem, da Jess' Vater auch tot ist. Was für eine Tragödie! Das arme Mädchen!«

»Jess hat mir erzählt, dass ihr Vater und Mike sich nicht gut verstanden haben«, erklärt Kate. »Deswegen ist ihr Vater nach seinem Schulabschluss nach England zurückgekehrt, um zum Militär zu gehen. Ich muss sagen, dass sie eine brillante Künstlerin und ein wirklich nettes Mädchen ist.«

»Ich freue mich darauf, sie kennenzulernen«, meint Oliver.

»Wir veranstalten eine große Wiedersehensfeier«, überlegt Tom. »Wir stellen sie dem alten Johnnie vor und zeigen ihr, wo damals alles passiert ist. Sie kann die alte Lady T. und Sophie kennenlernen.«

»Sie hat mir immer schreckliche Angst eingejagt«, sagt Kate. »Lady T., meine ich. Nach unserer Scheidung hat sie mich geschnitten, wenn sie mich in der Stadt gesehen hat, aber Johnnie war immer der Alte.«

»Johnnie ist ein totaler Schatz«, wirft Cass rasch ein und versucht, so zu tun, als hätte Kate das »S«-Wort nicht gebraucht. Jetzt wird Tom mürrisch und zerfahren werden und über Gemma und Guy nachdenken, und Oliver wird ihn wahrscheinlich provozieren, nur so zum Spaß.

»Jedenfalls«, spricht Kate, die sich der Gefahr ebenfalls bewusst ist, rasch weiter, »kann ich es kaum abwarten, dass ihr

Jess trefft. Es wird ihr Spaß machen, Freunde ihrer Großeltern zu treffen.«

»Wann kommt sie denn nun?«, fragt Oliver. Kates Beschreibung von Jess' Person und ihre ziemlich trostlose kleine Geschichte faszinieren ihn. »Ich glaube, ich werde noch eine Weile hier herumlungern, damit sie ein wenig jüngere Gesellschaft hat. Ich weiß ja, dass ihr *damals* ein Haufen lockerer Typen wart«, er strahlt seinen Vater an, »aber trotzdem …«

»Nächste Woche, hoffe ich. Ihr gefällt die Idee, einige Zeit hier zu verbringen, daher mache ich das Haus in der Chapel Street für sie zurecht. Ich hoffe, dass ich selbst ab Dienstag dort wohnen kann, sobald die Möbel gekommen sind. Dann kann ich euch in Frieden lassen.«

»Du kannst bei uns wohnen, solange du möchtest«, sagt Cass. »Das weißt du doch.«

Kate lächelt. Die beiden sind durch lebenslange Freundschaft und Liebe, geteilte Schrecken und dumme Witze verbunden, und all das auf einer festen Basis aus gegenseitiger Unterstützung.

An dieser Beziehung kann, so denkt Cass, doch nicht einmal Guys und Gemmas Scheidung etwas ändern – oder? Und warum musste es ausgerechnet Mark sein, fragt sie sich ärgerlich? Damals, vor vielen Jahren, hätte Kate sich jeden Mann aussuchen können. Sie hätte Johnnie oder Freddy nehmen können. Auf der Party bei den Trehearnes, wo alles angefangen hat, waren Kate, Johnnie und Fred unzertrennlich. Warum hat sie sich für Mark entschieden?

Cass steht auf, um Kaffee aufzubrühen. Sie füllt den Kessel, stellt ihn auf die Herdplatte und wartet darauf, dass das Wasser zu kochen beginnt. Dabei sieht sie vor ihrem inneren Auge die Grüppchen, die im Seegarten Tee trinken. Kate kommt, flankiert von Johnnie und Fred, und sie spürt, wie Tom die Hand um ihren Ellbogen schließt, als er sich zu ihr herüberbeugt, um ihr etwas ins Ohr zu flüstern. »Kate hat großartig eingeschlagen.«

Das Erste, was Cass auffiel, war, dass Kate sehr entspannt wirkte. Johnnie führte sie zwischen den kleinen Gruppen umher und stellte sie vor, während Fred davonging, um Tee zu holen. Der alte Dickie Trehearne und seine Frau begrüßten Kate – Dickie sehr herzlich, Rowena mit kühler Zuvorkommenheit –, und Fred kam wieder und balancierte vorsichtig eine Tasse und eine Untertasse, die Kate dankbar annahm.

Cass, die zusah, spürte einen Anflug von Wärme für Dickie in sich aufsteigen, als er sich zu Kate beugte und locker mit ihr plauderte. Fred und Johnnie gesellten sich dazu. Ein, zwei Minuten später huschte Rowenas Blick beiseite, und sie ging mit einem kurzen, höflichen Lächeln an Kates Adresse davon. Cass sah, dass sie zu der Gruppe trat, die aus Al, Mike und zwei sehr hübschen Mädchen bestand, und eine Hand in Als Ellenbeuge legte, als wollte sie sich ihres Besitzrechts versichern. Er lächelte zu seiner Mutter hinunter und machte eine Bemerkung, die sie alle zum Lachen brachte, obwohl die beiden jungen Frauen in Rowenas Anwesenheit weniger selbstbewusst wirkten.

Während Tom Höflichkeiten mit einem älteren Ehepaar austauschte, lehnte sich Cass an die Balustrade und beobachtete die Szene weiter. Kein Zweifel, Al war der mondänste unter den wenigen anwesenden jungen Männern. Wie er so neben seiner Mutter dastand, war offensichtlich, dass er sein elegantes, raubtierhaft gutes Aussehen von ihr geerbt hatte, während Mike, der jetzt beiseitetrat, um Rowena eine Tasse Tee zu holen, wie der typische Engländer seiner sozialen Klasse aussah: blondes, leicht ins Sandfarbene spielendes, lockiges Haar – das bald anfangen würde, auf dem Scheitel dünner zu werden – und eine rosige Gesichtsfarbe, die verriet, dass er sich viel im Freien aufhielt. Ganz der Sportler. Als er Rowena den Tee reichte, war seine Miene eine merkwürdige Mischung aus charmanter Ehrerbietung und selbstbewusster Vertrautheit, die daher rührte, dass er einer ihrer Günstlinge war: Er gehörte zur Familie. Rowena nahm Tasse und Untertasse entgegen, lächelte ihm zu – er war nicht größer als sie – und murmelte etwas, das neues Gelächter hervorrief. Die beiden Mädchen schauten noch unbehaglicher drein, lächelten unterwürfig und zogen sich dann langsam zurück.

Jetzt traten Fred und Johnnie mit Kate in ihrer Mitte zu der Gruppe, und Cass sah zu, wie Kate Al vorgestellt wurde und dabei leicht den Kopf schüttelte, als stritte sie ab, ihn je vorher bewusst getroffen zu haben, und Johnnie und Fred sahen erfreut grinsend zu. Kate schüttelte dem lachenden Mike die Hand und zauste Fred das Haar wie einem kleinen Jungen, womit sie ihn in seine Schranken wies.

Der junge Fred, der kleine Freddy, so nannten sie ihn. Mit seinem langen, dichten braunen Haar und den haselnussbraunen Augen, die immer bereit zu einem Lächeln schienen, war er der Kleinste, Unbedeutendste und Letzte; fast ein Jahr jünger als Johnnie, der seinerseits zwei Jahre jünger als Al und Mike war. Trotzdem, dachte Cass, hatte Freddy etwas an sich, eine geheime, aufregende Eigenschaft, die den anderen dreien fehlte. Sowohl Al als auch Mike strahlten etwas Dominierendes und Herablassendes aus, während der blonde Johnnie gutmütig und liebenswert war. Aber wenn man Fred noch ein, zwei Jahre Zeit ließ, würde er sie vielleicht alle überraschen. Unterdessen tat er Als Foppereien lachend ab, entzog sich Mikes inzwischen etwas gröberem Haarzausen und schickte sich gutmütig in seine Rolle als jüngstes Mitglied der Gruppe.

Sogar aus dieser Entfernung erkannte Cass, dass es Kate missfiel, wie Al und Mike mit dem stillschweigenden Einverständnis Rowenas, die über ihre Possen lachte, Fred jetzt offen drangsalierten. Aber es war Johnnie, der Kates Arm nahm und sie über den Rasen zu der Stelle steuerte, an der Cass wartete.

»Bist du jetzt nicht doch froh, dass du gekommen bist?«, fragte sie leise und umarmte sie.

»Toll hier«, antwortete Kate, und Johnnie strahlte erfreut. Als Tom vortrat, um Kate zu umarmen, tauchte Fred neben ihm auf.

»Keine Wegelagerei«, sagte er. »Wir haben sie zuerst gesehen. Und das Recht des Älteren gilt auch nicht.« Und sie lachten aus reiner, schlichter Freude darüber, jung, schön und stark zu sein.

Jetzt gießt Cass den Kaffee auf und stellt die Kanne auf den Tisch.

»Komisch, oder«, meint sie zu Kate und unterbricht damit Tom, »wenn man bedenkt, dass du auch Johnnie hättest heiraten können.«

Ein kurzes Schweigen tritt ein, als beide Cass verblüfft anstarren. Dann lacht Kate und schüttelt den Kopf.

»Entschuldigung«, sagt sie. »Ich war mit meinen Gedanken gerade in der Vergangenheit. Was hast du gesagt?«

Als Kate am Samstagmorgen nach Tavistock fährt, erinnert sie sich an Cass' eigenartige Bemerkung. »Du hättest Johnnie heiraten können.«

Es stimmt, dass sie sich zu Johnnie hingezogen fühlte, aber auf keinerlei sexuelle Art; zwischen ihnen bestand keine magnetische Anziehung, keine aufregende Chemie. Mit ihm fühlte sie sich genauso behaglich wie mit ihrem Bruder. Zwischen ihr und Johnnie herrschte eine Ungezwungenheit, die frei von jeder Spannung war, und das wusste sie zu schätzen. Sie versteht Cass' unausgesprochene Frage: Warum musstest du den schwierigen, eigenbrötlerischen Mark heiraten, wenn du Johnnie mit seinem heiteren Gemüt hättest haben können? Und vielleicht ist die Antwort auf die Frage ja einfach. Einem neunzehnjährigen Mädchen wird ein starker, schweigsamer Mann von zweiundzwanzig Jahren, der soeben zum zweiten Leutnant zur See befördert worden ist, immer aufregender vorkommen als ein freundlicher, gleichaltriger Junge, der gerade sein erstes Jahr an der Marineakademie abschließt.

Wie jung wir doch waren!, denkt Kate. So selbstbewusst und so sicher, alles richtig zu machen.

Als sie über das Gemeindeland von Plaster Down fährt, sieht sie einen Volvo, der dort parkt, wo sie für gewöhnlich anhält, um Flossie auszuführen. Zwei kleine Jungen von acht oder neun spielen Fußball mit einem Mann, den sie für ihren Vater hält, weil die drei einander so ähnlich sehen. Ein Golden Retriever springt um sie herum, läuft ihnen vor die Füße und versucht, den Ball zu fassen zu bekommen, und die Jungen schreien, und der Mann versucht, den Hund abzulenken, indem er einen abgebrochenen Ast wirft, damit er ihn apportiert.

Kate verlangsamt ihr Tempo und sieht zu, während erneut die Geister an sie herandrängen. Sie ist sich ziemlich sicher, dass die Jungen das Internat Mount House besuchen und Ausgang haben, und der hagere, zähe junge Mann dürfte Marineoffizier sein, der ebenfalls Freigang hat und sich Zeit für seine

Kinder nimmt. Der Hund kommt mit dem Stock zurück, und der Mann packt das Holz an beiden Enden und dreht sich in dem Versuch, es dem Tier wegzunehmen, im Kreis. Aber der Hund beißt sich daran fest, bis er den Boden unter den Füßen verliert und im Kreis herumgedreht wird. Immer noch klammert er sich grimmig an den Ast, und die Jungen lachen und feuern ihn an.

Sie fährt weiter über die vertrauten Straßen des Moors. Diese starken Gefühle verunsichern sie, und sie fragt sich, ob es richtig von ihr ist, dass sie überlegt, wieder an diesen Ort zu ziehen, an dem sie dreißig Jahre gelebt hat. Sie war zweimal verheiratet – die erste Ehe endete durch Scheidung und die andere mit dem Tod ihres Mannes –, hat Guy und Giles großgezogen, in Tavistock im Buchladen gearbeitet und Golden Retriever gezüchtet. Auf dieser kurzen Fahrt ist sie schon an drei verschiedenen Häusern vorbeigekommen, in denen sie einmal gewohnt hat: dem Kolonialstil-Bungalow in Dousland, einem alten, entzückenden Cottage in Walkhampton und dem viktorianischen Haus am Stadtrand. Wird das Cottage in der Chapel Street der Ort sein, an dem sie schließlich sesshaft werden wird?

Sie denkt an das schmale Tal an der Nordküste und das Cottage am Ende der Häuserzeile, auf der Schwelle zum Meer. Das Cottage gehört eigentlich Bruno, aber es ist voll mit ihren eigenen Besitztümern, und er lebt einen kurzen Fußmarsch entfernt in seinem merkwürdigen Steinhaus – dem Lookout – auf halbem Weg die Klippe hinauf, sodass sie sich nie einsam zu fühlen braucht. In den letzten paar Jahren ist sie sehr glücklich gewesen – eine magische Zeit, als wäre das richtige Leben angehalten worden. Sie trägt keine nennenswerte Verantwortung und ist ein Teil der kleinen, eng verbundenen Gemeinde von St. Meriadoc. Wenn man sie nicht überredet hätte, wieder in Immobilien zu investieren, stünde sie jetzt nicht vor der Entscheidung, ob sie weiter in Brunos Cottage zur Miete wohnen oder wieder nach Tavistock ziehen soll.

Panik steigt in ihr auf, und sie tut, was sie schon so oft getan hat: Sie fährt durch Tavistock hindurch und auf den Parkplatz des *Bedford Hotel*. Sie leint Flossie an, und zusammen gehen sie die Vordertreppe hinauf und in die Bar.

Sie sieht sich in der vertrauten Umgebung um und betrachtet die Menschen, die Kaffee trinken und Zeitung lesen. Da, in der Fensterecke, entdeckt sie Johnnie Trehearne, der ihr bereits zuwinkt und aufsteht. Kate wird mulmig zumute, als sie sieht, dass seine Mutter mit dem Rücken zum Fenster sitzt. Mürrisch und argwöhnisch schaut sie zu, wie die beiden sich umarmen. Johnnie dagegen setzt sich mit seiner natürlichen Wärme und Freundlichkeit über ihre alten Vorurteile hinweg.

»Du erinnerst dich an Kate, Mutter«, sagt er bestimmt – eine Anweisung und keine Frage –, und Kate kämpft gegen die instinktive Reaktion an, sich zu verhalten wie die junge Frau eines Marineoffiziers, und lächelt der gebieterischen älteren Dame zu, die den Kopf neigt. Der winzige Terrier, der auf ihrem Schoß fast nicht zu erkennen ist, kläfft durchdringend und warnend, und Kate fährt ein wenig zurück und fasst Flossies Leine fester.

»Sei still, Popps!«, sagt Johnnie freundlich zu dem Terrier. »Hab dich hier schon länger nicht gesehen, Kate. Kann ich dir einen Kaffee holen?«

»Danke«, sagt sie, setzt sich und zieht Flossie dicht an ihren Stuhl heran. »Das ist wirklich seltsam. Ich bin bei Cass und Tom untergekommen, und wir haben von dir gesprochen. Also, nicht nur von dir, aber an die Vergangenheit gedacht.«

»Gefährlich«, meint er fröhlich und hält auf seinem Weg zur Theke inne, um Flossie zu streicheln.

Kate wendet sich Lady T. zu und versucht, sich ein Gesprächsthema einfallen zu lassen, das vierzig Jahre Eis auftauen könnte. Die alte Dame muss über neunzig sein, aber ihre Augen sind noch hell und scharf, und Kate sinkt der Mut: keine Chance, dass sie das Vergangene vielleicht vergessen hat.

»Ich habe ein Cottage in der Chapel Street gekauft«, beginnt Kate – daran ist bestimmt nichts auszusetzen –, »und bringe nächste Woche ein paar Möbel dorthin. Seit dem Tod meines Mannes habe ich unten an der Nordküste von Cornwall gelebt.«

»Tod? Ich dachte, Sie wären geschieden.«

Kate lacht beinahe. Lady T. nimmt immer noch kein Blatt vor den Mund. »Mein zweiter Mann«, erklärt sie. »David Porteous. Er war Maler und Mitglied der Königlichen Kunstakademie. Die Enkelin alter Freunde von mir hat gerade den nach ihm benannten Preis gewonnen. Ich glaube, Sie kennen sie ebenfalls.«

Johnnie ist zurück, und sie wendet sich an ihn. »Erinnerst du dich an die Penhaligons? Juliet und Mike? Ich habe ihre Enkelin Jess kennengelernt. Sie kommt mich für eine Weile besuchen.«

Ein eigentümliches Schweigen tritt ein, dann setzt sich Johnnie wieder und beugt sich vor, um Flossie zu streicheln.

»Sie sind nach Australien gegangen, stimmt's?«, fragt er. »Er ist in die australische Marine übergetreten. Wir erinnern uns an Mike Penhaligon, oder, Mutter?«

»Ich erinnere mich sehr gut an ihn.« Ihre dünne Stimme klingt kühl.

»Jess freut sich sehr darauf, Freunde von Mike und Juliet zu treffen, Johnnie. Tom dachte, es wäre nett, wenn sie dich auch kennenlernt.«

»Du musst mit ihr zu uns kommen«, sagt Johnnie. »Wie war

noch ihr Name? Jess? Wie erstaunlich! Ich glaube, Juliet und Mike haben sich auf einer Party bei uns kennengelernt. Was für ein Spaß!«

Doch seiner Stimme fehlt die gewohnte Wärme, und als Kate seine Mutter anschaut, sieht sie, dass die ältere Frau eine seltsam düstere, distanzierte Miene aufgesetzt hat. Durch die Wände der Bar hindurch scheint Lady T. eine Szene zu betrachten, an die nur sie sich erinnert, und Stimmen aus einer anderen Zeit zu hören.

Kate fällt plötzlich ein, dass ihr Sohn Al noch ganz jung bei einem tragischen Segelunglück gestorben ist, und eine bange Vorahnung steigt in ihr auf. »Ich möchte euch aber nicht lästig fallen«, versetzt sie rasch. »Und ich habe noch gar keine Ahnung, wie lange Jess bleiben kann ...«

»Natürlich müssen Sie beide einmal zum Lunch kommen«, erklärt die alte Lady T. »Johnnie wird sich darum kümmern. Kate zieht in die Chapel Street, Johnnie. Schreib dir ihre Telefonnummer auf. Ich habe hier irgendwo einen Stift.«

Sie wühlt in ihrer riesigen Handtasche, und der Kaffee wird serviert. Kate kann ihr Erstaunen über diese positive Reaktion ihrer alten Feindin verbergen. Sie unterhalten sich über Jess, und Kate erzählt noch einmal die Geschichte des Mädchens und fragt sich, warum sie sich immer noch so unbehaglich fühlt. Dann gehen sie bald auseinander.

Tamar

Sophie steht an der Balustrade im Seegarten und sieht zu, wie Freddy Grenvile von Cargreen aus über den Fluss gerudert kommt. Das ist typisch für Freddy, denkt sie, dass er lieber rudert, statt den Außenbordmotor zu benutzen. Sogar jetzt noch, in den Sechzigern, ist er stark und fit und liebt Segeln, Skifahren und Tennis. Der Garten hinter seinem kleinen Reihenhaus liegt voll mit Krimskrams in verschiedenen Reparaturstadien. Ständig repariert oder baut er etwas, und Johnnie und er restaurieren momentan unten im Bootshaus einen alten Marinekutter. Unter sich kann Sophie die *Alice* erkennen, die an der Steinmauer des alten Kais vertäut ist, sodass man sie an die Mauer lehnen kann, wenn die Ebbe kommt, und dann abschrubben. Freddy ist unterwegs, um dabei mitzumachen.

Er rudert kräftig und stemmt sich gegen die auslaufende Ebbe. Als er über die Schulter sieht, grüßt Sophie ihn mit erhobener Hand, und er hält inne, um ihren Gruß zu erwidern, bevor er weiterrudert. Sie setzt die Ellbogen auf die Balustrade und entspannt sich in der Sonne. Die drei – Johnnie, Freddie und sie – halten, mit ein wenig Hilfe von einem Ehepaar aus dem Dorf, das ganze Anwesen zusammen, und zwischen ihnen hat sich ein starkes Band aus Vertrauen und Zuneigung gebildet.

Damals, ganz zu Beginn, hat sie sich eingebildet, in Freddy verliebt zu sein. Es machte ihr nichts aus, dass er zwanzig Jahre älter als sie war, Anfang vierzig; er war groß und schlank und sehr gut aussehend, und er und Johnnie hatten immer viel Spaß zusammen. Sie segelte mit beiden, ging mit ihnen in den Pub, und die zwei Männer waren eine so gute Gesellschaft, dass der Schmerz darüber, von ihrem Exfreund so brutal abgelegt worden zu sein, langsam nachließ und ihr Selbstbewusstsein nach und nach wieder wuchs. Doch aus dieser alten Schwärmerei war nie etwas geworden. Freddy war im Fernen Osten stationiert worden, und während der nächsten zwei Jahre hatte er nur wenige Urlaubswochen in seinem Häuschen in Cargreen auf der anderen Seite des Flusses verbracht. Als er aus Hongkong zurückkehrte, schenkte er ihr eine seiner kleinen Zeichnungen, die wunderbare Details aufwiesen; dieses Mal von einer Dreimaster-Dschunke. Es war eine herzliche Geste, die aussagte, dass er sie mochte und sie zur Familie gehörte, aber nichts weiter.

Und ganz gut so, denkt Sophie jetzt, dass ihre Schwärmerei so gründlich im Keim erstickt worden ist. Diese entspannte Beziehung zu beiden Männern kommt ihr viel besser zupass als das emotionale Wirrwarr, das zum Verliebtsein gehört. Abgesehen von dem Nachteil der zwanzig Jahre Altersunterschied war Freddy wahrscheinlich auch nicht aus dem Stoff, aus dem gute Ehemänner sind. Seine Ehe mit einer geschiedenen Frau mit zwei Kindern ist gescheitert. Sie ist zu ihrem ersten Mann zurückgekehrt und hat die Kinder mitgenommen, und wenn man Johnnie glauben will, war Freddy nicht allzu unglücklich darüber.

»Ich denke nicht, dass unser Fred besonders viel für Heim und Herd übrig hat«, erklärte er. »Er ist der typische Freigeist, und ich glaube, er ist so mit seinem Leben ganz zufrieden.«

Das gilt auch für Sophie. Über den Rasen schlendert sie zum Bootshaus und wartet, bis Freddy das Boot auf die Slipanlage gezogen hat.

»Johnnie und Rowena sind nach Tavistock gefahren«, sagt

sie. »Aber sie kommen sicher bald zurück. Die Bücherei hat ein paar Bücher hereinbekommen, die Johnnie vorbestellt hat und die mit seiner Forschung über den Tamar zu tun haben. Und Rowena ist aus einer Laune heraus mit ihm gefahren. Komm, trink einen Kaffee mit mir!«

In freundschaftlichem Schweigen schlendern sie über den Rasen zur Rückseite des Hauses und in die Küche. Die Hände in den Taschen seiner alten Shorts, lehnt Freddy sich an das Spülbecken. Er trägt ein uraltes, verschossenes Baumwollhemd und Turnschuhe, seine Putzmontur. Ziemlich typisch für Fred, denkt Sophie, dass er es trotzdem fertigbringt, auf eine saloppe, sexy Art elegant auszusehen.

»Johnnie hat sich das perfekte Wochenende ausgesucht«, meint er. »Ein guter Nachmittag dafür. Das Wasser steht genau richtig.«

»Nach dem Mittagessen komme ich und unterstütze euch«, sagt sie. »Und Will hat morgen, am Sonntag, Ausgang und kann auch helfen. Das macht ihm sicher Spaß.«

Der kleine Will, Louisas Ältester, besucht jetzt das Mount House, das Privat-Internat am Stadtrand von Tavistock. An freien Tagen oder wenn er sonst Ausgang hat, aber nicht nach Hause nach Genf fahren kann, verwöhnen sie ihn. Seine Eltern und seine drei kleinen Schwestern fehlen ihm, doch sein Großvater – »Grando«, wie Will Johnnie nennt – und Sophie bemühen sich nach Kräften, ihn zu beschäftigen und glücklich zu machen. Sie besuchen seine Schulaufführungen und Konzerte, seine Rugby- und Kricketspiele, und Sophie ermuntert ihn, seine Schulfreunde an den Wochenenden mit an den Tamar zu bringen.

Freddy lächelt ihr zustimmend zu; er mag Sophie sehr gern. Ihre Direktheit und ihr Sinn für Humor gefallen ihm. Er hat damals erraten, dass sie für ihn schwärmte, und fühlte sich geschmeichelt, ist aber auch erleichtert darüber, dass nichts daraus geworden ist und Sophie ganz offensichtlich keinen Schaden davongetragen hat. Sein einziger Ehe-Versuch hat gezeigt, dass er nicht das richtige Temperament dafür besitzt, und er hegte keinerlei Absicht, dieses Risiko noch einmal einzugehen.

»Will ist ganz ähnlich wie Johnnie in seinem Alter«, sagt er. »Ziemlich ernst und verrückt nach Schiffen. Ich frage mich, ob er der Familientradition folgen und zur Marine gehen wird.«

Sophie schiebt Freddy weiter, damit sie an das Spülbecken kommt, und er tritt beiseite und nimmt seinen Kaffeebecher.

»Im Moment ist das sein Ehrgeiz, doch er ist auch erst zehn«, meint sie.

Darüber denkt Freddy nach. Als er zehn war, war sein Vater im Krieg gefallen, und seine Mutter nahm dankbar das Angebot ihres Cousins Dickie an, in das Häuschen in Cargreen zu ziehen. Dickie hatte auch großzügigerweise die Verantwortung für die Ausbildung des jungen Fred übernommen, sodass Johnnie, Al und er eher wie Brüder und nicht wie Cousins zweiten Grades aufwuchsen. Alle waren selbstverständlich davon ausgegangen, dass sie später zur Marine gehen würden. Und so war es auch gekommen. Als sie die Marineakademie in Dartmouth abgeschlossen hatten, waren Al und Johnnie zu den U-Booten gegangen wie ihr Vater vor ihnen, doch Fred hatte es nicht ausgehalten, in einem Metallzylinder unter Wasser eingesperrt zu sein, wo sie alle wie die Sardinen aufeinandersaßen, und war zur Flotte gegangen.

»Ein Oberflächenhopser«, hatte Al verächtlich gemeint. »Armer kleiner Fred! Immer der Schwächste und Letzte, aber egal. Irgendjemand muss es ja machen.«

Al betrachtete sich als der Elite zugehörig, als der Erste, Beste und etwas Besonderes – doch Al war gestorben. Einen kurzen Moment lang fühlt sich Freddy in die Vergangenheit zurückversetzt; er erinnert sich an das Heulen des Windes und das Knallen des Segels, an laute Stimmen und dann ein Schrei in der Dunkelheit. »Mann über Bord!«

»Bist du in Ordnung?«, fragt Sophie. »Du siehst aus, als hättest du einen Geist gesehen.«

Da hat sie recht. »Mir geht es gut«, sagt er. »War das da gerade der Wagen?«

Johnnie tritt in die Küche und lässt einen Stapel Bücher auf den Tisch fallen. Er sieht Fred an, ein merkwürdiger, warnender Blick, als wollte er ihn auf etwas vorbereiten.

»Hi«, begrüßt ihn Sophie. »Das Wasser müsste inzwischen weit genug gefallen sein. Ich finde, wir können jederzeit anfangen. Zieh dich um, Johnnie! Die Shorts und die Gummistiefel. Da draußen ist es ziemlich heiß.«

»Ja«, gibt er zerstreut zurück. »Ja, natürlich. Ich schaue mir das Boot nur kurz an. Kommst du mit, Freddy?«

Er geht hinaus. Fred sieht Sophie mit hochgezogenen Augenbrauen an und folgt ihm dann. Verwirrt steht sie kurz da und zuckt mit den Schultern. Sie wird sich ebenfalls umkleiden und ihre Shorts und ein Neckholder-Top anziehen, aber zuerst will sie kurz nach Rowena sehen.

Sie trifft die alte Dame im Morgensalon an, Rowenas Lieblingsort. Sie steht am Tisch und sieht mit leerem Blick vor sich hin. Ihre ganze Konzentration richtet sich nach innen, als sähe sie andere Szenen und hörte andere Stimmen. Sophie bemerkt, dass sie ein Foto in einem Silberrahmen in der Hand hält, und sogar aus diesem Blickwinkel erkennt Sophie den Rahmen und weiß, dass es ein Foto von Al ist, Rowenas Erstgeborenem und Lieblingskind.

Sophie tritt näher, und die alte Dame wird aus ihren Gedanken geschreckt und blickt auf.

»Was ist?«, fragt sie in scharfem Ton, als wäre Sophie eine

Dienstbotin – aber Sophie ist an Rowenas Art gewöhnt und lächelt ihr nur zu.

»Ich helfe den Jungs, die *Alice* zu putzen«, erklärt sie. »Ich hatte mich gefragt, ob Sie vorher noch etwas brauchen.«

Rowena schüttelt den Kopf. »Wir haben im *Bedford Hotel* Kaffee getrunken«, sagt sie. Es scheint, als wollte sie noch etwas erzählen, etwas, das sie in Aufregung stürzt, doch sie entscheidet sich dagegen. Sie nickt Sophie zu, als entließe sie sie. »Danke«, setzt sie dann noch hinzu, als wäre es ihr nachträglich eingefallen.

Mit einem Grinsen auf dem Gesicht geht Sophie hinaus.

»Großmutter ist einfach das Letzte«, hat Louisa schon bei zahlreichen Gelegenheiten geklagt. »Kein Wunder, dass die Kinder sie das Granny-Monster nennen! Es tut mir wirklich leid, Sophes.«

Aber Sophie macht sich nichts daraus. Die Trehearnes sind ihr inzwischen so ans Herz gewachsen wie ihre eigene Familie. Von Anfang an, als sie mit Louisa, ihrer besten und liebsten Freundin, herkam und dieser letzte Urlaub nach ihrer Abtreibung sich auf seltsame und doch ganz einfache Weise in einen Job verwandelte, hat Sophie diese Familie adoptiert. Den alten Dickie, der damals schon ein wenig verwirrt und von Arthritis verkrüppelt war, die blitzgescheite, selbstherrliche und anspruchsvolle Rowena und den freundlichen, herzlichen und großzügigen Johnnie, dessen Frau genauso nett wie er war …

Während sie die elegante, geschwungene Treppe hinaufsteigt, erinnert sich Sophie seufzend an den langen Kampf der armen Meg gegen den Krebs, ein Kampf, der schon begonnen hatte, als Sophie damals in das Haus am Tamar kam. Sehr schnell hatte sie erfasst, wie sie sich nützlich machen konnte, um sich wenigstens teilweise für die Freundlichkeit zu revanchieren, die alle ihr erwiesen hatten.

Vielleicht, denkt Sophie jetzt, als sie ihre Jeans abstreift und nach ihren Shorts sucht, vielleicht ist es leichter, Menschen gegenüber, mit denen wir nicht verwandt sind, geduldig und tolerant zu sein; sie schätzen uns höher. Und wenn wir sehr jung sind, können wir bei ihnen ein wenig angeben und Rollen ausprobieren, um uns selbst besser zu erkennen, ohne verspottet oder gedemütigt zu werden. Bei den Trehearnes war sie erst richtig erwachsen geworden.

»Ich habe nichts dagegen, wenn du deiner Mum von der Abtreibung erzählst«, sagte sie zu Louisa. Irgendwie wusste sie sogar damals, dass Louisas Eltern sie nicht verurteilen würden.

Meg war mitfühlend und herzlich, während ihre eigene Mutter schockiert und zornig reagiert hatte. Es war eine Erleichterung, hier am Tamar zu bleiben, wo man sie schätzte und sie dafür andere umsorgen konnte. Als Johnnie ins Verteidigungsministerium nach London versetzt wurde, blieb sie gern bei der gebrechlichen Meg und behielt dabei die immer noch äußerst unabhängige Rowena und den lieben alten Dickie im Auge. Dann starb Dickie und nicht lange nach ihm Meg, und Johnnie war froh über Sophies Unterstützung, Gesellschaft und Kraft.

Und die ganze Zeit über wuchs sie innerlich; sie entdeckte, dass es sie glücklich machte, diese Familie zu umsorgen und zu unterstützen, dass sie ihre Freiheit und Unabhängigkeit schätzte und keinerlei Wunsch hegte, sich unauflöslich an einen einzigen Mann zu binden. Sie war nicht besonders romantisch oder mütterlich veranlagt, und langsam wurde ihr klar, dass die Sorge für die Trehearnes ihre Mutterinstinkte und ihr Bedürfnis nach Gesellschaft befriedigte und es daneben junge Männer gab, die nur zu gern bereit waren, etwaige körperliche Bedürfnisse zu stillen. Vielleicht hat diese frühe, katastrophal verlaufene

Beziehung, die mit Betrug und Abtreibung geendet hatte, Sophie von jeglichem Wunsch nach einer intimen Langzeitbeziehung geheilt.

Sophie zieht ein Neckholder-Top an, bindet sich ein gepunktetes Tuch über das kurze blonde Haar und geht zu Johnnie und Fred hinunter.

Rowena steht immer noch mit Als Foto in der Hand da, sieht in die Vergangenheit und betrachtet lange entschwundene Szenen. Sie sieht ihn bei dem Weihnachtsball auf der *HMS Drake* mit Juliet tanzen. Die beiden bewegen sich zu *California Dreamin'*, einem langsamen, romantischen Stück, und drehen sich in den Schatten am Rand der Tanzfläche. Al hat die Augen geschlossen und drückt sie viel zu eng an sich; der seidige Chiffonrock von Juliets langem, hellem Ballkleid schwebt und heftet sich an die dunkle Uniform ihres Tanzpartners. Mike sitzt an der Bar und kippt die Drinks nur so herunter, aber er dreht sich um und beobachtet die beiden, und seine ziemlich dümmliche und halb betrunkene Miene verhärtet sich wachsam.

Rowena hört Juliet mit angespannter, verzweifelter Stimme während einer Party an einem warmen Frühlingsabend vor den Fenstern genau dieses Morgensalons flüstern: »Jetzt weiß ich, dass ich ihn nie hätte heiraten dürfen. Ich dachte, ich wäre verliebt in ihn. Das habe ich wirklich geglaubt. Woher sollte ich wissen, was kommen würde? Was sollen wir nur tun?« Und die leise gemurmelte Antwort: »Wir müssen eben sehr vorsichtig sein.«

Sie denkt daran, wie Juliet bei ihnen zu Gast war. Eine Woche lang, während Mike auf See war.

»Du kannst doch bei diesem herrlichen Wetter nicht in dieser engen Wohnung in Plymouth sitzen«, sagt Rowena.

»Komm doch zu uns! Johnnie ist auf See, aber Al hat ein paar Tage Landurlaub.«

Juliet, die sich den Fluss entlang zur Segelwerkstatt schleicht, und kurz darauf Als schattenhafte Gestalt, die ihr folgt.

Die letzte Szene ist die wichtigste: die Mittsommerparty. Im Seegarten hängen überall Lichterketten, der Tisch im Sommerpavillon biegt sich unter köstlichem Essen und Wein, und Johnnie und Fred sind für den Plattenspieler verantwortlich. Die Segelwerkstatt dient als Schlafsaal für die jungen, unverheirateten Männer – nur wenige der Paare sind verheiratet –, und die Mädchen übernachten im Haus und verteilen sich auf die Gästezimmer.

Der Seegarten ist ein magischer Ort. Lichtreflexe flirren und hüpfen auf der glatten schwarzen Wasseroberfläche; schattenhafte Gestalten tanzen oder lehnen sich an die Balustrade unterhalb der imposanten Circe-Statue. Die hohen Lavendelhecken sind blasse, wolkenhafte Umrisse, deren Duft noch in der warmen Luft verweilt.

Als Rowena mit einem Tablett voller Cremespeisen auf den Sommerpavillon zugeht, wird sie sich des Flüsterns bewusst. Die erste Stimme klingt drängend, fordernd, die andere verängstigt.

Rowena tritt ins Dunkel zurück und beobachtet das Paar hinter dem Sommerpavillon. Juliets Kleid ist zerdrückt, ihr Haar aufgelöst. Al vergräbt das Gesicht an ihrem Hals, aber sie hat ihr Gesicht von ihm abgewendet und die Hände auf seine Schultern gelegt.

»Hör mir zu!«, sagt sie jetzt, immer noch in diesem verzweifelten Flüsterton. »Bitte hör mich einfach an! Ich bin schwanger, Al. Um Gottes willen, hör mir zu ...«

Und dann kommt Dickie vom Haus aus mit ein paar Flaschen über den Rasen und ruft sie fröhlich an, und Rowena sieht, wie Al scharf den Kopf wendet. Beide Gestalten erstarren unbeweglich und verstummen. Rasch huscht Rowena davon und tritt ein paar Sekunden später zu Dickie, und dann taucht Juliet allein auf und steckt sich lächelnd das Haar hoch – aber keine Spur von Al.

Jetzt steht Rowena mit Als Foto in der Hand im Morgensalon und erinnert sich daran, wie sie in den darauffolgenden Wochen auf ein Wort von Al gewartet hat. Eine Erklärung, dass Juliets Ehe gescheitert sei vielleicht, oder eine Beteuerung, wie sehr er sie liebe. Sie war sich so sicher gewesen, dass Juliet Mike verlassen würde; so sicher, dass dieses Kind von Al war. Sie wünschte sie ihm so sehr, Juliet und das Baby. Mike tat ihr leid, natürlich, doch sie konnte verstehen, wie Juliet von dem Glanz ihrer ersten Begegnungen geblendet worden war und erst, als sie Al näher kennenlernte, erkannt hatte, dass sie mit dem falschen Mann verheiratet war. Mike und sie waren zu jung gewesen, und diese ganzen Clubabende, Partys und Sommerbälle waren einfach zu romantisch gewesen.

Vielleicht war es falsch von ihr gewesen, Juliet in jenem Frühling einzuladen, obwohl sie wusste, dass die junge Frau ihre Heirat bereute und dabei war, sich zu verlieben – aber nein. Rowena schüttelt den Kopf. Wieder sieht sie Juliet vor sich, die sich aus dem Haus schleicht und zu der Segelwerkstatt am Flussufer läuft, und dann, kurz darauf Al, der ihr zu ihrem Stelldichein folgt. Wie kann sie den beiden angesichts des Umstands, dass Al ein paar Monate später bei einem tragischen Segelunfall sterben sollte, dieses Glück missgönnen?

Doch war es auch ein Unfall gewesen? Sicher war Rowena sich nie, niemals zweifelsfrei davon überzeugt, dass Mike Al nicht über Bord gestoßen hat. Vielleicht hatten die beiden gestritten, Al hatte ihm die Wahrheit gesagt, und Mike hatte einfach zugeschlagen. Oder Mike hatte die Wahrheit erraten und sie Al auf den Kopf zugesagt. So oder so war sie nicht einmal in ihrer frischen, quälenden Trauer in der Lage gewesen, Mike die Schuld zu geben oder ihm einen Vorwurf zu machen. Er selbst hatte geschildert, wie das Boot von einer Sturmbö getroffen wurde und Al durch den herumschwingenden Mastbaum über die Reling gestoßen wurde. Und sowohl Johnnie als auch Fred versicherten, Mike habe gesucht und gesucht, in der Dunkelheit Als Namen gerufen und nicht aufgeben wollen, bis es hell wurde und sie auf das leere Meer hinausblickten.

Mike wurde dann auf ein Atom-U-Boot versetzt, das in Faslane stationiert war, und Juliet begleitete ihn. Der kleine Junge, Patrick, wurde geboren, und Rowena sehnte sich aus tiefstem Herzen danach, ihn zu sehen, doch Juliet hielt sich von ihnen fern. Johnnie traf Mike gelegentlich. Dickie begegnete ihm in Northwood, und dann hörten sie, dass die kleine Familie nach Australien gegangen war. Kurze Zeit gelang es ihr noch, die drei aus der Ferne im Auge zu behalten, aber es gab wenig Neues: Mike wurde befördert, und Juliet und er bekamen keine weiteren Kinder.

Es sieht aus, schrieb ihre Vertraute in Australien, *als ob der arme alte Mike Platzpatronen verschießt. Anscheinend passiert so etwas durch den Dienst auf Atom-U-Booten. Was für ein Glück, dass er Pat hinbekommen hat …*

Und so vergingen die Jahre. Rowena war zwar nie über Als Tod hinweggekommen, doch sie war zu der Ansicht gelangt, dass sie sich wenigstens damit arrangiert hatte. Bis vorhin im *Bedford Hotel*, als Kate Johnnie gefragt hatte: »Erinnerst du dich an die Penhaligons?« Und all die Sehnsucht, die Hoffnung und der Schmerz waren frisch und lebhaft zurückgekehrt.

Jetzt stellt Rowena das Foto behutsam wieder an seinen Platz. Merkwürdig, dass Johnnie auf der Heimfahrt im Auto so schweigsam war und ein wenig nervös reagiert hat, als sie ihn drängte, Jess zum Lunch einzuladen. Das sieht ihm gar nicht ähnlich. Johnnie ist schließlich sehr gastfreundlich und liebt Partys. Aber er hat versprochen, Kate am Wochenende anzurufen und einen Termin auszumachen. Rowena überzeugt sich davon, dass das Stück Papier mit der Telefonnummer sicher in ihrer Handtasche steckt. Sie wird ihn daran erinnern, den Anruf zu tätigen – und wenn er Ausflüchte macht, ruft sie selbst an.

Tavistock

Am Dienstagmorgen ist das Cottage in der Chapel Street von Sonnenlicht erfüllt. Sauber, frisch gestrichen und leer wartet es jetzt darauf, erneut zum Leben erweckt zu werden. Kate bleibt einen Moment lang in der schmalen Einbauküche stehen, die auf den Garten hinausgeht. Ein Weg führt zu der schattigen Pergola am anderen Ende. Durch die Diele tritt sie in den Salon, wo zu beiden Seiten des bezaubernden viktorianischen Kamins Erker liegen. Auf der anderen Seite des Flurs befindet sich ein Raum, in dem zwei Wände mit Bücherregalen bedeckt sind und der ein praktisches Wohnzimmer abgeben wird. Hierher wird sie den großen Tisch stellen – die Küche ist zu klein, um darin zu essen – und alles sehr gemütlich und einladend herrichten. Oben bleibt sie auf dem Treppenabsatz stehen, um über den Garten hinauszusehen. Große, blasse japanische Anemonen wachsen entlang der Gartenmauer, und Kapuzinerkresse überwuchert den gewundenen Pfad. Die Rambler-Rosen haben die Pergola vollständig überwachsen, und ihre Hagebutten leuchten in der Oktobersonne orangefarben und scharlachrot.

Drei Zimmer, von denen eines nicht größer als eine Abstellkammer ist, und das Bad gehen von dem kleinen, quadratischen Treppenabsatz ab. Kate läuft nach unten und setzt sich auf die unterste Treppenstufe. Sogar hier scheinen Geister zu lauern. Dieses Haus hat schon anderen Paaren gehört, bei denen der Mann bei der Marine war, oder sie haben es gemietet; Menschen, die sie kennt. Kate sieht sie durch diese Räume gehen, einander auf dem Treppenabsatz etwas zurufen, eifrig Pläne schmieden, aufgeregt auf die Zukunft hoffen und – genau wie sie jetzt – darauf warten, dass der Umzugswagen ihre eingelagerten Möbel bringt. Sie erinnert sich an andere Dienstquartiere, Mietwohnungen, ungemütliche Dienstwohnungen für verheiratete Offiziere und hilfsbereite Möbelpacker. Angesichts ihres familiären Hintergrunds wird Jess all das vertraut sein.

Kate fragt sich, was Jess von dem Cottage halten wird, von Johnnie und Lady T., von Cass und Tom, und sie spürt ein starkes Unbehagen. Jetzt ist es ohnehin zu spät. Sie blickt auf ihre Armbanduhr und steht auf. Die Möbelpacker werden sehr bald hier sein, und dann beginnt die harte Arbeit. Aber sie hat nicht vergessen, was für den zufriedenstellenden Ablauf eines Umzugs am wichtigsten ist: Wasserkessel, Tassen, Teelöffel, Milch, Tee, Kaffee und Zucker warten in der Küche darauf, ausgepackt zu werden.

»Du weißt, dass wir uns sehr freuen, wenn du uns besuchen kommst«, sagt Cass zu Oliver, während sie zusammen nach Tavistock hineinfahren, »aber ich habe ein ganz seltsames Gefühl, dass du dieses Mal bei deinem Besuch einen Hintergedanken verfolgst. Willst du mir nicht sagen, was es ist?«

Oliver zuckt mit den Schultern und setzt eine ausdruckslose Miene auf, während er die schmale Brücke über den Fluss Meavy überquert. Er denkt daran, wie er vor Jahren, als er Fahren lernte, dem Wagen seines Vaters an diesen harten Steinen Schrammen beigebracht hat – und an den Streit, der darauf folgte.

»Ich möchte gern selbst sehen, wie es euch beiden geht«, erklärt er, »nichts weiter. Wie jeder gute Sohn. Das ist doch nichts Neues.«

»Hm.« Cass ist skeptisch. »Aber normalerweise machst du dich, nachdem du ein, zwei Tage deine Sohnespflichten erfüllt hast, schnell wieder davon, weil du noch andere Eisen im Feuer hast. Dieses Mal kommt es mir vor, als wartetest du auf etwas. Oder jemanden.«

»Oh, das stimmt«, versetzt Oliver rasch. »Ich warte darauf, Jess kennenzulernen. Sie kommt am Freitag, deswegen dachte ich, dass ich bleibe, um dieses Wunderkind zu sehen, das Davids hochgeschätzten Preis gewonnen hat. Schadet doch nichts, oder?«

»Nein«, sagt Cass, aber sie ist nicht überzeugt. Sie fühlt sich unsicher und gereizt. »Ich wäre dir nur dankbar, wenn du während dieser Wartezeit nicht ständig deinen Vater provozieren würdest. Dass Gemma droht, Guy zu verlassen, nimmt ihn ziemlich mit, und da ist deine Fopperei keine Hilfe.«

»Tut mir leid, Ma. Ich hatte versucht, die Stimmung etwas aufzulockern, das ist alles. Sonst sagst du immer, dass es hilft, wenn man alles heiterer nimmt.«

»Ich weiß.« Das stimmt, doch im Moment weiß sie einfach nicht, was sie will. Nichts fühlt sich richtig an. »Ich bin innerlich ganz unruhig, Ollie, als stünde eine Katastrophe bevor.« Sie lacht. »Ich klinge schon wie Kate. Eigentlich ist sie diejenige mit den Zeichen und Omen, nicht wahr? Früher habe ich immer gesagt, sie müsste Cassandra heißen, nicht ich.«

»Möchtest du bei ihr vorbeifahren?«

Cass denkt darüber nach. Sie freut sich sehr darüber, dass Kate nach drei Jahren vielleicht wieder nach Tavistock zieht; ihre innige Beziehung hat ihr gefehlt, die spontanen Besuche und Treffen. St. Meriadoc liegt nur eineinhalb Autostunden entfernt, aber es wäre trotzdem schön, Kate wieder in der Nähe zu haben. Tom ist in letzter Zeit mürrischer geworden. Er ist der harten Arbeit überdrüssig, die notwendig ist, um das Pfarrhaus und das Grundstück instand zu halten, und es ist mühsam, ihn ständig aufzuheitern. Da ist es eine wunderbare Aussicht, dass Kate in ihrer Nähe ist, um sie zu unterstützen und aufzumuntern. Jedenfalls war das so, bis das Thema einer möglichen Scheidung von Gemma und Guy düster am Horizont auftauchte. Jetzt tänzeln Kate und sie argwöhnisch um das Thema herum. Es ist *das* heikle Thema schlechthin, und es kostet Mühe, direkte Bemerkungen darüber, wer schuld ist, zu vermeiden. Sie sind beide sensibel und immer bereit, das eigene Kind zu schützen, und heute Morgen fühlt Cass sich diesem feindseligen Hin und Her nicht gewachsen. Sie möchte shoppen, sich bei Brigid Foley etwas Elegantes zum Anziehen kaufen und bei Crebers nach einem leckeren Happen zum Mittagessen stöbern; sie sehnt sich einfach danach, sich zu entspannen und glücklich zu sein.

»Kate hat sicher viel zu tun«, sagt sie, »mit dem Einrichten des Cottage und allem. Umziehen ist wirklich die Hölle, oder? Vor allem, weil Jess schon am Freitag kommt.« Eine Pause. »Woher wusstest du eigentlich, wann sie ankommt?«

»Kate hat mir eine SMS geschrieben«, antwortet er.

»Oh.« Cass fühlt sich ein wenig verletzt. »Mich hat sie nicht angerufen. Warum wohl nicht?«

»Vielleicht aus demselben Grund, aus dem du heute Vormittag nicht bei ihr vorbeischaust.«

Cass schweigt.

»Ich gehe zur Buchhandlung«, erklärt Oliver. »Wir parken dann am *Bedford Hotel* und treffen uns auf einen Kaffee oder Drink, wenn du mit dem Einkaufen fertig bist. Ist das okay für dich?«

»Ja.« Sie wirft ihm einen Seitenblick zu. »Gehst du zu Kate?« Cass will nicht, dass er Kate besucht. Sie hat das Gefühl, dass es ein schlechtes Licht auf sie wirft, wenn Kate erfährt, dass sie in der Stadt ist und nicht vorbeischaut, um nach ihr zu sehen. Cass fühlt sich schuldig, rastlos und verärgert.

Oliver schüttelt den Kopf. »Nein. Heute lassen wir Kate in Ruhe, damit sie sich einrichten kann, und später rufen wir sie an, um zu hören, ob sie morgen Hilfe gebrauchen kann. Ich schreibe ihr eine SMS. Hör auf, dir Gedanken zu machen, Ma! Wir sind doch losgefahren, um ein bisschen Spaß zu haben, weißt du noch? Das hast du jedenfalls zu Pa gesagt.«

»Ja«, antwortet sie sofort. »Du hast ja recht. Und es ist eine gute Idee, Kate eine SMS zu schreiben. Wenn sie möchte, können wir ja morgen noch einmal in die Stadt fahren. Lass mir eine Stunde Zeit, und dann lade ich dich auf ein Bier ein!«

»Klingt gut«, sagt er.

Jess ist nach Westen unterwegs und fährt über die Autobahnbrücke über den Fluss Exe. Sie wirft einen kurzen Blick auf das Stück Papier, das auf dem Beifahrersitz liegt, wechselt die Spur und fährt von der M5 auf die A30 ab.

»Der schnellste Weg nach Tavistock«, hat Kate ihr erklärt, »ist über die A30, und dann in Sourton abfahren. Die Fahrt über das Moor ist spektakulärer, aber dieser Weg ist schneller, und das Moor können wir später immer noch erkunden, wenn Sie wollen.«

Sie hat Kate sofort gemocht; die beiden haben sich gleich gut verstanden. Die Ältere strahlte eine Direktheit und Einfachheit aus, die sie ansprach, und sie haben gemeinsam darüber gelacht, wie sehr sie es beide hassen, wenn sie sich schick machen müssen.

»Wenigstens haben Sie Talent dazu, sich zurechtzumachen«, bemerkte Kate. »Ich dagegen sehe immer aus, als hätte ich mich in einer Altkleiderkammer eingedeckt. Ich kann es kaum abwarten, meine Jeans wieder anzuziehen.«

Bei der Erinnerung muss Jess grinsen. Und es ist wirklich komisch, dass Kate ihre Großeltern von ganz früher kennt. Sie haben über das Leben bei der Marine geredet, die vielen Umzüge und die Trennungen, und es war, als wären sie alte Freundinnen, die sich seit ewigen Zeiten nicht gesehen haben.

Es ist schön, so glücklich zu sein: diesen angesehenen Preis gewonnen, die Abschlussprüfungen mit Auszeichnung bestanden zu haben und ein ganzes Jahr frei zu haben, um zu überlegen, welche Richtung sie in Zukunft einschlagen soll. Das Preisgeld hat ihr Freiraum verschafft – sie hat sich dieses kleine Auto gekauft und ist jetzt wirklich unabhängig. Jess spürt, dass sie übers ganze Gesicht strahlt, aber sie kann nicht anders. Seit Daddys Tod ist das Leben nicht mehr so schön gewesen – und das liegt teilweise daran, dass sie an den Ort fährt, an dem er geboren ist und an dem ihre Großeltern sich kennengelernt haben. Dort möchte sie ein paar Monate entspannen. Kate hat in einer ihrer E-Mails vorgeschlagen, Jess könne doch herunterkommen und sich umsehen und ein paar Freunde ihrer Großeltern kennenlernen, und sie hat ihr dieses Cottage in Tavistock angeboten, damit sie eine Bleibe hat. *Da können Sie allein sein, wenn Sie möchten, aber ich kann Sie auch herumführen und einigen Leuten vorstellen*, hat Kate geschrieben – was wirklich cool ist, weil sie noch nicht so recht weiß, was sie mit dieser Reise bezweckt oder was sie konkret vorhat. Manchmal muss sie allein sein, ihren Freiraum haben; doch es ist auch gut, ein paar Freunde in der Nähe zu wissen. Unterdessen scheint die Sonne, und sie sitzt in ihrem kleinen Auto und hört Jamie Cullum. In ihrem Kofferraum sind fast ihre gesamten Besitztümer verstaut, denn Jess ist sehr minimalistisch eingestellt. Und die ganze Zeit über nimmt sie auf einer tieferen Ebene die Formen, Muster und Farben der grünen, sanft gewellten Hügel und der kleinen eckigen Felder wahr, die tiefrote, krümelige Erde, die ein knatternder alter Pflug aufwirft, und das Grau und Weiß des Möwenschwarms, der ihm folgt, hohe Bäume und kantige Hecken, deren Blätter in glühenden Herbstfarben leuchten.

Sie ist auf dem Weg nach Westen, und sie fühlt sich gut.

Kate wartet nervös. Sie läuft durch das Haus, überprüft die Zimmer und fragt sich, was Jess davon halten wird und ob es ihr wohl gefällt. Gestern Abend hat sie Bruno angerufen. Er hat sofort abgenommen, und sie wusste, dass er ihren Anruf erwartet hatte.

»Was mache ich da bloß?«, fragte sie. »Bin ich verrückt geworden? Ich kenne dieses Mädchen überhaupt nicht, und jetzt kommt sie und wird hier wohnen. Warum habe ich das nur gemacht?«

»Weil du das Gefühl hattest, das es richtig ist. Vergiss, was du jetzt empfindest! Das sind nur die Nerven. Was wirklich zählt, ist, was du zu dem Zeitpunkt gefühlt hast.«

Seit drei Jahren sind Bruno und sie auf die bestmögliche Weise befreundet. Sie haben stundenlang über das schreckliche Durcheinander geredet, das bisher in ihrem Leben geherrscht hat, versucht, einen Sinn hineinzubringen, einander Fehlschläge und Ängste eingestanden, abwechselnd gelacht und geweint und einander Mut gemacht. Jetzt fehlt er ihr, und sie wünscht sich, sie wäre in St. Meriadoc geblieben und hätte das Cottage in der Chapel Street einfach vermietet.

»Es war verrückt«, sagte sie, »die restlichen eingelagerten Möbel herauszuholen. Das Beste wäre gewesen, das Haus unmöbliert zu lassen. Ich hätte warten sollen, bis ich wirklich entschieden habe, wo ich in Zukunft leben will.«

»Die Möbel mussten einmal heraus und wieder gebraucht werden«, antwortete Bruno gelassen. »Vielleicht beschließt Jess ja, zu bleiben und das Haus zu mieten. Keine Panik, Kate! Das Haus unmöbliert zu lassen hätte dir auch nicht bei der Entscheidung geholfen. Du hast doch das Cottage hier – ich werde dich schon während deiner Abwesenheit nicht vor die Tür setzen –, und wenn du in der Chapel Street bist und tatsächlich dort lebst, wird dir das eine Hilfe dabei sein, die richtige Wahl zu treffen.«

Bruno ist ein dunkler, keltischer Typ. Während sie mit ihm telefonierte, sah sie ihn vor sich, wie er in seiner üblichen Aufmachung – Jeans und Pullover – in der Küche umherging, sein Abendessen zubereitete und es in diesen erstaunlichen zentralen Raum trug, wo das vorgelagerte Panoramafenster einem das Gefühl vermittelt, direkt über dem Meer zu schweben. Auf dem Sofa lagen sicher wie gewöhnlich Bücher- und Zeitungsstapel, und Brunos Collie-Hündin Nellie hatte sich am anderen Ende des Raumes vor dem Kamin zusammengerollt.

»Du fehlst mir«, sagte Kate. Sie sprach es ganz beiläufig aus und fühlte sich dabei ein wenig töricht.

»Es ist gut, Menschen zu vermissen«, gab er zurück. »Dann erkennt man, wie sehr man sie liebt.«

Und schon redete er weiter, bevor ihr eine angemessene Antwort darauf einfiel. »Wie gefällt es Flossie in der Chapel Street?«

Sie sah ihre Retriever-Hündin an, die sich vor dem Heizkörper in ihrem Korb zusammengerollt hatte. »Ihr geht es gut. Als die Umzugsleute kamen, hatte ich sie bei Cass und Tom untergebracht; aber in den letzten paar Tagen hat sie sich sehr gut eingelebt. Cass und Oliver haben mich gestern großartig dabei unterstützt, das Haus in Schuss zu bringen. Ich hoffe, es gefällt Jess.«

»Es wird alles gut gehen, Kate«, erwiderte er sanft. »Hör auf, dir Sorgen zu machen.«

Er hatte nicht gesagt: »Zieh zu mir, lass uns zusammen sein!« Und selbst wenn, was hätte sie ihm geantwortet? Sie war daran gewöhnt, ihren Freiraum zu haben, Privatsphäre, wenn sie sie brauchte, wenn ihre Familie sie besuchte – und Bruno erging es nicht anders. Wenn sie zusammen wären, würde das alles ruinieren. Sie sind ein paar Mal zusammen im Bett gewesen, für gewöhnlich nach einem langen, späten Abendessen, wenn die tiefe, emotionale Intimität zwischen ihnen nach einem körperlichen Ausdruck verlangte, und es war schön. Und doch mochten beide keine feste Bindung eingehen.

Während sie jetzt auf Jess wartet, wird Kate klar, dass er recht hat: Sie muss diesem Instinkt trauen, der sie bewogen hat, Jess hierher einzuladen und das Haus in der Chapel Street wohnlich einzurichten. Sie braucht noch keine Entscheidung zu treffen. Gerade, als sie einen tief empfundenen Seufzer der Erleichterung ausstößt und ihre Ängste beiseiteschiebt, klopft es an der Küchentür. Flossie bellt. Kate sieht auf die Uhr – es ist noch zu früh für Jess –, und dann hört sie Olivers Stimme und eilt zu ihm hinaus.

»Störe ich euch vielleicht?«, erkundigt er sich. »Ich hatte überlegt, ob du ein wenig moralische Unterstützung gebrauchen kannst. Wenn es dir lieber ist, gehe ich aber wieder.«

»Absolut nicht«, sagt sie. Mit einem Mal ist ihre Aufregung wieder da, und sie freut sich, ihn zu sehen. »Das ist einfach perfekt. Viel einfacher für Jess, wenn du auch hier bist.«

»Das ist wirklich ein schönes kleines Haus, Kate.«

Durch die Tür schaut er in den Salon und betrachtet die

Fensternischen, die voll mit hübschen Dingen sind, und die gemütlichen Sessel; dann geht er durch die Diele und tritt in den größeren Raum, wo jetzt der lange Tisch unter dem Fenster steht, umrahmt von vielen unterschiedlichen Stühlen. In den Regalen stehen Bücher, an den Wänden hängen Bilder, und an einer Wand befindet sich ein langes Sofa.

»Ja, nicht wahr?« Ihre Zuversicht ist zurückgekehrt. »Soll ich Kaffee kochen? Jess hat eine SMS aus Exeter geschickt, und ich würde sagen, wir haben noch eine halbe Stunde Zeit.«

»Soll ich die Haustür öffnen?«, fragt er. »Das wirkt doch viel einladender. So muss Jess nicht klopfen und dann warten, oder? Die Sonne knallt nur so herunter, und Flossie kann draußen sitzen und Ausschau nach ihr halten.«

So kommt es, dass Jess, die langsam die Straße entlangfährt und die Hausnummern im Auge behält, zuerst einen Retriever sieht, der erwartungsvoll am Tor steht, und dann die Haustür, die weit und einladend geöffnet ist. Als sie den Wagen anhält und sich aus dem offenen Fenster lehnt, beginnt der Hund mit dem fedrigen Schwanz zu wedeln, und ein hochgewachsener blonder Mann schlendert lässig in den kleinen, gepflasterten Vorgarten hinaus.

Sie mustert ihn neugierig. Ob das einer von Kates Söhnen ist? Er sieht sehr gut aus. Sehr cool. Mitte dreißig, vielleicht ein wenig älter? Die beiden sehen einander an, und sie spürt den seltsamen Impuls, zu lachen und aus dem Auto zu springen, als kehrte sie zu Menschen heim, die sie kennt und liebt.

»Jess«, sagt er. Es ist keine Frage, sondern einfach eine Feststellung. Und er öffnet das Tor.

Der Hund steht wild wedelnd an der Autotür, und Jess steigt aus. Jetzt sprudelt das Lachen richtig aus ihr heraus, und da kommt Kate aus dem Cottage gestürzt, um sie willkommen zu heißen.

»Das ist Oliver. Er ist der Sohn von Freunden, die Juliet und Mike kannten«, erklärt sie. »Und das ist Flossie. Willst du nicht Pfötchen geben, Flossie? Meine Güte! Schön, Sie wiederzusehen, Jess!«

Und Jess schüttelt Oliver die Hand, umarmt Kate und streichelt Flossies glänzendes, flauschiges Fell. Dann gehen sie alle zusammen ins Haus.

Sofort ist ihr klar, dass es ihr hier gefallen wird. Sie weiß immer gleich, ob Menschen oder Orte das Richtige für sie sind. Sogar als Kind hat sie diese seltsame Gabe schon besessen, eine Art zweites Gesicht, dass sie warnt oder ermuntert und dem sie zu trauen gelernt hat.

Dieses Cottage zum Beispiel strahlt eine positive Stimmung aus; es ist ein Zuhause und ein Ort, an dem man entspannen kann. Die Hündin ist wieder in ihren Korb geklettert. Kate gießt Kaffee ein, und Oliver lehnt sich ans Kopfende des Tisches und fragt, wie ihre Fahrt war.

Sie mag ihn; es gefällt ihr, wie er sie ansieht, als wäre sie zuallererst und vor allem Jess und erst dann eine Frau. Es ist, als sähe er das an ihr, was wichtig ist, und sie hat das Gefühl, ihm trauen zu können. Diese seltsame Gabe ist für sie immer ausschlaggebender geworden, seit ihr Leben in Stücke gefallen ist, zuerst durch den Tod ihres Vaters und dann durch die neue Beziehung ihrer Mutter und ihren Umzug nach Brüssel.

Kate reicht ihr einen Becher Kaffee, und Jess schaut sich um. In der Schule und an der Uni war sie ganz zufrieden, aber sie ist härter geworden und hat gelernt, für ihre Sache zu kämpfen. Drei Jahre lang war das kleine Haus in Bristol, das sie mit ihren Freunden, ebenfalls Studenten, teilte, ihr Zuhause – nicht die schicke Wohnung in Brüssel. Doch seit das alles vorüber ist, fühlt sie sich ziemlich entwurzelt und ein wenig verängstigt. Aber jetzt ist sie hier und sitzt mit zwei neuen Freunden und dem Hund in diesem von Sonnenschein erfüllten, behaglichen Raum. Alle sind sehr entspannt; hier geht es nicht förmlich zu, und niemand nimmt sie ins Kreuzverhör darüber, wie ihre Zukunftspläne aussehen. Diese beiden haben sie einfach in ihrem Leben akzeptiert und lassen ihr den Freiraum, sich zu entspannen.

Kate packt ein kleines Päckchen aus und zeigt Oliver den Inhalt. Jess sieht, dass es ein Gemälde ist.

»Ich habe es mitgebracht. Ich dachte, Sie würden es vielleicht gern sehen«, erklärt Kate und gibt es an sie weiter. »David hat es vor fast zwanzig Jahren gemalt. Er hat damals bei einer Freundin von mir in Dartmoor gewohnt, und als sie gestorben ist, hat sie es mir vermacht. Damals kannte ich ihn noch nicht, aber er hat mir erzählt, er habe sich dabei zum ersten Mal wirklich für den botanischen Aspekt der Malerei interessiert und dann angefangen, sich richtig darin einzuarbeiten.«

Jess nimmt das Bild. Es ist eine Skizze, die eine alte Steinbrücke über einen Fluss und einen Teil des Ufers darunter darstellt, wo vor dem von der Sonne erwärmten Stein Fingerhut wächst. Das Bild ist leicht koloriert, und die Sonne glitzert auf dem Wasser, das beim Hinsehen zu fließen und zu spritzen scheint. Geschickte, zarte Pinselstriche bilden die einzelnen Fingerhutstauden nach, die Struktur des zerbröckelnden Steins und die winzigen, federnden Mooskissen, die sich daranklammern.

»Das ist wunderschön«, murmelt sie, neigt das Bild und nimmt es genau in Augenschein. »Es ist so exakt und gleichzeitig so fantasievoll. Wie hat er das gemacht?«

»Ich dachte, Sie würden es vielleicht als Zeichen sehen«, erklärt Kate. »Oder Omen. Ich meine, das ist das Bild, das ihn auf den Weg zur botanischen Malerei geführt hat. Und er hat es hier ganz in der Nähe gemalt.«

»Glauben Sie an Zeichen und Omen, Jess?«, fragt Oliver. »Oder sind Sie eher praktisch eingestellt?«

»Ich weiß es nicht.« Das Bild immer noch in der Hand, sieht sie zu ihm auf. »Ja, doch, ich denke schon, dass ich an Zeichen und Omen glaube. Aber nachdem ich jetzt auf mich allein gestellt bin, muss ich vorsichtig sein.«

Jess kommt sich wie eine Närrin vor und wünscht, sie hätte das nicht gesagt, weil es kindisch klingt. Sie beugt sich über das Bild und betrachtet es. Zu ihrer Erleichterung reagiert keiner der beiden; keiner sagt: »Aber Sie sind doch nicht allein!« Keiner kommentiert ihre Worte mit irgendeiner Floskel. Sie lassen sie einfach in Ruhe.

»Ma hat etwas von Mittagessen morgen gesagt«, erklärt Oliver, »falls ihr beide euch dem gewachsen fühlt.«

»Das wäre schön«, erwidert Kate. »Könntest du ihr bitte danken und ihr ausrichten, dass ich sie später anrufe? Flossie muss bald nach draußen, und ich dachte, Jess und ich könnten mit ihr hinauf ins Moor gehen, sobald sie sich etwas eingerichtet hat.«

Während die beiden reden, dreht Jess das Bild ein wenig und liest die Worte, die quer in eine Ecke geschrieben stehen.

Danke für alles. Es war vollkommen. In Liebe, D.

Sie spürt einen merkwürdigen kleinen Anflug von Traurigkeit und fragt sich, wer die Frau war und was aus ihr geworden sein mag.

Oliver geht, und sie steht auf, um sich von ihm zu verabschieden. Er küsst Kate, lächelt Jess zu und geht über die Chapel Street davon.

»Kommen Sie!«, sagt Kate. »Ich zeige Ihnen Ihr Zimmer, und dann können Sie auspacken.«

Oliver verlässt die Stadt, durchquert Horrabridge und Dousland und fährt dann ins Moor hinauf. Er denkt darüber nach, wie er auf Jess reagiert hat – abgesehen von der normalen körperlichen Reaktion auf ein junges und sehr attraktives Mädchen. Er hat die komplexen Facetten ihres Charakters wahrgenommen: Kraft und Verletzlichkeit. Entschlossenheit und Angst. Eine Offenheit gegenüber Einflüssen von außen und ein starkes Selbstwertgefühl. Er überlegt, dass jeder von äußeren Ereignissen geformt wird, und fragt sich, wie sich Jess entwickelt hätte, wenn ihr Vater nicht in Bosnien gefallen wäre und ihre Mutter nicht wieder geheiratet hätte und ins Ausland gezogen wäre.

»Aber nachdem ich jetzt auf mich allein gestellt bin, muss ich vorsichtig sein«, hat sie gesagt, ein sehr aufschlussreicher Satz. Sie muss vorsichtig damit sein, wie sie auf Zeichen und Omen reagiert, denn sie hat niemanden mehr, der sie auffangen kann, wenn sie sie missdeutet und scheitert. Damit hat sie signalisiert, dass sie keine Fehlertoleranz, kein Sicherheitsnetz hat, und Oliver ist ziemlich bestürzt über seine Reaktion: einen starken Wunsch, sie zu beschützen. Glücklicherweise ist er zu erfahren, um dieses Gefühl in Worte zu fassen, und hat viel Übung darin, seine Empfindungen zu verbergen. Er hat den Moment vorbeigehen lassen. Der Altersunterschied zwischen ihnen ist groß, und er darf sich nicht zum Narren machen. Das hat er schon öfter geschafft.

Und jetzt sieht auch er die Geister vergangener Jahre: seine geliebte Phyllida, für die er schmerzlich romantisch geschwärmt hat, die es aber vorzog, glücklich verheiratet zu bleiben; die wunderschöne Claudia, mit der er eine kurze, aber sehr körperliche und leidenschaftliche Affäre hatte; und die liebreizende Chrissie, die ihn angebetet hat, jedoch so jung war, dass er sie nicht ernst genug für eine langfristige Beziehung nehmen konnte.

Als er durch das Tor des alten Pfarrhauses fährt, sieht er Tom, der mit seinem Aufsitzmäher den Rasen schneidet, und ist erleichtert, weil er jetzt nicht gleich ins Kreuzverhör über Jess genommen wird. Er weiß, dass Toms Fragen ihn in Verlegenheit stürzen werden.

In dem Moment, als er Cass sieht, wird ihm jedoch klar, dass etwas Wichtigeres passiert ist und Jess nicht mehr Thema Nummer eins ist. Seine Mutter wirkt freudig erregt, aber nervös, und sie schaut an Oliver vorbei, als fürchtete sie, Tom könne ihm ins Haus gefolgt sein.

»Oh, Schatz!«, ruft sie sofort. »Gemma hat angerufen. Sie kommt nächste Woche mit den Zwillingen nach Hause. Sie sagt, sie ist es leid, mit Guy, der einfach tut, als wäre nichts, über die Scheidung zu diskutieren, und sie hat sich furchtbar mit Mark gestritten.« Cass zieht Oliver in die Küche und schließt die Tür. »Dein Vater ist völlig außer sich«, erklärt sie. Sie spricht schnell, umfasst immer noch seinen Arm und behält mit einem Auge die Tür im Blick. »Er findet, dass wir uns stillschweigend mit der Trennung einverstanden erklären, wenn wir ihnen erlauben hierherzukommen. Doch wohin soll sie sich sonst wenden? Sie hat hier keine richtigen Freunde, und wir müssen an die Zwillinge denken. Tief im Herzen hat Tom nicht geglaubt, dass sie Guy wirklich verlassen würde. Er dachte, das wäre nur einer ihrer Einfälle und dass sie darüber hinwegkommt. Seiner Meinung nach ist es absolut verantwortungslos von ihr, sich so zu benehmen, obwohl sie keine Pläne oder Vorkehrungen getroffen hat.«

Sanft macht er sich los. »Und was denkst du?«

Mit einem Mal wirkt sie verängstigt. »Ich weiß es nicht mehr. Natürlich möchte ich Gemma und die Zwillinge näher bei mir haben, als sie es in Kanada sind, und ich will, dass sie glücklich ist; doch ich *wünsche* mir nicht, dass ihre Ehe scheitert. Guy ist nicht wirklich mein Typ, dazu ist er seinem Vater zu ähnlich; aber er ist gut zu Gemma und den Zwillingen gewesen. Deine Schwester hat es ihm auch nicht gerade ...« Sie zögert und sucht nach einem Wort, das nicht allzu unverblümt ist. »Leicht gemacht«, sagt sie schließlich.

Oliver lacht. »Ich dachte, es ginge eher darum, was meine Schwester *getan* hat. Hat damit nicht der ganze Ärger angefangen?«

Einen Moment lang starrt Cass ihn an. Er sieht, dass sie nicht genau weiß, ob sie sich stellvertretend für Gemma empören oder sich amüsieren soll – und dann lacht sie ebenfalls.

»Aber ganz ehrlich«, sagt sie. »Was in aller Welt soll ich tun?«

»Sie zu Hause willkommen heißen und ihr Luft zum Atem lassen«, erklärt er. »Mach keine große Sache daraus. Was hat sie den Zwillingen erzählt?«

»Nicht die ganze Wahrheit. Sie hat gesagt, dass sie wieder hierher ziehen und dass Daddy nachkommt, sobald er kann. Momentan haben sie einfach das Gefühl, lange schulfrei zu haben.«

»Schön. Dann lass sie weiter in dem Glauben!«

»Aber was ist mit Tom? Du weißt doch, wie er sein kann.«

Darüber denkt Oliver nach. »Es ist ein Jammer, dass Jess ausgerechnet jetzt auftauchen musste«, meint er gedankenvoll.

»Gemma und die Zwillinge hätten in der Chapel Street wohnen können.«

»Aber ich möchte sie hier haben«, protestiert Cass. »Wir haben sie seit Monaten nicht gesehen. Wie ist sie übrigens?«

»Jess? Sehr hübsch. So eine Art Späthippie. Starke Persönlichkeit. Hör mal, ich finde trotzdem, dass wir Gemmas Aufenthalt anders sehen sollten, nämlich als Chance für sie und Guy, ihre Probleme einmal aus einer anderen Perspektive zu betrachten. Mach aus einer Krise kein Drama!«

Ein vielsagendes kurzes Schweigen tritt ein.

»Großartig«, murmelt Cass. »Sagst du deinem Vater das, oder soll ich?«

Als Jess sich auf die Bettkante setzt, sich die Haare bürstet und über ihren Tag nachdenkt, sieht sie, dass Kate das Bild auf einem speziell dafür angefertigten, kleinen hölzernen Gestell auf die Kommode neben ihrem Bett gestellt hat.

Ein Zeichen oder Omen. *Danke für alles. Es war vollkommen.*

Jess sieht das Bild an und hat das Gefühl, an der Schwelle zu etwas sehr Geheimnisvollem und Bedeutsamem zu stehen. Sie ist gerührt über die herzliche Begrüßung und darüber, wie sehr sie sich zu Hause fühlt. Es ist wirklich so, als hätten Kate und Oliver sie schon immer gekannt. Sie akzeptieren sie und sorgen beinahe beiläufig dafür, dass sie sich unbefangen fühlt, während sie sie gleichzeitig als etwas Besonderes schätzen. Sie hat schon ihren zwei besten Freundinnen, die zusammen in Thailand unterwegs sind, SMS geschrieben, um ihnen mitzuteilen, dass sie angekommen ist. Jetzt nimmt sie ihr Handy, schaut darauf und überlegt, ob sie versuchen soll, ihnen zu erklären, wie toll hier alles ist.

Aber wie soll ich die Weiträumigkeit und Stille des Moors beschreiben, über das Kate und ich gegangen sind?, fragt sie sich. Flossie rannte vor ihnen her und wedelte vor lauter Freude über alles mit dem Schwanz. In dieser ganzen Weite und Stille lag ein Gefühl von Frieden und Heilung, und als Jess jetzt auf der Bettkante sitzt, erinnert sie sich daran, wie tief sie geatmet und die saubere Luft über dem Moor mit gierigen Zügen eingesogen hat. Die tiefen Atemzüge linderten die Einsamkeit, die ihr Herz schon so lange in ihrem kalten Griff hält – und dann wies Kate auf ein glitzerndes Wasserband, das sich weit im Westen dahinschlängelte.

»Sehen Sie«, sagte sie. »Das ist der Tamar.« Und mit einem Mal ließ ein seltsames Gefühl, schon einmal hier gewesen zu sein, Jess' Herz heftig pochen. Plötzlich wich der gewohnte kalte Druck von ihm. Hier liegen ihre Wurzeln. Hier, in diesem Teil des West Country, hat einst die Familie ihres Vaters gelebt. Einen kurzen Moment lang fühlte sie sich ihm nahe, als stünde er neben ihr, als ermunterte er sie und bestärkte sie darin, diese Reise unternommen zu haben.

Jess legt ihr Handy auf die kleine Kommode neben ihrem Bett. Es passiert einfach zu viel, um es in SMS-Sprache zu quetschen. Wieder sieht sie das kleine Gemälde an, und dann knipst sie, von einer verwirrenden Mischung aus Aufregung, Glück und Entsetzen erfüllt, das Licht aus, schlüpft rasch unter das Oberbett, rollt sich zusammen und wartet auf den Schlaf.

»Ich kann es gar nicht fassen«, erklärt Tom zum dritten oder vierten Mal. »Sie ist Juliets Ebenbild. Ein Prachtmädchen.«

Kate war mit Jess zum Mittagessen da, und er ist vollkommen hingerissen von der jungen Frau. Jetzt, nach dem Abendessen, sitzt er mit Cass im Fernsehzimmer und denkt an die Partys unten am Tamar und die liebreizende Juliet zurück.

»Dir steht ja der Seiber vor dem Mund, Liebling«, sagt Cass und beugt sich vor, um umzuschalten. »Das ist nicht sehr attraktiv.«

Hinter ihrem Rücken zieht Tom eine kleine Grimasse. Durch die Begegnung mit Jess fühlt er sich wieder jung, stark und männlich. »Du musst zugeben, dass es stimmt«, gibt er zurück. »Die Ähnlichkeit ist außerordentlich. Warte, bis Johnnie und der gute alte Fred sie sehen! Wir müssen das wirklich mit einem Fest begehen. Wen kennen wir denn noch, der sich an Mike und Juliet erinnern müsste? Wie wäre es mit den Mortlakes? Stephen war immer hinter Juliet her. Es war ihm sogar ziemlich ernst. Das war natürlich lange, bevor er geheiratet hat.«

Ein merkwürdiges kurzes Schweigen tritt ein. Cass scheint sich vollkommen auf *River Cottage* zu konzentrieren und hat den Kopf leicht von ihm ab- und dem Fernseher zugewandt. Tom erinnert sich daran, dass Stephen sich auch sehr für Cass interessiert hat, aber viel später, nachdem sie alle geheiratet und Kinder bekommen hatten und ruhiger geworden waren. Er war ziemlich lästig gewesen – aber andererseits war Stephen auch immer ein Mensch gewesen, der gern etwas riskierte.

Egal, das ist lange her, und seitdem ist viel Wasser unter der Brücke hindurchgeflossen. Tom verzieht noch einmal leicht das Gesicht und trinkt seinen Wein aus. Komisch, wie Jess ihn aufgemuntert hat! Oh, er war sich während des Essens schon bewusst, dass Olivers sardonischer Blick auf ihm ruhte – doch das hat ihn nicht abgehalten. Er ist in Form gewesen und hat den Teufelskerl gegeben. Jess mag ihn, das hat er gleich gemerkt. Er lehnt sich zurück, um Hugh Whittingstall anzuschauen, den Fernsehkoch mit dem berühmten Satz »Verdammt, wo ist der Korkenzieher?« –, und Cass wirft ihm einen Seitenblick zu und sieht, dass er jetzt vollkommen in die Sendung vertieft ist.

Doch Cass irrt sich. Tom starrt den Bildschirm an, aber die Bilder, die er sieht, haben nicht das Geringste mit Hugh zu tun, der in seiner Küche raffinierte Dinge mit Enten anstellt. Er ist um vierzig Jahre in die Zeit zurückgereist und sieht den Ballsaal auf der *HMS Drake* vor sich: Juliet, die sich in Mikes Armen dreht und über seine Schulter hinweg lacht. Ihre langen Röcke fliegen und heften sich an seine schicke Uniform.

Tom stand am Rand der Tanzfläche, wartete darauf, dass Cass von der Toilette zurückkam, und beobachtete Juliet und Mike. Juliet war anmutig und schlank, aber keine ätherische Schönheit; ihr Haar und ihre Augen wiesen eine seltsame Mischung von Rot und Braun auf, die Farbe von Fuchsfell. Sie war eher der erdverbundene Typ. Heute Abend trug sie das lange, dichte Haar hochgesteckt, doch schimmernde Strähnen ringelten sich um ihren Hals, und Tom stellte sich vor, wie er ihre Haarnadeln eine nach der anderen herausziehen und zusehen würde, wie das schwere, glänzende Haar um ihre Schultern und über ihre nackten Brüste fallen würde.

Cass war auf Zehenspitzen hinter ihn getreten. »Behalt deine Augen bei dir, Schatz!«, flüsterte sie, und er zuckte zusammen, drehte sich um und hatte schon eine abwehrende Bemerkung auf der Zunge. Aber Cass kam ihm wie immer zuvor.

»Ah«, sagte sie, »die liebreizende Juliet! Nun ja, sie ist *wirklich* reizend. Oh, schau doch! Al hat sie abgeklatscht. Sieht Mike nicht wütend aus?«

Und Mike schaute allerdings finster drein, obwohl er versuchte, es mit einem Lachen zu überspielen und so zu tun, als machte es ihm nichts aus, dass sein bester Freund und Kamerad sich an seine Frau heranmachte. Er zuckte mit den Schultern und ging an die Bar; doch sogar Tom, der kein besonders analytischer Geist war, sah, dass Mike verärgert war.

»Al ist das Letzte«, meinte Cass. »Er tanzt zu eng mit ihr. Das macht er immer. Viele meiner Freundinnen sagen das auch. Verdammt lästig. Er weiß genau, dass wir nicht wagen, ihn zu ohrfeigen oder einen Aufstand zu machen, vor allem, da sein Vater drüben in der Ecke sitzt und zusieht. Keine möchte, dass ihr Mann bei Dickie schlecht angeschrieben ist. Al verlässt sich auf unsere guten Manieren.«

Tom murmelte etwas davon, dass es so schlimm nicht sei. Er fühlte sich unbehaglich und fand, dass das Ganze viel Lärm um nichts war, doch in einem hatte Cass recht. Keiner dieser jungen Männer wäre erfreut, wenn seine Frau vor einem vorgesetzten Offizier aus der Rolle fiel. Schließlich konnte auf einer Tanzfläche nicht viel passieren. Das sagte er auch Cass, die in scharfem Ton fragte, wie er sich denn vorkommen würde, wenn er jedes Mal, wenn er mit einer Frau tanzte, begrapscht würde.

»Bestimmt eine feine Sache«, gab er zurück und grinste. »Wenn es Juliet wäre, hätte ich bestimmt nichts dagegen, das kann ich dir sagen.«

Er warf Cass einen Blick zu und fragte sich, ob er zu weit gegangen war, doch sie lachte schon wieder, und er spürte eine große Woge von Dankbarkeit: Gott, was für ein Glück, sie zu haben! Sie lachte so gern und genoss das Leben, und seine Freunde waren fast genauso hinter ihr her wie hinter der göttlichen Juliet. Er konnte sich verdammt glücklich schätzen. Und hier kam Stephen Mortlake und forderte Cass auf, und Tom winkte ihnen gutmütig nach und ging zu Mike an die Bar.

»Das ist die Strafe dafür, eine schöne Frau zu haben. Gilt für uns beide«, meinte er, bestellte einen Horse's Neck, seinen Lieblingscocktail, und grinste Mike zu.

Aber Mike war nicht zu Scherzen aufgelegt. Mit mürrischer Miene kippte er seinen Drink herunter, und sein Blick klebte an Al und Juliet, die langsam um die Tanzfläche kreisten. Und dann kamen Johnnie und Fred und hatten wie immer bei einem Clubabend oder einer Party hübsche Mädchen am Arm hängen, die sie irgendwo aufgetrieben hatten. Tom verzog ein wenig das Gesicht und wies mit einer Kopfbewegung auf Mike, um sie vorzuwarnen. Doch Johnnie und Fred würden wahrscheinlich keine Anstalten machen, Mike aufzuheitern. Dazu hatten sie früher zu sehr unter seinen Schikanen gelitten.

»Na, seid ihr abgemeldet?«, fragte Johnnie freundlich.

»Soll ich Al für dich schlagen?«, setzte Fred hinzu.

»Bis du groß genug dazu bist, bist du schon zu alt«, knurrte Mike ihn an und nahm noch einen Schluck von seinem Drink.

Johnnie und Fred schnitten Grimassen, grinsten Tom zu und zogen ihre Mädchen auf die Tanzfläche. Stephen Mortlake brachte Cass zu ihm zurück.

»Sagt, sie hätte genug«, erklärte er.

»Natürlich hat sie das«, gab Tom zurück. »Deswegen habe ich sie ja geheiratet. Weil sie so einen guten Geschmack hat.«

Und er nahm Cass in die Arme. Sie gingen auf die Tanzfläche, und die Band begann, *California Dreamin'* zu spielen.

Toms Gedanken kehren in die Gegenwart zurück; er greift nach Cass' Hand und lächelt ihr zu. Verstohlen atmet Cass erleichtert auf und entspannt sich ein wenig. Stephen Mortlakes Name hat alte Geister heraufbeschworen und sie an eine jüngere, frechere Cass erinnert, die Risiken einging und auch gelegentlich vom rechten Weg abkam. Offensichtlich hat Tom nicht ganz die gleichen Verbindungen gezogen wie sie, aber sie möchte das Gesprächsthema im Moment nicht weiter verfolgen. Soll er doch glauben, dass sie eifersüchtig ist, das kann ihr nur recht sein. Es wird sein Ego aufpolstern und seine Stimmung verbessern. Sie erwidert den Druck seiner Hand, und die beiden rücken auf dem Sofa bequemer zusammen.

»Wer war die Frau, der das kleine Gemälde gehört hat?«, fragt Jess. Sie hat während der ersten paar Tage in Tavistock viel erlebt – sie hat Cass und Tom kennengelernt und das Moor erkundet –, doch trotz all dieser neuen Erlebnisse ist es das Bild, das sie immer noch fasziniert. Es ist das Erste, was sie sieht, wenn sie morgens aufwacht, und das Letzte, bevor sie abends das Licht ausknipst.

»Felicity«, antwortet Kate. Ihre Stimme klingt nachdenklich und ziemlich traurig. »Felicity war auch eine Marine-Ehefrau, so wie Cass, Juliet und ich. Sie hatte ein Cottage im Moor, in der Nähe von Mary Tavy. Jedenfalls starb Felicitys Mann an Krebs, als sie in den Vierzigern war. Es geschah sehr schnell und unerwartet …«

»Hatte sie Kinder?« Jess hat das Gefühl, dass sie ein wenig nachhaken muss.

»Nein. Keine Kinder. Felicity war die am wenigsten mütterliche Frau, der ich je begegnet bin. Nein, sie hat einfach weitergemacht. Weil einem gar nichts anderes übrig bleibt, wenn jemand, den man liebt, gestorben ist.« Wieder zögert Kate. »Nun ja, das wissen Sie ebenfalls, oder?«

Jess nickt, bleibt aber stumm.

»Also, es war so: David hat seine Tochter besucht, die in der

Nähe von Moretonhampstead lebt, und beschloss, so eine Art Malurlaub einzulegen. Damals kannte ich ihn noch nicht. Jedenfalls begann er, Felicitys Cottage zu malen, ein wunderschönes altes Steinhaus im Dartmoor-Stil, und sie sah ihn draußen auf der Straße sitzen, fand heraus, wer er war, und lud ihn zu einer Tasse Kaffee ein. Die beiden wurden ein Paar.«

Noch eine Pause.

»Und?«, fragt Jess. Sie ist fasziniert von dieser kleinen Geschichte.

»Und David hat ein paar wunderbare Wochen verlebt, in denen er eine neue Richtung für seine Arbeit entdeckte, während er eine Affäre mit Felicity hatte. Sie waren beide verwitwet, aber sie hatte ein paar Jahre lang einen Geliebten gehabt – eine außereheliche Zerstreuung, könnte man sagen –, und daher wiegte ihr Ruf David in dem Glauben, dass sie ganz froh sein würde, wenn es für ihn Zeit wäre, nach London zurückzukehren.«

»Was ist passiert?«

»Eine Tragödie. David war aufrichtig davon überzeugt gewesen, dass ihre Affäre eines dieser perfekten kleinen Geschenke ist, die das Leben uns manchmal macht, doch er hätte nie an eine langfristige Beziehung gedacht. Felicity sah das anders. Sie hatte sich gegen alle Erwartung in ihn verliebt. Nachdem er nach London zurückgekehrt war, versuchte sie erfolglos, Kontakt zu ihm aufzunehmen, und dann, eines Abends, hat sie zu viel getrunken und zu viele von ihren Migränetabletten genommen.«

»Oh, mein Gott …«

»Ja. Er hat sich das nie verziehen.«

»Wie schrecklich!« Jess denkt an die Worte auf dem Bild. *Danke für alles. Es war vollkommen.*

»Wie kann man über so etwas hinwegkommen?«

»Es ist ihm nie gelungen. Obwohl es ein Unfall war – und jeder ihn als solchen akzeptierte –, sagte er, dass sie nicht so viel getrunken hätte, wenn sie nicht so unglücklich gewesen wäre. Ich bin ihm ein Jahr später begegnet, und er hat mir alles darüber erzählt. Ich konnte ihm ein paar Hintergrundinformationen über Felicity geben, die es ihm ein wenig erträglicher machten, doch ich glaube, er ist nie wirklich darüber hinweggekommen.«

»Aber Sie sagten, Felicity habe Ihnen das Bild vererbt.«

»So war es auch. Sie hat mir alles, was sie besaß, hinterlassen. Ich war geschieden und hatte finanziell zu kämpfen. Da ich diejenige war, die die Ehe beendet hatte, wollte ich von Mark außer Unterhalt für Guy und Giles nichts annehmen, und ich glaube, aus irgendeinem Grund tat ich ihr leid. Ich hatte nach meiner Scheidung auch eine Affäre gehabt, deswegen verstand ich, was sie empfand. Mein Verhältnis habe ich abgebrochen, weil ich dachte, es könnte schwierig für meine Söhne werden, die noch sehr jung waren. Ich war in diesen Mann verliebt, deswegen war das sehr schmerzhaft. Felicity fand, ich sei verrückt. Eines Tages würden die Jungs aus dem Haus gehen, sagte sie, und dann wäre ich allein, und sie behielt auch recht – bis ich David begegnete. Die Liebe zu David hat Felicity verändert. Sie hat sie weicher und verletzlicher gemacht, und sie hat mir ihr ganzes Herz ausgeschüttet: dass sie ihn liebte und dass sie sich ganz verändert fühlte. Als ich ihn später kennenlernte, war das ein furchtbarer Schock. Er kam auf der Suche nach jemand anderem zu mir nach Hause und sah als Erstes das Gemälde, und so kam alles heraus.«

»Und Sie beide haben geheiratet.«

»Sehr viel später. Ich habe ein wenig Zeit gebraucht, um dieses Gefühl von Sicherheit aufzugeben, das daraus entspringt, gar nichts zu empfinden. Liebe schmerzt, aber wenigstens weiß man, dass man lebendig ist. David war ein guter Mensch. Er wollte geben, teilen. Er hat mich davon überzeugt, dass es besser ist, sich am Strand die Füße an den Glasscherben aufzuschneiden, als niemals den Sand zwischen den Zehen zu spüren. Also habe ich noch einmal die Schuhe ausgezogen und ihn geheiratet.«

Jess schüttelt den Kopf. »Das ist alles so seltsam!«, meint sie.

Kate sieht sie mitfühlend an. »Wenn alte Leute bei den Erinnerungen an ihre Vergangenheit rührselig werden? Ein bisschen abstoßend, was?«

»Nein«, ruft Jess aus. »Nein, das meine ich nicht. Es ist nur so, dass ich das Gefühl habe, in einen Roman hineingeraten zu sein, indem ich hergekommen bin. Sie und Cass und Tom kennen meine Großeltern und sind alle zusammen jung gewesen. Und all das über David zu hören ... David Porteous! Ich meine, für mich ist er wie eine Ikone, und jetzt erzählen Sie mir all diese Sachen, und dieses kleine Gemälde ist ein Teil davon. Die Worte, die er darauf geschrieben hat.«

»Arme Jess! Für eine Geschichte ziemlich überwältigend, würde ich sagen.«

»Nein«, gibt Jess vehement zurück. »Es ist gut. Seit Dad gestorben und Mum nach Brüssel gegangen ist, habe ich mich irgendwie isoliert. Als Künstlerin ...«, sie wirkt leicht befangen, als verdiente sie den Titel vielleicht nicht, »ist man ziemlich viel für sich. Es ist erforderlich, dass man die meiste Zeit allein verbringt. Bei mir jedenfalls ist es so. Davon abgesehen, habe ich keine Lust, ständig erklären zu müssen, was mit Daddy passiert ist und dass Mum wieder geheiratet hat, und das isoliert mich auch. Und plötzlich bin ich in so etwas wie einen Wandteppich mit all diesen Figuren marschiert, und sie werden um mich herum lebendig. Es war richtig, richtig bizarr,

Tom über Granny reden zu hören. Und wie er gar nicht darüber hinwegkam, wie ähnlich ich ihr sei. Sogar nach all den Jahren hat er sich an sie erinnert.«

»Tom vergisst nie eine schöne Frau«, meint Kate trocken. »So viele Jahre auch vergangen sein mögen. Ich bin nur froh, dass Sie sich nicht überfordert fühlen.«

»Nein. Es ist toll. Ich habe wieder das Gefühl, ein Teil von etwas zu sein. Ich gehöre in diese Geschichte.«

»Gut«, sagt Kate. »Dann hoffen wir, dass die Trehearnes etwas Gutes zu der Geschichte hinzuzufügen haben. Wir sind nächste Woche bei ihnen zum Lunch eingeladen.«

Am nächsten Morgen ruft Oliver an, kurz nachdem Kate Jess nachgewinkt hat, die in ihrem kleinen Auto allein zu einem Ausflug aufgebrochen ist. Sie hat Jess mit einer amtlichen Landvermessungskarte und einer Thermosflasche Kaffee ausgestattet und ihr erklärt, der Handy-Empfang draußen im Moor sei unzuverlässig.

»Sie kommt bestimmt gut zurecht«, meint sie zu Oliver. »Sie ist sehr unabhängig. Was ist los?« Er ruft vom Handy an, daher vermutet sie, dass dieses Gespräch nur sie beide angeht.

»Gemma und die Jungs sind gestern angekommen«, sagt er, »und Ma hat überlegt, ob du nicht herüberkommen und sie begrüßen willst. Ich glaube, sie ruft gleich an; das ist also sozusagen ein Warnschuss.«

Kate schweigt. Sie unterdrückt den starken Impuls, etwas Grobes zu erwidern, und ist erschüttert darüber, wie sehr sich alles in ihr dagegen sträubt, ihre Schwiegertochter zu sehen. Gemma ist untreu gewesen und hat ihre Ehe mit Guy zerstört, und ihr, Kate, wird es schwerfallen, einfach ins Haus zu schlendern und sie mit der gewohnten Herzlichkeit zu begrüßen. Natürlich sind da auch noch die Zwillinge ...

»Kate«, sagt Oliver, »wenn du noch Zeit brauchst, geh einfach nicht ans Telefon. Ich dachte, es würde dir vielleicht unangenehm sein, die Einladung abzulehnen, wenn du überrumpelt wirst. Sie haben einen früheren Flug bekommen, und ich habe sie gestern Morgen abgeholt.«

»Sie sind bestimmt alle erschöpft«, fällt Kate rasch ein. »Ich warte ein paar Tage, Oliver. Trotzdem danke.«

»Ma dachte, dass du die Zwillinge in die Arme schließen möchtest.«

»Will ich auch. Natürlich. Aber ...«

»Aber es ist ziemlich knifflig, sie alle glücklich vereint am Busen der Familie zu sehen, während der arme Guy in Kanada schmort?«

Kate stößt ein kurzes, bitteres Lachen aus, eher ein verächtliches Schnauben. »Vollkommen richtig. Kannst du dir vorstellen, wie schwer mir das fallen wird? Macht sich Cass eine Vorstellung? Wie soll ich denn reagieren? Ich habe keine Ahnung, wie ich damit umgehen soll, und ich begreife nicht, warum wir uns unbedingt im Pfarrhaus begegnen müssen. Da bin ich ja völlig in der Unterzahl.«

»Ich glaube, es wird für alle peinlich«, meint er. »Ma hat es noch gar nicht ganz realisiert. Pa ist wütend, versucht jedoch, es wegen der Jungs nicht zu zeigen. Ich finde wirklich, das Gescheiteste ist, cool zu bleiben und kein Riesendrama daraus zu machen.«

»Ich weiß, dass du so denkst. Und ich glaube, in diesem letzten Punkt hast du recht – jedenfalls werde ich das einsehen, wenn ich nicht mehr so zornig bin. Nichts daran ist schließlich Guys Schuld. Was soll ich denn zu Gemma sagen? ›Wie schön, dich zu sehen, Schatz! Willkommen zu Hause! Ein Jammer, dass die Ehe wegen deiner Flirts und Untreue gescheitert ist!‹ Was ist mit meiner Loyalität gegenüber Guy?«

»Das verstehe ich doch, Kate. Deswegen rufe ich an. Ich finde, alle brauchen ein wenig Freiraum.«

»Tut mir leid, Ollie«, murmelt sie. »Ehrlich, es hat nichts mit dir zu tun. Sorry.«

»Ist schon okay. Geh einfach nicht ans Telefon!«

»Ich fahre einkaufen«, erklärt Kate. »Führe Flossie aus. Danke, Ollie.«

»Bis bald.«

Jess fährt in ihrem kleinen Auto langsam dahin und schaut hinaus auf die ihr fremde Landschaft. Die Tors – Granitformationen, die wie unordentlich aufeinandergestapelte Felsbrocken aussehen – wachsen aus kurz abgeweideten, sanft gewellten Grasflächen empor, wo kleine, zähe Ponys grasen und weißliche, wollige Schafe am Rand der grauen Straße entlangziehen. Behutsam manövriert sie den Wagen um sie herum und fürchtet, sie könnten plötzlich loslaufen und ihr unter die Räder kommen; und dann fährt sie auf den Seitenstreifen, damit sie den unerwarteten herrlichen Blick auf sich wirken lassen kann. Sie hat keine Ahnung, wo sie ist, aber das bereitet ihr keine Sorgen; es liegt etwas Magisches daran, sich in dieser ungezähmten Natur zu verirren. Ihr fallen scharlachrote Beeren auf, die in Büscheln an einem mit silbrigen Flechten überzogenen Dornenbusch sitzen, und das Fischgrätmuster des niedergetretenen Farns. Es sind die Einzelheiten, die winzigen Details, die so faszinierend sind, obwohl die seltsame Macht dieser trostlosen Einöde unter dem unendlichen Himmel weiter auf ihre Sinne einstürmt.

Sie fährt weiter von der Straße hinunter, in einen kleinen

alten Steinbruch hinein, schaltet den Motor ab und greift nach der Thermosflasche mit dem Kaffee. Diese Ecke liegt geschützt vor dem scharfen Nordostwind, und Jess steigt aus dem Auto. Sie gießt sich Kaffee ein, geht ein paar Schritte und bleibt stehen, um zu trinken. Die Sonne ist heiß, und Jess wendet sich ihr zu, schließt die Augen und lauscht dem heiseren Krächzen eines Raben irgendwo in der Nähe. Eine Eberesche klammert sich an den Rand der Schottergrube, und zwischen ihren freiliegenden, knochenartigen, beharrlichen Wurzeln sieht sie verblichenen Fingerhut.

Jess setzt den Becher auf einem Felssims ab und tastet in der Jackentasche nach ihrer Kamera. Der Fingerhut erinnert sie sofort an David, und sie fotografiert die Stauden zusammen mit einer Gruppe kleingewachsener Blutwurzpflanzen. Ein Stück klettert sie den ausgetretenen Pfad hinauf, der aus der Grube führt, aber hier oben ist der Wind kalt, und sie kehrt um. Sie setzt sich in ihren Wagen, lässt die Tür offen, damit die Sonne hereinscheinen kann, und trinkt ihren Kaffee.

»Manche Menschen bekommen Angst, wenn sie allein im Moor sind«, hat Kate ihr erklärt. »Ich habe das nie so empfunden. Das Moor und das Meer sind immer wichtig für mich gewesen. Diese Empfindung von Unendlichkeit vermittelt mir ein Gefühl des Friedens. Angesichts ihrer Größe wirken meine Probleme klein, und das hat eine beruhigende, heilende Wirkung. Ähnlich wie die Besinnung auf Gott. Halten Sie sich jedenfalls an die großen Straßen, und alles geht gut.«

»Ich habe keine Angst vor dem Alleinsein«, antwortete sie. »Ich bin daran gewöhnt. Daddy hat mich immer ermuntert, unabhängig zu sein. Wenn man darüber nachdenkt, muss er ziemlich hart im Nehmen gewesen sein, um ganz allein mit achtzehn aus Australien herzukommen und zur Armee zu gehen. Natürlich war er hier geboren, daher hatte er einen britischen

Pass und ein paar Verwandte hier, dennoch war das sehr mutig. Er pflegte zu sagen, wir dürften nicht zulassen, dass Angst und Verlangen unser Leben beherrschen, doch damals war ich zu jung, um zu verstehen, was er mir wirklich mitzuteilen versuchte. Aber ich glaube, ihm war das wichtig.«

Sie kam sich ein wenig töricht vor und fragte sich, ob sie nicht wie ein dummes, altkluges Kind klang, doch Kate gab keine Plattitüde von sich wie »Er wäre sehr stolz auf Sie« oder so, sondern hielt ihr einfach eine Karte und die Thermosflasche hin. »Viel Spaß«, sagte sie.

Jetzt sitzt Jess in der Sonne, trinkt den Kaffee aus und denkt an Kate und Oliver, Tom und Cass und David. Sie hat das Gefühl, zu ihnen zu gehören, ein kleiner Teil ihrer Geschichte zu sein, und sie ist vollkommen glücklich.

»Ich kann Kate nicht erreichen«, sagt Cass. »Wahrscheinlich ist sie einkaufen.«

»Mir soll's recht sein«, meint Tom mürrisch. »Um Himmels willen, Cass, lass uns doch allen etwas Luft zum Atmen!«

Sie starrt ihn an. »Was ist bloß mit dir *los?* Man könnte meinen, du freust dich nicht, deine Tochter und deine Enkel zu sehen.«

»Unter diesen Umständen habe ich keine große Lust dazu«, zischt er und behält mit einem Auge die Tür im Blick. »Nicht ohne Guy. Nicht, wenn wir über Scheidung reden. So habe ich mir das für sie alle nicht vorgestellt. Das weißt du doch.«

»Ich ja auch nicht«, protestiert sie. »Natürlich nicht. Aber es hat eine Krise gegeben, und irgendwo muss Gemma doch hin.«

»Na, dann darfst du aber nicht erwarten, dass Kate unter Freudengeschrei angelaufen kommt«, faucht er. »Was glaubst du denn, wie sie sich dabei fühlt, um Gottes willen?«

»Kate versteht das bestimmt«, meint Cass ziemlich unsicher. »Sie muss doch begreifen, dass Gemma sich wehren musste ...«

»Sie sieht aber wohl auch, dass Gemma untreu war, dass sie sich in eine üble Lage gebracht und beschlossen hat, dass der Umzug nach Kanada ein schöner, sauberer Schnitt wäre. Gemma hat sich sehr dankbar damit einverstanden erklärt. Damals wollte sie Guy nicht verlassen. Erinnerst du dich? Das hat sie sehr laut und deutlich kundgetan.«

»Das weiß ich ja alles«, flüstert Cass verärgert. »Aber es hat eben nicht funktioniert. Mark wollte sich angeblich zur Ruhe setzen und Guy die Leitung der Werft überlassen. Doch er sitzt immer noch auf dem Chefsessel, und Guy muss seine Anweisungen befolgen, und er ist inzwischen ziemlich frustriert. Gemma sagt, sie hält es nicht mehr aus, und das kann ich ihr nicht verübeln. Ich erinnere mich von früher an Mark. Denk nur daran, wie er sich Kate gegenüber verhalten hat! Meiner Meinung nach kann sie nichts als Mitgefühl für Gemma empfinden.«

»Das finde ich nicht«, gibt Tom stur zurück. »Guy hat Gemma eine Chance gegeben, eine wirklich große Chance, und die sollte sie ihm jetzt auch geben, statt mit den Zwillingen zu uns nach Hause zu flüchten. Wenn die beiden ihre Probleme lösen wollen, dann bitte auf neutralem Boden, wo sie niemand anderen hereinziehen. Für uns ist das schwierig, und Kate ist in einer ganz unmöglichen Position ...«

»Und es wird peinlich für alle, sollten Gemma oder die Zwillinge euch hören«, erklärt Oliver, tritt durch die angelehnte Tür und schließt sie hinter sich. »Erstaunlich, wie weit Flüstern zu hören ist, oder? Und gerade weil geflüstert wird, möchte man erst recht lauschen. Aber sie schlafen noch alle.«

Tom starrt ihn aufgebracht an, und Cass lacht. »Gott, hast du mir einen Schrecken eingejagt! Hör mal, können wir nicht ... wie nennt ihr das? ... Waffenstillstand schließen? Uns einfach etwas Zeit lassen, damit sich alle beruhigen können und niemand Fragen stellt.«

»Interessant ist aber doch«, sagt Oliver leise, »dass Gemma, nachdem sie jetzt hier ist, gar nicht über Scheidung reden will, oder? Ich bin ja der Meinung, dass sie blufft.«

Cass und Tom starren ihn an, und er nickt.

»Ich glaube, sie hat Guy ein Ultimatum gestellt. Es hat in Kanada nicht so funktioniert, wie sie es sich erhofft hatten, und sie möchte, dass sie sich da herausziehen. Alle. Guy zaudert. Er hat viel Arbeit, er ist frustriert und verwirrt, und er will nicht reden. Also hat sie beschlossen, die Initiative zu ergreifen. Sie hofft, dass Guy durch den Schock zur Vernunft kommt. Okay, es hat mit ihnen nicht funktioniert. Das hat sie uns alles erzählt. Guy und Mark streiten, Guy kann nicht wirklich so, wie er will. Er möchte über das Internet werben, und Mark will nichts davon hören. Dann soll doch Guy nach Hause kommen und die Arbeit hier machen, und Mark kann in den Ruhestand gehen, wie er es vorhatte. Genau das will Gemma, doch sie stecken in einer Sackgasse, und Gemma hat jetzt beschlossen, mit der Brechstange einen Ausweg daraus zu suchen. Es ist ein großes Risiko, aber ich finde, sie hat ganz recht. Die Drohung mit Scheidung hat nicht gefruchtet, deswegen ist sie einfach weggegangen. Doch ich glaube nicht, dass sie die Scheidung wirklich will. Sie hofft, dass Guy ihnen bald nach Hause folgt.«

»Was weißt du schon davon?« Tom ist immer noch ärgerlich, aber er hört ihm zu. Obwohl er es nie zugeben würde, wünscht er sich, Oliver hätte recht.

»Ach, ich weiß, ich war noch nie verheiratet. Doch ich kenne Guy und meine Schwester ziemlich gut, und ich finde, es lohnt sich, der Sache Zeit zu lassen. Warum seht ihr es nicht als langen Urlaub an? Wenn ihr jetzt anfangt, Gemma über ihre Zukunft ins Kreuzverhör zu nehmen, gerät sie in Panik, schmiedet vielleicht andere Pläne, und dann tauchen möglicherweise neue Komplikationen auf.«

»Ich bin mir sicher, dass er recht hat, Tom«, sagt Cass schnell. »Ich finde auch, dass sich das Abwarten lohnt. Wir haben schließlich nichts zu verlieren.«

Tom schnaubt verächtlich. »Bis auf Geld. Denkt an die Kosten, die es verursacht, zusätzlich drei Personen auf unbestimmte Zeit zu unterhalten!« Er wirft Oliver einen Blick zu. Am liebsten hätte er »vier Personen« gesagt, aber wenn Oliver sie besucht, beteiligt er sich sehr großzügig an den Haushaltsausgaben, sodass Tom ihm diesen Vorwurf nicht machen kann. Oliver grinst ihn an.

»Und das von deiner *Pension*«, setzt er hinzu, einer von Toms Lieblingsausdrücken. »Ich werde Gemma unterstützen, und ihr kümmert euch um Ben und Julian. Das ist doch fair, oder?«

Cass lacht los. »Alle zusammen schaffen wir das bestimmt. Dann ist das also abgemacht. Keine Fragen, keine Entscheidungen.«

»Und was ist mit Kate?«, wendet Tom ein, der das Schlachtfeld nicht verlassen will, ohne wenigstens einen letzten kleinen Sieg einzufahren. »Ich finde immer noch, dass es zu viel von ihr verlangt ist, hierherzukommen, obwohl sie weiß, dass Gemma Guy verlassen hat.«

»Sehe ich genauso«, sagt Oliver. »Ich meine, für den Anfang sollte Gemma Kate mit den Zwillingen in der Chapel Street besuchen. Nach dem ersten Treffen wird es sicher leichter.«

Zwei Tage später kehrt Gemma von ihrem Besuch in Tavistock zurück. Das Wiedersehen mit Kate liegt hinter ihr, und sie fühlt sich schuldbewusst und erleichtert zugleich. Jetzt ist sie froh darüber, die Zwillinge im Pfarrhaus gelassen zu haben. Wenn Ben und Julian in Hörweite gewesen wären, hätten Kate und sie unmöglich im Vertrauen miteinander reden können. Jedes Mal, wenn Gemma an ihre Söhne denkt, zieht sich angesichts des großen Risikos, das sie eingeht, vor Angst alles in ihr zusammen. Sie kann sich ihr Leben unmöglich ohne Guy vorstellen; und wie in aller Welt könnte sie ihren neunjährigen Zwillingen erklären, dass Daddy doch nicht nachkommt? Aber gleichzeitig konnte sie auch diese schreckliche Situation nicht länger ertragen.

Bei dem Gedanken an Guy in Kanada, der wütend darüber ist, dass sie einfach die Jungs genommen hat und gegangen ist, möchte Gemma am liebsten weinen. Er kam von einer zweitägigen Reise zurück, auf der er ein Boot ausgeliefert hat, und hat zu Hause ihren Brief vorgefunden. Doch er wird wissen, warum sie gegangen ist. Sie hat geredet, erklärt, gefleht, mit Scheidung gedroht, aber er hat einfach nicht reagiert. Sogar jetzt tut er noch, als wäre nichts. Sie hat ihm SMS geschrieben, doch er hat nicht geantwortet. Offensichtlich ist er sehr zornig. Sie sehnt sich verzweifelt danach zu erfahren, wie es ihm geht, aber ein Instinkt rät ihr, einstweilen stillzuhalten und zu warten. Guy war noch nie jemand, dem es leichtfiel, Gefühle zu zeigen, doch in letzter Zeit ist das viel schlimmer geworden. Es ist, als verwandelte er sich in seinen Vater und würde distanziert, zynisch und sarkastisch wie er. Gemma schüttelt den Kopf und erschauert ein wenig. Bald könnte das ernstere Auswirkungen auf die Zwillinge haben, und das kann sie einfach nicht hinnehmen. Und, genauso wichtig, es ist nicht gut für Guy, so zu sein. Es geht nicht nur um sie und die Jungs, sondern auch um Guy. Sie muss ihn einfach nach Hause holen, und sie hat in ihrer Verzweiflung alles auf diese eine Karte gesetzt: ihren plötzlichen Aufbruch und die Drohung mit Scheidung, falls Guy ihr nicht nachkommt. Als sie sich vorstellt, wie er auf ihren Weggang reagiert haben mag, umklammert sie das Steuer. Aber die Lage hat nach verzweifelten Mitteln verlangt. Guy muss zurückkommen und sein Leben wieder selbst in die Hand nehmen. Nach der Pfeife seines Vaters tanzen zu müssen schmettert ihn nieder und raubt ihm das Selbstvertrauen.

Als sie durch Whitchurch fährt und die Stadt verlässt, muss sie ihr schlechtes Gewissen niederringen, damit es sie nicht außer Gefecht setzt und schwächt. Wenn sie nicht untreu gewesen wäre und während Guys Abwesenheit eine alberne Affäre gehabt hätte, wäre es nie zu diesem drastischen Umzug nach Kanada gekommen, dem Angebot, die Werft zu leiten, sie zu übernehmen, damit Mark in den Ruhestand gehen kann. All das wäre einfach nur eine Möglichkeit in Guys Hinterkopf geblieben. Sie weiß ganz genau, dass es für Mark ein Sieg war, sie alle dorthin gelockt zu haben, und eine Art demonstrativer Triumph über Kate. Sehr schnell hat Gemma gesehen, dass Mark nicht die geringste Absicht hegte, Guy wirklich Mitspracherechte einzuräumen.

Es hat sie – auf eine unangenehme Weise – fasziniert, wie Mark seinen Sohn mit einer Mischung aus beißendem Sarkasmus, der sich nur notdürftig als Humor tarnte, kaum verhülltem Zorn und Distanz unter Kontrolle hielt. Nach dem Motto: »Kannst wohl keinen Spaß verstehen, was?« Ziemlich Furcht einflößend. Guy ist ebenfalls distanziert und geht schnell in die Luft, aber er ist auch zu großer Zuneigung und Loyalität fähig – und sein Humor ist echt und nicht herabsetzend.

Wenn sie ihn mit seinem Vater beobachtete, spürte sie den

ersten Anflug einer tiefen Angst um sie alle – und es war ihre Schuld. Das war der Preis, den sie für ihre Torheit, Treulosigkeit und die kurze Erfüllung eines körperlichen Bedürfnisses, alles als harmloser Spaß getarnt, bezahlen musste. Guy, der sich ständig gedemütigt und frustriert fühlte, begann, sich von ihr zurückzuziehen; Mark ignorierte sie einfach oder behandelte sie, als wäre sie eine Närrin. Sie war wütend geworden, hatte ein paar Mal mit ihm gestritten, doch er war stets schnell dabei gewesen, ihr vor Augen zu führen, wie abhängig sie von ihm war, denn sie war weit weg von zu Hause und auf sein Wohlwollen angewiesen. Guy versuchte, zwischen den beiden zu vermitteln, schämte sich, weil er nicht in der Lage war, für sie einzutreten, und wurde immer mürrischer. Und jetzt ist noch Marks neue Frau hinzugekommen, die sehr darauf bedacht ist, ihre Rechte einzufordern. Mark schien es immer vollkommen auszureichen, in der Wohnung über der Werft zu leben und Guy das Haus des Betriebsleiters zu vermieten, aber nun sieht seine neue Frau nicht ein, warum sie in der Wohnung leben soll, wenn nebenan ein schönes Haus steht.

Auf dem offenen Moor zwischen Horrabridge und Walkhampton hält Gemma an und steigt aus dem Wagen. Was, wenn Marks Einfluss auf Guy jetzt noch stärker wird, nachdem sie gegangen und Guy auf sich gestellt ist; was, wenn Mark seinem Sohn einredet, er sei im Recht und dürfe sich nicht erpressen lassen? Das Gespräch mit Kate hat sie ein wenig verunsichert – aber ihre Schwiegermutter hat Verständnis für sie aufgebracht.

»Es tut mir wirklich leid, Kate«, hat sie gesagt. »Ich habe es wirklich, wirklich versucht. Ich schwöre. Doch ich liebe ihn immer noch und will ihn wiederhaben. Und dazu muss ich dieses große Risiko eingehen. Habe ich das falsch gemacht?«

»Wahrscheinlich nicht«, antwortete Kate. »Wenn dein Instinkt dir rät, so zu handeln, dann liegst du wahrscheinlich richtig.«

»Es ist wie ein Kampf zwischen Herz und Verstand, nicht?«, sagte sie nervös. »In einem Moment erscheint es mir vollkommen richtig, und im nächsten habe ich die Panikattacke des Jahrhunderts.«

»Dazu ist es ein wenig spät«, versetzte Kate trocken. »Wollen wir also hoffen, dass du einen guten Instinkt hast, Schatz.«

Gerade jetzt überfällt Gemma wieder einmal Panik. Die leichte, kühle Brise fächelt ihr die heißen Wangen, und sie atmet langsam ein und aus. Die tiefe ländliche Stille umfängt und beruhigt sie, und sie kann zwischen den Bäumen den viereckigen, massigen Turm der Kirche von Walkhampton erkennen. Er wirkt fest und tröstlich wie ein Fels. Gemma hat das Gefühl, gleich in Tränen auszubrechen. Sie steckt in einem Dilemma: entweder der langsame Zerfall ihrer Familie oder die Scheidung.

Schweren Herzens steigt sie wieder in den Wagen und fährt zum Pfarrhaus. Alle sind so taktvoll und diskret, dass es schon demütigend ist. Sogar Pa nimmt sich zusammen. Sie sieht förmlich, welche Anstrengung ihn das kostet, und kann sich nicht ganz dazu überwinden, ihm die Sache mit dem Ultimatum zu erklären. Noch nicht. Ma ist okay, doch Gemma fühlt sich ein wenig wie ein Knochen, den sich die beiden gegenseitig streitig machen. Pa will alles ordentlich und geregelt haben, und dann sagt sie Dinge, die sie nicht meint, und verpflichtet sich zu anderen, zu denen sie eigentlich nicht bereit ist, nur damit er den Mund hält. Ma wirft sich für sie in die Bresche, was für gewöhnlich zu einem Streit führt. Gemma will nicht, dass die Jungs allzu viel davon mitbekommen, und sie betet, dass ihr Pokerspiel Erfolg hat, bevor die beiden Schaden nehmen.

Sie sind zu jung, um zu begreifen, dass etwas nicht stimmt, und glauben, dass sie einfach wieder hierher gezogen sind und Daddy nachkommen wird, sobald er kann.

Sie versucht, nicht daran zu denken, dass sie ihnen vielleicht irgendwann erklären muss, dass Daddy doch nicht kommt. Und sie denkt wieder an Kate und daran, wie sie sich fühlen muss. Schließlich ist Guy ihr Sohn. Während ihres Gesprächs war offenkundig, dass sie an ihre eigene Beziehung zu Mark zurückdachte und sich große Mühe gab, fair zu sein – aber Guy ist nicht Mark. Mit einem Mal sehnt sich Gemma so nach Guy, dass ihr Tränen in den Augen brennen, doch sie fängt sich wieder. Die Zwillinge warten auf sie, und sie muss stark und fröhlich sein.

Vom Fenster auf dem Treppenabsatz aus sieht Cass zu, wie Gemma in die Einfahrt einbiegt und den Wagen parkt. Einen Moment lang steht sie mit gesenktem Kopf da, als hätte sie etwas vergessen, aber Cass weiß, dass sie sich zusammennimmt, und fragt sich, wie wohl die Begegnung mit Kate verlaufen ist. Gemma dreht sich um, hängt sich die Tasche über die Schulter, eilt auf das Haus zu und ist vom Fenster aus nicht mehr zu sehen.

Cass bewegt sich nicht. Sie lauscht den Stimmen der Zwillinge, die ihre Mutter in der Küche begrüßen, und Gemmas munterer Antwort. Nicht zum ersten Mal fragt Cass sich, wieso sich Gemma in Guy verliebt hat, warum ein so unbeschwertes, kokettes Mädchen sich von einem so zurückhaltenden, undurchschaubaren Mann wie ihm angezogen gefühlt hat.

»An Guy ist so viel mehr als das, was *ihr* seht«, hat Gemma einmal gesagt. »Deswegen liebe ich ihn. Er hat etwas ganz Besonderes, und das gehört mir allein.«

Das stimmt wahrscheinlich; Guy strahlt eine Integrität und eine Zielstrebigkeit aus, die es umso lobenswerter erscheinen lassen, dass er bereit war, Gemma ihre Untreue zu verzeihen und der Ehe noch eine Chance zu geben. Trotzdem ... Cass verschränkt die Arme, beugt sich vor und legt die Stirn an das kühle Glas. Was Gemma ihr erzählt hat, macht ihr Angst; sie fürchtet, dass Guy, wenn er älter wird, härter und wie sein Vater werden wird.

Sie ist froh, dass Gemma und die Zwillinge zu Hause und damit Marks Einfluss entzogen sind, und sie wird alles in ihrer Macht Stehende tun, damit sie auch hierbleiben. Die kleinen Jungen sind ihr so kostbar und so lieb, dass es für sie unerträglich wäre, sie Marks scharfer Zunge und seinen verächtlichen Blicken ausgesetzt zu sehen. Guy dagegen liebt offensichtlich seine Söhne, und sie lieben ihn, daher ist es vielleicht töricht von ihr, solche Angst zu haben.

Jetzt wird alles gut: Sie sind zu Hause und in Sicherheit, und wenn Guy nachkommt, ist das gut, und wenn nicht ... Cass denkt an Kate, und ihr wird das Herz schwer. Kate ist zu ehrlich, um Gemma dafür zu verurteilen, dass sie für Guy so empfindet, wie sie selbst einst für Mark gefühlt hat. Aber die schlichte Wahrheit ist trotzdem, dass sie alle noch glücklich in South Brent leben würden, wenn Gemma nicht untreu gewesen wäre.

Cass richtet sich auf und wendet sich vom Fenster ab, als liefe sie vor etwas davon, das sie nicht mehr sehen will; doch die alte, vertraute Qual drückt ihr das Herz zusammen. Wäre sie selbst damals, vor vielen Jahren, nicht untreu gewesen, dann wäre Charlotte, ihre Älteste und Toms Lieblingskind, noch am Leben. Auch jetzt noch zuckt Cass bei der Vorstellung zusammen, wie Charlotte sie beobachtet, gelauscht und sich nach und nach die unappetitliche Wahrheit zusammengereimt haben muss. Und die furchtbare Ironie war, dass die Affäre schon vorüber war, als Charlotte sie ihr auf den Kopf zusagte. Die Vorwürfe des Mädchens hatten auch andere Menschen mit in die Sache hineingezogen und schließlich zu einer furchtbaren Tragödie geführt. Noch heute hört Cass die erbitterten Erwiderungen, die sie ihrer Tochter lautstark entgegenschleuderte – und dann hatte Charlotte noch unter Schock ihr Pony gesattelt und war davongeritten, in den Tod. Sie war damals erst fünfzehn Jahre alt gewesen …

Die Zwillinge kommen aus der Küche gerannt. »Granny«, rufen sie. »Wo steckst du, Granny?« Und Cass reißt sich von diesen Gedanken los und eilt dankbar die Treppe hinunter, zu ihnen.

»Aber Tatsache ist, Jess«, sagt Kate später, als sie vor dem Kamin sitzen, »dass ein Teil von mir ihr immer noch ein wenig grollt. Cass hat mir schon immer den Wind aus den Segeln nehmen können, und Gemma ist ganz genauso.«

Während ihres Gesprächs hat es Kate betroffen gemacht, wie sehr Gemma mit ihrem zu einem Knoten geschlungenen langen blonden Haar und ihren nervös dreinblickenden blauen Augen Cass und Oliver ähnelt. Wieder einmal rückten die Geister näher: Kate erinnerte sich an das entzückende Baby Gemma in ihrem Kinderwagen, an das hübsche Schulmädchen und die wunderschöne junge Braut. Aus all diesen Gemmas war die äußerst attraktive Frau geworden, die sie jetzt über den Rand ihrer Teetasse hinweg ansah.

»Ehrlich, Kate«, sagte sie, »ich musste etwas unternehmen. Mark ist unmöglich, und Guy wird nur immer schweigsamer und unnahbarer. *Du* musst das doch wissen!«

Und Kate pflichtete ihr bei; ja, sie kennt diese unsichtbare

Barriere, die jeden Kommunikationsversuch zunichtemacht, die eisige Stimmung und das bedrückende Fehlen jeglicher körperlicher Nähe.

»Oh, ich weiß, wie Guy sein kann!«, sagt Kate jetzt zu Jess. »Und ich weiß, dass es für jemanden wie Gemma nicht immer leicht ist, mit einem so wenig emotionalen, ziemlich strengen Charakter zurechtzukommen. Aber die beiden kennen einander schon ihr ganzes Leben, daher nützt es nichts, sich nach so langer Zeit darüber zu beklagen.«

»Wie eigenartig das sein muss!«, meint Jess, die es sich am anderen Ende des Sofas bequem gemacht hat. Dieser neue Blickwinkel auf die Geschichte fasziniert sie. »Haben Sie sich gefreut, als die beiden geheiratet haben?«

»Ja«, antwortet Kate und versucht, sich zu erinnern. »Ja, weil sie so verliebt zu sein schienen; doch ich habe mir auch Sorgen gemacht, weil sie so vollkommen unterschiedlich sind.« Sie zögert und fragt sich, wie viel sie Jess anvertrauen soll, wie weit sie gehen kann, ohne es an Loyalität fehlen zu lassen.

»Du kannst es ihr ebenso gut sagen«, hat Gemma erklärt. »Sie wird noch eine Weile bei uns sein, und so wird es einfacher für alle, nicht wahr?«

»Komischer Gedanke«, meint Jess, »dass ich vielleicht ein Teil von alldem gewesen wäre, wenn Juliet und Mike nicht nach Australien gegangen wären! Daddy wäre möglicherweise mit Oliver und Guy zur Schule gegangen.«

»Ihr Vater muss sehr jung geheiratet haben«, wirft Kate ein.

Jess nickt. »Er war zweiundzwanzig. Ich glaube, der Grund war, dass er hier auf sich selbst gestellt war und einen Menschen für sich allein haben wollte. Mums Eltern waren bei einem Autounfall gestorben, als sie noch ziemlich jung war, und die beiden waren ein wenig wie Hänsel und Gretel, ›Wir zwei gegen den Rest der Welt‹, wenn Sie verstehen, was ich meine. Sie haben aufeinander aufgepasst, obwohl sie beide ziemlich starke Persönlichkeiten waren und wir natürlich Freunde bei der Armee hatten. Aber als Daddy gefallen ist und Mum nach Brüssel ging, fiel das alles auseinander. Ich glaube, deswegen fasziniert es mich so, das alles zu hören. Es ist, als hätte ich wieder eine Familie.«

»Wir haben noch nicht viel über Juliet und Mike gesprochen, obwohl wir das wahrscheinlich nachholen werden, wenn wir bei den Trehearnes zu Mittag essen. Johnnie kannte Mike sehr gut. Hat Tom nicht erzählt, dass Juliet und Mike sich auf einer Party bei den Trehearnes kennengelernt haben? Das Haus wird Ihnen gut gefallen. Es liegt am Tamar, und der Rundumblick ist spektakulär. Im Sommer haben sie ihre Partys immer draußen im Seegarten veranstaltet.«

»Im Seegarten? Was ist ein Seegarten?«

»Früher war er eine alte Anlegestelle, die über den Salzwiesen erbaut war. Jetzt ist das Gelände mit Gras bewachsen und hat eine wunderschöne Steinbalustrade, die sich im Bogen um den Rand des Rasens erstreckt, und eine ganz erstaunliche alte Galionsfigur, die Circe. Sie schaut den Fluss entlang, in Richtung Plymouth und Meer. Die Vorfahren der Trehearnes waren Kaufleute, und in den alten Zeiten fuhren die Schiffe direkt flussaufwärts. Die Circe stammt von einem dieser Schiffe, und sie ist einfach großartig. Der Legende nach hat ein alter Seebär den Seegarten erbaut, als er nicht mehr aufs Meer hinausfahren konnte, damit er aus dem Haus treten konnte, um am Fluss entlangzusehen, den Möwen zu lauschen und zuzusehen, wie die Flut über das Watt hereinkam.«

Jess versucht, sich das vorzustellen. »Und dort haben sich Juliet und Mike kennengelernt?« Mit einem Mal hat sie eine Vision von hübschen Mädchen in langen Kleidern und gut aussehenden Männern in Uniform, die sich durch den Seegarten bewegen; über der Balustrade sind Lichterketten aufgehängt und werfen in der einbrechenden Abenddämmerung glitzernde Reflexe auf das dunkle Wasser. Sie blinzelt, erstaunt über dieses lebhafte innere Bild.

»So hat es Tom jedenfalls erzählt.« Kate fällt auf, dass Jess »Juliet und Mike« sagt, nicht »Granny und Großvater«, als sähe sie sie jetzt als das junge Paar, das sie damals waren, als befände sie sich mit ihnen in der Geschichte. »Tom hat zusammen mit Mike gedient, daher muss er ihn ziemlich gut gekannt haben, obwohl Mike ein paar Jahre älter war als er.«

»Ich frage mich, warum sie nach Australien gegangen sind«, meint Jess ziemlich wehmütig.

»Damals waren Versetzungen recht häufig«, erklärt Kate. »Zwischen hier und Australien und Kanada. Mark, mein Exmann, ist zur kanadischen Marine versetzt worden und hat sich dann, als er in Pension gegangen ist, in eine Werft eingekauft. Guy hat hier mit Jachten gehandelt und sie überführt, und deswegen dachte er auch, dass alles funktionieren könnte, als er und seine Familie zu Mark gezogen sind.«

»Sie freuen sich sicher sehr darüber, dass sie zurück sind.«

»Glücklicher wäre ich, wenn Guy sie begleitet hätte. Ich verstehe schon, warum Gemma ihm dieses Ultimatum gestellt hat, doch ich hoffe, dass sie nicht zu hoch pokert.«

»Sind Sie böse auf sie, weil sie das Risiko eingeht?«

»Wahrscheinlich schon ein wenig«, gesteht Kate. »Das meinte ich mit ›grollen‹. Gemma ist untreu gewesen, verstehen Sie, Guy hat es herausgefunden, und es ist alles ziemlich unangenehm geworden. Er hat beschlossen, zu seinem Vater nach Kanada zu gehen, um einen klaren Schlussstrich unter das Durcheinander hier zu ziehen, und ihr die Entscheidung überlassen, mitzukommen oder die Ehe zu beenden. Gemma war ebenfalls der Meinung, dass es ein fairer Handel war. Eine Weile hat auch alles geklappt, aber Mark zeigt absolut keine Bereitschaft, Guy das Geschäft zu überlassen, was ursprünglich der Plan war. Stattdessen herrscht er mit eiserner Hand und lässt Guy keinen Handlungsspielraum. Guy ist inzwischen desillusioniert und missmutig, und Gemma vermisst ihre Freunde und ihre Familie. Sie hat versucht, Guy zur Rückkehr zu überreden, und jetzt hat sie ihm dieses Ultimatum gestellt. Ich kann mir gut vorstellen, dass sie es mit Mark und Guy schwer hatte, besonders jetzt, nachdem Mark wieder geheiratet hat. Doch das wäre alles nicht passiert, wenn sie nicht zuerst untreu gewesen wäre.«

»Aber war sie denn untreu, weil sie ... nun, sich mit Guy gelangweilt hat?«

Kate seufzt. »Gemma kann einfach einem Flirt nicht widerstehen. Cass war früher genauso. Da haben die beiden so eine Art blinden Fleck. Sie sehen es nicht als Betrug, sondern einfach als harmlosen Spaß. Doch leider funktioniert das so nicht; obwohl Guy sehr verständnisvoll war, als er herausfand, dass sie tatsächlich eine Affäre hatte. Er hat eingesehen, dass Gemma durch seine Reisen zu oft allein gewesen war, und war bereit, der Ehe eine zweite Chance zu geben. Sie wollte das auf jeden Fall. Deswegen war sie bereit, nach Kanada zu gehen. Wir waren natürlich alle traurig darüber, dass sie so weit weg sein würden, doch das war damals Guys Bedingung. Aber jetzt sitzt Gemma am längeren Hebel.«

»Arme Kate! Das ist ziemlich schwer für Sie, stimmt's?«

»Wenn Gemma Guy falsch eingeschätzt hat, wird es schwer für uns alle. Sie haben sich da auf eine sehr fehlerhafte und geschädigte Familie eingelassen, Jess.«

»Deswegen fühlt es sich aber auch so real an«, sagt Jess zufrieden.

»Schau nicht so gehetzt drein!«, meint Oliver. Er schiebt das Weinglas seiner Schwester weiter auf sie zu. »Hier ist niemand, den wir kennen. Kein Mensch wird plötzlich auftauchen und dich ins Verhör nehmen.«

»Ich weiß.« Gemma entspannt sich ein wenig, nimmt das Glas und sieht sich in dem kleinen Pub im Moor um. »Aber es deprimiert mich ziemlich. Ich wünschte nur, Pa würde aufhören, mir kleine Predigten darüber zu halten, dass man fair sein muss und ursprünglich alles meine Schuld war. Da möchte ich am liebsten meine Sachen packen und anderswo hingehen. Ich weiß ja, dass er recht hat, doch ich bin trotzdem immer noch überzeugt davon, dass ich auf diese Art unsere Ehe retten kann.«

»Dann bleib dabei!« Er trinkt von seinem Wasser. »Weißt du, unsere lieben Eltern sind auch keine Kinder von Traurigkeit gewesen, und ich glaube, Pa hat Angst, du könntest etwas, was du liebst, verlieren, weil du es nicht ernst genug nimmst.«

Sie starrt ihn an und lacht ungläubig auf. »Was? Tut mir leid, Ol. Ist mir da etwas entgangen? Du klingst wie das *Wort zum Sonntag*. Und was meinst du mit ›keine Kinder von Traurigkeit‹? Nachdem sie schon verheiratet waren? Also wirklich!«

Er zögert. »Okay, aber was ich dir jetzt sage, muss absolut unter uns bleiben.«

Sie zieht eine Grimasse. »Meine Güte, Charlie Brown! Okay. Ich schwöre.«

Über diesen Ausdruck aus ihrer gemeinsamen Kindheit lächelt er leise, wird jedoch rasch wieder ernst. Sein Blick ist nach innen gerichtet, er denkt zurück. »Vermutlich erinnerst du dich nicht besonders gut an Charlotte. Als sie starb, war sie fünfzehn, und du warst sechs. Weißt du noch etwas von ihr?«

Gemma denkt an ihre ältere Schwester. Sie runzelt die Stirn

und versucht, echte Erinnerungen von Geschichten, die ihr erzählt worden sind, und von Fotos zu trennen. Langsam schüttelt sie den Kopf. »Das ist so lange her«, murmelt sie. »Ich habe nur dieses Gefühl, dass sie nett war.«

»Ja, sie war ein sanftes, ruhiges Mädchen. Nun ja, Ma und Pa hatten ein kleines Beziehungsproblem und haben beide anderweitig Trost gesucht. An dem Tag, an dem Charlotte zu diesem tragischen Ritt mit ihrem Pony aufbrach, hatte sie etwas Unschönes über Ma herausgefunden, und die beiden haben sich gestritten. Charlotte war sehr aufgeregt, und wie du weißt, ist das Pony am Rand des Steinbruchs weggerutscht, und sie sind beide abgestürzt. Ma kann sich das bis heute nicht verzeihen. Sie hat mir davon erzählt, als du nach Kanada gegangen bist. Sagte, es hätte furchtbare Erinnerungen aufgewühlt, und Pa und sie seien so erleichtert, dass Guy und du alles in Ordnung gebracht hättet und die Zwillinge glücklich seien.«

Entsetzt und ängstlich sieht Gemma ihren Bruder an. »Charlotte hatte etwas herausgefunden?«

»Ma hat mir keine Einzelheiten erzählt. Vielleicht hat Charlotte etwas gehört, was nicht für ihre Ohren bestimmt war – möglicherweise ein Telefongespräch –, und Ma damit konfrontiert. Anscheinend gab es eine richtig üble Szene, und Charlotte ist einfach hinausgestürmt, hat ihr Pony genommen und ist davongeritten, ohne den Helm aufzusetzen. Ma sagte, die bittere Wahrheit sei, dass ihre Affäre schon eine Weile vorüber war, aber Charlotte sie trotzdem der Untreue verdächtigte.«

»Ich kann nicht glauben, dass Ma unseren Pa betrogen hat.«

»Nicht? Ich finde, gerade du müsstest ziemlich leicht verstehen können, welcher eigentümliche Charakterzug einen dazu bringt, zu flirten und Affären zu haben.«

»Danke«, gibt sie finster zurück. »Das habe ich wohl herausgefordert. Aber trotzdem …«

»Du meinst, dass man sich seine Eltern nicht gern in dieser Situation vorstellt? Stimmt. Hör mal, ich sage das, weil sie beide Angst haben und nicht wollen, dass du überreagierst und dir so etwas passiert. Oder den Zwillingen.«

»Sei still. Sei einfach still. Du hast ausreichend klargemacht, was du meinst.« Tränen stehen in ihren Augen. »Ich begreife das gar nicht richtig. Charlotte … Oh, mein Gott. Warum erzählst du mir das ausgerechnet jetzt?«

»Aus zwei Gründen. Erstens, damit du besser verstehst, warum Pa sich so aufführt. Er will nicht, dass sich die Geschichte wiederholt. Zweitens glaube ich, dass Guy dir eine zweite Chance geben wird, und du solltest sehr eingehend darüber nachdenken.«

»Es ist schrecklich.«

»Ja, ist es. Aber es erklärt vieles, oder?«

Sie nickt. »Es ist nur so ein Schock. Ich meine, ich weiß, dass Charlotte durch einen Sturz in den Steinbruch umgekommen ist, aber es in diesem Zusammenhang zu sehen, macht es … Ach, ich weiß nicht. Oh Gott, wie haben sie bloß damit gelebt?«

»Mit viel Herzeleid und Schwierigkeiten. Doch sie mussten weitermachen. Dumm gelaufen! Werde damit fertig!«

Schockiert starrt sie ihn an. »Nicht nötig, das so brutal auszudrücken.«

»Ich bin nicht brutal. Ich hatte mehr Zeit, mich an die Wahrheit zu gewöhnen, und wie du schon sagtest, ist es lange her. Es ist nur so: Ich will, dass wir alle nichts übers Knie brechen. Okay, Pa geht einem auf die Nerven, aber nachdem du jetzt den Grund dafür kennst, ist es weniger wahrscheinlich, dass du etwas Dummes anstellst und in einem Wutanfall davonrennst. Wir müssen an Ben und Julian denken. Sie brauchen jetzt Stabilität.«

»Das weiß ich doch«, verteidigt sie sich. »Das weiß ich. Ich tue das genauso für die beiden wie für mich. Wenn überhaupt, dann eher für sie. Die Jungs waren in Kanada in letzter Zeit nicht besonders glücklich, weißt du.«

»Okay, okay.« Beschwichtigend hebt er die Hände. »Aber jetzt wird es besser. Nächste Woche gehen sie zu den Aufnahmeprüfungen ans Mount House, und mit etwas Glück werden sie gleich aufgenommen. Es ist ein erstaunlicher Glücksfall, dass die Schule Plätze für sie hat.«

Gemma rutscht in die Ecke der Sitzbank. »Ich weiß. Und ich bin dir wirklich dankbar dafür, dass du bereit bist, die Schulgebühren zu übernehmen, falls sie aufgenommen werden, Ol.«

Er grinst sardonisch. »Ich hoffe, dass Guy das genauso sieht. Wir beide waren nie besonders gute Freunde, und ich vermute, dass es ihm ein wenig schwerfallen wird, damit klarzukommen.«

»Ich weiß.« Sie verzieht ein bisschen das Gesicht. »Das ist hart. Ich bin vollkommen begeistert darüber, Ben und Julian am Mount House unterzubringen. Ich glaube, es hat Mr. Massie bei seiner Entscheidung geholfen, dass vor ihnen ihr Vater und ein paar Onkel dort waren. Das wird noch ein Schock für Pa, dass du die Schulgebühren für beide bezahlst.«

Er zuckt mit den Schultern. »Ich kann es mir leisten, und ich bin nicht nur ihr Onkel, sondern auch ihr Taufpate. Er sollte sich darüber freuen, dass sie gut untergebracht sind.«

»Das wird er, aber er empfindet trotzdem so. Es muss ein wenig hart für ihn sein, dass du so reich bist.«

»Der pure Neid. Essen wir jetzt etwas oder nicht?«

Sie richtet sich auf ihrem Platz auf. »Bist du nur mit mir hergekommen, um mir das zu sagen? Das mit Charlotte?«

»Du musstest es erfahren. Ich kann mir nicht vorstellen, wie man je darüber hinwegkommen kann, ein Kind zu verlieren, aus welchem Grund auch immer, doch Ma und Pa haben darum gekämpft, weitermachen zu können, und versucht, mit diesem Schicksalsschlag fertig zu werden. Es ist leicht, ein hartes Urteil über andere Menschen zu fällen, wenn man die Wahrheit über sie nicht kennt. Du bist jetzt ein großes Mädchen, und ich finde, du kannst die Wahrheit vertragen.«

»Ob es Ma etwas ausmachen würde, wenn sie wüsste, dass du es mir erzählt hast?«

Er zuckt mit den Schultern. »Inzwischen wahrscheinlich nicht mehr. Sie hat nicht eindeutig gesagt, dass es ein Geheimnis ist, aber mir wäre lieber, du sprichst sie nicht darauf an. Und auf keinen Fall solltest du mit anderen darüber reden.«

»Du meine Güte, nein!« Sie erschauert und runzelt dann plötzlich die Stirn. »Glaubst du, Kate weiß es?«

Er zögert und nickt dann. »Da bin ich mir beinahe sicher. Die beiden waren immer so eng befreundet, oder? Komm, lass uns bestellen!«

Als er zur Theke geht, schaut sie ihm nach und sieht ihr eigenes Spiegelbild; hochgewachsen, elegant, blond, attraktiv. Sie fragt sich, warum er nie eine feste Beziehung eingegangen ist. Frauen, die sich um ihn gerissen haben, gab es immer genug.

»Ich langweile mich zu schnell«, hat er einmal gesagt. »Das wäre nicht fair.«

Egoistischerweise freut sie sich eher darüber; Oliver ist so ein guter Freund und stets da, wenn etwas passiert. Und, noch wichtiger, er ist immer auf ihrer Seite. Da könnte eine Frau oder Partnerin doch nur störend wirken. Die Sache bei Oliver ist, dass er kein Urteil über andere fällt, und deswegen hört sie ihm zu, wenn er einmal ernst wird. So wie gerade eben ...

Gemma trinkt noch einen Schluck Wein und versucht, sich an Charlotte zu erinnern. Sie denkt über den großen Altersunterschied zwischen sechs und fünfzehn nach und darüber, dass Charlotte die meiste Zeit im Internat war. Wie grauenhaft das für Ma gewesen sein muss! Welch hoher Preis für einen albernen Flirt! Was für eine schreckliche Vorstellung, sich mit seinem Kind zu streiten und es danach nie mehr lebend wiederzusehen, mit dem schmerzhaften Gedanken leben zu müssen, dass man bestimmt besser aufgepasst hätte, wenn man nicht so außer sich gewesen wäre! Gemma denkt an ihre Zwillinge, die heute mit Kate unterwegs sind, und Liebe, Angst und die Sehnsucht, sie zu beschützen, drücken ihr schmerzhaft das Herz zusammen. Ihr geht auf, dass Pa nicht einfach stur und wütend auf sie ist. Auch er versucht, sie – und die Jungs – vor den Folgen ihrer Handlungen zu schützen.

Über die Menge hinweg, die sich an der Bar drängelt, schaut Oliver zu ihr und zwinkert ihr zu. Sie grinst, und ihr ganzer Körper entspannt sich plötzlich: Gott sei Dank, dass es Ollie gibt!

»Ich komme irgendwann in den nächsten vierzehn Tagen nach Hause«, hatte sie am Telefon zu ihm gesagt. »Kannst du es irgendwie einrichten, dass du dann da bist? Dir irgendeinen Grund für einen Besuch ausdenken? Es würde so viel leichter, wenn du da wärst.«

Und er war da und agierte als Puffer. Er bringt sie zum Lachen und kümmert sich um die Zwillinge, die ihn anbeten. Oh, er kann es sich leisten, zu tun, was er will; er schwimmt im Geld. Aber nicht jeder in seiner Position wäre so freundlich wie ihr großer Bruder.

»Erzähl mir von Jess!«, sagt sie, als er sich wieder setzt. »Ich habe sie noch nicht kennengelernt. Sieht sie so toll aus, wie Pa behauptet?«

»Sie ist auf jeden Fall ein Hingucker, aber nicht auf eine so offensichtliche Art. Sie hat sehr langes, dunkles rotbraunes Haar, und ihre Augen haben fast die gleiche Farbe. Ein sehr liebes, nettes Gesicht, dabei jedoch nicht geistlos. Sie wirkt aufgeweckt, munter und sehr lebendig.«

Gemmas Augenbrauen schießen nach oben. »Na, das ist mal eine genaue Beschreibung! Ich kann sie fast vor mir sehen.«

»Kate nimmt sie mit zu den Trehearnes. Erinnerst du dich an sie? Die verrückte Lady T. und der liebe alte Johnnie? Anscheinend kannten sie damals Jess' Großeltern. Zu Anfang tat mir das arme Mädchen ziemlich leid, aber Jess ist vollkommen begeistert von allem. Ich mag sie sehr gern. Ein Jammer, dass sie so viel jünger ist als ich, doch so ist es nun einmal. Offensichtlich habe ich Unks Rolle übernommen, und es ist mir bestimmt, jedermanns Onkel zu sein.«

»Ach, ich weiß nicht. Wenn ich gerade die Uni abgeschlossen hätte und mir meinen Weg noch suchen müsste, würde ich dich für einen tollen Fang halten.«

»Ich stelle sie dir vor«, sagt er, »und dann kannst du ein gutes Wort für mich einlegen. Möchtest du noch etwas trinken?«

Tom legt die Zeitung weg und wirft einen Blick auf die Armbanduhr. Es ist noch etwas zu früh für die Ein-Uhr-Nachrichten. Cass spielt Bridge, Oliver und Gemma sind zum Mittagessen ausgegangen, und er sollte sich eigentlich frei und entspannt fühlen. Doch stattdessen ist er mürrisch und gereizt. Im Moment hat er keine Lust, allzu viel zu denken. Gemmas Rückkehr und das Auftauchen von Jess haben alle möglichen

Erinnerungen aufleben lassen, darunter auch gute. Er denkt gern an diese Zeit als junger Kadett zurück, bevor er Cass kennenlernte. Damals war er viel mit Johnnie Trehearne und Freddy Grenvile zusammen. Die Trehearnes waren sehr großzügige Gastgeber, und er fuhr oft mit Johnnie und Fred am Wochenende zu ihnen, als sie alle in Dartmouth die Marineakademie besuchten. Die drei waren gute Freunde geworden, obwohl er nie so scharf aufs Segeln war wie die anderen. Das ließ er sich natürlich nicht anmerken; es hat ihm ganz und gar nicht geschadet, ein enger Kamerad von Dickie Trehearnes Sohn zu sein, und er hat es ausgenutzt.

Durch die Begegnung mit Jess ist ihm alles wieder eingefallen. Er war überwältigt von Juliet gewesen, aber sie interessierte sich eher für die älteren, für Al und Mike und Stephen Mortlake. Jetzt versucht er, sich nicht einzugestehen, dass er neidisch auf Olivers wachsende Freundschaft zu Jess und die Anziehungskraft seines älteren Sohnes auf Frauen ist. Außerdem ist Oliver sowieso zu alt für das Mädchen. Und er hat viel zu viel Geld. Es ist ihm immer ein Rätsel gewesen, warum der alte Onkel Eustace so beeindruckt von Oliver war, dass er ihn an seiner Firma beteiligt und ihm seine Anteile hinterlassen hat. Er hatte eine sehr hohe Meinung von Oliver. Und Oliver mochte Unk sehr gern.

»Es ist nicht mehr dasselbe«, hatte er nach Unks Tod erklärt. »Das Geschäft macht einfach keinen Spaß mehr. Und die Firma ist viel zu groß geworden. Ich habe ein sehr gutes Angebot bekommen, und ich werde es annehmen.«

Und das hatte er getan. Er hatte seinen Vater nicht um Rat gefragt, hatte es nicht mit ihm besprochen, nichts dergleichen. Nein. Einfach: »Ich habe ein sehr gutes Angebot bekommen, und ich werde es annehmen.«

»Um Himmels willen!«, braust Cass auf, wenn Tom das zu

ihr sagt. »Ja und? Lass ihn doch in Ruhe! Warum kannst du nicht stolz auf ihn sein, weil er so erfolgreich ist?«

Gereizt legt Tom die Zeitung zusammen und sieht wieder auf seine Uhr. Er war froh, als Cass zu ihrem Bridge-Vormittag gegangen ist und ihnen damit beiden Luft zum Atmen gegeben hat. In letzter Zeit haben sie öfters über Gemmas missliche Lage und – indirekt – auch über Olivers Einmischung gestritten.

»Wir haben eine Tochter verloren«, hat Cass geschrien, »und ich möchte nicht noch eine verlieren. Gemma und die Zwillinge bleiben hier, bis sie bereit für den nächsten Schritt ist.«

Sie hat es tatsächlich ausgesprochen: »Wir haben eine Tochter verloren.«

Er sieht sie deutlich vor sich: Charlotte. Sie hätte sich nie so aufgeführt wie Gemma; sie war so reizend, sanft und liebevoll. Tom steht auf und tritt vom Tisch weg, als könnte er vor seinem Schmerz davonlaufen, vor der Angst, dass Gemma genauso eine Tragödie ins Rollen bringen könnte.

»Das ist einfach Unsinn«, pflegt Cass zu sagen, außer sich über seine Besorgnis. »Das ist etwas vollkommen anderes. Die Zwillinge sind keine halbwüchsigen Mädchen mit einer überreizten Fantasie, und Gemma spielt nicht mehr mit dem Feuer. Um Gottes willen, reiß dich zusammen!«

Er weiß, dass ihr Zorn der äußere Ausdruck ihrer eigenen Gewissensbisse und ihres Kummers ist, doch das hilft ihm nicht weiter. Was wird passieren, wenn Guy hart bleibt und Gemma in Zukunft allein mit den Zwillingen dasteht? Aber wenn er Cass diese Frage stellt, zuckt sie einfach mit den Schultern.

»Andere Frauen haben das auch geschafft«, sagt sie.

Und sie wissen beide, dass Oliver sich um seine Schwester

und seine Neffen kümmern würde. Tom versucht herauszufinden, warum dieses Wissen ihn so aufbringt; schließlich will er selbst ja auch nicht, dass Gemma und die Jungs leiden. Er sucht nach einer Erklärung, findet jedoch keine. Alles, was er sieht, ist Charlotte auf der einen Seite, die auf so tragische Weise für sein und Cass' Fehlverhalten gebüßt hat, und auf der anderen Gemma, die lässig und kaltschnäuzig vielleicht genauso eine Katastrophe heraufbeschwört. Es ist, als hätte Charlotte für sie alle gelitten. Versucht er nun aus schlechtem Gewissen, den Geist seiner toten Tochter zu beschwichtigen, indem er Gemma bestraft?

Er braucht einen Drink, und es ist Zeit für die Nachrichten. Tom mischt sich einen Gin Tonic, schaltet den Fernseher ein und setzt sich auf das Sofa.

Tamar

Die Flut kommt herein. Sie gleitet über das Watt und rückt den Vögeln – Möwen, Brandgänsen und Brachvögeln –, die am Rand der Fahrrinne picken und stochern, auf den Leib. Flussabwärts sind die beiden großen Brücken, Brunels Eisenbahnbrücke und die Straßenbrücke, ein elegantes Bauwerk neben dem anderen, in dem frühmorgendlichen Dunst kaum zu erkennen. Sie sehen zart und ätherisch und doch stark wie ein Spinnennetz aus. In der Uferzone ist die Flutgrenze als Ansammlung von Zweigen, abgebrochenen Ästen, Seegras und Blasentang zu erkennen. Als das Meerwasser in das Flussbett strömt, beginnen die Boote an ihren Vertäuungen zu schwingen, und ein weißer Reiher segelt über ihre Mastspitzen hinweg und spiegelt sich klar und glitzernd in der spiegelglatten Oberfläche des steigenden Wassers.

Rowena steht an ihrem Schlafzimmerfenster und späht kurzsichtig auf die magische Szenerie hinaus. Ihre Erinnerung ergänzt das, was sie ohne Brille nicht mehr sehen kann, und erfüllt ihre tauben Ohren mit einst vertrauten Klängen: dem Trappeln der Möwenfüße im Schlamm, dem Knarren der schwingenden Bootsrümpfe, dem wehmütigen Ruf der Brachvögel.

Bald wird es wie immer an der Tür klopfen, und Johnnie wird ihr, noch im Morgenmantel, den ersten Tee des Tages bringen. Sie wird ihn schroff behandeln, weil das ihre Art ist; sie hat nie gelernt, weich zu sein. Nur Alistair, ihrem Erstgeborenen, nur dem lieben Alistair gegenüber ist sie je in der

Lage gewesen, wirklich Liebe zu zeigen. Sie waren gleich gewesen, Al und sie: zäh, gierig, anspruchsvoll und leidenschaftlich. Sie hat ihn verstanden, ihm nachgegeben und ihn vor seinen Kritikern abgeschirmt; und als er starb, ist ein Teil von ihr mit ihm gestorben. Als Tod liegt schon so viele Jahre zurück, doch die Vergangenheit ist noch frisch. Und jetzt ist diese junge Frau aufgetaucht, die genau wie ihre Großmutter aussieht, und hat die Geister mitgebracht.

Wie erwartet klopft es an der Tür. »Herein!«, ruft sie verärgert, denn sie ist gedanklich noch bei ihrer ersten Begegnung mit Jess, dem strahlenden Gesicht des Mädchens und ihrer eifrigen Art. »Warte!«, faucht sie Johnnie an, als er das Tablett auf den Tisch am Fenster stellt. »Bis jetzt funktioniert mein Kopf nur zu einem Viertel.«

Gemeinsam machen sie sich auf die Suche nach ihrem Hörgerät und ihrer Brille, und sie setzt ihr Gebiss ein und starrt ihn wütend an, als wäre es seine Schuld, dass sie zweiundneunzig ist. Johnnie lächelt ihr nur zu; genau wie sein Vater ist er gutmütig, liebenswert und geduldig. Und ganz wie sein Vater treibt er sie damit in den Wahnsinn.

Er gießt ihr Tee ein, weil er weiß, dass ihre Hände zittrig sind, und auch das irritiert sie. Er weiß es, aber er kann nicht anders.

»Jess kommt nachher«, sagt er – sagt es unnötigerweise, denn Rowena hat die Stunden gezählt. »Ist es nicht toll, dass sie bleiben wird? Die alte Hütte hat ihr wirklich gefallen, was?«

Genau wie sein Vater, eine Plattitüde nach der anderen – »sag mir etwas, das ich noch nicht weiß«, hat Al das einmal kommentiert und sie damit zum Lachen gebracht –, aber weil Johnnie sich auf Jess' Besuch freut, spürt sie eine plötzliche Wärme für ihn in sich aufsteigen. Lächelnd greift sie nach ihrer Teetasse und bedankt sich mit einem leichten Nicken.

Er geht hinaus und überlässt sie der Stille, dem Fluss und dem Tee. Vorsichtig nimmt sie die Tasse, denn sie rechnet damit, dass ihre Hand zittert, setzt sie behutsam an die faltigen Lippen und nippt an dem heißen, belebenden Getränk. Es klappert, als sie sie auf die Untertasse zurückstellt, aber ihre Gedanken sind wieder bei der Kleinen. Sie sieht, wie sie ins Haus tritt, sich über den großen Topf mit Spindelstrauch-Zweigen im Foyer begeistert auslässt, sich an der Aussicht erfreut und dann im Seegarten verstummt, als sie zur Circe aufsieht und über die Balustrade zu den großen Brücken und zum Meer hinausschaut.

»Kate hat versucht, es mir zu beschreiben«, hat sie gesagt, »und dann hatte ich so eine Art Vision davon ...«

»Vision?«, hat sie schnell gefragt, zu schnell.

Jess hat sie halb verblüfft, halb verlegen angesehen. »Tom hat mir von den wunderbaren Partys erzählt, die Sie hier in seiner Jugend veranstaltet haben«, hat sie erklärt, »und einen winzigen Moment lang habe ich den Garten voller Lichterketten gesehen und die Mädchen in hübschen Kleidern und die Männer in Uniform.«

Jetzt nickt Rowena und erinnert sich. Ja, genauso war es. Warme Sommerabende, der gerade aufgegangene Mond und das blasse, falterartige Flattern der Kleider der Mädchen vor den dunklen Silhouetten ihrer Gefährten in schicken Abendanzügen oder Uniformen. Und Alistair, der sich unter ihren Gästen bewegt: lässig-elegant und amüsant. Die Mädchen stürzt seine Anwesenheit in Aufregung, und ihren Männern schmeichelt seine Aufmerksamkeit. Er war zu intelligent, zu scharfsinnig, um so geliebt zu werden wie Johnnie – oder sein Vater vor ihm. Nein, Als magnetische Anziehung war wie eine elektrische Spannung, die Licht, Wärme und Kraft erzeugen konnte. Man konnte sich auch daran verbrennen, aber sie war unwiderstehlich.

Mike Penhaligon und er waren Spießgesellen.

»Wir gehen auf die Jagd, Mutter«, pflegte er zu sagen und beugte sich beiläufig zu ihr herunter, um sie zu küssen. »Wartet mit dem Schlafengehen nicht auf uns!« Und sie lachte dann, stachelte ihn noch an und sonnte sich in seiner Kraft und Schönheit, und Mike, der hinter ihm stand, lachte ebenfalls. Sobald die beiden fort waren, wirkte der Raum gleich ein wenig dunkler und kleiner, und Dickie ärgerte sie, indem er eine Bemerkung darüber machte, Al sei bei Weitem zu clever und neige zum Größenwahn. Natürlich war er eifersüchtig auf seinen älteren Sohn. Der ruhige, sanfte Johnnie entsprach eher seinem Geschmack.

Rowena schenkt sich Tee nach. Die Porzellantülle der Teekanne klirrt hell gegen die eierschalendünne Teetasse, sodass Tee auf die Untertasse schwappt. Sie verzieht das Gesicht, greift nach einem Papiertaschentuch und wischt ihn auf. Nichts passiert. Sie sieht wieder in die Vergangenheit, erinnert sich daran, wie Mike ihnen Juliet vorgestellt hat. Stolz war er gewesen, verliebt bis über beide Ohren, und er hatte kaum den Blick vom Gesicht der reizenden jungen Dame wenden können, die der Frau eines wichtigen vorgesetzten Offiziers so bescheiden zulächelte, wie es sich gehörte. Juliet hatte genauso bezaubernd gestrahlt wie Jess am vergangenen Sonntag, sodass sie die Hände des Mädchens viel zu fest fasste und zu verbergen versuchte, wie erschüttert sie war.

Während sie ihren Tee austrinkt, sieht Rowena wieder vor sich, wie Al vor über vierzig Jahren neben der Gruppe stand und die Vorstellung beobachtete. Ausnahmsweise hatte er sich nicht in der Gewalt, und seine Miene schockierte sie; er wirkte zornig und frustriert. Genauso hatte er als Kind dreingeblickt, wenn er nicht bekommen hatte, was er wollte, und sie empfand einen leisen Anflug von Furcht. Ja mehr noch, sie war empört darüber, dass Mike sich etwas genommen hatte, das Al offensichtlich für sich haben wollte. Im Allgemeinen spielte sich das umgekehrt ab: Al war immer der Erste, der Beste. Aber jetzt sah es aus, als hätte Mike gewonnen, und Al war außer sich. Im nächsten Moment fragte sie sich, ob sie sich das nur eingebildet hatte. Al lachte, neckte Juliet und spottete über Mike, doch Rowena war jetzt wachsam. Sie sah, wie Als Blick auf dem Mädchen verweilte und die alte Leichtigkeit zwischen Mike und ihm verschwunden war. Es sah aus, als hätte Mike dieses Mal gesiegt – bis zu dem Abend der Mittsommerparty im Seegarten.

Rowena stellt die zarte Tasse auf der Untertasse ab und steht auf. Der kleine, langhaarige Terrier, der sich zwischen die zurückgeschlagenen Bettdecken gewühlt hat, hebt den Kopf, und Rowena bückt sich, um ihn mit steifen, arthritischen Händen zu streicheln. »Braves Mädchen, Popps«, murmelt sie. »Braves Mädchen.« Sie muss weiterkommen, sich in Bewegung setzen. Waschen und Anziehen sind beschwerliche Unternehmungen, und bald kommt Jess. Dann muss sie bereit sein und so wachsam wie damals vor über vierzig Jahren.

Unten in der Küche trinkt Johnnie mit Sophie seinen Kaffee.

»Merkwürdig, dass Mutter einen solchen Narren an Jess gefressen hat!«, meint er. »Ich dachte, dass sie sie gern kennenlernen würde, aber ich war sehr erstaunt, als sie sie für ein paar Tage eingeladen hat. Ich hoffe, das macht dir nicht zu viel zusätzliche Arbeit.«

Sophie zuckt mit den Schultern. »Viel weniger, als wenn die Mädchen mit den Kindern kommen. Jess wirkt wie jemand, der mit anpacken wird.«

»Ich mochte sie gleich«, gesteht er. »Du nicht auch? Ganz bezaubernd. Muss ihr komisch vorkommen, hier zu sein, wo alles angefangen hat. Ehrlich gesagt habe ich Mike Penhaligon nie besonders gut leiden können. Er musste immer alle beherrschen.« Er schnaubt amüsiert. »Genau wie mein großer Bruder.«

Sophie grinst ihn an. »Darauf war ich auch schon gekommen. Es fällt leicht, Menschen, die früh gestorben sind, auf ein Podest zu heben, stimmt's? Besonders wenn sie bei einem schrecklichen Unfall umkommen. Dagegen können die Lebenden nicht bestehen.«

Johnnie sieht sie voller Zuneigung an. »Ich hatte schon lange vor Als Tod aufgegeben. Mutter war vernarrt in ihn; anders kann man es nicht ausdrücken. Aber egal. Das ist alles lange vorbei.«

»Hoffentlich.« Sie legt die Liste beiseite. »Ich fahre nach dem Frühstück schnell nach Bere Alston hinüber, doch die alte Segelwerkstatt ist fertig für Jess, falls sie früher kommt. Ich habe das Bett bezogen und das ganze Häuschen ordentlich gelüftet.«

»Ich habe immer noch ein schlechtes Gewissen, weil du nach Mutters Anfall deine Unabhängigkeit aufgeben und von der Segelwerkstatt ins Haus ziehen musstest«, erklärt er.

»Red keinen Unsinn! Es ist doch viel vernünftiger, wenn ich in der Nähe bin, falls Rowena ihre üblen fünf Minuten hat – und auch weil Will während des Schuljahrs die meisten Wochenenden hier verbringt, nachdem Louisa nach Genf gezogen ist. Außerdem ist es schon eine Weile her, seit ich den Drang verspürt habe, knackige junge Männer aus dem Segelclub abzuschleppen. Geh dich anziehen, Johnnie! Rowena kommt gleich zum Frühstück herunter, und sie will sicher, dass du mit Popps rausgehst.«

Jess fährt vorsichtig über die Landstraßen und hält Ausschau nach Wegweisern. Sie fühlt sich aufgeregt, nervös und schuldbewusst, alles auf einmal.

»Ich habe keine Ahnung, was da über mich gekommen ist«, hat sie nach dem Mittagessen bei den Trehearnes betreten zu Kate gesagt. »Als Lady T. mich eingeladen hat, kam es mir so richtig vor.«

»Aber darum geht es ja gerade.« Kate lächelte ihr beruhigend zu. »Dazu haben Sie diese Reise doch unternommen, oder? Um die Gegend zu erkunden und etwas über die Vergangenheit und Juliet und Mike zu erfahren. Lady T. und Johnnie haben sicher jede Menge Geschichten zu erzählen. Ich freue mich, dass sie so positiv reagiert hat. Da haben Sie wirklich ins Schwarze getroffen.«

Erleichtert über Kates entspannte Reaktion, nickte sie eifrig. »Sie war verwundert darüber, wie ähnlich ich Juliet sehe. Genau wie Tom sagte. Wirklich komisch, dass die Leute sich so genau an sie erinnern, oder? Nein, es ist nur, weil Sie so freundlich waren und ich so gern hier in der Chapel Street bin ...«

»Das weiß ich doch. Und Sie können ja wiederkommen, wann immer Sie wollen. Eigentlich ist es sogar gut so, Jess. Ben und Julian können ein paar Tage bei mir verbringen, bevor die Schule anfängt; und Oliver kann vielleicht auch eine Pause von seiner geballten Dosis Familienleben gebrauchen; deswegen ist der Zeitpunkt perfekt. Fahren Sie ruhig und amüsieren Sie sich!«

»Danke«, sagte sie. »Das ist noch so ein Stück der Geschichte, stimmt's? Dass Mike so eng mit den Trehearnes befreundet war. Alles greift ineinander und verbindet sich, sodass es keinen Anfang und kein Ende gibt. Die Geschichte geht einfach weiter.«

»Und Sie sind ein Teil davon«, meinte Kate.

Und hier ist sie, fährt zum Tamar und versucht, sich an Kates Wegbeschreibung zu erinnern – bei ihrem ersten Besuch bei den Trehearnes hat sie vor lauter Aufregung nicht auf den Weg geachtet –, und plötzlich erhascht sie einen Blick auf den glitzernden Fluss, der unter ihr liegt. Rasch schaut sie in den Rückspiegel, fährt an den Straßenrand und bremst. Ihr Herz schlägt schnell. Warum nur lassen diese kleinen, steilen, unbefestigten Straßen, dieser sich dahinschlängelnde Fluss und die schützenden, sanft geschwungenen Hügel eine solche Mischung von Emotionen in ihr aufsteigen?

Plötzlich und unerwartet hat sie Angst; sie erinnert sich an das seltsame Déjà-vu-Gefühl, das sie im Seegarten und dann, merkwürdigerweise, wieder im Segelloft überfallen hat.

»Was für ein eigenartiges Gebäude!«, sagte sie zu Johnnie und betrachtete den lang gestreckten Steinbau mit dem nur schwach geneigten Dach. »Was ist das?«

»Die alte Segelwerkstatt«, erklärte er ihr. »Mein Urgroßvater war ein begeisterter Segler. Hat auch an Regatten teilgenommen. Er ließ sich seine Segel eigens anfertigen. Meine Töchter haben hier gespielt, und dann hat Sophie darin Quartier bezogen, als sie damals zu uns kam. Kommen Sie und schauen Sie es sich an! Das Bootshaus liegt weiter unten.«

Und er führte sie in den großen, lichtdurchfluteten Raum, dessen sämtliche Wände von Fenstern gesäumt waren und wo am anderen Ende eine riesige Glastür auf einen Balkon führte. Der Raum schien um sie herum zu beben, und das vom Fluss reflektierte, flirrende Licht blendete sie. Johnnie nahm ihren Arm, als fürchtete er, sie könne auf einem der Teppiche ausrutschen, die auf dem hellen, glänzenden Holzboden liegen. Am anderen Ende, gegenüber dem Balkon, führt eine kurze Treppe nach oben zu den anderen Zimmern auf einem geschwungenen

Zwischengeschoss, das wie eine Chorempore wirkt. Küche und Bad liegen im hinteren Teil des Gebäudes.

Sie versuchte, ihre Reaktion zu überspielen. »Das ist absolut fantastisch«, erklärte sie atemlos und lachte leise. »Wow! Hier könnte man herrlich malen!«

Und da machte Lady T., die den beiden gefolgt war, ihr das Angebot.

»Warum kommen Sie dann nicht ein paar Tage zu uns, meine Liebe? Sie könnten hier in der alten Segelwerkstatt wohnen, da sie Ihnen so gut gefällt, und zum Essen oder wenn Sie Gesellschaft brauchen, ins Haus kommen. So lernen wir Sie besser kennen, und Sie können den Tamar erkunden und vielleicht gleichzeitig Inspiration für Ihre Arbeit finden. Das wäre doch schön, oder, Johnnie?«

Und Johnnie, der immer noch schützend Jess' Arm hielt, lächelte ihr zu. »Das wäre großartig«, sagte er.

Jetzt lässt Jess die Kupplung kommen und fährt weiter. Sie weiß, dass es Zeit ist, in die Geschichte einzutauchen und ihren Platz unter den Figuren einzunehmen.

Johnnie tritt mit Popps auf den Fersen aus der Hintertür, schlägt den Weg zwischen dem großen, ummauerten Küchengarten und den Nebengebäuden ein und gelangt auf das höher gelegene Gelände, wo der Rasen von Azaleen- und Hortensienbüschen umgeben ist. Die Flut steigt immer noch, und eine leichte Brise von Nordosten raschelt im Schilf: perfekte Voraussetzungen für einen Segelausflug. Die *Alice* liegt, geputzt und bereit für den Winter, draußen in der Fahrrinne festgemacht. Das Boot, das er von seinem Großvater geerbt hat, ist seine Leidenschaft. Er hat Jahre auf seine Renovierung verwendet, und seine größte Freude ist es, Freunde zu einem Segeltörn darauf einzuladen.

Während er über das sanft gewellte Gelände schlendert und zusieht, wie die Sonne auf dem anderen Flussufer in Cargreen auf den Fenstern der Häuser glitzert, überlegt er, dass er, Johnnie, jetzt nicht hier wäre, wenn Al weitergelebt hätte. Der ältere Bruder hätte beim Tod ihres Vaters das Anwesen geerbt. Das Boot draußen auf dem Fluss würde Al gehören, seine Kinder würden die Flure entlangrennen und um den Tisch im Esszimmer sitzen, seine Hunde auf der harten, trockenen Erde unter den baumhohen Hortensien dieser Kaninchenspur folgen.

Stattdessen liegen Als Knochen mehrere Faden tief irgendwo vor Gribben Head. Johnnie geht langsam, wirft einen Blick zurück zu der schlichten georgianischen Fassade des Hauses und erinnert sich an die Spiele, die Al und er einst hier und unten am Fluss gespielt haben: Schmuggler, Piraten, immer etwas, das mit Wasser zu tun hatte. Das Bootshaus und die unbenutzte Segelwerkstatt waren der perfekte Hintergrund dafür, zusammen mit dem kleinen Segelboot, das Al zu seinem neunten Geburtstag bekommen hatte. Er, Johnnie, lernte rasch, Al die Führung zu überlassen, ein guter zweiter Mann zu sein und auf keinen Fall zu petzen oder sich zu beschweren. Al konnte bei ihrer Mutter nichts verkehrt machen, und Johnnie begriff bald, dass es klüger war, im Schatten seines Bruders zu bleiben.

Er steht an der Balustrade des Seegartens, hat die Hand auf das von der Sonne erwärmte Holz der alten, geschnitzten Circe-Galionsfigur gelegt und denkt zurück an die Nacht, in der Al starb. Die vier – Al und Mike, Johnnie und Fred – segelten regelmäßig zusammen. Sie waren draußen vor der Westküste unterwegs gewesen, und als es Nacht wurde, fuhren sie zurück. Sie segelten vor einem starken, böigen Südwestwind, der sich langsam zu einem Sturm auswuchs. Al und Mike hatten die Mitternachtswache übernommen; Fred und er lagen unten in ihren Kojen. Mike war derjenige, der Alarm schlug, und Mikes Stimme hallte durch die Luke herunter. »Mann über Bord!«

Johnnie erinnert sich, wie er von lauten Stimmen geweckt wurde und das Boot so heftig halste, dass er beinahe aus seiner Koje fiel. Fred und er kletterten verwirrt und ängstlich nach oben, drängten sich über die Kajütentreppe an Deck, wo Mike sich mühte, den Rettungsring loszumachen.

»Übernehmt das Ruder!« Der Wind riss ihm die Worte aus dem Mund und trug sie davon, aber sie gehorchten ihm eilig. Mike hielt den Rettungsring jetzt in beiden Händen, hob ihn nun hoch, hievte ihn über die Reling und griff nach dem Suchscheinwerfer im Cockpit. »Mann-über-Bord-Manöver«, brüllte er. Als schwarzes Wasser ins Cockpit schwappte, ergriff Fred das Steuerruder, drückte es hinunter und duckte sich, als der Mastbaum über seinen Kopf hinwegschwang. Gemeinsam brachten sie das Boot unter Kontrolle, während Mike den Suchscheinwerfer hin- und herbewegte. Bis zum Morgengrauen durchkämmten sie das Gebiet, warteten und suchten, doch sie entdeckten keine Spur von Al.

Später erklärte Mike, er sei gerade unter Deck gegangen, um in der Kombüse Kaffee zu kochen, als eine plötzliche Sturmbö das Boot traf. Sie müsse Al überrascht haben, sagte er, denn er hatte die Kontrolle verloren, war offenbar vom Mastbaum am Kopf getroffen worden und über Bord gegangen, als das Boot halste. Seine Leiche war nie gefunden worden.

Automatisch gleitet Johnnies Hand über das geschnitzte, bemalte Holz von Circes Rock, und er hört wieder die lauten Stimmen und spürt das plötzliche Schlingern des Bootes. Die Galionsfigur steht über ihm und sieht mit gerecktem Kinn den Fluss entlang zum Meer, als wartete sie darauf, dass die Flut sie an ihre Brust zieht und erneut zum Leben erweckt. Von der Straße hinter dem Haus hört er einen Automotor, und er ruft Popps und läuft eilig zurück, um Jess zu begrüßen.

Rowena, die gespannt gewartet hat, kommt ihm zuvor. Sie war schon immer ungeduldig. Alles, was sich in die Länge zieht, langsam ist, treibt sie fast in den Wahnsinn. Weitschweifige Anekdoten oder Erklärungen, jemandem bei einer Tätigkeit zusehen, die sie in der Hälfte der Zeit erledigen kann – all das erzeugt in ihrem Inneren eine solche Spannung, dass sie das Gefühl hat, jeden Moment zu explodieren. Daher eilt sie hinaus zum Auto, führt Jess in den sonnigen Morgensalon und ignoriert die Küche, wo Sophie bestimmt die Utensilien zum Kaffeetrinken bereitgestellt hat. Rowena begreift die moderne Angewohnheit nicht, Gäste in der ziemlich dunklen, nach Norden gehenden Küche zu empfangen. Da ist es doch in diesem hübschen, kleinen, holzgetäfelten Raum, in dem sie ihre Briefe schreibt und liest, viel schöner.

Popps kommt aufgeregt kläffend hinter ihnen hereingerannt. »Still, Popps! Du kennst Jess doch«, sagt Rowena. Jess bückt sich, um den kleinen Hund zu streichen, und reibt die samtigen Ohren sanft mit den Fingern.

»Ein witziger Name«, sagt sie, plötzlich schüchtern. »Ist das eine Abkürzung von Poppy?«

»Daran ist Johnnie schuld«, erklärt Rowena. »Als Welpe hat sie geheult, wenn man sie allein ließ, und Johnnie meinte, sie klänge wie Lucia Popp, die sich für ein Konzert einsingt. ›Popp legt schon wieder los‹, pflegte er zu sagen, und dann ist der Name einfach hängen geblieben.«

Froh über die Ablenkung durch den kleinen Terrier, lacht Jess und fühlt sich schon weniger nervös. »Zu Hause hatten wir immer schwarze Labradore«, erklärt sie. »Mum war nicht wirklich eine Hundefreundin, aber Daddy konnte nicht gut ohne Hund sein.«

»Tatsächlich?« Rowena setzt sich an den großen, runden Palisandertisch, auf dem Zeitungen und Zeitschriften verstreut sind. Auch Briefe liegen da, halb aus ihren Umschlägen gezogen, neben einem gelben, bemalten Porzellantopf, in dem Bleistifte und Kugelschreiber stehen. Ihre Hände huschen zwischen den Briefen umher und ordnen sie. »Wie war Ihr Vater denn so?«

Bevor Jess antworten kann, lässt Johnnie sich hinter ihr hören.

»Guten Morgen, Jess. Sie haben also den Weg zu uns gefunden. Gut gemacht!«

Beinahe erleichtert dreht sie sich zu ihm um. Die alte Dame strahlt eine starke Anspannung aus, die sie leicht beunruhigt. »Kate hat mir eine sehr gute Wegbeschreibung gegeben«, antwortete sie, »aber konzentrieren musste ich mich schon. Als Beifahrerin achte ich nämlich nie auf den Weg.«

»Dann haben Sie Kaffee verdient«, sagt er. »Sophie hatte gehofft, vor Ihrem Eintreffen zurück zu sein, doch ich bin mir sicher, sie hat etwas vorbereitet.«

»Kann ich Ihnen helfen?«, fragt sie, lächelt Rowena zu und folgt ihm hinaus. Popps ist ihnen dicht auf den Fersen.

Rowena lauscht ihren Stimmen und Popps' Tappen und dem Klicken ihrer Krallen, als sie durch die Eingangshalle gehen. Sie sitzt still da, streicht die Seiten des Briefes einer alten Freundin glatt, legt sie zusammen und steckt sie wieder in den Umschlag, obwohl sie sich kaum bewusst ist, was sie tut.

In der Küche hilft Jess Johnnie, die Kaffeeutensilien auf das Tablett zu stellen. Bei ihm fühlt sie sich vollkommen unbefangen, denn er ist so freundlich, amüsant und entspannt, und es gefällt ihr hier in der warmen, unordentlichen Küche, wo die Kaffeemaschine blubbert.

»Ohne Sophes kämen wir einfach nicht klar«, erklärt er gerade. »Gott sei Dank hat sie nie den Wunsch verspürt, uns zu verlassen! Wenn die Mädchen und alle Kinder in den Ferien kommen, wäre ich ohne Sophie vollkommen überfordert. Und sie geht wunderbar mit Will um.«

»Ich freue mich schon darauf, den Jungen kennenzulernen«, sagt Jess und legt Kekse auf einen handbemalten gelb-blauen Teller.

»Will ist neun, aber er benimmt sich, als wäre er vierzig.« Johnnie stellt die Kaffeekanne auf das Tablett. »Der arme Kerl hat drei kleine Schwestern, die ihn wahnsinnig machen, und das hat ihn vor der Zeit altern lassen.«

Jess lacht. Mit einem Mal ist sie wieder froh; dieser reizende Mann hat all ihre Nervosität und Ängste beruhigt. Auf merkwürdige Weise erinnert er sie an ihren Vater; vielleicht liegt es am Einfluss des Militärs.

»Er hat Glück, Sie hier in der Nähe zu haben«, meint sie. »Nach Daddys Tod bin ich sonntags oder wenn wir frei hatten, zu Freunden gefahren. Brüssel war einfach zu weit entfernt. Will hat großes Glück, nach Hause zu können.«

»Das gilt genauso für uns. Wir haben ihn gern hier und bringen ihm das Segeln bei. Können Sie den Teller nehmen, wenn ich das Tablett trage? Mutter trinkt lieber im Morgensalon Kaffee.«

Jess zögert. »Das Problem ist«, vertraut sie ihm an, »dass ich nicht richtig weiß, wie ich Ihre Mutter ansprechen soll. Letzten Sonntag hat sie gesagt, ich soll sie nicht Lady Trehearne nennen, aber ich kann sie doch nicht einfach Rowena nennen. Oder?«

»Was hat sie selbst denn dazu gesagt?«

»Dass ich sie Rowena nennen soll …« Sie hält inne. »Aber dass es vielleicht lustig wäre, wenn ich sie Great-Granny rufe wie all die anderen jungen Leute.«

Seine blauen Augen ziehen sich zusammen, als er lächelt. »Ganz unter uns, sie nennen sie das Granny-Monster, aber egal.«

»Trotzdem.«

Er bemerkt ihr Unbehagen und stellt das Tablett zurück auf den Tisch. »Die Sache ist die«, beginnt er, »dass Sie für meine Mutter zu einer Gruppe von Menschen gehören, die seit ewigen Zeiten ein Teil der Familie sind. Mike und Juliet waren so oft hier, verstehen Sie? Mike war von Kindesbeinen an der beste Freund meines Bruders. Dann sind da meine Töchter und ihre Männer und unzählige Gören. Sie sieht Sie einfach als Teil der Großfamilie. Wahrscheinlich würde es ihr großes Vergnügen bereiten, wenn Sie es fertigbringen, sie Great-Granny zu rufen, doch Sie müssen sich auch wohl dabei fühlen. Es ist nicht schön, wenn jemand auf einer Anrede besteht, die den anderen in Verlegenheit stürzt.«

Jess nickt, er nimmt das Tablett wieder hoch, und sie gehen zurück in den Morgensalon.

Als sie später allein in der alten Segelwerkstatt ist, hat Jess Zeit, ihre Ideen und Gedanken zu sammeln und sie zu ordnen. Der große Raum schwimmt in Sonnenlicht und den Reflexen des Flusses, und sie hat das Gefühl, in eine schillernde Blase eingeschlossen zu sein. Daher tritt sie auf den Balkon, um zu sich zu kommen.

Auf der anderen Flussseite liegt im Schutz des Hügels ein kleines Dorf aus dicht an dicht stehenden Häuschen. Als sie hinübersieht, erblickt sie ein kleines Ruderboot, das sich aus den

Schatten am Ufer löst und auf eines der größeren, vor Anker liegenden Boote zuhält. Wieder hat sie das überaus seltsame Gefühl, dass das schon einmal geschehen ist. Die Szene kommt ihr vertraut vor. Vielleicht hat Juliet mal hier gestanden, die Hände auf die von der Sonne erwärmte Balustrade gelegt und die Boote auf dem Tamar und die tief über dem Wasser kreisenden Vögel beobachtet. Der Gedanke beunruhigt sie nicht; sie spürt einfach eine große Sehnsucht, dieses eigenartige Gefühl der Verbundenheit zu verstehen.

Johnnie und Lady T. – nachdem sie so lange mit Kate zusammen war, kann sie nicht anders, als die alte Dame in Gedanken so zu nennen – waren erfreut, als sie ihnen sagte, dass sie überaus gern segelt. »Daddy hat es mir beigebracht«, hat sie erklärt, und Lady T. stieß einen leisen, schnell unterdrückten Triumphschrei aus, als bewiese das etwas Wichtiges.

»Wir fahren morgen hinaus«, hatte Johnnie erklärt, »damit Sie ein Gefühl für den Fluss bekommen. Wenn Sie möchten.«

Jess blickt zurück in den Raum und fragt sich, wie sie ihm ihren Stempel aufdrücken, ihm eine persönliche Note geben soll. Sie besitzt viel zu wenig, um in einem so großen Raum viel zu verändern, doch sie legt ihren Laptop und ihre Notizbücher auf einen runden Mahagonitisch unter einem der Fenster und packt behutsam das kleine Gemälde aus, das Kate ihr geschenkt hat.

»Aber ich möchte, dass Sie es bekommen«, hat sie gesagt, als Jess protestierte. »Es gehört jetzt Ihnen. David hätte sich so gefreut! Es ist das nächste Kapitel seiner Geschichte.«

»Ein Zeichen«, erwiderte Jess. »Oder ein Omen. Vielen, vielen Dank. Ich kann nicht glauben, dass ich jetzt ein Gemälde von David Porteous besitze.«

Sie sieht sich nach einem Platz für das kleine Gestell um: Auf den niedrigen Tisch, auf dem Bücher und Zeitschriften liegen?

Oder in das Bücherregal zwischen zweien der Fenster? Keine Stelle scheint des Bildes ganz würdig zu sein. Daher stellt Jess es vorsichtig neben ihren Laptop und ihre Notizbücher und hofft, dass es sie inspiriert. Eigentlich möchte sie ein paar Fotos von ihrer Kamera auf den Laptop laden und sie studieren, doch sie fühlt sich zurück zum Balkon gezogen. Vielleicht ist sie hier doch zu abgelenkt; sie wird nicht arbeiten können.

Das kleine Ruderboot ist jetzt leer und wiegt sich sanft auf dem Wasser. Es ist mit der Fangleine an einem der größeren Boote festgemacht, und eine Gestalt, die vor der Sonne nur als Silhouette zu erkennen ist, bewegt sich an Deck und verschwindet dann nach unten. Ein Kormoran flattert langsam flussaufwärts und landet auf einer der Bojen; er balanciert darauf und reckt die Schwingen, und sein kreuzförmiger Umriss wird von der glasklaren Wasseroberfläche perfekt widergespiegelt.

Tief und zufrieden holt Jess Luft; sie wird ihre Kamera nehmen und am Flussufer entlanggehen.

Vom Seitenfenster der Küche aus sieht Sophie sie durch das kleine Tor treten.

»Gut«, meint sie zufrieden. »Ich bin so froh, dass sie sich wohlfühlt und nicht nur aus lauter Höflichkeit hierbleibt. Rowena kommt mir ein wenig angespannt vor. Verschweigst du mir etwas?«

Johnnie schlüpft am Ende des kleinen Flurs vor der Hintertür aus seinen Schuhen und zieht die Gummistiefel an, und Sophie tritt vom Fenster weg, um ihn von der Küchentür aus anzusehen.

»Was meinst du?« Seine Stimme klingt ein wenig gedämpft, weil er sich gerade bückt, um seine Jeans in die Stiefel zu stopfen.

»Sie ist nervös«, beharrt Sophie. »Vollkommen strahlend und aufgekratzt, als erwartete sie, dass etwas passiert. Etwas, das mit Jess zu tun hat.«

»Ach, ganz bestimmt nicht! Sie genießt es nur, einen jungen Menschen um sich zu haben. Mutter hat sich immer unter jungen Leuten wohlgefühlt.«

Jetzt hat er die Stiefel angezogen, dreht sich um und sieht sie an. Seine Miene zeigt eine unbestimmte Fröhlichkeit und Offenheit, und sie erwidert seinen Blick nachdenklich. Jetzt mach mal einen Punkt!, möchte sie am liebsten zu ihm sagen, doch sie hat einen winzigen Moment lang den Eindruck, als warnte er sie. Er zieht amüsiert die Augen zusammen, als nähme er ihren Zwiespalt wahr.

»Ich gehe den Rasen mähen«, erklärt er. »Der letzte Schnitt in diesem Jahr, würde ich sagen. Alles in Ordnung, Sophes. Es ist einfach so, dass Jess' Besuch bei uns allen Erinnerungen an längst vergangene Zeiten heraufbeschwört. Es ist dieser Proust-Moment.«

»Gut«, gibt sie munter zurück. »Dann ist es ja okay. Aber ich backe keine Madeleines zum Tee. Denk nicht mal dran!«

Lachend geht er hinaus, und sie kehrt in die Küche zurück und denkt dabei über Rowena nach: diese leise Nervosität während Jess' Anwesenheit und dieser Ausdruck nach innen gerichteter Konzentration, wenn sie nicht da ist. Es ist, als läge Rowena ein kompliziertes, unsichtbares Puzzle, als probierte sie die Teile aus und versuchte, sie aneinanderzusetzen. Und offensichtlich ist Jess ein wichtiges Teil dieses Puzzles. Obwohl die alte Dame über neunzig ist, ist ihr Verstand noch erstaunlich rege.

Aber Sophie ist nervös. Sie ist von Natur aus nicht fantasiebegabt, doch sie macht sich Sorgen wegen Rowenas starker

Reaktion auf Jess und fragt sich, welche gesundheitlichen Auswirkungen das auf Johnnies Mutter haben könnte.

Sophie schaut noch einmal aus dem Fenster und sieht keine Spur mehr von Jess. Es ist gut, dass das Mädchen sich bereits zu Hause fühlt – doch die kleine, nagende Sorge bleibt.

Vorsichtig geht Jess an der Flutgrenze entlang und sucht sich einen Weg durch die Salzwiesen. Hier und da trennen Gruppen von Spindelsträuchern, Dornbüschen und Sommerflieder die schmale Straße vom Flussufer, und wenn der Weg vor ihr zu schlammig aussieht, quetscht sie sich zwischen ihren Zweigen hindurch, um wieder auf die Straße zu gelangen.

Die Ebbe hat eingesetzt: In der Fahrrinne ist die Strömung jetzt schnell und ihre Wasseroberfläche kabbelig und rau, doch über dem Watt liegt das Wasser glatt und ruhig. Sie hält inne, um ein kleines Motorboot zu beobachten, das mit der Ebbe flussabwärts fährt und dessen Bugwelle von einem Ufer zum anderen reicht. Der Mann auf der Jacht ist wieder an Deck gekommen, steht da und betrachtet das kleine, knatternde Boot. Er bleibt dort stehen und schaut jetzt zu ihr herüber, und instinktiv winkt sie ihm zu – sie weiß, dass Menschen, die mit dem Wasser leben, für gewöhnlich freundlich sind –, und nach kurzem Überlegen hebt der Mann eine Hand und grüßt zurück.

Aus irgendeinem Grund gefällt ihr das und gibt ihr das Gefühl, zu Hause zu sein. Jess geht weiter, lauscht dem trockenen Rascheln des Schilfs und dem klagenden, trillernden Ruf des Brachvogels. Hier in der Sonne ist es heiß. Orangefarbene und weiße Schmetterlinge flitzen um das Riedgras, und sie saugt den kräftigen, organischen Geruch nach Schlamm, Algen und verfaulendem Holz ein. Sie macht ein paar Fotos von den Spindelsträuchern und dem Sommerflieder und geht dann weiter, wie verzaubert von der magischen Schönheit und dem Frieden dieses Ortes.

»Es ist immer noch so heiß, was?«, sagt Sophie. »Erstaunlich für Oktober. Sollen wir im Sommerpavillon picknicken? Es wäre eine Schande, einen so herrlichen Tag im Haus zu vergeuden. Schade, dass die Gezeiten nicht richtig stehen, sonst hätten wir nach dem Lunch alle segeln gehen können.«

»Ich hoffe, dass wir morgen früh eine oder zwei Stunden hinausfahren können, um zu sehen, wie Jess sich anstellt«, gibt Johnnie zurück. »Wir könnten zum Hamoaze fahren, wenn der Wind richtig steht. Soll ich dir tragen helfen?«

»Ja, bitte. Ich suche ein paar Sachen zusammen und stelle sie auf ein Tablett.«

»Ist Jess schon wieder zurück?«, fragt Rowena und tritt in die Küche. »Es muss doch fast Mittagszeit sein.«

»Wir haben gerade gesagt, dass ein Picknick im Sommerpavillon eine gute Idee wäre«, meint Sophie. »Nett für Jess. Ungezwungen und vergnüglich.«

»Junge Leute lieben Picknicks«, setzt Johnnie hinzu.

»Sie ist doch kein Kind«, erwidert Rowena, die seine banale Bemerkung irritiert. »Ich bin mir sicher, dass Jess durchaus in der Lage ist, am Esszimmertisch mit Messer und Gabel zu essen. Indes ...«

Das »indes« hängt noch in der Luft, als sie sich abwendet und hinausgeht, eine unausgesprochene, wenn auch zögerliche Erlaubnis. Johnnie und Sophie wechseln einen kurzen, amüsierten Blick. Von draußen hören sie Stimmen: Jess klingt, als entschuldigte sie sich, und Rowena beruhigt sie.

»Sie sind überhaupt nicht spät dran. Und wir picknicken im

Sommerpavillon. Ich dachte, das würde Ihnen gefallen. Da können Sie sich vorstellen, wie es war, als wir dort unsere Partys gefeiert haben. Juliet liebte Partys und Picknicks ...«

Die Stimmen entfernen sich in Richtung Seegarten.

»Sie ist unmöglich«, meint Sophie. »Und ich finde immer noch, dass da etwas im Gange ist. Ich weiß ja, dass Mike Als bester Freund war, aber ich habe Rowena noch nie so erlebt. So verhält sie sich nicht einmal gegenüber ihren eigenen Enkeln und Urenkeln.«

Johnnie hebt das mit Messern, Gabeln und Tellern beladene Tablett an und setzt es dann wieder ab. »Ich glaube, das alles hat sie erschüttert«, sagt er. »Jess sieht genau wie Juliet früher aus, und ich muss zugeben, dass das ziemlich unheimlich ist. Al hatte viel für Juliet übrig, weißt du, und Mutter fand, Al hätte sie heiraten sollen. Sie war immer der Meinung, dass Al alles haben sollte, was er wollte, sogar die Frau seines besten Freundes. Doch das ist alles lange her, und ich glaube, Mutter redet sich inzwischen ein, dass Juliet ebenso zu Al gehört hat wie zu Mike, weil sie alle so gut befreundet waren. Und Jess gehört eben auch dazu. Vielleicht ist es Mutters Art, die Vergangenheit lebendig werden zu lassen und glückliche Erinnerungen an alle, besonders an Al, zu pflegen. Schließlich ist sie zweiundneunzig, und wir dürfen ihr keinen Vorwurf machen, wenn sie ein bisschen verwirrt wird.«

»Ihr Verstand ist so scharf wie eine Rasierklinge«, wendet Sophie ein, »aber ich kann schon verstehen, dass sie vielleicht die Geschichte ein wenig umschreiben und sich so an die glückliche Vergangenheit erinnern möchte, wie sie sie gern gehabt hätte. Wahrscheinlich ist sogar Rowena zu einem gelegentlichen Anflug von romantischer Nostalgie in der Lage, obwohl mir das bei ihr ziemlich unwahrscheinlich vorkommt.«

»Das waren aber auch glückliche Zeiten!« Johnnie klingt, als versuchte er, sich selbst davon zu überzeugen. »Al und Mike waren dicke Freunde, doch sie haben sich auch Konkurrenz gemacht, und Mike hat Juliet bekommen. Al war ziemlich beeindruckt von ihr. Jedenfalls glaube ich, dass Mutter sich an die Zeit erinnern möchte, als sie alle noch ganz jung waren. Wie du schon sagtest, übertüncht sie dabei das, woran sie sich nicht erinnern möchte.«

»Aber es ist auch merkwürdig. Wenn Juliet zwischen Al und Mike stand, sollte man meinen, dass Rowena etwas gegen sie hätte und überhaupt nicht den Wunsch hegen würde, ihre Enkelin kennenzulernen, geschweige denn, sie so freundlich aufzunehmen. Das wäre doch eine ganz normale Reaktion, oder?«

Johnnie runzelt die Stirn, als versuchte er, die Sache aus dem Blickwinkel seiner Mutter zu sehen. »Ich sagte ja schon, meiner Meinung nach geht es nur darum, dass Mutter die Gelegenheit ergreift, mit jedem zu reden, der in irgendeiner, wenn auch entfernten, Beziehung zu Al gestanden hat. Über die Partys, das Tanzen und den Spaß von damals zu sprechen gibt ihr die Möglichkeit, alles noch einmal zu erleben. Sie will Jess auch die alten Fotos zeigen und all das. Ich bin mir sicher, dass ihr das guttut. Hör mal, wir sollten lieber in die Gänge kommen, sonst fragen die beiden sich noch, wo wir bleiben.«

Er nimmt das Holztablett und geht hinaus. Sophie belädt das zweite Tablett: ein Laib frisches Brot, Käse und Butter, Leberpastete. Sie wäscht ein paar Kirschtomaten ab und überlegt dabei, wie typisch es für Johnnie ist, dass er es seiner Mutter überhaupt nicht verübelt, dass in der Vergangenheit, wie Rowena sie darstellt, kein Platz für ihn ist. Wenn Rowena über das Vergangene spricht, dann nicht über seine oder Freddys

Heldentaten; in Rowenas Erinnerung existiert nur ein goldenes Zeitalter.

»Du musst eines bedenken«, hat er einmal, vor langer Zeit, zu Sophie gesagt, als sie sich an seiner Stelle aufgeregt hatte, »Mutter und Al waren einander sehr ähnlich. Sie waren aus demselben Holz geschnitzt. Ich glaube, sie konnte ungezwungen mit ihm umgehen, weil sie ihn nicht verletzen konnte. Er war hart im Nehmen und selbstbewusst, und egal, was passierte, er war ein Stehaufmännchen. Genau wie sie selbst. Empfindsame, bedürftige Menschen irritieren sie. Sie kann es nicht ertragen, die Wunden, die sie anderen zufügt, anzusehen, und sie besitzt einfach nicht genug Geduld, um freundlich und fürsorglich zu sein. Sie hat immer gesagt, für sie sei die schlimmste Eigenschaft, die jemand haben kann, das Bedürfnis, geliebt zu werden.«

Sophie war klar, dass er über ihre Parteinahme gerührt, aber auch leicht belustigt war. Bald wurde ihr klar, dass Johnnie auf seine eigene Art genauso hart war wie seine Mutter. Er brachte das fertig, ohne Menschen zu verärgern oder vor den Kopf zu stoßen, doch er ließ sich auch nicht die Butter vom Brot nehmen. Trotzdem besitzt Johnnie, wie sein Vater vor ihm, eine tief verwurzelte Freundlichkeit und einen großzügigen Geist, beides Eigenschaften, die Rowena fehlen.

»Und schließlich«, sagte Freddy, als sie mit ihm darüber sprach, »ist Johnnie noch hier, oder? Und seine Kinder und Kindeskinder, und alle können sich an diesem herrlichen Anwesen erfreuen. Am Ende hat der arme alte Al doch nicht gewonnen, nicht wahr?«

Bei dem Gedanken an Freddy erinnert sie sich daran, dass sie ihn anrufen und ebenfalls einladen muss, wenn Tom und Cass Wivenhoe, die Mortlakes und Kate Porteous zu der großen Wiedersehensfeier kommen, die Rowena plant. Sie braucht noch zwei Tischherren, und Freddy wird Jess auch kennenlernen wollen. Außerdem wird es gut sein, ihn dabeizuhaben; er ist immer so ein witziger Gesellschafter.

Sie nimmt das Tablett und trägt es hinaus in den Seegarten.

Die Türen des Sommerpavillons sind geöffnet und lassen den Sonnenschein herein, und Johnnie hat sein Tablett bereits abgeräumt. Er hat einen stoffbezogenen Klappstuhl für seine Mutter nach draußen in die Sonne gestellt, und Jess trägt gerade noch einen hinaus.

Rowena stützt sich auf ihren Stock und sieht ihnen zu. Sie setzt sich noch nicht, ganz einfach, weil sie weiß, dass Johnnie nervös darauf wartet.

Als wäre ich zu alt, denkt sie verärgert, um länger als fünf Minuten aufrecht zu stehen.

Sie wendet den Blick ab und sieht über den Fluss nach Cargreen, aber Jess' Gesicht schiebt sich vor die Granitmauern der Cottages und des Pubs. Wirklich, es ist, als wäre Juliet zu ihnen zurückgekehrt, und Rowenas Herz verzehrt sich nach Al. Wie sehr sie sich wünscht, nur noch einmal zu sehen, wie er mit seinem lässigen, lasziven Gang und seinem listigen Lächeln auf sie zuschlendert! Ihre Sehnsucht ist so groß, dass sie Johnnie anfaucht, als er sie sanft am Ellbogen berührt und fragt: »Willst du dich nicht setzen, Mutter?«

»Mach nicht so ein Theater!« Sie reißt ihren Arm weg und stürzt beinahe.

Rasch dreht sie sich um und hofft, dass Jess ihren Ausbruch nicht bemerkt hat, aber das Mädchen ist bei Sophie im Sommerpavillon und stellt das Essen auf dem Tisch bereit.

»Sind Sie hungrig, Rowena?«, ruft Sophie, was ihr Gelegenheit gibt, zu den beiden hinüberzugehen. Sie hat keinen Hunger, doch sie wird tun als ob und etwas essen. Jess lächelt sie so reizend an, dass sie am liebsten die Hand des Mädchens berühren und dieses lange, rotbraune Haar streicheln würde. Wie anziehend sie ist! Kein Wunder, dass alle jungen Männer sich in sie verlieben! Einen Moment lang ist Rowena verwirrt und sieht sich nach den Jungs um. Nach Al und Mike und Stephen. Und dann fällt ihr wieder ein, dass dies Jess und nicht Juliet ist. Sie fühlt sich ziemlich schwach, und ihr Herz schlägt unregelmäßig.

Johnnie steht wieder neben ihr. »Ich trage dir dein Geschirr«, sagt er.

Er hilft ihr zu ihrem Stuhl und reicht ihr Glas und Teller, und wie immer ärgert sie seine Freundlichkeit, und sie wünscht sich sehnlichst, Al wäre da und würde ihr eine witzige, bissige Bemerkung ins Ohr flüstern, die nur sie hören kann.

Schließlich sind sie alle versammelt, essen und reden. Johnnie erzählt Jess die Familiengeschichte und spricht über das Buch, das er schreibt, und Sophie schmiedet Pläne für das Wochenende, wenn Will Ausgang vom Internat hat.

»Wenn sich das Wetter so hält, werden wir auf jeden Fall auch segeln«, erklärt sie. »Will fährt immer gern auf den Fluss hinaus. Zum Glück spielen die Gezeiten mit.«

Rowena antwortet etwas, aber in Wahrheit plant sie die ganze Zeit über den Moment, in dem sie mit Jess allein sein kann, damit sie gemeinsam die Fotos ansehen und das Puzzle der Vergangenheit zusammensetzen können.

Als Sophie sie einlädt, sie zu begleiten, um Will abzuholen, weigert sich Jess.

»Er könnte ein wenig schüchtern sein«, sagt sie. »Und Gespräche zu dritt sind immer eine schwierige Sache. So haben

Sie die Chance, ihn über mein Hiersein vorzuwarnen, und er kann sich nach mir erkundigen, ohne dass es ihm peinlich ist.«

Sie erinnert sich an ihre eigenen Fahrten ins Internat und zurück und daran, wie viel schöner es war, wenn sie Mutter oder Vater für sich hatte. Dann saß sie auf dem Beifahrersitz, redete mit ihnen und fühlte sich ganz erwachsen. Das mag sie Will nicht wegnehmen, obwohl sie, sobald er zu ihr in die alte Segelwerkstatt gelaufen kommt, erkennt, dass ihre Sorge wahrscheinlich überflüssig war. Er ist ein gelassener, selbstbewusster kleiner Junge, der gelegentlich die entrückte Miene eines Menschen hat, der in anderen Welten lebt. Will ist dünn, mit schmalen Gelenken und knochigen Knien, einem blonden Haarschopf und einem heiteren Ausdruck in den blaugrünen Augen – Johnnies Augen. Jess verliebt sich auf der Stelle in ihn.

»Ich wünschte, *ich* dürfte in der alten Segelwerkstatt schlafen«, erzählt er ihr neidisch, »aber ich darf nicht. Wir machen das in den Ferien, wenn meine Schwestern aus Genf und meine Cousins und Cousinen kommen, doch allein darf ich nicht. Wenn ich zwölf bin, sagt Mummy.«

Er sieht sie aus seinen erstaunlichen Augen an, und Jess erwidert den Blick. Sie spürt den merkwürdigen Drang, ihm jeden Wunsch zu erfüllen.

»Aber jetzt bin ich ja hier«, beginnt sie vorsichtig, »vielleicht könntest du heute bei mir in der Segelwerkstatt übernachten?«

Das kleine, schmale Gesicht leuchtet auf. »Geht das denn?«

»Ich wüsste nicht, was dagegen sprechen würde.« Jess sieht sich nach Sophie oder Johnnie um, weil sie fürchtet, irgendeine Regel zu brechen. »Sollen wir Johnnie fragen? Deinen Großvater, meine ich. Wie nennst du ihn denn?«

»Grando«, antwortet Will sofort. »Grando ist cool. Er ist bestimmt einverstanden, doch Sophie vielleicht nicht.«

»Wir müssen uns nach Sophie richten«, erklärt Jess bestimmt.

»Okay«, gibt er fröhlich zurück. »Es ist schön draußen auf dem Balkon, stimmt's? Letzten Sommer habe ich von da aus ein paar echt coole Fotos geschossen.«

»Ich fotografiere auch«, sagt Jess. »Ich zeichne gern nach Fotos.«

»Lädst du sie auf deinem Computer hoch?«

Sie nickt. »Man kann sie dann vergrößern und richtig studieren.«

Er sieht sie beeindruckt an. »Sophie sagt, du hast einen richtig coolen Preis gewonnen. Hast du Sachen von dir dabei?«

»Nein. Ich habe alles bei einer Freundin in Bristol gelassen. Ich hoffe, hier etwas Neues anzufangen, aber eigentlich mache ich Ferien.«

»Segelst du gern?«

Sie nickt, und er wendet, zum ersten Mal ein wenig schüchtern, den Kopf ab.

»Wenn du magst, könnte ich mit dir hinausfahren«, sagt er beiläufig. »Ich habe ein Heron-Boot im Bootshaus liegen. Es gehört mir.«

»Wow! Du hast ein eigenes Boot?« Jetzt ist sie an der Reihe, beeindruckt zu sein. »Sehr gern.«

Er sieht sie wieder an, und sein Blick ist strahlend, beinahe spitzbübisch. »Wirklich? Die Gezeiten sind an diesem Wochenende günstig.«

»Abgemacht«, erklärt sie. »Aber wir sollten lieber noch …« Sie zögert und kann sich nicht ganz überwinden, Johnnie »Grando« zu nennen. »… Sophie fragen? Ich bin hier Gast und muss mich an die Hausregeln halten, verstehst du?«

»Okay«, antwortet er fröhlich. »Sollen wir fragen gehen, ob ich heute hier übernachten darf? Dann kann ich meine Sachen gleich herbringen.«

An ihrem Tisch hält er inne, um ihre Kamera anzusehen. »So eine möchte ich auch gern haben«, gesteht er sehnsüchtig. Er betrachtet das kleine Bild. »Hast du das gemalt?«

»Nein. Es ist von dem Künstler, dessen Preis ich gewonnen habe. David Porteous. Gefällt es dir?«

Er beugt sich darüber und sieht es genauer an. »Hmmm. Es sieht richtig echt aus, oder? Als könnte man die Blume pflücken, und das Wasser sieht wirklich nass aus. Was steht da geschrieben?«

Jess zögert. Merkwürdig, sich in der Position zu finden, dass sie diesem kleinen Jungen, der das Gemälde so intensiv mustert, die Worte erklären muss. Sie hat beinahe das Gefühl, etwas zu verraten, das man ihr anvertraut hat.

»Da steht: *Danke für alles. Es war vollkommen. In Liebe, D.* David Porteous hat das Gemälde einer sehr guten Freundin geschenkt, die nicht lange danach gestorben ist.«

Die seegrünen Augen richten sich auf sie, und ihr intensiver Blick macht sie leicht unsicher. »Und hat die Freundin es dann dir geschenkt?«

Sie schüttelt den Kopf. »Nein, als sie starb, hat sie es zusammen mit vielen anderen Dingen einer Freundin von ihr namens Kate hinterlassen, die später David geheiratet hat. Und Kate hat es mir geschenkt, weil ich den nach ihm benannten Preis gewonnen habe. Sie hofft, dass es mich inspirieren wird.«

Seine weit aufgerissenen Augen bewegen sich, als stellte er sich die Geschichte vor, die sie ihm erzählt hat, und sähe die Personen vor sich. »Das war nett von ihr. Und es muss sehr wertvoll sein, daher war es auch großzügig. Du musst es versichern.«

»Ja«, sagt Jess, verblüfft über die praktische Wendung, die ihr Gespräch nimmt. »Ja, unbedingt. Komm, wir suchen Sophie und fragen sie, ob du hier übernachten darfst!«

Rowena beschließt, mit ihrem kleinen Test mit den Fotos noch ein paar Tage zu warten. Sie findet es zwar fast unmöglich, ihre Ungeduld zu bezähmen, aber ein Instinkt warnt sie, dass es klüger ist, wenn das Mädchen sich zuerst einlebt. Sie weiß, dass Jess ihre Aufregung spürt und sie das ein wenig argwöhnisch macht. Wenn Jess die Fotos sieht, darf keine angespannte Atmosphäre herrschen, keine Andeutung, dass sie etwas damit bezweckt. Es soll einfach ein glücklicher Moment sein, in dem man alte Schnappschüsse ansieht, damit die Vergangenheit etwas Fleisch auf die Knochen bekommt.

Sorgfältig schmiedet Rowena ihren Plan. Sie sitzt in dem sonnigen Morgensalon, schiebt Fotos und aufgeschlagene Alben hin und her und späht in große braune Umschläge, die vor Schnappschüssen fast aus den Nähten platzen. Seit diesem Tag im *Bedford Hotel*, als Kate ihnen erzählt hat, Jess werde eine Weile zu ihr kommen, plant Rowena. Sie hat nicht allzu viele Anhaltspunkte, die ihre langjährige Vermutung stützen, aber sie bietet alles auf, was sie hat: Puzzleteile. Sie sieht diese Teile deutlich vor sich, als lägen sie zusammen mit den Fotos auf dem Tisch. Jedes Stück steht für eine kleine Szene, die sich wieder und wieder vor ihrem inneren Auge abspielt.

Noch einmal sieht sie Al auf dem Weihnachtsball auf der *HMS Drake* mit Juliet tanzen. Mit geschlossenen Augen drückt er sie viel zu fest an sich, während Mike von der Bar aus zusieht. Sie hört Juliet angespannt und verzweifelt vor den Fenstern dieses Morgensalons flüstern: »Jetzt weiß ich, dass ich ihn nie hätte heiraten dürfen. Ich dachte, ich wäre verliebt in ihn. Das habe ich wirklich geglaubt. Woher sollte ich wissen, was kommen würde? Was sollen wir nur tun?« Und dann die leise gemurmelte Antwort: »Wir müssen eben sehr vorsichtig sein.«

Sie erinnert sich an die Woche, in der Juliet Hausgast bei ihnen war, während Mike auf See war. Juliet, die sich am Flussufer entlang zur Segelwerkstatt schleicht, und, kurz darauf, die schattenhafte Gestalt Als, der ihr folgt.

Und das letzte, wichtigste Puzzleteil, die Mittsommerparty. Der Seegarten ist ein magischer Ort. Zittrige Lichtreflexe flirren und hüpfen auf der glatten schwarzen Wasseroberfläche, und schattenhafte Gestalten tanzen oder lehnen sich unter der imposanten Circe-Figur an die Balustrade. Die hohen Lavendelhecken sind blasse, wolkenhafte Umrisse, deren Duft noch in der warmen Luft verweilt.

Und die wispernden Stimmen: Die erste spricht drängend, fordernd, die andere klingt verängstigt. Juliets Kleid ist zerdrückt, ihr Haar aufgelöst. Al vergräbt das Gesicht an ihrem Hals, aber sie hat ihr Gesicht von ihm abgewendet und die Hände auf seine Schultern gelegt.

»Hör mir zu!«, sagt sie jetzt, immer noch in diesem verzweifelten Flüsterton. »Bitte hör mich einfach an! Ich bin schwanger, Al. Um Gottes willen, hör mir zu ...«

Und jetzt, während das Wochenende verstreicht, wartet Rowena. Sie beobachtet Jess und Will, wie sie in seinem kleinen Boot segeln und beim Mittagessen im Seegarten miteinander scherzen. Sie sieht aus dem Fenster, und da sitzt der Junge mit dem Rücken zur Circe auf der Balustrade und erklärt Jess wild gestikulierend etwas; Jess lehnt neben ihm und hört zu. Popps ist bei ihnen und spielt mit einem alten Tennisball, dessen gelbe Hülle zerbissen und abgerissen ist und die Farbe verloren hat. Die kleine Terrier-Hündin packt ihn mit den Zähnen und wirft ihn in die Luft, als wäre er eine Ratte. Plötzlich springt Will von der Balustrade, schnappt sich den Ball und rennt, Popps auf den Fersen, über den Rasen. Jess dreht sich um, um die beiden zu beobachten, und stützt die Ellbogen auf die Balustrade. Sie lacht, während der Junge und der Hund ihre Runden durch den Seegarten drehen.

Jess sieht Juliet so ähnlich, dass Rowena halb damit rechnet, dass Al und Mike über das Gras auf sie zugehen. Ihr Herz hämmert unangenehm schnell, und sie lehnt sich zurück, atmet tief und zwingt sich mit purer Willenskraft zur Ruhe. Jetzt ist nicht die Zeit für einen ihrer lästigen kleinen Anfälle. Sie muss bereit sein, stark. Nach dem Tee werden Sophie oder Johnnie Will zurück zur Schule fahren, und dann muss sie entscheiden, ob sie Jess die Fotos zeigt. Ein Teil von ihr sehnt sich so heftig danach, dass ihr beinahe übel davon wird; doch ein anderer Teil zögert, schreckt davor zurück und fürchtet sich vor einer schrecklichen Enttäuschung.

Aber sie spürt, dass Jess' Bereitschaft, sich hier zu Hause zu fühlen, eine Bedeutung hat, ihr lockerer Umgang mit Johnnie und jetzt mit Will. Sie gehört schon jetzt zur Familie. Die Lebensfreude des Mädchens wirkt so ansteckend, dass auch sie, Rowena, sich wieder jung fühlt, und die Geister der Vergangenheit scharen sich um sie: Offiziere mit ihren Mädchen, Juliet und Mike – und Al. Wenn sie die Augen schließt, kann sie ihn sehen: dunkelbraune Augen, schwarzes Haar, stark und athletisch. Dickie, Johnnie und Will haben die gleichen Gene; sie sind blond, haben blaugrüne Augen und sind nicht viel größer als der Durchschnitt. Al und sie waren gleich. Sie lachten zusammen über dieselben Witze, und er hat sie ermuntert, sich unerhört zu benehmen, ihr ins Ohr geflüstert und sie angestachelt.

Ihre Augen sind immer noch geschlossen. Sie lächelt, denn sie spürt, dass er in ihrer Nähe ist.

»Mutter«, sagt er. »Mutter …« Und sie fühlt seinen Atem auf ihrer Wange, als er ihren Arm berührt.

Sie keucht, reißt die Augen auf und schlägt die Faust vor den Mund. Johnnie beugt sich besorgt über sie.

»Mutter«, wiederholt er nervös. »Du hast geschlafen. Tut mir leid, dich wecken zu müssen, aber der Tee ist fertig, und wir müssen Will zurückfahren. Geht es dir gut?«

»Natürlich«, versetzt sie ärgerlich. Immer noch hämmert das Herz in ihrer Seite, und sie ist wütend über seine alberne besorgte Miene und grollt ihm, weil er nicht Al ist. »Und ich habe *nicht* geschlafen. Was schleichst du überhaupt hier herum? Was? Warte, ich habe meine Hörgeräte nicht an.«

Ungeduldig tastet sie auf dem Tisch nach den kleinen Geräten und faucht Johnnie noch einmal an, als er ihr zu helfen versucht. Sie fühlt sich krank, weigert sich aber, sich etwas anmerken zu lassen. Daher geht sie mit ihm hinunter, um Tee mit ihrem Urenkel zu trinken, bevor er zur Schule zurückfährt.

»Jess kommt mit uns«, erklärt Will ihr fröhlich. »Ich zeige ihr meinen Schlafsaal.«

Sie lächelt ihm – und Jess – zu, und ihr Herz schmerzt vor Hoffnung … und Enttäuschung. Dann muss sie die Sitzung mit den Fotos doch verschieben. »Das ist sehr nett«, sagt sie zu ihm; sie mag den kleinen Burschen sehr gern. »Weich gekochte Eier«, erklärt sie Jess. »Das ist Tradition. Die Jungs haben am Ende eines Ausgangs immer weich gekochte Eier und Toaststreifen bekommen, und jetzt bekommt Will sie auch von uns.«

»Das war bei mir genauso«, sagt Jess. »Muss wohl in meiner Familie ebenfalls Tradition gewesen sein.«

»Und«, setzt Will wieder an und geht vor in die Küche, »Jess kommt zu meinem nächsten Rugbyspiel.«

»Ach ja?« Rowena lächelt Jess zu. »Das klingt, als würden Sie uns noch nicht so bald verlassen?«

»Nein, noch nicht gleich, wenn das für Sie in Ordnung ist.« Jess wirkt leicht verlegen. »Ich würde gern noch ein paar Tage bleiben.«

»Auf jeden Fall müssen Sie zu dem großen Wiedersehensessen kommen«, erklärte Sophie bestimmt. »Johnnie sagt, Freddy soll auch dabei sein, und er versucht, sich an alle zu erinnern, die Mike und Juliet noch kennen müssten – abgesehen von Kate, Tom, Cass und den Mortlakes natürlich.«

Rowena nippt an ihrem Tee und sieht Will zu, der sein Ei isst. Zum ersten Mal fragt sie sich, wie Jess wohl auf die Bombe reagieren wird, die demnächst vielleicht hochgeht.

»Sie könnten Oliver einladen«, sagt Jess, als Sophie erklärt, sie, Jess, brauche noch einen Tischherrn für die Wiedersehensparty. »Cass' und Toms Sohn. Kennen Sie ihn?«

»Oliver?« Stirnrunzelnd schüttelt Sophie den Kopf. »Sagt mir etwas, aber ich erinnere mich nicht an ihn.«

»Ich finde, er würde sich auf einer Party gut machen«, erklärt Jess. Sie hat das Gefühl, dass es gut wäre, Oliver dabeizuhaben. Er ist *ihr* Freund, jemand, der nicht zu all diesen Menschen gehört, die einander kennen und eine gemeinsame Geschichte haben. Natürlich mag sie Tom und Cass und Kate, doch sie fühlt sich inzwischen ein wenig überfordert bei dem Gedanken, der Mittelpunkt dieser Wiedersehensfeier zu sein. Sie ist sich sicher, dass Oliver irgendwie den Druck von ihr nehmen wird.

Sophie beobachtet sie neugierig. »Oliver«, wiederholt sie. »Gut. Dann laden wir ihn auch ein. Es wird nett für Sie sein, jemand Gleichaltrigen an der Seite zu haben.«

»Oh, aber das ist er nicht«, fällt Jess rasch ein, weil sie fürchtet, Sophie könnte falsche Schlüsse ziehen. »So jung ist er nicht, er ist eher ... in Ihrem Alter.« Sie errötet heftig. »Nicht alt«, setzt sie rasch hinzu, und Sophie bricht in Gelächter aus. »Das habe ich gar nicht gemeint. Ach, zum Teufel!«

»Vergessen Sie es«, erwidert Sophie amüsiert. »Ich freue mich darauf, ihn kennenzulernen.«

Kurz darauf geht sie zu Johnnie in seinen »Schmollwinkel«, wie sie seinen kleinen Rückzugsort nennt, in dem seine Bücher von Patrick O'Brian und C. S. Forester und so ungefähr jedes Segelbuch, das je veröffentlicht worden ist, stehen. Er sitzt auf einem kleinen Klappstuhl und starrt den Computerbildschirm finster an.

»Komme ich ungelegen?«, fragt sie und steckt den Kopf zur Tür hinein.

»Hmmm? Nein«, murmelt er. »Was ist?«

»Oliver Wivenhoe. Bin ich ihm schon einmal begegnet?«

Er dreht sich auf seinem Stuhl um und sieht sie an. »Oliver? Er ist der älteste Sohn, stimmt's? Ein ziemlich kluger Kopf, wenn ich mich recht erinnere. Hat in Cambridge studiert und als Jahrgangsbester abgeschlossen. Du bist ihm vielleicht begegnet, als du damals zu uns kamst, doch seit er zur Universität gegangen ist, habe ich ihn nur ein oder zwei Mal gesehen. Er lebt im Landesinneren. Warum?«

»Anscheinend hat Jess ihn kennengelernt, ist sehr angetan von ihm und möchte ihn zu dem Wiedersehensfest einladen. Ist das in Ordnung?«

»Warum nicht? Klingt nach einer guten Idee.« Er dreht sich erneut zum Bildschirm um und starrt mürrisch darauf.

»Schreibblockade?«, fragt sie mitfühlend.

»Lächerliche Idee, dieses Buch!«, sagt er. »Die Familiengeschichte zu schreiben. Ich meine, was hat das für einen Sinn?«

»Es ist faszinierend«, antwortet sie. »Deine Vorfahren, die Kaufleute und diese wundervollen Schiffe auf dem Tamar, als auf und an ihm noch wirklich gearbeitet wurde. Du kannst doch bestimmt aus Hunderten von Fotos schöpfen. Rowena hat ganze Stapel davon. Sie sitzt sogar gerade im Morgensalon mit Jess über den Alben. Komm auf einen Kaffee in die Küche!«

Er speichert seine Datei und wendet sich erleichtert um. »Ich glaube, das mache ich.«

Als Jess an diesem Morgen erwacht, hat sie das äußerst merkwürdige Gefühl, dass noch andere Menschen bei ihr in der alten Segelwerkstatt sind. Sie zieht eine lange Wolljacke und dicke Socken über ihren Pyjama und geht über die Galerie in den großen Raum hinunter. Dort blickt sie sich erstaunt um. Dicke weiße Nebelwolken blähen sich dicht vor den Fenstern, und das Licht ist unheimlich und kalt. Die Segelwerkstatt ist isoliert und von der Außenwelt abgeschlossen. Jess erschauert und eilt in die kleine Küche, um den Wasserkocher zu füllen und einzuschalten.

Doch noch währenddessen wird sie sich wieder einer Präsenz bewusst: der Widerhall leichter Schritte auf den glänzenden Bodendielen, gedämpftes Lachen, das plötzlich abbricht. Sie wendet den Kopf und horcht, aber sie empfindet keine Angst. Während sie ihren Tee zubereitet und ihn mit zur Balkontür nimmt, fühlt sie sich von einer eigentümlichen Freude erfüllt. Sie öffnet die Tür nicht, sondern steht nur da, trinkt den Tee und sieht zu, wie der Nebel über das Wasser treibt.

Je höher die Sonne steigt, desto stärker wird er von goldenem Licht erfüllt. Er wird dünner und zerfällt in Fetzen, und sie kann schattenhafte schwarze Umrisse erkennen: die Boote, die geisterhaft an den Anliegern dümpeln. Jetzt sind es nur noch Nebelfetzen, die in den Bäumen im Tal hängen und wie Rauch über die Schornsteine von Cargreen wehen. Die Sonne wird stärker, und Jess schiebt die Tür auf, tritt auf den Balkon und zieht die Jacke fester vor der Brust zusammen. Sie hört ein leises, rhythmisches Plätschern und sieht ein Ruderboot, das über den Fluss gleitet und sich einem Boot nähert, das in der Fahrrinne vor Anker liegt. Das Boot verschwindet hinter dem Rumpf der größeren Jacht, und Jess kann an Bord eine männliche Gestalt erkennen, die eilig an Deck klettert. Sie hört einen Motor anspringen, und dann bewegt sich das Boot von der Anlegestelle weg. Der Mann steht am Steuerruder, und als er sich auf der Höhe der alten Segelwerkstatt befindet, hebt er grüßend eine Hand. Sie winkt zurück und sieht dann dem Boot nach, das mit der Ebbe flussabwärts verschwindet und das Beiboot, das an der Boje festgemacht ist, schaukelnd hinter sich zurücklässt.

Später, als sie mit Rowena im Morgensalon sitzt, hat sich der Nebel aufgelöst, und Sonnenschein erfüllt den Raum. Sorgfältig sortierte Fotos liegen auf der polierten Oberfläche des Mahagoni-Tisches, und Jess beugt sich vor, um sie anzusehen. Sie nimmt eines hoch, doch Rowena hindert sie rasch daran.

»Dieses hier zuerst«, sagt sie. »Ich habe sie ein wenig geordnet.« Jess lehnt sich gehorsam zurück und wartet darauf, dass sie ihr die Bilder zeigt.

Nach den ersten paar Fotos wird ihr langsam klar, dass die alte Dame auf etwas Bestimmtes hinauswill. Es sind Schnappschüsse, die bei Partys, Tanzveranstaltungen und anderen Treffen aufgenommen sind und bei denen keine spezielle Person im Mittelpunkt steht. Alle sind schwarz-weiß und leicht körnig, aber die Stimmung, die sie wiedergeben, ist klar. Das sind glückliche Zeiten. Mehrere Aufnahmen zeigen den festlich geschmückten Seegarten, über dem die Circe als wohlwollende, wunderschöne Gastgeberin waltet.

Die nächste Gruppe von Bildern ist persönlicher: Mehrere junge Offiziere in Uniform posieren leicht verlegen für die Kamera, sind jedoch immer noch zu klein, um sie zu erkennen, obwohl Rowena ihre Namen nennt. Jess zieht die Augen zusammen, um die leicht verschwommenen Gesichter zu betrachten.

»Aber das hier«, erklärt Rowena, »ist schärfer«, und sie legt Jess ein größeres, offizielleres Foto vor, lehnt sich zurück und wartet auf ihre Reaktion.

Die Braut, die Blumen in ihr langes, glänzendes Haar gesteckt hat, ist wunderschön. Sie trägt ein einfaches weißes Kleid mit einem hohen, verstärkten Spitzenkragen und langen Ärmeln und sieht mit einer Art erfreutem Erstaunen in die Kamera. Der stolze, selbstbewusste Bräutigam ist in Galauniform und steht in beschützerischer Haltung neben seiner Braut; eine Hand hat er auf den Knauf seines Schwertes gelegt.

»Sie haben das Bild noch nie gesehen?«, fragt Rowena.

Jess schüttelt den Kopf, bringt aber kein Wort heraus. Die Ähnlichkeit ist beinahe schockierend.

»Juliet hat es mir nach der Hochzeit geschickt. Jetzt sehen Sie auch, warum wir alle so auf Sie reagiert haben. Es ist, als wäre Juliet zu uns zurückgekehrt.«

Immer noch sieht Jess das Foto von Juliet und Mike unverwandt an.

»Es ist ein Jammer, dass es in Schwarz-Weiß ist«, sagt Rowena gerade, »doch Farbaufnahmen waren in den Sechzigern noch sehr unüblich. Und hier ist noch ein Foto, das Sie vielleicht interessiert.«

Sie legt eine großformatige Fotografie auf den Tisch, und Jess, der immer noch Juliets Bild im Kopf herumgeht, nimmt sie in die Hand. Sie blickt auf eine kleine Gruppe hinunter; eine Nahaufnahme, die ein Berufsfotograf bei einer offiziellen Gelegenheit, aber in einem spontanen Moment gemacht haben muss. Die sechs jungen Männer sind entspannt und lächeln einfach in die Kamera. Und dieses Mal ist der Schock noch größer. Mike erkennt sie nach dem Hochzeitsfoto sofort wieder, aber ein anderes Gesicht – eines, das ihr zutiefst vertraut ist – fasziniert sie. Ein sechster Sinn warnt sie davor, dass Rowena genau darauf wartet; auf diesen Moment hat sie hingesteuert. Jess blickt auf und nimmt die Anspannung und Ungeduld der Älteren wahr; dennoch kann sie ihr eigenes Erschrecken nicht überspielen.

»Wer ist das?«, fragt sie mit schwacher Stimme, legt das Foto auf den Tisch und zeigt auf eines der jungen Gesichter.

Rowena holt tief, ganz tief Luft. Ihr ganzer Körper entspannt sich, und sie kann ihre Freude nicht verhehlen. »Das ist Al«, erklärt sie. »Mein Sohn.« Ihr Herz hämmert so schnell, dass sie kaum atmen kann, und sie lehnt sich, nach Luft ringend, auf ihrem Stuhl zurück.

Jess springt auf, rennt zur Tür und ruft nach Sophie, nach Johnnie.

Sie kommen herbeigelaufen, beugen sich über Rowena, suchen nach ihrem Medikament. Im Schutz dieser hektischen Aktivitäten nimmt Jess die letzten zwei Fotos und steckt sie unter das Silbertablett auf der Anrichte. Rasch schiebt sie dann die anderen Bilder zusammen, sodass sie durcheinandergeraten, räumt einen Teil in große braune Umschläge und Ordner und lässt andere in Stapeln liegen. Dann tritt sie zurück, wartet und beißt sich auf die Lippen.

»Geht es ihr gut?«, fragt sie ängstlich.

Rowena hat sich auf dem Stuhl ausgestreckt und wartet darauf, dass die Wirkung des Medikaments eintritt – doch selbst in ihrer Erschöpfung wirkt sie triumphierend, als hätte sie sich etwas Wichtiges bewiesen.

»Wir müssen sie ins Bett bringen«, sagt Sophie zu Johnnie.

»Lass ihr noch einen Moment Zeit!«, antwortet er.

Schließlich helfen die beiden Rowena zu dem kleinen Aufzug, der in eine ehemalige Vorratskammer eingebaut ist. Sophie kauert sich neben sie, und der Lift trägt die beiden ins obere Stockwerk. Johnnie rennt die Treppe hinauf und erwartet sie auf dem Absatz.

Jess wartet an der Tür des Morgensalons. Sobald er nicht mehr zu sehen ist, zieht sie die Fotos unter dem Silbertablett hervor. Rasch läuft sie durch den hinteren Flur nach draußen, rennt über die Wiese, weicht dem Buschwerk aus und erreicht die alte Segelwerkstatt. In ihrem Schlafzimmer holt sie ihren Rucksack unter dem Bett hervor und hält erst dann inne, um eines der Fotos noch einmal anzusehen. Eingehend inspiziert sie es: Die Ähnlichkeit mit ihrem Vater ist an der Kinnhaltung zu erkennen, der Stellung seiner Augen – und dem Lächeln, ganz besonders dem Lächeln. Tränen treten ihr in die Augen, als sie in das junge, glückliche Gesicht sieht. Die Ähnlichkeit mit dem Mann, an den sie sich erinnert, ist überwältigend, und doch ist das Bild über zwanzig Jahre vor seiner Geburt aufgenommen. Schnell stopft sie beide Fotos in ihren Rucksack und eilt zurück ins Haus, bevor sie vermisst wird.

Tavistock

»Die Wiedersehensfeier ist verschoben«, sagt Tom, als er Cass in dem kleinen Wäscheraum, wo sie bügelt, aufgespürt hat. »Das war Johnnie am Telefon. Lady T. hatte noch einen schlimmen Herzanfall, und der Arzt hat ihr Bettruhe verordnet.«

»Die Arme!« Cass stellt das Bügeleisen ab und legt sorgfältig eines von Olivers Hemden zusammen. »In ihrem Alter darf man das nicht auf die leichte Schulter nehmen. Ist Jess noch bei ihnen?«

Tom nickt und versucht, seinen aufsteigenden Ärger zu dämpfen: Warum bügelt Cass eigentlich Olivers Hemden? Wieso kann er das nicht selbst erledigen?

»Ich habe absolut nichts dagegen, für Oliver zu bügeln«, erklärt Cass, die Toms Stirnrunzeln richtig deutet. »Er fährt Gemma nach South Brent, damit sie ein paar Tage bei Debbie Plummer verbringen kann. Erinnerst du dich an Debbie? Eine Kollegin aus der Zahnarztpraxis. Gemma hat sie vorhin angerufen, um mit ihr zu plaudern, und Debbie hat sie eingeladen. Es ist schön für Gemma, dass sie sich mit der lieben Debbie trifft, und nachdem die Zwillinge jetzt am Mount House mit der Schule begonnen haben, ist es gut für uns alle, etwas Luft zum Atmen zu bekommen. Ist die Party denn auf unbestimmte Zeit verschoben, oder gibt es einen neuen Termin?«

»Noch nicht. Sie warten noch ab, wie es Lady T. geht. Dann hat sie immer noch nichts von Guy gehört?«

Cass nimmt ein neues Hemd zur Hand, dieses Mal eines von Tom. »Wenn, dann sagt Gemma mir nichts. Ich glaube, deswegen war sie so froh über diesen Ausflug. Seitdem die Zwillinge im Internat sind, stresst es sie wahrscheinlich noch stärker, nur hier herumzusitzen und zu warten.«

»Das ist Wahnsinn«, versetzt Tom zornig. »Das habe ich von Anfang an gesagt. Ihn einfach mit den Kindern zu verlassen! Er wird sie beim Wort nehmen, das weiß ich einfach.«

»Wäre das denn so schlimm?«

Schockiert starrt er sie an. Das Eisen gleitet auf dem frischen, gestreiften Baumwollstoff hin und her; der kleine Raum ist von dem vertrauten, behaglichen Duft nach heißem, feuchtem Stoff erfüllt.

»Ist das dein Ernst?«, verlangt er zu wissen. »Dir ist es egal, wenn die Ehe der beiden scheitert?«

Cass seufzt lautlos. »Das wäre es ganz und gar nicht, wenn ich nur glauben könnte, dass sie sich noch lieben. Da bin ich mir nämlich nicht sicher. Und wenn sich das so verhält, ist es mir lieber, dass Gemma und die Zwillinge hier sind.«

»Du hast Guy noch nie leiden können, oder?« Tom setzt sich auf den Rand des kleinen Kartentischs, auf dem der Wäschekorb steht.

»Nicht besonders«, antwortet Cass. »Nein. Er ist Mark zu ähnlich, und ich habe miterlebt, wie es zwischen Kate und Mark war. So etwas hatte ich mir für Gemma nicht gewünscht. Ich wäre viel glücklicher gewesen, wenn sie sich Giles ausgesucht hätte. Giles ist viel … menschlicher. Gemma braucht Liebe wie eine Pflanze die Sonne, und Guy ist so unterkühlt.«

»Aber Gemma liebt ihn«, beharrt Tom. »Sonst wäre sie nicht nach Kanada gegangen. Hätte sie ihn verlassen wollen, wäre das genau die richtige Gelegenheit dazu gewesen. Aber sie ist bei ihm geblieben.«

Cass faltet das Hemd zusammen und wählt einen langen Cordrock. Sie dreht die Innenseite nach außen und zieht ihn über das Bügelbrett. »Ich weiß, doch ich frage mich, welche Rolle ihr schlechtes Gewissen dabei gespielt hat. Sie hatte eine Affäre, war erwischt worden und hatte für eine törichte, flüchtige Leidenschaft alles riskiert. Das kennen wir doch auch, oder? Wir können sie dafür nicht verurteilen. Ich jedenfalls nicht.«

Tom seufzt schwer und bedauert sich selbst. Er hasst diese Art von Gesprächen. Sie zwingen ihn, sich seinen eigenen Schwächen und Fehlern zu stellen, sich an seine eigene Untreue zu erinnern und, was viel schlimmer als all das zusammen ist, an den Tod seiner Tochter Charlotte, die ihn angebetet hat. Die Erinnerung daran, dass er, wenn auch nur einen Moment lang, bereit gewesen war, sie für eine kurze, rein körperliche Leidenschaft in Gefahr zu bringen, kann ihn immer noch zu Tränen rühren. Er wendet sich ab, steckt die Hände in die Taschen und sieht aus dem Fenster.

»Wir hatten beide gleichermaßen Schuld«, bemerkt Cass, die weiß, was er denkt. »Ich weiß noch, was Kate damals gesagt hat: Diese Art von Leidenschaft sei wie eine schreckliche Krankheit, die jeden Sinn für Vergangenheit oder Zukunft zerstört. Nur die Gegenwart ist wichtig, und sie verzehrt einen so, dass man bereit ist, Pflichten, Verantwortung und sogar geliebte Menschen aufzugeben. Und wenn das Fieber vergeht, ist es zu spät. Der Schaden ist nicht mehr zu beheben.«

Und Charlotte war unser Sündenbock und hat die Last unserer Verwirrung und Leidenschaft getragen. Als sie mit ihrem Pony ausgeritten ist, war sie von ihrer Angst und Verletzlichkeit so überwältigt, dass sie keine vernünftigen Entscheidungen treffen konnte. Doch er spricht die Worte nicht aus, weil er eine erneute lautstarke Auseinandersetzung fürchtet. »Hast du Kate gegenüber zugegeben, dass du das so siehst?«, fragt er stattdessen. »Dass es dir nichts ausmachen würde, wenn Gemma und Guy sich scheiden lassen?«

»Natürlich nicht«, gibt Cass ärgerlich zurück. »Im Moment wissen Kate und ich ohnehin kaum, was wir einander sagen sollen. Eine fürchterliche Situation ist das! Sie gibt Gemma die Schuld und ich Guy, doch tief in unserem Inneren wissen wir beide, dass die Sache komplexer ist.«

Sie schiebt das Bügeleisen am Saum des Rocks entlang. Zischend steigt der Dampf auf, und sie denkt zurück an die Liebe und Unterstützung, die Kate ihr während der schrecklichen Monate nach Charlottes Tod geschenkt hat. Cass hasst dieses Minenfeld, das sich seit Gemmas Heimkehr zwischen ihnen erstreckt. Jede verteidigt öffentlich ihr eigenes Kind und gesteht sich doch innerlich die Zwangslage ein, in der die andere steckt. Unvorstellbar, dass sie kein normales Gespräch führen können, ohne dass sich Groll einschleicht oder scharfe Worte fallen! Unglaublich, dass Kate und sie nach so vielen Jahren in dieser Situation sind. Solange Gemma in Kanada war, konnten sie das Thema umgehen; manchmal sind sie kurz aneinandergeraten, haben sich aber rasch wieder in die Wärme und Beständigkeit ihrer langjährigen Beziehung zurückgezogen. Doch seitdem Gemma und die Zwillinge hier sind, ist es, als müssten die Fronten klarer gezogen werden.

Cass schüttelt den Rock aus. Sie weiß, dass es unfair ist, Guy die ganze Schuld zu geben. Gemma und sie sind einander zu ähnlich, als dass sie diesen Charakterzug ignorieren könnte, der Gemma zum Flirten verleitet und sie dazu bringt, eine gelegentliche sexuelle Begegnung als so unwichtig wie einen Besuch im Fitnessstudio oder ein Tennismatch zu betrachten. Was sie, Cass, Guy allerdings vorwirft, ist, dass er Gemma und die Zwillinge nach Kanada – und zu Mark – mitgenommen hat.

»Ich habe Mark noch nie gemocht«, gibt sie zu, »und er mich auch nicht. Gemma kann ihn ebenfalls nicht leiden. Ich kann mir nicht erklären, wieso Kate ihn geheiratet hat. Guy ist nicht so emotionslos wie er, das weiß ich, aber ich fürchte, er wird sich, je älter er wird, vielleicht in jemanden wie Mark verwandeln – wenn du verstehst, was ich meine. Ich bin gar nicht gern dort, wo er immer im Hintergrund steht und so selbstzufrieden und rachsüchtig aussieht. Für Kate muss es die Hölle sein, sie dort zu besuchen. Und es ist noch schlimmer geworden, seit er wieder geheiratet hat. Nicht, dass Kate sich daraus etwas machen würde. Ich glaube, eigentlich ist sie erleichtert. Sie fühlt sich etwas weniger schuldig, weil sie ihn verlassen hat.«

Tom pfeift leise eine kleine Melodie. »Was dich wirklich stört, ist, dass Mark die Genugtuung hat, gewonnen zu haben. Deswegen möchtest du, dass Guy, Gemma und die Zwillinge zurückkommen, stimmt's?«

»Teilweise.« Cass legt den Rock neben die Hemden. »Aber größtenteils, weil sie mir so fehlen und ich weiß, dass Gemma dort nicht glücklich ist. Und Guy anscheinend auch nicht. Jedenfalls hat sie ihre Entscheidung getroffen, und es hatte nichts mit uns zu tun. Wir haben sie nicht beeinflusst, und ich werde nicht vor schlechtem Gewissen zerfließen, wenn Guy nicht nachkommt.« Sie schaltet das Bügeleisen aus. »Sollen wir etwas zu Mittag essen? Oliver hat gesagt, er wolle auf dem Rückweg von South Brent irgendwo anhalten und einen Happen zu sich nehmen.«

Ohne Tom einen Blick zu gönnen, tritt sie an ihm vorbei, und nach kurzem Zögern folgt er ihr nach unten.

Kate wirft ein paar Dinge in eine Reisetasche. Viel braucht sie nicht, schließlich fährt sie nach Hause, oder? Ein anderes Zuhause in einer vollkommen anderen Umgebung, aber trotzdem ein Zuhause. Sie richtet sich auf und sieht sich in ihrem Schlafzimmer, unter ihren vertrauten Besitztümern, um. Es ist merkwürdig und verwirrend, zwei Häuser ihr Zuhause zu nennen, aber dieses hier gehört ihr wenigstens. Das Cottage am Ende der Häuserreihe in St. Meriadoc gehört Bruno, obwohl es sich wie ihr Heim anfühlt und auch so aussieht. Die Vorstellung von zwei Orten, an denen sie zu Hause ist, verwirrt sie; schon jetzt fühlt sie sich hin und her gerissen. Das Rauschen des Meeres fehlt ihr, die hohen, kahlen Klippen – doch es ist auch schön, zu Fuß in die Stadt zu gehen oder ins Moor hinauszufahren und zu wissen, dass die Zwillinge nur ein paar Meilen entfernt zur Schule gehen.

Warum soll sie nicht einfach beide Cottages behalten und zwischen ihnen pendeln? Schließlich hat sie auch glücklich und zufrieden abwechselnd in dem Haus in Whitchurch, Davids Haus und dem Londoner Atelier gelebt. Aber das war etwas anderes: Die Wahrheit ist, dass sie sich in dem Haus in London nie wirklich heimisch gefühlt hat. Vielleicht hat David genauso über das Haus in Whitchurch gedacht, doch trotzdem hat ihre Ehe funktioniert. Sie hatten spät geheiratet und beide erwachsene Kinder, und sie waren froh über den Freiraum, den sie einander ließen. Sie war weiter für ihr Haus zuständig geblieben und David für seines, sodass die Ehe zwischen ihren Elternteilen die jeweiligen Kinder fast unberührt ließ. Niemand hatte sich entscheiden oder etwas aufgeben müssen. David war Künstler und sein Arbeitsplatz war ihm heilig gewesen, aber in allem anderen war er sehr flexibel gewesen. In dieser Hinsicht ist Bruno ihm ganz ähnlich.

Kate nimmt die Tasche und geht nach unten. Dort überzeugt sie sich davon, dass die Küche aufgeräumt ist, zieht Stecker aus den Steckdosen und schlendert weiter ins Wohnzimmer. Sie denkt jetzt an Gemma und Guy und die Zwillinge, an Cass und Tom, an Bruno. Was für verschiedene Arten von Liebe es doch gibt: die Liebe zu seinen Kindern, zu Freunden, zu einem Mann. Sie hat ihr Herz unter ihnen aufgeteilt, und sie sehnt sich nach einer Lösung, die den Bedürfnissen aller und auch ihren eigenen gerecht wird.

Die Gefahr ist doch die, denkt sie. Wenn wir lieben, verlangen wir zu viel. Wir werden besitzergreifend, weil unser Herz nach der vollkommenen Liebe sucht. Vielleicht ist kein menschliches Wesen dazu in der Lage, sondern nur Gott, aber trotzdem sehnen wir uns danach ... und ihr kommen die Worte des heiligen Augustinus von Hippo in den Sinn: »Du hast uns auf dich hin geschaffen, oh Herr, und unruhig ist unser Herz, bis es Ruhe findet in dir.«

Echte Intimität, wird ihr klar, erfordert sowohl Nähe als auch Distanz ... genau wie beim Tanzen. Aber wie schwer es uns fällt zu erkennen, wann wir uns annähern und wann wir uns zurückziehen müssen! Manchmal dringen wir in den Raum des anderen ein und werden zu bedürftig; und manchmal bleiben wir auf Abstand, fürchten uns davor, Forderungen zu stellen, und erwecken den Eindruck, dass wir uns nicht binden wollen.

Bruno und ich versuchen ständig zu erraten, was der andere denkt, überlegt Kate. Sehr gefährlich. Insgeheim stelle ich ihn immer wieder auf die Probe, doch da er die Fragen nicht kennt, kann er den Test nicht bestehen, oder? Wahrscheinlich tut er umgekehrt dasselbe.

Sie ist froh, dass sie die Entscheidung getroffen hat, nach St. Meriadoc zu fahren und die Initiative zu ergreifen, statt zu warten, immer nur darauf zu warten, ob Jess, Gemma oder

Cass sie brauchen. Sie hat Bruno angerufen, um ihm Bescheid zu geben – nötig wäre das nicht gewesen, aber sie wollte es – und ihn geradeheraus zu fragen, ob sie zum Abendessen kommen soll.

»Dann«, sagte sie, »brauche ich mir keine Gedanken darüber zu machen, noch groß einkaufen zu gehen. Ein paar Grundnahrungsmittel habe ich schon noch ...«

Und er hat sich so gefreut.

»Ich habe ein Cassoulet auf dem Herd«, erklärte er. »Großartig. Willst du zuerst noch ins Cottage? Gut. Komm einfach herüber, sobald du so weit bist!«

Ach, die törichte Erleichterung, die kindliche Freude über seine Reaktion!

Ich frage mich, denkt Kate, ob ich je erwachsen werde.

Ein Letztes muss sie noch erledigen. Sie wird Oliver anrufen, und dann ist sie frei und kann fahren.

Im Pub von Cornwood isst Oliver ein Sandwich und trinkt ein Bier, und dann lenkt er den Wagen ins Moor hinauf. Er fährt ziemlich langsam, hört seine Norma-Winstone-CD und hält für eine Reihe Pferde an, die mit klappernden Hufen von der Tinpark-Reitschule kommen, elegant an der Straße entlangtrappeln und dann in Richtung Ridding Down verschwinden. Der letzte Reiter, der geduldig hinter den anderen herzockelt, hebt grüßend die Hand. An der Cadover-Brücke wirft eine Frau für zwei Labradore einen Ball in den Fluss, und die Hunde stürzen ihm nach, springen und spritzen im Wasser, und ihr glattes, schwarzes Fell schimmert in der Sonne. Als er nach Lynch Common kommt, fährt er an den Straßenrand, um auf sein Handy zu sehen. Auf der Mailbox findet er eine Nachricht von Kate.

»Ich fahre ein paar Tage nach St. Meriadoc hinunter«, sagt sie. »Ich bin nervös, und ich wollte ohnehin ein paar Sachen holen. Ich hatte überlegt, ob du vielleicht im Cottage wohnen möchtest, solange ich weg bin. Etwas Abstand könnte uns allen guttun, und vielleicht brauchst du gerade auch ein Schlupfloch. Gib mir Bescheid! Cass hat den Zweitschlüssel für Notfälle.«

Er sitzt in der warmen Novembersonne, schaut über den Burrator-Stausee in Richtung Sheepstor und denkt darüber nach. Sein Instinkt sagt ihm, dass in Kürze etwas Entscheidendes zwischen Guy und Gemma passieren wird, und dabei muss er in erreichbarer Nähe sein. Gleichzeitig ist die Aussicht verlockend, seinen Eltern eine Weile zu entrinnen. Er drückt ein paar Knöpfe, und Kate meldet sich sofort.

»Ich bin auf dem Rückweg«, sagt er. »Habe gerade deine Nachricht gehört. Ich finde die Idee sehr gut. Danke.«

»Oh, fein! Ich habe hin und her überlegt, ob ich bleiben soll, aber ich glaube, wir gehen einander alle auf die Nerven, und das scheint eine ideale Gelegenheit zu sein. Cass und Tom werden doch nichts dagegen haben, dass du herkommst, oder?«

Er lacht. »Ich glaube, sie werden hocherfreut sein. Das ist genau der richtige Zeitpunkt. Danke, Kate.«

»Das Zimmer, das Jess bewohnt hat, ist hergerichtet. Ich lasse dir ein paar Vorräte da, Milch und so etwas, aber du müsstest noch einkaufen.«

»Mach dir deswegen keine Sorgen. Hast du etwas von Jess gehört?«

»Ja. Als wir telefoniert haben, klang sie ein wenig merkwürdig, doch Lady T. hatte einen Herzanfall, und wahrscheinlich ist Jess bestürzt darüber. Sie möchten aber, dass sie weiter bleibt, und sie selbst anscheinend auch. Hör mal, Ollie, ich habe ihr deine Handynummer gegeben. Du hast doch nichts dagegen? Ich habe nur das Gefühl, dass ich sie im Stich lasse, obwohl die Entfernung nach St. Meriadoc nicht groß ist, falls es ein Problem gibt.«

»Natürlich habe ich nichts dagegen. Und sie ist bei den Trehearnes ganz bestimmt in Sicherheit.«

»Ich weiß. Doch ich habe sie schließlich eingeladen, und sie kennt niemanden von uns besonders gut. Ich möchte, dass sie das Gefühl hat, in die Chapel Street zurückkehren zu können, falls ihr alles zu viel wird, und sie schien sich zu freuen, deine Nummer zu haben. Anscheinend hat sie darum gebeten, dich zu der großen Wiedersehensfeier einzuladen. Ich habe gesagt, dass du bestimmt gern kommen würdest.«

»Okay. Richte ihr aus, dass ich da bin, falls sie mich braucht. Ich hole ein paar Sachen aus dem Pfarrhaus und komme dann.«

»Großartig. Danke, Ollie. Hör mal, ich breche jetzt auf, daher sehen wir uns nicht mehr. Könntest du Cass Bescheid geben? Das ist alles ein bisschen überstürzt, doch ich brauche wirklich Luft zum Atmen.«

»Das geht uns allen so. Schick mir Jess' Nummer auf mein Handy, ja? Danke. Melde dich wieder!«

Er steckt das Handy zurück in die Tasche. Wolkenschatten ziehen über die ausgebleichten, grasbewachsenen Hänge, wo Schafe grasen und sich behäbig vorwärtsbewegen. Unter ihm liegen glitzernd die ruhigen Wasser des Stausees. Ein Bussard steigt kreisend von den Bäumen auf, wird von unsichtbaren Luftströmungen nach oben getragen und erhebt sich mit jedem Flügelschlag höher. Aus dem Nichts heraus tauchen zwei Krähen auf, um ihn zu ärgern, und stoßen im Sturzflug auf ihn herunter; zwei Luftkämpfer, die ihn aus dem Tal und zum Steingipfel des Tor treiben.

Oliver wendet den Wagen und schlägt die Straße ein, die zum Pfarrhaus führt.

Tom und Cass sitzen immer noch am Küchentisch. Zwischen ihnen stehen die Reste des Mittagessens.

»Ohne einen Hund ist es nicht das Gleiche«, sagt Oliver, als er hereinkommt. »Es fühlt sich komisch an.«

»Wir brauchen keinen Hund«, versetzt Tom sofort. Oliver hat gewusst, dass er genauso reagieren würde. »Wenn du einen Hund willst, kauf dir selbst einen.«

»Ich brauche keinen«, protestiert Oliver. »Dazu bin ich zu viel unterwegs. Aber das Pfarrhaus braucht einen. Ohne Hund ist es zu groß. Du hättest doch gern einen, oder, Ma?«

Cass kann ihre Erleichterung über seine Rückkehr nicht ganz verbergen. Im Moment kommt es ihr vor, als stritten Tom und sie jedes Mal, wenn sie allein sind, über Gemma. Und da ist Olivers sanfter Spott eine willkommene Ablenkung.

»Hört mal«, meint Oliver, setzt sich, greift nach dem Käse und schneidet sich eine Scheibe ab. »Wir hatten da eine Idee, Kate und ich. Sie fährt für ein paar Tage hinunter nach St. Meriadoc, also ziehe ich solange in die Chapel Street.«

»Wieso das denn?«, verlangt Tom prompt ärgerlich zu wissen. »Warum musst du in die Chapel Street umsiedeln, nur weil Kate nach Cornwall fährt?«

Oliver schenkt ihm ein strahlendes Lächeln. »Soll ich nicht gehen? Werde ich dir fehlen?«

Cass, die sich auch eine Scheibe Käse genommen hat, erstickt fast vor Lachen.

»Die Sache ist die«, sagt Oliver, da Tom verstockt schweigt. »Kate meint, Jess sollte eine Anlaufstelle haben, wenn es am Tamar zu kompliziert wird. Ich vermute, ihr habt gehört, dass es Lady T. nicht gut geht?«

»Ja«, faucht Tom. Oliver soll nicht denken, dass er einen Informationsvorsprung hat. »Sie haben die Wiedersehensfeier abgesagt. Aber ich begreife immer noch nicht, warum du dazu in der Chapel Street sein musst. Falls Jess ein Problem hat – obwohl ich mir nicht vorstellen kann, warum –, dann kann sie herkommen. Ihre Großeltern waren unsere Freunde, nicht deine.«

»Das stimmt, doch die Sache ist die, dass Jess und ich befreundet sind, verstehst du. Darauf kommt es an. Muss am Alter liegen.«

Tom denkt an die schöne, begehrenswerte Juliet und an Jess wie an ein und dieselbe Frau und spürt einen Anflug von Eifersucht.

»Meine Güte, du bist doch so viel älter als sie!«, ruft er aus.

Mitfühlend schüttelt Oliver den Kopf. »Aber wenigstens bin ich nicht alt genug, um ihr Großvater zu sein«, betont er milde.

Cass steht vom Tisch auf, erstickt ihr Gelächter und hofft, dass Tom nicht aus der Haut fährt. »Also, für mich klingt der Plan gut«, meint sie munter. »Gut möglich, dass Sophie mit Lady T. alle Hände voll zu tun hat und Jess das Gefühl bekommt, im Weg zu stehen. Schließlich kennt sie die Trehearnes kaum. Und um ehrlich zu sein, ist sie zwar ein liebes Mädchen, aber ich möchte sie im Moment auch nicht zwischen den Füßen haben. Kates Schlüssel liegt in der Kommodenschublade, Oliver. Willst du etwas zu essen mitnehmen, oder kaufst du auf dem Weg nach Tavistock ein?«

Mit einem vielsagenden Schnauben, das ausdrückt, Oliver sei ja wohl alt genug, um sich selbst um seine Mahlzeiten zu kümmern, schiebt Tom den Stuhl zurück. Oliver zögert und wittert eine neue Gelegenheit, ihn aufzuziehen, aber Cass sieht ihn mit warnendem Blick an, und er schenkt ihr ein Grinsen.

»Kate lässt mir das Lebensnotwendige da, und zum Abendessen springe ich in den Pub. Ich gehe dann packen.«

Cass erwidert sein Lächeln. Bei Oliver fühlt sie sich unbefangen. Er hat Verständnis für alles, verurteilt aber niemanden. Sein Spott ist niemals grausam; er bringt sie zum Lachen und erinnert sie an ihren lieben Dad, den alten Soldaten, nach dem er benannt ist.

Sie dreht sich um und sieht Tom an, der die Spülmaschine einräumt. Seine Miene ist immer noch finster. Sie würde gern seine Sorgen um Gemma lindern, ihm erklären, dass sie versteht, dass er von Neuem um Charlotte trauert, doch ganz so einfach ist das nie. Inzwischen hat sie gelernt, dass sie zwar beide gleichermaßen leiden, deswegen jedoch nicht unbedingt am besten geeignet sind, einander zu helfen. Die Schuld liegt bei ihnen beiden, und wenn der Schmerz des Verlustes sehr schlimm ist und beide übermäßig emotional reagieren, dann liegt nur ein schmaler, abschüssiger Grat zwischen gegenseitigem Trost und der Verlockung, sich selbst zu entlasten, indem man dem anderen die Verantwortung zuschiebt.

»Wenn du nur nicht ...«

»Ein Jammer, dass du ...«

Die leiseste Andeutung von Kritik, und eine liebevolle, behagliche Stimmung kann in einen flammenden Streit umschlagen.

Unterdessen hat Oliver kürzlich ihren Streit über Gemma geschlichtet, und dies ist die Gelegenheit zur Versöhnung.

»Ist doch nett«, sagt Cass fröhlich, »dass wir auch wieder Zeit für uns haben, findest du nicht? Hast du nicht gestern noch so etwas gesagt?«

»Schätze schon«, gibt er mürrisch zurück – und sie erstickt einen plötzlichen Drang zu lachen und zieht stattdessen hinter seinem Rücken eine kleine Grimasse.

»Dann ist ja gut«, meint sie leichthin. »Und alle sind zufrieden.«

Das Cottage ist warm und einladend. Oliver schließt die Haustür hinter sich, lässt seine Reisetasche in der Diele fallen und geht ins Wohnzimmer. Er sieht sich um und ist sich eines Gefühls von Vertrautheit bewusst. Die gemütliche Unordnung, die sich in Jahren bildet, fehlt hier, aber es fühlt sich auch nicht so unpersönlich an wie ein Ferienhaus.

»Es ist knifflig«, hat Kate ihm gestanden. »Die meisten meiner wirklich wertvollen Sachen sind nach St. Meriadoc gekommen, als ich dorthin gezogen bin; doch das Cottage dort war so viel kleiner, dass ich nicht alles unterbringen konnte. Die richtig großen Teile musste ich abstoßen, als ich das Haus in Whitchurch verkauft habe, aber ein paar Stücke habe ich behalten und eingelagert. Glücklicherweise passt das meiste hier herein, was wirklich gut ist. Ich werde vielleicht nicht oft hier sein, trotzdem sollte es wie ein Heim aussehen.«

Nun, es sieht auch so aus, wie die Art von Zuhause, das Kate vierzig Jahre lang in Dienstquartieren, Mietwohnungen und Cottages geschaffen hat, und er erkennt es wieder. Der Tisch hat wahrscheinlich in einem französischen Bauernhaus das Licht der Welt erblickt, und die Holzstühle und Kissen passen alle nicht richtig zusammen. Er kann nicht annähernd zählen, wie oft er und seine Geschwister und auch Guy und Giles auf diesen verschossenen Kissen aus kariertem Baumwollstoff und geblümtem Chintz um diesen Tisch gesessen haben. Flossies Zweitkorb steht unter dem Fenster, und an diesen Bentwood-Schaukelstuhl erinnert er sich schon aus seiner frühesten Kindheit. Die Gemälde an der Wand gehören zur Newlyn-School-Richtung, und auch ein paar Werke von Paddy Langworthy sind darunter. Auf den Bücherregalen macht sich eine Mischung aus Taschenbuch-Romanen, Autobiografien und Kinderbüchern den Platz mit einem Haufen CDs streitig.

Am Tischende, das an der Wand steht, liegen zwei oder drei Stapel ungerahmter Fotos. Neugierig nimmt er eines zur Hand. *Internat Mount House 1976.*

Vor meiner Zeit, denkt Oliver – aber die Szene ist ihm vertraut. In der Mitte der vordersten Reihe aus kleinen Jungen sitzt Mr. Wortham und neben ihm sein Golden Retriever Winston. Oliver erkennt die Hausmutter, und hier sind die Zwillinge, Guy und Giles, nebeneinander. Es ist fast unmöglich, sie auseinanderzuhalten. Dunkelhaarig und ernst stehen sie in ihren marineblauen hochgeschlossenen Pullovern und grauen Cordshorts da und sehen ziemlich unsicher in die Kamera.

Oliver legt das Foto weg, nimmt ein anderes und legt es vor sich auf den Tisch. *Blundell's School 1981.* Die Aufnahme zeigt die Schüler des Petergate House. Hier in der vordersten Reihe sitzt Mr. Denner und hinter ihm glücklich strahlend er, Oliver.

Er beugt sich darüber und betrachtet diesen viel jüngeren Oliver in seiner neuen Tweedjacke und den langen grauen Flanellhosen. Wie erwachsen er sich damals gefühlt hat! Giles und Guy stehen an den Enden der mittleren Reihe, und jetzt erkennt er auch die Unterschiede zwischen ihnen: Giles lächelt und beugt sich ungezwungen und entspannt zu dem Jungen neben sich hinüber, als lachten sie über denselben Scherz. Guy steht ein wenig abseits und starrt den Fotografen unverwandt und abschätzend an.

Oliver erinnert sich an Mr. Denner, der »Gut! Gut! Gut!« in einem Atemzug zu sagen pflegte. Hinter seinem Rücken äfften sie ihn nach, aber stets in gutmütigem Spott, denn Mr. Denner war sehr beliebt. Und dann, ganz plötzlich, steigt eine andere Erinnerung in ihm auf, eine schmerzhafte, die sich mit dem Geruch von alten Büchern und Leder mischt. Er sitzt mit den

Zwillingen in ihrer Studierstube, und seine Mutter erklärt ihm, dass Charlotte von ihrem Pony abgeworfen wurde und gestorben ist, weil sie ihren Helm nicht getragen hat. Sie umarmt ihn fest und sagt, es sei das Beste, wenn er nicht zur Beerdigung komme. Es sei besser für ihn, wenn er im Internat bleibe, und dass die Zwillinge für ihn da sein werden, wenn er sie braucht.

Jetzt sieht Oliver auf diese jungen, noch unfertigen Gesichter hinunter und erinnert sich an den Schock, den Unglauben und daran, dass nachher Giles ihn in die Arme genommen hat, als er endlich weinen konnte.

In diesem Moment ertönt die Türklingel. Oliver legt das Bild zu den anderen, nimmt sich einen Moment Zeit, um sich zu fassen, und geht dann in die Diele und öffnet die Tür. Auf der Türschwelle steht Guy Webster und trägt dieselbe entschlossene Miene wie auf dem Foto.

Ungläubig starren sie einander an.

»Was zum Teufel machst du denn hier?«, fragen sie dann beide wie aus einem Munde.

Guy tritt hinter Oliver in die Diele und schließt die Haustür hinter sich. Er lässt seinen Koffer neben Olivers Reisetasche fallen und sieht sich um.

»Wo ist meine Mutter?«, verlangt er zu wissen.

Statt einer Antwort öffnet Oliver eine Tür und lässt Guy höflich den Vortritt. Kurz zögert Guy. Sein Zorn, der immer knapp unter der Oberfläche schwelt, wächst. Oliver verhält sich, als wäre er hier der Hausherr; er hat die Situation in die Hand genommen. An ihm vorbei tritt Guy ins Wohnzimmer. Er hat Oliver noch nie leiden können. Cass' und Toms Sohn ist zwar mehrere Jahre jünger als er, aber er besitzt ein angeborenes Selbstvertrauen, eine Fähigkeit, zur rechten Zeit am rechten Ort und immer bei den richtigen Leuten zu sein: bergeweise gute Noten, Jahrgangsbester in Cambridge. Später hat Unk ihn zum Geschäftspartner gemacht und ihm seine äußerst lukrative Firma hinterlassen. Und jetzt hat er die Stirn gehabt, die Schulgebühren für seine, Guys, Kinder zu bezahlen. Mit kaum verhohlener Abneigung sieht er den Schwager an und überlegt, was die Reisetasche in der Diele zu bedeuten hat.

»Ist meine Mutter hier?«, fragt er noch einmal.

»Nein.« Oliver vollführt eine Handbewegung, die vielleicht Mitgefühl ausdrücken, vielleicht aber auch eine Entschuldigung sein soll. »Sie ist ein paar Tage nach St. Meriadoc gefahren. Wusste jemand davon, dass du nach Hause kommst?«

»Nein«, antwortet Guy knapp. Forschend sieht er sich in dem Raum um, lässt ihn auf sich wirken und macht sich ein Bild davon. »Ich habe gestern bei einem Freund in London übernachtet und mir einen Mietwagen genommen. Und was hast du hier zu suchen?«

Die direkte Frage amüsiert Oliver offensichtlich. Guy rechnet mit Konflikten, mit Vorwürfen, und er ist darauf vorbereitet und aggressiv gestimmt. Oliver zögert und beschließt dann, nicht wie erwartet auf den verlorenen Sohn – oder, in diesem Fall, verlorenen Schwager – zu reagieren, sondern ihn einfach auf dem falschen Fuß zu erwischen.

»Der gute alte Guy«, sagt er beiläufig. »Wie schön, dich nach so langer Zeit wiederzusehen, und vollkommen unverändert! Ich hatte mir gerade ein paar Fotos von dir angeschaut.«

»Fotos?« Genau wie Oliver gehofft hatte, gerät Guy vollkommen aus dem Konzept. »Was für Fotos?«

»Die hier.« Oliver beugt sich über den Tisch und schiebt ihm die Aufnahme aus dem Mount House hinüber. »Siehst du? Du und Giles hier am Ende der Reihe.«

Als Guy auf die vielen kleinen Jungen hinuntersieht, steigen unerwartet eine Anzahl verwirrender Erinnerungen und Empfindungen in ihm auf: ungezwungene Kameradschaft, ausreichend Gelegenheit zum Austoben, Geborgenheit. Er war als Grundschüler im Internat sehr glücklich gewesen.

»Könnten deine Zwillinge sein, oder?«, murmelt Oliver. »So eine Art ungebrochene Tradition.«

Bevor Guy antworten kann, hält Oliver ihm ein weiteres Foto hin, das von Blundell's: Er und Giles stehen an den entgegengesetzten Enden der Reihe, und jetzt melden sich bei Guy andere Erinnerungen. Abschlussprüfungen und die Erwachsenenwelt, die beginnende Last der Verantwortung üben Druck aus: Das Leben ist real, und das Leben ist ernst. Er gibt das Foto wieder zurück und sieht seinen Schwager an.

»Ich hatte an Charlotte gedacht«, erklärt Oliver wie zur Antwort auf eine Frage. »Das war in dem Jahr, als sie gestorben ist. Ma hat es mir in eurer Studierstube gesagt, weißt du noch? Wie lange das her zu sein scheint!«

Guy schweigt. Er kämpft mit seiner Empörung. Oliver hat ihm die Bilder gezeigt, die tragische Szene am Blundell's heraufbeschworen und damit seine Abwehr unterlaufen. Jetzt wird es ihm schwerer fallen, die bitteren Worte auszusprechen, die ihm im Kopf herumgehen, seit Gemma ihm in einer E-Mail mitgeteilt hat, dass Oliver angeboten hat, die Schulgebühren für die Zwillinge zu übernehmen. Wieder einmal hat der Schwager die Oberhand, und Guy kocht innerlich vor Wut.

»Kate hat mich gebeten, ein paar Tage zu bleiben«, sagt Oliver. »Hat sie dir von Jess erzählt, die Davids Preis gewonnen hat? Jedenfalls sieht es aus, als müsste Jess möglicherweise zurückkommen. Daher dachte Kate, für diesen Fall sollte jemand hier sein. Warum hast du ihr dein Kommen nicht angekündigt?«

»Niemand weiß davon. Diese ganze Sache ist vollkommen aus dem Ruder gelaufen.« Guy ist frustriert. Dieser letzte Streit mit seinem Vater, das stille Haus, das ohne die Zwillinge und Gemma leer und merkwürdig einsam ist – all das hat ihn zu dieser verrückten Reise getrieben. Er ist gar nicht auf die Idee gekommen, dass seine Mutter nicht da sein könnte. Aber andererseits hat er überhaupt nicht sehr klar gedacht. Sein Plan hatte darin bestanden, Gemma gegenüberzutreten, sie zu überrumpeln ...

Oliver betrachtet ihn mit einem mitfühlenden Blick, der Guy noch zorniger macht. Unterdrückt murmelt er ein paar Flüche, und Oliver platzt vor Lachen heraus.

»Hör mal«, sagt er. »Wenn du lieber allein sein möchtest, kann ich wieder ins Pfarrhaus ziehen. Kein Problem. Doch wie wäre es, wenn wir vorher in den Pub gehen und ein Bier trinken? Wenn du dann zurück bist, kannst du Kate anrufen, und ich verschwinde. Im Pfarrhaus herrschte keine besonders gute Stimmung, verstehst du? Meine Eltern billigen es nicht gerade, dass Gemma dich verlassen hat, und bei allen liegen die Nerven blank. Gemma verbringt ein paar Tage bei einer Freundin, und ich habe ebenfalls die Gelegenheit beim Schopf gepackt und mich davongemacht. Um die Wahrheit zu sagen, freue ich mich sehr, dich zu sehen. Du kannst uns endlich erzählen, was wirklich los ist.«

Guy schnaubt verächtlich. »Wie zum Teufel kommst du auf die Idee, dass ich das weiß?«

Oliver zuckt mit den Schultern. »Okay. Lass uns trotzdem ein Bier trinken gehen! Kann nicht schaden, oder?«

»Und das ist der Stand der Dinge«, erklärt Guy später – um einiges später.

Sie haben im Pub ein paar Bier getrunken und zu Abend gegessen, und jetzt sind sie zurück im Cottage. Guy hält ein Glas guten Malt-Whisky in der Hand, mit dem Oliver ihn versorgt hat.

Guy ist nicht mehr wütend. Im Laufe des Abends ist er ruhiger geworden, war teilweise sogar amüsant. Aber jetzt versinkt er in einer mürrischen Stimmung. Oliver gießt sich selbst auch ein Glas ein und erinnert sich von ein paar früheren Gelegenheiten, bei denen er mit Guy zusammengetroffen ist, an dieses Muster. Sein Schwager hat ein wenig Alkohol gebraucht, um sich entspannen zu können. Es war ein guter Schachzug, mit ihm in den Pub zu gehen, abzuwarten, bis er sich entspannt hatte, und dann herauszufinden, wie es wirklich zwischen ihm und Gemma steht.

Er hat Guy davon überzeugen können, dass es nicht unbedingt das Ende der Welt bedeutet, die Zwillinge hier zur Schule zu schicken. Es hat ihn seine ganze Überredungskunst gekostet, den Stolz des Schwagers wegen der Schulgebühren zu beschwichtigen, doch ganz langsam hat Guys Feindseligkeit nachgelassen, und er hat offen über seine Lage gesprochen.

»Ich will die drei wiederhaben«, erklärt er jetzt. Er sitzt im Schaukelstuhl und hat die langen Beine ausgestreckt und die Knöchel übereinandergeschlagen. »Das ist nicht verhandelbar. Wir haben ein Zuhause, ich habe einen Job, und wenn Gemma nicht von ihrer Familie und ihren Freunden getrennt sein will, dann hätte sie verdammt noch mal darüber nachdenken sollen, *bevor* sie es uns unmöglich gemacht hat hierzubleiben.«

»Ganz deiner Meinung«, sagt Oliver. »Ich sehe ein, dass sie in keiner besonders guten Position ist, um Bedingungen zu stellen. Aber nach dem wenigen zu urteilen, was sie mir erzählt hat, klingt es, als wärst du in letzter Zeit auch nicht besonders glücklich gewesen.«

Er beobachtet, wie Guy den Mund verzieht und sich seine Augenlider senken, und fragt sich, ob er einen taktischen Fehler gemacht hat: Guy hasst jede Art von Illoyalität.

»Verstehst du, Gemma hat eigentlich gar nicht viel gesagt«, setzt Oliver sanft hinzu. »Sie gibt zu, dass sie nicht besonders gut mit deinem Vater auskommt, aber das ist ja kaum etwas Neues, oder? Wenn wir ehrlich sind, verstehen sich nur sehr wenige Menschen gut mit deinem Vater, stimmt's?«

Er sieht, wie Guy mit seinem starken Gefühl für Loyalität und seiner Abneigung gegen Klatsch kämpft; und mit einem Mal empfindet Oliver echtes Mitgefühl für ihn.

»Gemma hat mir – wohlgemerkt nicht meinen Eltern – erzählt, dass sie das Gefühl hat, du würdest ihm immer ähnlicher: weniger kommunikativ und empfindlicher. Das bereitet ihr Sorgen.« Oliver hätte beinahe »Angst« gesagt, doch er weiß, dass das für Guy zu emotionsgeladen ist. Er wird weniger Verständnis aufbringen, wenn er denkt, Gemma hätte ein Drama daraus gemacht. »Sie hat gesagt, sie glaube, dass du auch nicht besonders glücklich bist; sie ist es jedenfalls nicht, und sie findet, dass sich das langsam auch auf die Zwillinge auswirkt.«

»Und wir sollen alle Brücken hinter uns abbrechen, einfach wieder herziehen und von vorn anfangen? Wo denn? Wie? Womit? Und warum zum Teufel sollte ich? Ich habe das alles schon einmal hinter mir, vergiss das nicht.«

Sein Zorn kehrt zurück, und Oliver wahrt sein Schweigen und denkt nach.

»Irrt sie sich denn?«, fragt er schließlich. »Bist du glücklich?«

Guy birgt seinen Whisky in der Hand und sieht in das Glas. »Es ist in Ordnung«, sagt er schließlich. »Kanada ist ein schönes Land, doch ich muss zugeben, dass die Arbeit mich ein wenig frustriert. Dad geht in näherer Zukunft nicht in den Ruhestand, wie wir angenommen hatten, und er ist neuen Ideen gegenüber nicht sehr offen, obwohl er meine Pläne, Segeltörns anzubieten, in Betracht zieht. Das hatte ich dir ja schon erzählt, und es wäre wirklich gut. Er hat vor Wut geschäumt, als Gemma geflüchtet ist, und war ärgerlich, weil ich mir freigenommen habe, um hierher zu ihr zu fliegen. Das war nicht gerade hilfreich. Ich hatte ihn gerade in der Stimmung, um einzuräumen, dass meine Idee gut ist, und jetzt haben wir dieses ganze verdammte Theater.«

»Davon hat Gemma nichts erzählt.«

Guy wirkt ein klein wenig verlegen. »Ich habe gedacht, sie braucht nur das unbedingt Nötige zu wissen«, murmelt er. »Wollte nicht, dass sie schon in Aufregung gerät, bevor Dad endlich zustimmt.«

Oliver schweigt. Guy wirkt einen Hauch verlegen über seine Selbstherrlichkeit.

»Sagst du es ihr denn, wenn du sie jetzt siehst?«

Guy zuckt mit den Schultern und trinkt von seinem Whisky. »Keine Ahnung. Meine Reise hat die Sache wahrscheinlich wieder zurückgeworfen. Dad hält gar nichts von neuen Projekten, und er ist wütend über alles, was passiert ist. Ich glaube, er argwöhnt, ich könnte meine Meinung ändern und hierher zurückziehen.«

Noch ein ausgedehntes Schweigen folgt.

»Und, würdest du das tun?«, fragt Oliver endlich. »Schließlich könntest du deine Segeltörns oder andere Projekte auch hier starten.«

Guy quittiert seine Bemerkung mit einem höhnischen Schnauben. »Kannst du dir vorstellen, dass mein Vater mir meinen Start hier finanzieren würde? Man muss ihm ja schon fast den Arm umdrehen, damit er Plänen zum Ausbau seiner eigenen Firma zustimmt.« Er trinkt den Whisky aus und steht auf. »Ich gehe schlafen. Bleib ruhig, wenn du willst. Fahren kannst du ohnehin nicht mehr.«

»Danke.« Oliver bleibt sitzen; in seinem Kopf nimmt langsam eine Idee Gestalt an. »Hast du schon Pläne für morgen?«

An der Tür zögert Guy und runzelt die Stirn. »Jetzt nicht mehr. Nicht, wenn Gemma bei Debbie ist. Darüber muss ich nachdenken. Warum?«

»Jess ist bei den Trehearnes am Tamar. Sie hat mich eingeladen, und ich habe mich gefragt, ob wir vielleicht zusammen hinfahren könnten. Kate kennt die Familie sehr gut. Erinnerst du dich an die Trehearnes?«

Guy zieht die Mundwinkel nach unten, überlegt und schüttelt dann den Kopf. »Ich glaube nicht.«

»Ich bin mir sicher, dass Jess sich sehr freuen würde, dich kennenzulernen. Sie hat Kate sehr gern, und sie ist auf alle möglichen Arten mit unserer Vergangenheit verbunden, nicht nur, weil sie Davids Preis gewonnen hat. Wir könnten sie zum Mittagessen ausführen oder so.«

Guy hebt die Schultern. »Wie du meinst. Ich habe nur nichts wirklich Passendes dafür anzuziehen.«

Oliver lächelt. »Ach, ich glaube, das ist nicht so wichtig. Aber darüber sprechen wir morgen früh. Schlaf gut!«

»Danke für den Whisky.« Er geht hinaus und lässt Oliver allein.

Oben, in Kates Zimmer, setzt Guy seinen Koffer ab und zieht die dicken Vorhänge vor die dunklen Fenster. Der Stoff ist seidenweich und warm, und er betastet und knüllt ihn. Dann dreht er sich um und betrachtet den Raum. Er erkennt die Möbel aus dem Haus in Whitchurch wieder. Das Messingbett mit der Patchworkdecke stand früher im Gästezimmer, der Lloyd-Loom-Stuhl mit dem bestickten Kissen stammt aus seinem eigenen Zimmer. Einst, vor vielen Jahren, lagen darauf immer seine Spielsachen. Die elegante weiße Frisierkommode und der kleine Schemel standen früher im Zimmer seiner Mutter, und er bückt sich, um die Fotos darauf anzusehen: David, der die Augen zusammenkneift, um sich vor der Sonne zu schützen; Ben und Julian, die mit Gemma herumalbern, und Giles und er, ungefähr acht Jahre alt und fröhlich grinsend. Kleine, ungezwungene Fotos in ziemlich abgegriffenen Rahmen, bewegend und verstörend.

Der Abend, der mit diesen anderen Fotos begann, hat ihn milder gestimmt, aber auch geschwächt. Im Lauf der letzten Wochen hat er sich in eine kämpferische Stimmung hineingesteigert und die Stunden des Langstreckenfluges genutzt, um seinen Groll und Zorn zu nähren und sich auf die vor ihm liegende Auseinandersetzung einzustimmen. Er hat genau geplant, wie er ankommen und alle verblüffen würde; seine Mutter würde nervös sein, sich Sorgen um Gemma und die Zwillinge machen, doch auf seiner Seite stehen. Er hat beschlossen, Gemma hier im Cottage zu treffen, in seinem eigenen Revier, und sie zu überrumpeln.

Doch stattdessen ist er Oliver begegnet, den verschiedensten Erinnerungen und Empfindungen, und hat sich verleiten lassen, über alles zu reden, sodass er jetzt erschöpft ist. Sein selbstgerechter Zorn ist verflogen, und mit einem Mal sehnt er sich nach Gemma, möchte am liebsten mir ihr auf dieses Bett sinken und in der vertrauten Wärme ihrer Umarmung alles vergessen.

Während er den Koffer auspackt, huschen seine Gedanken zurück in die Zeit vor seiner Ehe, zu dem kleinen Cottage im Nethercombe Court in South Brent. Gemma und er kannten einander schon ihr Leben lang, doch als sie Kinder waren, hatten die zehn Jahre Altersunterschied zwischen ihnen eine wirklich enge Beziehung verhindert. Dann hatten sie sich zufällig getroffen, nachdem er das Häuschen in der Wohnanlage gekauft hatte und von Dartmouth aus seine Jachtvermittlung betrieb, und sie hatte in Hungerford eine Ausbildung zum Kindermädchen absolviert. Damals war er verliebt in seine Nachbarin, die schöne Nell, gewesen, und Gemma traf sich mit einem jungen Marineoffizier. Doch ihre Freundschaft blühte auf der Grundlage einer vertrauten, gemeinsamen Vergangenheit, ihrer ungezwungenen Kameradschaft und alten Scherzen aus ihrer Kindheit. Wenn Gemma Ferien hatte, kam sie ihn mit Cass' kleinem Auto besuchen, und sie segelten gemeinsam oder unternahmen lange Spaziergänge mit seinem Golden Retriever Bertie. Doch wegen der schönen, geheimnisvollen und frisch verwitweten Nell behandelte er Gemma hartnäckig fast wie eine kleine Schwester, und als sie endlich zu dem Schluss gelangte, daraus würde nie mehr als Freundschaft werden, ergriff sie die Initiative.

Jetzt sitzt Guy auf der Bettkante und erlaubt dem Bild, in ihm aufzusteigen: die attraktive Wohnanlage, »Courtyard« genannt, aus ausgebauten Scheunen und Cottages in Nethercombe an einem speziellen Dezemberabend vor zwölf Jahren.

In der Abenddämmerung breitete sich eine angenehme Szenerie vor ihm aus: Lichter glitzerten in den Fenstern, und Rauch stieg sanft in die kalte Luft auf. Er kehrte mit Bertie von einem kleinen Spaziergang durch den Birkenhain zurück, als er Gemma sah, die das nach innen gelegene Ende der Auffahrt überquerte. Offenbar war sie an seinem Haus gewesen, hatte es leer vorgefunden und ging jetzt wieder. Die Enttäuschung darüber, sie verpasst zu haben, durchfuhr ihn wie ein Messerstich, und er stieß einen lauten Schrei aus, bei dem Bertie zusammenfuhr. Doch Gemma hörte ihn entweder nicht oder ignorierte seinen Ruf und lief eilig zu ihrem geparkten Wagen. Die letzten paar Meter rannte er und rutschte auf dem Kies aus, während Bertie mit angelegten Ohren von einer Seite auf die andere flitzte und versuchte, ihm nicht zwischen die Füße zu geraten. Als er die Höhe des Torbogens erreichte, der in die Wohnanlage führte, steuerte Gemma ihren kleinen Wagen gerade rückwärts vom Besucherparkplatz, und er rannte auf sie zu und wedelte heftig mit den Armen. Doch immer noch schien sie ihn nicht zu sehen, sondern fuhr die Zufahrt entlang und verschwand auf der Straße.

Von unterschiedlichen Emotionen geschüttelt, blieb er völlig reglos stehen. Seine Enttäuschung und das andere vollkommen widersinnige Gefühl von Zurückweisung und Verletzung, als hätte sie ihn mit Absicht ignoriert und versucht, ihm aus dem Weg zu gehen, verwirrten ihn. Warum in aller Welt sollte sie in die Wohnanlage kommen, wenn sie ihn nicht sehen wollte? Er fragte sich, ob sie vielleicht eine Nachricht unter seiner Tür hindurchgeschoben hatte, rannte zum Haus und tastete in seiner Tasche nach dem Schlüssel. Richtig, da lag ein Brief auf der Fußmatte; ein zusammengefaltetes Stück Papier. Eilig hob er es hoch.

Lieber Guy,

ich will dir nur sagen, dass ich dieses Jahr nicht zu Weihnachten komme. Ich schätze, ich bin dir ein wenig lästig gefallen. Du warst sehr lieb, doch ich werde dich nicht mehr behelligen. Aber wir sind doch noch Freunde, oder? Es war nett.

Alles Liebe, Gemma

Blitzschnell war er wieder aus der Tür, stopfte den Zettel in die Tasche, lockte Bertie auf den Rücksitz seines Wagens und sprang selbst hinein. Dann wendete er und raste so schnell die Einfahrt entlang, dass der Kies unter seinen Reifen wegspritzte. Er wusste genau, welchen Weg sie einschlagen würde, daher nahm er die Ivybridge Road und hielt sich in Richtung Cornwood. Während er über das Moor fuhr, jagten sich die Gedanken in seinem Kopf. Es war, als wäre ein Vorhang weggezogen worden, und Guy erkannte, was für ein unsagbarer Idiot er gewesen war. Ihm wurde klar, dass seine verbissene Verehrung für Nell ihn blind gegenüber der Wahrheit gemacht hatte, die ihm jetzt grell ins Gesicht sprang. Er dachte an die Freude, die er empfand, wenn er Gemma sah, den Trost und die Zuversicht, die sie ihm schenkte; an die Ungezwungenheit und das Glück, die er in ihrer Gegenwart fühlte. Er liebte Gemma, die Frau aus Fleisch und Blut mit ihrer witzigen, zärtlichen Art – nicht den Traum, den er sich rund um die ätherische Nell geschaffen und an dem er stur festgehalten hatte. Oh ja, Nell war schön, verletzlich und allein. Und das hatte an seine Ritterlichkeit appelliert und ihn glauben lassen, er sei verliebt in sie. Er hatte sich benommen wie ein Sechzehnjähriger, der für einen Filmstar schwärmte. Mit der Wirklichkeit hatte das nichts zu tun. Jetzt wusste er auch, warum er sich Nell nie als Geliebte oder Ehefrau hatte vorstellen können. Doch Gemma sah er auf dieser Fahrt plötzlich problemlos in dieser Rolle. Sein Herz begann, heftig zu pochen, und er hieb mehrmals mit der geballten Faust auf das Steuer.

»Schwachkopf!« Er verfluchte sich laut, während Bertie auf dem Rücksitz hockte und herumscharrte, um nicht das Gleichgewicht zu verlieren, als der Wagen rasant um Ecken bog und Hügel hinaufpolterte.

Guy hatte gerade Wotter hinter sich gelassen, als er die

Rücklichter sah, sich hinter die Heckklappe ihres kleinen Autos setzte und Gemma mit der Lichthupe anblinkte. Trotzdem fuhr sie weiter, ohne das Tempo zu vermindern, und schließlich überholte er sie in seiner Verzweiflung auf der langen, geraden Strecke vor der Cadover Bridge. Im Vorbeirasen erhaschte er einen Blick auf ihr verblüfftes Gesicht, während seine zwei äußeren Räder über den unebenen Seitenstreifen polterten. Dann setzte er sich vor sie und bremste langsam ab, bis sie anhalten musste. Ehe sie überhaupt begriffen hatte, dass er es war, sprang er schon aus dem Wagen und riss ihre Autotür auf. Erleichtert schrie sie auf, als er sie aus dem Auto zog.

»Guy! Ich hatte ja keine Ahnung, dass du das bist! Ich habe mich gefragt, was in aller Welt das sollte!«

»Warum bist du weggefahren?«, verlangte er zu wissen, umfasste ihre Schultern und schüttelte sie leicht. »Hast du nicht gehört, wie ich dir nachgerufen habe?«

»Ich habe dir eine Nachricht hinterlassen«, sagte sie ausweichend und sah ziemlich schüchtern zu ihm auf. Sie schob sich das Haar aus den Augen. »Ich habe sie unter der Tür durchgeschoben.«

»Habe ich gesehen«, gab Guy verächtlich zurück. »Noch nie in meinem Leben habe ich solchen Unsinn gelesen.«

»War das wirklich Unsinn?«, fragte sie. Und dann beugte er sich plötzlich herunter und küsste sie. Er fühlte sich schwindlig und schwach und drückte sie so fest an sich, dass ihr Gesicht gegen seine Schulter gequetscht wurde.

»Absoluter, verdammter Blödsinn«, murmelte er in ihr Haar hinein. »Aber es war meine Schuld. Ich bin ein Riesenidiot gewesen.« Er schluckte schwer, rang seinen instinktiven Drang nach Selbsterhaltung und Vorsicht nieder und sprach die schlichte Wahrheit aus. »Ich liebe dich.«

Sie löste sich von ihm und starrte ihn in der schnell einsetzenden Dämmerung an.

»Oh, Guy! Wirklich und wahrhaftig? Ich liebe dich auch. Schon ewig. Seit Jahren.«

Er lachte und zog sie in die Arme. »Seit du im Kinderwagen gesessen hast? Freut mich, das zu hören.« Und er beugte sich zu ihr herunter und küsste sie wieder. Bald wurde ihm klar, dass sie zitterte.

»Was machen wir jetzt?«, fragte sie. Ihre voller Liebe aufgerissenen Augen wirkten riesig. »Wir sind auf halbem Weg zwischen dem Courtyard und dem Pfarrhaus. Möchtest du mit zu mir?«

»Nein«, antwortete Guy sofort. Er hatte keine Lust, einer ganzen Horde Wivenhoes gegenüberzutreten, während er das Gefühl hatte, nicht er selbst zu sein. Er musste sich an diese Empfindungen gewöhnen und allein mit Gemma sein. »Könntest du es ertragen, erst einmal mit mir zurückzufahren? Später bringe ich dich nach Hause, und unterwegs holen wir deinen Wagen.«

»Oder«, sagte Gemma mit dem ihm vertrauten herausfordernden Lächeln, »ich könnte über Nacht bei dir bleiben. Ma und Pa hätten sicher Verständnis dafür. Wir sind ja alle so gute Freunde.«

»Du wirst nichts dergleichen tun«, gab Guy zurück, bei dem sich alte puritanische Instinkte zu Wort meldeten. »Das wäre innerhalb von Minuten in ganz Nethercombe herum. Wir warten eben.«

»Himmel!«, rief Gemma in gespielter Bestürzung aus. »Ich bin mir nicht sicher, ob ich das kann. Welche Wartezeit schlägst du vor?«

»Ich habe nachgedacht. Kurz nach Weihnachten fahre ich nach Fowey, um ein Boot abzuholen. Kommst du mit?«

»Sehr gern«, sagte sie. »Solange du mich nicht allzu sehr herumkommandierst!«

Als Guy jetzt an das Glück und den Spaß dieser ersten Wochen und an die herrliche Tour von Fowey nach Dartmouth zurückdenkt, klumpen sich Frustration und Whisky in seiner Magengrube zusammen. Er schnappt sich die Kulturtasche und geht ins Bad.

Unten brennt noch Licht, und er hört Olivers leise Stimme, dann Schweigen und schließlich ein Auflachen. Einen Moment lang steigt Zorn in Guy auf, als er sich fragt, ob er mit Gemma redet und sie vorwarnt. Doch dann fällt ihm wieder ein, dass Oliver versprochen hat, weder ihr noch Cass und Tom etwas zu verraten. Guy kann seinen Schwager nicht leiden, doch er weiß, dass er ihm vertrauen kann. Er geht ins Bad, schließt die Tür und dreht die Dusche auf.

Oliver drückt das Gespräch auf seinem Handy weg. Was für ein Glück, dass Jess noch auf war und Lust zum Plaudern hatte! Sie hat ziemlich gedämpft und leicht besorgt geklungen, aber das ist einigermaßen normal angesichts des Umstands, dass ihre Gastgeberin krank geworden ist.

»Ich würde Guy sehr gern kennenlernen«, hat sie gesagt. »Kommt zum Kaffee zu mir in die alte Segelwerkstatt, und dann sehen wir weiter! Doch ich weiß, dass Johnnie und Sophie dich bestimmt auch sehen wollen. Und Guy. Er ist der Zwilling, der mit Jachten handelt, oder? Johnnie kann ihm seine Boote zeigen. Dann gegen elf. Prima.«

Oliver setzt sich kurz und überlegt, ob das ein guter Plan ist. Zumindest wird der Besuch Guy ablenken, ihm Zeit lassen, sich zu beruhigen und daran zu erinnern, wie sehr er das West Country liebt. Und irgendwann wird er seine Söhne in der

Schule besuchen – noch eine glückliche Erinnerung an seine eigene Kindheit. Aber unterdessen könnte ein Besuch auf neutralem Gebiet, bei Bekannten, aus denen vielleicht Freunde werden könnten und die seine Leidenschaft für das Segeln teilen, diese Entwicklung unterstützen.

Oliver ist zufrieden mit dem, was er an diesem Abend erreicht hat. Er steht auf und knipst die Lampe aus. Was er sich nicht eingesteht, ist, wie sehr er sich darauf freut, Jess wiederzusehen.

Tamar

Sie erwartet die beiden am Ende der Auffahrt, eine kleine Gestalt in Jeanslatzhose über einem hochgeschlossenen Pullover. Das lange rotbraune Haar hat sie zurückgebunden. Lebhaft winkt sie Oliver zu, der zurückwinkt und Guy, der sie mit einem üblichen durchdringenden Blick mustert, einen Seitenblick zuwirft.

»Erschreck das arme Mädchen nicht zu Tode!«, meint Oliver warnend. »Du könntest es sogar mit einem Lächeln probieren.«

»Halt den Mund!«, murmelt Guy und steigt aus. Er hat bereits beschlossen, seinen nicht unbeträchtlichen Charme spielen zu lassen, und bevor Oliver die beiden vorstellen kann, streckt er der jungen Frau schon die Hand entgegen. »Sie müssen Jess sein. Ich bin Guy Webster, David Porteous' Stiefsohn. Glückwunsch zu seinem Preis!«

Jess schaut kaum wahrnehmbar schüchtern drein und lächelt zurück. Sie spricht von Kate und erzählt, wie freundlich sie sie in die Chapel Street eingeladen hat, aber Guy hat schon die alte Segelwerkstatt und den Fluss gesehen.

»Schön hier«, meint er. »Besser als in der Stadt, finde ich.«

Sein Blick gleitet zu den Booten, die draußen an der Fahrrinne vor Anker liegen, und instinktiv setzt er sich in diese Richtung in Bewegung. Jess geht immer noch neben ihm, und er redet mit ihr, während er mit großen Schritten den Rasen überquert. Sie sieht sich nach Oliver um, zuckt entschuldigend mit den Schultern und beeilt sich dann, um Schritt mit Guy zu halten.

»Das ging aber schnell«, sagt jemand hinter ihm leise, und Oliver fährt herum und sieht eine blonde Frau, die ihn amüsiert betrachtet. »Und nicht einmal ein besonders guter Anmachspruch. Hängt er Sie immer so ab?«

Oliver ist sich einer äußerst seltsamen Empfindung bewusst; ihm ist, als wäre alles – die Welt, die Zeit, die Geräusche – kurz zum Stillstand gekommen und ruckte jetzt wieder an, aber auf vollkommen andere Art als zuvor. Nichts wird je wieder ganz wie vorher sein. Er grinst schief und tut resigniert.

»Passiert mir ständig«, sagt er. »Sind Sie Sophie?«

Sie nickt. »Und Sie sind Oliver. Jess hat mir von Ihnen erzählt, und Johnnie meint, wir müssten uns irgendwann früher begegnet sein. Und das dort muss Guy sein. Was glauben Sie, wo er mit Jess hingeht?«

»Bestimmt zu den Booten«, meint Oliver. »Mein Schwager ist ein sehr zielstrebiger Bursche. Ich entschuldige mich für ihn. Aber ich glaube, er hat sie dort auch nicht gesehen. Ich jedenfalls nicht.«

»Ist schon in Ordnung, ich kann ihm das nachfühlen. Ich segle selbst, und die Szenerie hier ist spektakulär, nicht wahr? Kommen Sie herein und trinken Sie einen Kaffee, bis er sich an dem Anblick sattgesehen hat.«

»Danke, doch Jess hat gemeint, dass wir in der alten Segelwerkstatt mit ihr Kaffee trinken sollen. Ich möchte mich nicht aufdrängen ...«

»Als Jess uns erzählt hat, dass Sie kommen, wollte Johnnie unbedingt, dass ich Sie in Empfang nehme«, erklärt Sophie bestimmt. »Er freut sich darauf, Sie wiederzusehen. Ihre letzte Begegnung liegt Jahre zurück, wie ich gehört habe.«

Oliver folgt ihr ins Haus, und in diesem Moment taucht Johnnie aus einem anderen Zimmer auf der anderen Seite der

Eingangshalle auf. Er streckt ihm die Hand zum Gruß entgegen.

»Oliver«, sagt er. »Es ist lange her, dass wir uns gesehen haben, aber ich würde Sie überall als Cass' Sohn erkennen.«

Als sie alle in die Küche gehen, klettert ein schlecht gelaunter kleiner Terrier steifbeinig aus seinem Korb am Herd und knurrt Oliver an.

»Ach, sei still, Popps!«, meint Johnnie und nimmt das Hündchen auf den Arm. Sophie grinst Oliver zu, er erwidert ihr Lächeln, und mit einem Mal ist er glücklicher als je zuvor in seinem Leben.

Er sieht zu, wie sie Kaffee aufbrüht. Ihm gefällt die Linie ihres Kiefers und ihre muskulöse, wohlgeformte Figur. Ihre Haut ist von Sommerwind und Sonne noch leicht gebräunt, und ihr Mund ist groß und offenbar immer zum Lachen aufgelegt. Jetzt lächelt sie, als Jess und Guy in die Küche kommen, und Popps beginnt zu bellen. Oliver steht auf, um Guy vorzustellen.

»Da haben Sie eine wunderschöne, klassische Jacht auf dem Fluss liegen, Sir«, bemerkt Guy. »Jess hat mir erzählt, Sie hätten sie selbst restauriert.« Währenddessen beruhigt Jess Popps. Wieder begegnet Olivers Blick dem von Sophie, und es ist, als wären sie auf magische Weise von der plaudernden, lachenden Gruppe isoliert.

Er setzt sich an den Tisch, sieht Jess an und versucht, sich auf sie zu konzentrieren. Johnnie und Guy sind tief in ein Gespräch über Boote und Segeln versunken, und Sophie gießt Kaffee in weiße Porzellanbecher.

»Wie geht es Ihnen?«, fragt er Jess, und als er sie nun genauer ansieht, fällt ihm auf, dass ihr Blick umschattet und nachdenklich wirkt.

»Okay«, sagt sie. »Mir geht es gut.« Aber sie schaut weg und beißt sich auf die Lippen, und sie knetet unter dem Tisch nervös die Hände.

»Stimmt etwas nicht?« Er spricht leise.

Sie schüttelt den Kopf, wirkt jedoch immer noch unsicher. »Ich würde Ihnen gern etwas zeigen. Nur Ihnen. Wenn wir nachher in die alte Segelwerkstatt gehen.«

»Einverstanden«, antwortet er. »Nach dem Kaffee?«

Sie nickt, lächelt kurz Sophie zu, die ihr Kaffee reicht, und hört dann Johnnie zu, der jetzt über die Fastnet-Regatta redet.

»Ich sehe kurz nach Rowena«, erklärt Sophie.

Als sie fort ist, entspannt sich Oliver auf seinem Stuhl und atmet tief durch, als wäre er sehr schnell gerannt. Langsam sieht er den Raum wieder scharf vor sich: den Terrier in seinem Korb, die lebhafte Miene, mit der Guy Johnnie zuhört, den Krug mit Spindelstrauchzweigen auf dem Tisch. Er ist es zufrieden, in diesem Moment, dieser kurzen Zeitspanne, zu verharren, bevor Sophie zurückkehrt und etwas ganz Neues beginnt.

»Was für ein Ausblick!«, murmelt Guy. Er steht im Seegarten, sieht zur Circe auf und dann flussabwärts zu den zwei großen Brücken. »Das ist ja verrückt. Ich habe die ersten zwanzig Jahre meines Lebens in der Gegend um Tavistock verbracht und hatte keine Ahnung, dass das hier existiert. Na ja, natürlich kannte ich den Tamar. Pentillie Castle, Cotehele und Morewhellam. Aber ich bin nie hier gesegelt. Aus irgendeinem Grund bin ich immer von Dartmouth aus ausgelaufen.«

Johnnie fühlt sich durch Guys Reaktion auf sein Zuhause und die Umgebung sichtlich geschmeichelt. »Wenn Sie mögen, könnten wir morgen segeln«, erbietet er sich. »Wir könnten mit der *Alice* hinausfahren und uns einen schönen Tag machen. Der Gezeitenstand ist richtig, doch wir müssen spätestens um acht aufbrechen. Was sagen Sie dazu?«

Angesichts von Guys Miene muss Oliver beinahe lachen: Er sieht aus wie ein Fünfjähriger am Weihnachtsmorgen.

»Sehr gern«, stimmt Guy sofort zu. »Das wäre großartig.«

»Dann ist das also abgemacht«, gibt Johnnie zurück. Er beginnt zu erklären, dass der Seegarten einst eine Anlegestelle war und früher die Segelschiffe und Lastkähne weit landeinwärts gefahren sind, und Guy lauscht ihm fasziniert. Die beiden schlendern in Richtung Bootshaus davon.

Wollte er sich nicht eigentlich mit Gemma in Verbindung setzen und versuchen, die Sache in Ordnung zu bringen?, fragt sich Oliver. Was Guy wohl durch den Kopf geht? Offensichtlich hat er das Gefühl, dass es auf einen Tag mehr oder weniger nicht ankommt. Schließlich weiß Gemma sicher noch nicht, dass er wieder im Lande ist.

»Wir schreiben uns häufig E-Mails«, hat Gemma ihm einmal erklärt, »aber mit einem Handy kann er nichts anfangen. Ich bestehe darauf, dass er eins dabeihat, doch er schaltet es nie ein. Mit den modernen Kommunikationsmitteln, überhaupt mit Kommunikation, hat er nicht viel am Hut. Gott sei Dank hat Ma sich Skype angeschafft, als wir weggezogen sind. Dazu kann ich ihn manchmal überreden, und die Jungs lieben es natürlich.«

Oliver schlendert über den Rasen hinter Guy und Johnnie her, und dann kommen Jess und Sophie aus dem Haus, und er wechselt die Richtung und hält auf die beiden zu.

»Als Nächstes steht das Bootshaus auf dem Plan«, erklärt er ihnen. »Johnnie hat Guy für morgen zum Segeln eingeladen.«

»Ich frage mich, welches Boot er nehmen will«, murmelt Sophie und wird auf einmal ganz munter und eifrig. »Wir könnten den guten alten Fred dazuholen und uns einen schönen Tag machen.« Mit hochgezogenen Augenbrauen sieht sie Oliver an. »Aber sagten Sie nicht, dass Sie nicht segeln? Dann haben Sie wohl keine Lust auf einen Tagestörn im Ärmelkanal?«

Lächelnd schüttelt er den Kopf. »Nichts für mich, Lady. Doch Guy wird in seinem Element sein.«

Sie lacht. »Eine Landratte«, bemerkt sie.

Sie wechseln noch einen Blick und erkennen stillschweigend, mit einem seltsamen Gefühl der Ergebenheit, an, dass ihnen dieses Etwas zugestoßen ist. Darin liegt nichts von der Nervosität, Anspannung oder fiebrigen Aufregung, die einen oft in diesen Momenten ergreift, nur tief empfundenes Glück. Sophie wendet sich ab, um Guy und Johnnie zu folgen, und Oliver sieht Jess an und spürt ihre Erleichterung.

»Wäre das jetzt eine gute Gelegenheit, um mir zu zeigen, was ich mir ansehen soll?«

Er folgt ihr über die Treppe in das Segelloft. Während er durch den großen, hellen Raum schlendert, verschwindet sie in ihrem Schlafzimmer und kehrt gleich darauf mit einem Foto wieder zurück.

»Lady T. hat mir das hier gezeigt«, erklärt sie und hält es ihm hin. »Mike ist darauf. Ich hatte überlegt, ob Sie vielleicht noch jemanden erkennen.«

Er nimmt das große Schwarz-Weiß-Foto und betrachtet die jungen Männer. »Welcher ist Mike?«, fragt er. »Mike ist Ihr Großvater, stimmt's?« Er bemerkt, dass sie ganz kurz zögert, bevor sie antwortet.

»Ja«, sagt sie. »Das ist Mike.«

Als sie auf einen der jungen Männer zeigt, entfährt Oliver ein überraschter Ausruf. »Da ist ja Pa!«, stellt er fest. »Sehen Sie, da! Und neben ihm, das ist bestimmt Johnnie. Wenn man genau hinsieht, erkennt man die Ähnlichkeit. Das ist also Mike, ja? Doch die anderen drei kenne ich nicht. Wissen Sie, wer sie sind?«

»Dieser«, antwortet sie und zeigt darauf, »ist Al.«

»Wer ist Al?«

»Johnnies älterer Bruder. Er ist bei einem Segelunfall ums Leben gekommen.«

»Oh ja, jetzt erinnere ich mich.« Oliver sieht genauer hin und schüttelt dann den Kopf. »Hat Lady T. Ihnen nicht gesagt, wer die anderen waren?«

»Sie hatte mir gerade von Al erzählt, und dann hatte sie einen schweren Herzanfall. Sophie glaubt, dass sie auch einen ganz leichten Hirnschlag hatte. Das war wirklich zum Fürchten.«

»Wie schrecklich für Sie! Aber hören Sie, Johnnie wird wissen, wer die anderen Männer sind. Warum fragen Sie ihn nicht?«

Jess nimmt das Foto und schüttelt den Kopf. »Das möchte ich nicht. Nicht jetzt jedenfalls. Es hat mit etwas zu tun, das sie gesagt hat, und da ist auch noch etwas anderes.«

Unentschlossen steht sie da, als überlegte sie, ob sie sich ihm anvertrauen soll. Doch dann gehen draußen Guy und Johnnie am Fenster vorbei, und es klopft leise an der Tür. Jess huscht mit dem Foto davon, und Oliver öffnet.

»Ob Jess wohl etwas dagegen hätte, wenn Guy sich kurz umsieht?«, fragt Johnnie. »Ist ein wenig aufdringlich, solange Jess hier wohnt …«

Oliver zögert und sieht sich nach Jess um.

»Natürlich ist es das nicht«, erklärt sie hinter ihm. »Kommen Sie herein! Es ist wirklich toll hier, Guy.«

Oliver sieht zu, wie sein Schwager das Segelloft der Länge nach durchmisst und seine Begeisterung kundtut, während

Johnnie erklärt, warum sein Großvater sich seine Segel speziell anfertigen ließ. Dann treten sie alle auf den Balkon.

Jess wirft Oliver einen Blick über die Schulter zu und nickt lächelnd. Alles in Ordnung, machen Sie sich keine Sorgen!, scheint sie sagen zu wollen. Er zögert, doch sie nickt noch einmal, dieses Mal energischer, und daraufhin wendet er sich ab, verlässt das Loft und geht über den Rasen zum Haus, zu Sophie.

»Ich habe Popps nach oben zu Rowena gebracht, damit sie beim Mittagessen Gesellschaft hat«, erklärt Sophie. Ihr feines Haar schwingt nach vorn, als sie sich vorbeugt, um die Suppe umzurühren, und sie steckt es hinter die Ohren. Dann schiebt sie ein Blech Brötchen in den Ofen und setzt auch ein paar Suppenschalen zum Anwärmen hinein. Am Herd steht eine Flasche Claret zum Temperieren.

»Trinkt Guy Wein oder Bier?«, erkundigt sie sich. »Ich habe Jail Ale da.«

»Ganz bestimmt trinkt er Ale«, antwortet Oliver. Er zieht sich einen Stuhl heran und setzt sich an den Tisch. »Ich fahre zwar, doch ich denke, ein Glas Wein geht. Es ist sehr freundlich von Ihnen, uns alle aufzunehmen. Zuerst Jess und jetzt Guy und mich. Vor allem, da Sie ja keinen von uns kannten.«

»Ach, Johnnie hat gern Besuch. Er ist immer am glücklichsten, wenn das Haus aus allen Nähten platzt. Rowena ist genauso, obwohl sie nicht mehr so damit fertig wird wie früher.«

»Und Sie?«

»Ich? Oh, ich mag auch gern Besuch. Und Jess macht überhaupt keine Mühe. Es ist ein Jammer, dass Rowena krank geworden ist, aber sie möchte unbedingt, dass Jess bleibt.«

Sie schenkt zwei Gläser Wein ein und reicht eines Oliver. Er hebt sein Glas und sieht sie an, und sie erwidert seinen Blick. Ihre Augen haben die warme Farbe von klarem Bernstein.

»Es sieht aus, als hätte Jess etwas auf dem Herzen«, bemerkt er.

»Ja«, pflichtet sie ihm bei. »Ich dachte, es ginge um Sie.«

»Um mich?«, fragt er verblüfft.

Sophie verzieht den Mund zu einem leisen Lächeln. »Sie spricht ziemlich viel von Ihnen. Und als wir das Wiedersehensessen geplant haben, hat sie darum gebeten, Sie einzuladen.«

Er schweigt und denkt rasch nach. Diesen Punkt muss er unmissverständlich klarstellen.

»Sie ist Kates Schützling. Sie wissen schon, weil sie den David-Porteous-Preis gewonnen hat und so. Ich glaube, Jess war ganz angetan davon, ins West Country zu kommen, um nach ihren Wurzeln zu suchen. Doch bei ihrer Ankunft fühlte sie sich durch den Altersunterschied zu allen anderen ein wenig eingeschüchtert. Ich bin um einiges älter als sie, trotzdem war sie wahrscheinlich erleichtert darüber, auf jemanden zu treffen, der jünger war als ihre alte Großmutter. Sie sieht mich eher wie einen Onkel, meinen Sie nicht? Ich hatte das Gefühl, es wäre meine Pflicht, sie zu retten.«

Sophie lacht. »Wie edel von Ihnen!«

»Ich habe eben ein großes Herz.«

»Und dabei schadet es natürlich nicht, dass Jess äußerst attraktiv ist.«

»Das war eine Dreingabe«, sagt er sanft. »Müssen wir weiter über Jess reden?«

»Sie haben damit angefangen«, erinnert sie ihn. »Worüber möchten Sie denn sprechen?«

»Für den Anfang hätte ich gern Ihre Handynummer, bevor

die anderen zurückkommen«, erklärt er, »und könnten wir ein Abendessen in einem netten Restaurant ausmachen?«

»Ich fahre morgen selbst her«, sagt Guy. »Johnnie hat mich zum Frühstück eingeladen, damit wir früh auslaufen können.«

Als Oliver jetzt vorsichtig über die schmalen Straßen fährt, denkt er darüber nach. Sie haben beim Mittagessen darüber gesprochen und schließlich beschlossen, dass Jess mit Guy und Johnnie segeln gehen soll, während Sophie zu Hause bleibt, um Lady T. im Auge zu behalten.

»Ich kann ja jederzeit segeln«, hat Sophie gemeint. »Und Sie möchten doch gern mit, Jess, oder?«

Jess nickte. »Wenn Sie wirklich nichts dagegen haben, Sophie, begleite ich Guy und Johnnie gern.«

Wenn Oliver es recht bedenkt, vermutet er, dass Jess nicht mit Lady T. allein sein möchte und dass es mit dem Foto zu tun hat – doch er kann sich einfach nicht vorstellen, was genau das sein soll. Bis auf ein paar Worte nach dem Mittagessen hat er nicht noch einmal mit ihr reden können.

»Sie können jederzeit zurück in die Chapel Street kommen«, raunte er ihr zu. »Lassen Sie sich nicht davon abhalten, dass Guy ein paar Tage hier ist!«

»Mir geht es gut«, gab sie zurück. »Ehrlich. Ich möchte noch ein wenig bleiben.«

»Wenn Sie sich sicher sind.«

Sie spürte seine Sorge und lächelte ihm zu. »Mit mir ist alles in Ordnung, wirklich. Und sprechen Sie mit niemandem über das Foto, ja? Das ist eine persönliche Angelegenheit.«

»Wenn Sie meinen.«

»Ehrlich. Ich verspreche, dass ich Sie anrufe, wenn ich ein Problem habe oder reden möchte.«

»Gut, in Ordnung«, sagte er.

»Warum kommen Sie nicht morgen und essen mit mir zu Mittag?«, hatte Sophie später gefragt. »Die anderen werden den ganzen Tag fort sein. Kommen Sie früh!« Und er hat voll tiefer, verstohlener Freude zugestimmt.

Jetzt wirft er Guy einen Seitenblick zu. »Hast du überhaupt noch vor, Gemma zu treffen?«, fragt er beiläufig.

»Natürlich«, gibt Guy ärgerlich zurück. »Wofür hältst du mich? Ich hole sie morgen Abend bei Debbie ab. Die beiden gehen heute Abend ins Theater. Debbie hatte die Karten vorbestellt, und Gemma möchte ihr nicht absagen.«

Ruckartig zieht Oliver die Augenbrauen hoch. »Dann hast du mit ihr gesprochen?«

Er spürt Guys vernichtenden Blick mehr, als er ihn sieht. »Natürlich habe ich mit ihr geredet! Was hast du denn erwartet?«

Oliver stellt fest, dass er keine Antwort darauf weiß, und schweigt.

»Ich hatte mir Gedanken gemacht, als Johnnie sagte, wir müssten mit der Flut zurückkommen, aber er meint, dass wir gegen sieben wieder da sind. Reichlich Zeit also, um nach dem Segeltörn nach South Brent zu fahren.«

»Und dann ...?« Oliver zögert. »Kommt ihr beide ins Pfarrhaus? Oder fährst du mit ihr in die Chapel Street?«

»Um Gottes willen!« Guy schnaubt amüsiert und herablassend zugleich. »Du machst wohl Witze! Gemma reserviert uns ein Zimmer in einem kleinen Hotel bei Dartmouth, das wir beide gern mögen.«

Oliver lacht. »Ich glaube, ich habe dich unterschätzt.«

»Ja«, versetzt Guy trocken. »Das hast du wohl.«

»Und sag mir nicht, dass du auch schon Pläne hast, zum Mount House zu fahren und die Zwillinge zu besuchen.«

»Gemma wollte etwas für das Wochenende regeln. Sie haben einen freien Sonntag. Aber Jess hat erzählt, am Samstagnachmittag fände ein Heimspiel der Rugbymannschaft statt. Will – so hieß er doch, Johnnies Enkel, oder? – spielt, deswegen wollten sie, Sophie und Johnnie ihn anfeuern. Ich dachte, wir könnten mit einem ganzen kleinen Trupp fahren. Ich möchte gern, dass Gemma sie alle kennenlernt.« Er hält inne. »Vielleicht möchtest du ja auch kommen?«, fragt er wie beiläufig. »Da du ja sozusagen der große Wohltäter bist.«

»Danke«, antwortet Oliver bescheiden. »Sehr gern.«

Als Oliver am nächsten Tag bei den Trehearnes ankommt, klopft er an die offene Hintertür und geht hinein. »Hallo«, ruft er und trifft Sophie in der Küche mit einem sehr gut aussehenden Mann an. Die beiden wirken äußerst entspannt und lachen über einen Scherz; und Oliver ist erstaunt darüber, wie er instinktiv feindselig reagiert.

»Tut mir leid«, sagt er. »Sie haben mich nicht klopfen gehört.«

»Oh, hallo, Oliver«, gibt Sophie zurück, die immer noch über den Scherz lacht. »Kommen Sie doch herein! Das ist Freddy. Freddy Grenvile. Er lebt auf dem anderen Flussufer, in Cargreen. Das ist Oliver Wivenhoe, Fred.«

»Wir sind uns bestimmt schon begegnet«, sagt Freddy und nimmt Olivers ausgestreckte Hand. »Tom und ich sind alte Kameraden. Wie geht es Ihrer hinreißenden Mutter?«

Und jetzt, als Oliver ihm die Hand schüttelt, sieht er, dass dieser Bursche viel älter ist, als er zunächst angenommen hat, und seine Feindseligkeit löst sich auf, obwohl er sich weiterhin Freddys Vitalität und seines Charmes bewusst ist.

»Ich bin herübergekommen, um zu hören, warum ich nicht

zum Segeln eingeladen bin«, erklärt Fred gerade. »Beim Frühstück habe ich zufällig die *Alice* flussabwärts segeln gesehen und mich gefragt, wer wohl an Bord ist.«

»Was er meint, ist«, fällt Sophie ein, »dass er wie immer durch sein Fernglas gespäht und Guy nicht erkannt hat. Ich warne Sie, er ist furchtbar neugierig.«

Freddy lacht. »Ich gestehe, dass meine Neugierde geweckt war.«

»Ich habe ihm von Jess erzählt«, sagt Sophie und schenkt Oliver Kaffee ein. »Irgendwie verpasst er sie immer, daher habe ich seine unersättliche Wissbegier befriedigt. Und gerade hatte ich ihm erklärt, wer Guy ist.«

»An Kate erinnere ich mich natürlich«, bemerkt Freddy. »Aber bei der nächstjüngeren Generation habe ich ziemlich den Überblick verloren. Eine richtige Begegnung mit der Vergangenheit, nicht wahr?«

»Du könntest morgen zum Mittagessen kommen und Jess richtig kennenlernen«, schlägt Sophie vor.

»Habe ich dir nicht erzählt, dass ich in die Staaten fliege?«, fragt er, trinkt den Kaffee aus und stellt seinen Becher ab. »Ich treffe mich mit einer sehr alten Freundin, die ich lange nicht gesehen habe. Ich dachte, du wüsstest Bescheid. Ich habe es Johnnie schon vor Ewigkeiten erzählt.«

»Mir hast du nichts verraten, und Johnnie hat nichts davon erwähnt. Vielleicht war er in letzter Zeit ziemlich von Jess angetan.«

Sie wirkt ganz leicht beleidigt. Oliver sieht, dass Freddy sich unbehaglich fühlt.

»Komm mit mir!«, fleht er dramatisch und legt die Hand aufs Herz. »Flieg mit mir, Sophes!«

Sie beginnt zu lachen. »Da würdest du aber schön erschrecken, wenn ich Ja sage, oder? Du solltest lieber aufbrechen, bevor das Wasser zu weit fällt, sonst sitzt du hier buchstäblich auf dem Trockenen.«

Freddy grinst Oliver an. »Diese Frau ist so etwas von prosaisch! Kein Gefühl für Romantik. Wir treffen uns sicher wieder, Oliver. Wie ich hörte, gibt es ein großes Essen für die junge Jess. Richten Sie Tom und Cass aus, dass ich mich darauf freue, sie wiederzusehen! Unsere letzte Begegnung liegt viel zu lange zurück.«

Sie eskortieren ihn in den Flur, und Fred geht hinaus, hebt die Hand und schließt die Hintertür hinter sich. Sophie und Oliver sehen einander an.

»Du würdest dieses Anwesen nie verlassen wollen, oder?«, fragt er leise. »So sehr gehörst du hierher, zu all diesen Menschen.«

Sie wirkt verblüfft, beinahe erschrocken. »Sie sind meine Familie«, erwidert sie unsicher – und dann, plötzlich, beginnt irgendwo im Haus eine Glocke hartnäckig zu läuten. Sophie stößt einen leisen Ausruf aus, der teils Frustration und teils Erleichterung ausdrückt.

»Rowena«, erklärt sie. Sie hält einen Moment inne. »Komm, ich stelle dich ihr vor!«

Jetzt wirkt Oliver verblüfft und besorgt. »Wird sie das denn nicht überraschen?«, fragt er. »Ich meine, sie kennt mich doch nicht.«

»Sie erinnert sich an Tom, und sie hat gehört, dass du an dem Wiedersehensessen teilnimmst. Komm schon, das wird sie aufmuntern! Aber denk daran, dass sie sehr schwach ist und im Moment ihre Gedanken ziemlich schweifen. Eine Weile ist sie klar und dann wieder vollkommen verwirrt. Sie bekommt viele Medikamente.«

Zusammen gehen sie die breite, geschwungene Treppe hinauf und erreichen den Absatz. Die Glocke hat zu läuten aufgehört, und jetzt bleibt Sophie vor der zweiflügligen Tür stehen.

»Warte«, bittet sie leise. »Ich rufe dich gleich.«

Er steht am Fenster des Treppenabsatzes und sieht über den Fluss zu den gegenüberliegenden Hügeln hinaus, wo ein Bauer pflügt. Ein Schwarm Möwen folgt dem Traktor; sie kreisen über der frisch aufgeworfenen Erde und stoßen herab. Ein kleines Boot löst sich von Johnnies Anleger, und der Mann an den Riemen steuert es mit kräftigen Bewegungen über den Fluss: Freddy rudert nach Hause.

»Sie möchte dich gern sehen«, sagt Sophie hinter Oliver, und er dreht sich um und folgt ihr ins Zimmer. »Ich fürchte, sie ist gerade ein wenig verwirrt, aber mach dir nichts draus!«

Die alte Frau wird rundum von Kissen gestützt und hat das kleine Gesicht begierig der Tür zugewandt. Neben ihr, unter der Tagesdecke, bewegt sich Popps und knurrt leise. »Pssst«, sagt Rowena und streichelt über das kratzige Köpfchen, und Popps legt sich wieder hin.

»Das ist Oliver«, erklärt Sophie. »Toms Sohn. Sie erinnern sich doch an Tom, Rowena? Ein Freund von Johnnie.«

Rowenas Blick ist scharf und durchdringend, und sie hält seine Hand mit ihren arthritischen Fingern so fest, dass sich ihre Ringe in seine Haut graben.

»Setzen Sie sich!«, murmelt sie. »Sind Sie mit Al bekannt?«

Er schüttelt den Kopf und nimmt auf einem Stuhl Platz, der dicht neben dem Bett steht. Immer noch hält er ihre Hand. »Mein Vater, Tom«, erklärt er deutlich, »ist mit Johnnie befreundet.«

»Johnnie?« Sie runzelt die Stirn und schließt die Augen, umklammert aber nach wie vor seine Finger. »Juliet ist zurückgekommen«, erklärt sie laut. »Juliet.« Ihre Augen sind wieder offen, und sie beobachtet ihn. »Kennen Sie Juliet?«

Er zögert und sieht Sophie an, die ein wenig das Gesicht verzieht und dann schulterzuckend nickt.

»Juliet«, wiederholt er, als stimmte er Rowena zu. »Und Jess«, sagt er, weil er nicht direkt lügen will. Er erinnert sich an sein Gespräch mit Jess und fühlt sich unbehaglich. Das sind nicht nur die verschlungenen Wege eines verwirrten Geistes; da ist etwas sehr Wichtiges, obwohl er nicht die geringste Ahnung hat, was das sein könnte.

»Freddy hat uns gerade besucht«, erklärt Sophie munter, kommt näher und beugt sich über das Bett. »Es hat ihm leidgetan, dass er nicht mit Johnnie und Jess segeln konnte.«

»Freddy und John«, sagt Rowena. Unerwartet lacht sie, und Oliver erhascht einen Eindruck davon, was für eine attraktive Frau sie einmal gewesen sein muss. »Johnnie und Fred. Freddy und John. Die beiden waren unzertrennlich, verstehen Sie? Aber sie waren nicht ungezogen. Nicht wie Al und Mike.« Mit einem Mal lässt sie seine Hand los und wendet den Kopf der Tür zu. Sie horcht aufmerksam, als erwartete sie jemanden. »Juliet ist zurück«, bemerkt sie leise und legt einen Finger an die faltigen, eingesunkenen Lippen. »Kommt Al auch?«

Oliver wirft Sophie einen verstohlenen Blick zu, und sie beißt sich auf die Lippen und schüttelt kaum wahrnehmbar den Kopf.

»Noch nicht«, antwortet sie. »Kommen Sie, Rowena! Zeit für Ihre Medizin. Oliver muss gehen.«

Dankbar steht er auf, und die alte Frau starrt zu ihm hoch.

»Auf Wiedersehen«, sagt er. Er weiß nicht recht, wie er sich verabschieden soll, doch Sophie schiebt ihn sanft davon, und er tritt auf den Treppenabsatz, bleibt am Fenster stehen und stößt einen tiefen Seufzer der Erleichterung aus. Rowenas Verwirrung und Heftigkeit, ihre Zerbrechlichkeit und Verletzlichkeit haben ihn erschüttert. Er erinnert sich an ihr Lachen und daran, wie er plötzlich einen Blick auf eine junge, vitale, attraktive Frau erhascht hat. Wie schrecklich für jemanden mit einer solchen Persönlichkeit, alt zu werden, auf andere angewiesen und hilflos zu sein!

Sophie kommt aus dem Zimmer, schließt die Tür und tritt über den Treppenabsatz zu ihm ans Fenster. Er zieht sie an sich, schließt sie in die Arme und küsst sie. Sie reagiert bereitwillig, gefühlvoll, doch als sie sich voneinander lösen, sieht sie fragend und mit hochgezogenen Augenbrauen zu ihm auf.

»Einfach, weil wir jung und stark sind und es können«, antwortet er, und dann gehen sie zusammen hinunter. Er hat immer noch den Arm um sie gelegt und drückt sie an sich.

Sie sitzen zusammen am Küchentisch, die Kaffeekanne zwischen sich.

»Ich hasse es, sie so zu sehen«, sagt Sophie. »Sie ist gar nicht sie selbst.«

»Ein bisschen merkwürdig, diese Sache mit Juliet, oder?«

»Jess soll ihrer Großmutter wie aus dem Gesicht geschnitten sein, und ich glaube, das hat Rowena vollkommen aus der Bahn geworfen.«

»Meinen alten Pa hat die Ähnlichkeit auch mächtig beeindruckt. Und was ist mit Al?«

»Jess hat all die alten Erinnerungen wiedererweckt. Ich glaube, in ihrem verwirrten Zustand glaubt Rowena, dass Al vielleicht auch zurückkehrt, nachdem Juliet wiedergekommen ist.«

Oliver denkt an Jess und das Foto.

»Da war also diese kleine Gruppe von Freunden«, sagt er mit Bedacht. »Mein Vater war Johnnies Freund und Mike der von Al. Was war das mit Freddy? Ist das der Freddy, den ich vorhin kennengelernt habe?«

Sophie nickt und birgt ihren Kaffeebecher in beiden Händen. »Johnnie und Freddy waren die Jüngeren. Al und Mike die Alphamännchen. Es gab noch ein paar andere junge Männer. Sie haben alle gemeinsam die Marineakademie in Dartmouth besucht. Dein Vater hat auch zu ihnen gehört, stimmt's?«

»Ja. Al und Mike waren ein paar Jahre älter als die anderen, aber anscheinend waren sie alle oft zusammen. Ich hatte mich nur gefragt, wer die anderen waren.«

Neugierig sieht sie ihn an. »Warum?«

Er denkt an das Versprechen, das er Jess gegeben hat, und zuckt mit den Schultern. »Ach, ich versuche nur, mir ein Gesamtbild zu machen.«

Sophie setzt ihre Tasse ab. »Ich habe das Gefühl, dass da etwas im Busch ist. Es hat angefangen, als Rowena erfahren hat, dass Jess zu Besuch kommen würde. Sie begann, all diese Fotos hervorzuholen.«

»Fotos?«

»Sie hat Hunderte davon. Wir hatten vor einer Weile angefangen, sie zu sortieren, als Johnnie begann, die Geschichte seiner Familie zu schreiben; über seine Vorfahren, die Kaufleute waren, und die Segelschiffe, die den Fluss bis hierher heraufgefahren sind. Und dann war sein Großvater ein begeisterter Segler. Er hat am America Cup teilgenommen und besaß einige erstaunliche Boote. Eines davon war die *Alice*, die 1908 extra für ihn gebaut wurde. Also haben wir die Fotos für das Buch aussortiert, und dann hat Rowena eine Sammlung von Familienbildern angelegt. Als sie erfuhr, dass Jess kommen würde, wurde sie ganz aufgeregt und hat sie alle im Morgensalon ausgelegt. Sie wollte Jess zeigen, wie es bei uns in den Sechzigern aussah, als ihre Großeltern hier jung waren. Im Seegarten fanden Partys statt, die Männer kamen in Uniform, und die Mädchen trugen Ballkleider.«

»Und deswegen hast du dir Sorgen gemacht?«

Sophie runzelt die Stirn. »Rowena hat sich derart hineingesteigert. Ich habe nicht wirklich begriffen, warum sie so heftig auf dieses Mädchen reagiert hat. Ja, sicher ist es nett, die Enkelin einer alten Freundin zu treffen und all das, aber Rowena hatte seit über vierzig Jahren weder Juliet noch Mike gesehen. Und soweit ich weiß, hatten sie keinen Kontakt mehr miteinander. Das hat mir Rätsel aufgegeben.«

»Hat sich Johnnie auch gewundert?«

»Ach, du kennst ihn doch! Jeder ist willkommen, und es ist alles ein großer Spaß. Ich habe ihn darauf angesprochen, doch er meinte nur, das sei eben eine Gelegenheit für Rowena, über Al zu reden. Er war ihr Prinz, ihr Lieblingskind, und sie ist nie über seinen Tod hinweggekommen. Anscheinend hatte Al ein Auge auf Juliet geworfen und war außer sich darüber, dass Mike sie bekommen hat. Deswegen kam es mir ein wenig merkwürdig vor, dass Rowena sich mit so viel Zuneigung an Juliet erinnerte. Ich habe mit Fred darüber gesprochen, aber er hat Johnnie beigepflichtet. So weit, so gut – doch dann hatte sie den Herzanfall.«

»Und was glaubst du jetzt?«

Sophie zuckt mit den Schultern. »Ich weiß nicht, was ich davon halten soll. Rowena hat Jess gerade die Fotos gezeigt, als sie den Anfall hatte. Jess war selbstverständlich sehr bestürzt. Natürlich hatte sie keine Ahnung, warum alle so fassungslos waren, als sie auftauchte. Sie sagt, sie sei absolut verblüfft gewesen, als sie Juliets Foto sah, auf dem sie im gleichen Alter war wie sie. Aber jetzt könne sie wenigstens verstehen, warum alle so auf sie reagieren.«

»Du hast also den Eindruck, dass dieser Schock Rowena aus dem Gleichgewicht gebracht und in die Vergangenheit zurückversetzt hat.«

»Ich glaube schon. Ich denke, der Auslöser für den Anfall war, dass sie mit Jess die Fotos angesehen und an Al gedacht hat. Das Problem ist, dass jeder weitere Anfall Rowena schwächt und sie schon ziemlich viele Medikamente nimmt. Sie hat noch mehrere andere gesundheitliche Probleme, daher bereitet uns das Sorgen. Die arme Jess fühlt sich auf gewisse Weise verantwortlich dafür, obwohl es nicht ihre Schuld ist.«

»Doch sie möchte bleiben.«

»Sie ist sehr gern hier. Um ehrlich zu sein, glaube ich, dass das Ganze sie ein wenig überfordert, aber sie mag Johnnie und Will gern, und sie sagt, dass sie im Segelloft auch gut arbeiten kann. Machst du dir Sorgen um sie?«

»Nachdem Kate in Cornwall ist, habe ich so etwas wie die Elternrolle für Jess übernommen, doch sie ist alt genug, um auf sich selbst aufzupassen. Aber ich muss demnächst wegen ein paar Konferenzen landeinwärts fahren, und da ist es mir lieber, wenn sie hier ist statt allein oder mit Guy in der Chapel Street. Der, zusammen mit meiner Schwester und ihren Zwillingen, noch einmal eine ganz andere Komplikation darstellt.«

Sie schenkt ihm einen mitfühlenden Blick. »Du scheinst deine Onkelrolle wirklich sehr ernst zu nehmen. Was ist Guys Problem?«

Oliver stöhnt auf. »Wie lange hast du Zeit?«

Nachdem Oliver fort ist, geht Sophie über den Rasen in den Seegarten und lehnt sich an die Balustrade. Über ihr ragt die Circe auf und hält Ausschau nach der *Alice*.

Sophie fühlt sich fast so verwirrt wie die arme alte Rowena oben in ihrem Schlafzimmer. Sie hat nicht damit gerechnet, noch einmal so zu empfinden; sie ist unermesslich glücklich und vermisst Oliver jetzt schon. Die Welt funkelt, als hätte sie sich extra für sie frisch gewaschen, und winzige bunte Segel huschen auf dem schimmernden Wasser unter den zwei eleganten Brücken hin und her. Am Rand des Seegartens werfen die graziösen Fächerahorne sanft ihre gelben und scharlachroten Blätter ab, und orangefarbene Spindelsträucher bilden in den Hecken lebhafte Farbflecke.

Angesichts dieser Schönheit, die vollkommen eins zu sein scheint mit der Wärme ihrer Liebe, ist Sophies Herz von Freude erfüllt. Gleichzeitig jedoch kann sie sich die Zukunft noch nicht vorstellen.

»Du würdest dieses Anwesen nie verlassen wollen, oder?«, hat Oliver gefragt. »So sehr gehörst du hierher, zu all diesen Menschen.«

Und er hat recht. Wie könnte sie von ihnen fortgehen – Rowena, Johnnie, dem kleinen Will – und sie sich selbst überlassen?

Menschen verlassen ständig ihre Familien, sagt sie sich. Und die Familien kommen zurecht und finden andere, die ihnen helfen. Sie streckt eine Hand aus und berührt die aus Holz geschnitzten Falten am dunkelroten Rock der Circe. Johnnie hat sie letztes Jahr frisch streichen lassen, die glänzenden schwarzen Locken, die dunkelroten, lächelnden Lippen und das blau-weiße Mieder. Sophie sieht zu ihr auf. Die Circe würde ihr fehlen, das Segeln mit Johnnie und Fred und die Weihnachtsfeste hier am Tamar mit Louisa und der ganzen Familie.

Jetzt, da Oliver nicht in ihrer Nähe ist, steigt Panik in ihr auf. Sophie fragt sich, ob sie sich das Ganze nur eingebildet hat und ob er nur unverbindlich mit ihr geflirtet hat. Doch sie erinnert sich an jede Einzelheit ihrer Begegnung, an dieses Gefühl von Vertrautheit und Ungezwungenheit, zusammen mit einer seligen Aufregung, die sie noch nie erlebt hat. Als er sie vor

Rowenas Zimmer geküsst hat, war Sophie sich sicher gewesen. Küsse sind so wichtig und verraten so viel!

Sie lächelt in sich hinein; bei der Erinnerung an diesen Kuss kehrt ihre Zuversicht zurück. Ihr gefällt Olivers mitfühlende Art. Ihr gefällt, dass Rowenas Hilflosigkeit ihn gerührt hat, dass er sich Sorgen um seine Schwester und Guy und um Jess macht. Er wird verstehen, dass sie die Trehearnes nicht einfach im Stich lassen kann, und sie werden gemeinsam eine Lösung finden.

Sie tätschelt die Circe noch einmal und geht dann über den Rasen zurück, um Rowena eine Tasse Tee zu kochen.

Die Segler kehren glücklich und müde zurück. Die *Alice* liegt wieder an ihrem Ankerplatz, und Guy verabschiedet sich eilig und fährt in seinem Mietwagen davon.

»Er ist nett«, meint Jess beim Abendessen. »Zuerst kommt er einem ein wenig Furcht erregend vor, nicht besonders mitteilsam; aber er hat eine solche Leidenschaft für Boote! Richtig rührend eigentlich, wie Will mit seiner Heron.«

»Leidenschaft ist so attraktiv, nicht wahr?« Johnnie wirft Sophie einen Blick zu und ist amüsiert und leicht erstaunt, als er sieht, wie ihre Wangen rot anlaufen. Er hat die Anziehung zwischen ihr und Oliver bemerkt, aber ihm war nicht klar gewesen, wie ernst die Sache sein könnte. »Genau wie bei unserer Jess«, fährt er fort, um Sophie nicht in Verlegenheit zu bringen, »mit ihrem Malen und Zeichnen. Mit ihrer Leidenschaft für die Kunst steckt sie andere Menschen an.«

»Herrje! Stimmt das wirklich?« Jetzt ist Jess an der Reihe, verlegen zu werden. »Ich hoffe, dass ich nicht ständig über meine Arbeit rede.«

»Natürlich nicht«, versetzt Sophie rasch. Sie ärgert sich, weil sie errötet ist. »Nicht mehr jedenfalls als Guy über seine Boote. Ich finde genau wie Johnnie, dass er dann richtig lebendig wirkt, nicht wahr? Er hätte bestimmt Stunden im ›Schmollwinkel‹ verbringen und diese alten Fotos ansehen können. Dein Buch hat ihn fasziniert.«

»Er segelt erstklassig, und er hat sehr gute Vorstellungen über klassische Segeltouren«, meint Johnnie nachdenklich. »Leute aufs Meer mitzunehmen, entweder einfach um des Erlebnisses willen oder zu Kursen. In Kanada hat er versucht, seinen Vater von der Idee zu überzeugen.«

»Ja«, sagt Jess und steht auf, um zu helfen. »Seine Frau ist schon zurück, und seine Söhne sind am Mount House. Wir treffen uns alle zum Rugbyspiel am Samstag.«

»Ja, das hat er mir erzählt«, gibt Johnnie zurück. »Aber so ganz habe ich das nicht verstanden. Ich hatte angenommen, die Jungs wären zurückgekommen, um hier das Internat zu besuchen, und dass Gemma nach Kanada zurückkehrt, sobald sie sich eingelebt haben. Guy war auch am Mount House, oder?«

»Und Oliver«, murmelt Sophie. Sie spürt das törichte Bedürfnis, seinen Namen laut auszusprechen. »Und Guys Bruder«, setzt sie rasch hinzu.

Johnnie beobachtet sie nachdenklich. Arme alte Sophes! Es hat sie schlimm erwischt.

»Will behält sie im Auge«, sagt Jess. »Guys Söhne, meine ich. Ben und Julian.«

»Dann ist Guys Frau«, fragt Johnnie, der es genau wissen will, »also für immer zurückgekehrt?«

Sophie und Jess sehen einander an und überlegen, welche von ihnen die verlässlichsten Informationen hat.

»Gemma ist Olivers Schwester«, erklärt Sophie. »Das hast du wahrscheinlich erraten. Er sagt, dass Gemma ihre Familie und ihre Freunde vermisst und Guys Vater ein ziemlich schwieriger Mensch ist. Er lässt seinem Sohn nicht viel Spielraum, und Guy ist sehr frustriert. Sie streiten sich ständig, und das gefällt Gemma nicht. Sie ist mit den Zwillingen zurückgekehrt und hofft, dass Guy nachkommt, obwohl keiner von ihnen so recht weiß, wie er sich dann seinen Lebensunterhalt verdienen soll.«

Jess stellt Käse auf den Tisch und ist froh, dass man nicht sie gebeten hat, die Situation zu erklären. Sie ist sich nicht sicher, ob sie Johnnie erzählen darf, was Kate ihr anvertraut hat. Doch Sophie findet offenbar nicht, dass Guys Privatleben ein Geheimnis ist.

»Er hat mit Jachten gehandelt; das hat er mir erzählt«, sagt Johnnie. Zerstreut schneidet er sich ein Stück Käse ab.

»Das stimmt.« Sophie stellt Kekse und Obst neben ihn hin. »Aber ich glaube, heutzutage ist Guy ehrgeiziger.«

Er sieht zu ihr auf. »Hm«, meint er unbestimmt. »Das würde mich nicht überraschen.«

»Dann mögen Sie Oliver also?«, fragt Jess.

Sie räumt zusammen mit Sophie den Tisch ab. Johnnie ist in seinen »Schmollwinkel« gegangen, um seine E-Mails durchzusehen und an dem Buch zu arbeiten. Sophies Reaktion auf Oliver dringt allmählich trotz Jess' besorgter Stimmung zu ihr durch; und es erstaunt sie, wie sie sich über die Aussicht freut, dass Sophie und Oliver zusammenkommen werden.

»Ja, sehr«, antwortet die Ältere, die ihr den Rücken zudreht und die Spülmaschine füllt. »Das macht Ihnen nichts aus?«

Jess prustet vor Lachen. »Natürlich nicht. Ich mag ihn ja auch. Um ehrlich zu sein, finde ich ihn toll. Warum auch nicht? Er sieht wirklich gut aus, und man hat Spaß mit ihm. Er hat etwas … ich weiß nicht richtig, wie ich es ausdrücken soll. ›Verlässlich‹ beschreibt ihn nicht wirklich. Das lässt ihn ein wenig langweilig klingen, oder?«

»Ich weiß schon, was Sie meinen«, sagt Sophie. Sie dreht sich um. Jetzt ist sie ganz gefasst und genießt die Gelegenheit, über Oliver zu sprechen. »Er würde einem aus jeder Klemme helfen. Vielleicht könnte er das Problem nicht selbst lösen, doch er kennt bestimmt immer jemanden, der es kann.«

»Ja«, pflichtet Jess ihr bei. »Genauso ist das. Er hat es wirklich drauf.« Am liebsten möchte sie nachhaken und Fragen stellen, aber sie unterdrückt ihren Drang, mehr zu erfahren.

»Es ist allerdings nicht ganz so einfach«, sagt Sophie. Es ist ein ziemlicher Luxus, eine andere Frau zum Reden zu haben; sonst hat sie nur Johnnie und Fred. »Ich meine, ich kann mir noch nicht vorstellen, wie das gehen soll.«

»Aber Sie wollen«, fällt Jess schnell ein. Sie möchte unbedingt, dass daraus eine richtige Liebesgeschichte wird. »Stimmt's?«

»Ja«, gibt Sophie nach kurzem Schweigen zu. »Ich glaube schon. Merkwürdig, was?«

»Es ist wunderbar«, meint Jess zufrieden. »Liebe auf den ersten Blick.«

»Ich hatte ein wenig Angst, dass ich in Ihrem Revier wildere«, gesteht Sophie. »Sie schienen so darauf zu brennen, dass er zu dem Wiedersehensessen kommt; Sie haben ziemlich viel von ihm geredet. Und Sie waren in letzter Zeit recht still. Eigentlich seit Rowena Ihnen die Fotos gezeigt hat.«

Jetzt ist Jess diejenige, die verlegen wird. »Das lag nur daran, dass Oliver viel jünger ist als alle anderen«, erklärt sie schnell. »Und wahrscheinlich hat er mich am Anfang sehr beeindruckt. Ich meine, er ist schon ein toller Mann, oder? Aber ich habe nie ernstlich für ihn geschwärmt. Ich bin vollkommen begeistert davon, dass Sie beide sich ineinander verliebt haben. Das ist noch so ein Teil der Geschichte.«

»Was für eine Geschichte?«

»Ja, zum Beispiel, dass ich den Preis gewonnen und Kate kennengelernt habe, dann bin ich Tom und Cass begegnet und hergekommen, um zu sehen, wo sich Mike und Juliet so oft aufgehalten haben. Und dann die Sache, dass ich Juliet so ähnlich sehe.« Sie zögert und stößt einen eigenartigen leisen Seufzer aus. »Das war ein ziemlicher Schock.«

»Und Sie sind ein Teil der Geschichte?«

Jess nickt. »Ich fühle mich darin eingebunden. Das gefällt mir.«

Doch sie wirkt dabei ziemlich verloren, und Sophie spürt einen Anflug von Unruhe, sogar Angst.

»Das wird sicher ein Spaß, was?«, bemerkt Jess gerade. »Dass wir alle am Samstag zum Rugbyspiel gehen. Wie eine große Familie.«

»Ja«, stimmt Sophie zu.

Sie sieht die Ähnlichkeit zwischen Jess und sich selbst. Die Trehearnes und ihre Freunde sind inzwischen ihre Familie geworden, auf eine Art, wie das ihre eigenen Verwandten nie waren. Jetzt sieht es aus, als würde es bei Jess genauso sein. Sie dürfen nicht zulassen, dass sie sich wieder von ihnen entfernt; sie muss weiter ein Teil der Geschichte bleiben.

Tavistock

»Das ist irgendwie komisch«, bemerkt Gemma, als Guy mit Olivers Schlüssel die Tür aufschließt und sie als Erste in das Cottage in der Chapel Street treten lässt. »Bist du dir sicher, dass deine Mum nichts dagegen hat?«

»Sie hat es selbst vorgeschlagen.« Guy stellt ihre Taschen in den Flur. »Sie kommt am Montag.«

»Ein hübsches kleines Haus, oder? Es gefällt mir wirklich. Dadurch, dass alle Sachen von Kate hier sind, habe ich das Gefühl, es schon mein Leben lang zu kennen.« Gemma trägt eine Einkaufstüte mit Essen und Milch in die Küche. »Ich brühe Tee auf und richte uns einen Käsetoast.«

Mit einem Mal fühlt sie sich schrecklich müde. Es war anstrengend, ständig ruhig zu bleiben, da sie weiß, dass Guy jede Art von Hysterie hasst, und trotzdem die Entschlossenheit zu wahren, ihn zurückzugewinnen. Während sie den Wasserkocher füllt und einschaltet und Milch, Brot und Eier aus der Tüte nimmt, denkt sie an die letzten paar Tage zurück.

Zuallererst war es so ein freudiger Schreck, Guys gelassene Stimme zu hören, die ihr erklärte, er sei nur für eine Woche in England; er habe einen Wagen gemietet und sei gestern Nachmittag hinuntergefahren; und er sei bei Oliver in der Chapel Street. Einen Moment lang begriff sie nicht. Warum sollte er in der Chapel Street sein, und ausgerechnet mit Ollie zusammen? Warum hatte er ihr nicht gesagt, dass er kommen würde? Frustration, Enttäuschung und Wut drohten ihre Freude und

Erleichterung darüber, dass er endlich da war, zunichtezumachen.

»Was soll ich denn jetzt tun?«, rief sie. »Ich bin bei Debbie in South Brent, und sie hat Theaterkarten für heute Abend. Ehrlich, Guy, ich kann nicht glauben, dass du ohne Vorwarnung hergeflogen bist. Wir hätten uns irgendwo treffen können ...«

Ihre Enttäuschung raubte ihr die Sprache, doch Guy blieb ruhig. Er werde bei diesen Freunden von Oliver am Tamar zu Mittag essen, erklärte er ihr. Nein, er könne sich nicht an ihren Namen erinnern, aber das junge Mädchen habe Davids Preis gewonnen. Nicht nötig, ihre Verabredung mit Debbie abzusagen. Er würde eben am nächsten Tag kommen und sie abholen. Gemma hätte ihn am liebsten angeschrien. Für ihn schien es vollkommen normal zu sein, die lange Reise zu unternehmen, um sie zu sehen, und dann ihre Begegnung erst noch zu verschieben und die Zwischenzeit mit ihm völlig Fremden zu verbringen.

Mit purer Willenskraft rang sie ihren Zorn nieder. Diese Begegnung zwischen ihnen musste funktionieren, etwas anderes war gar nicht denkbar. Wenn sie ihm jetzt eine Szene machte, war es gut möglich, dass er den nächsten Flieger zurück nach Kanada nahm.

»Aber was dann?«, fragte sie. »Weiß Ma, dass du hier bist?«

»Niemand hat eine Ahnung. Es war vollkommen spontan«, antwortete er. »Über Oliver bin ich rein zufällig gestolpert. Doch eigentlich war es gut, dass er hier war. Ich war gar nicht auf die Idee gekommen, dass Mum in Cornwall sein könnte.«

Er klang erstaunt, sogar gekränkt, und sie schloss die Augen und holte tief Luft. Sag es nicht, befahl sie sich lautlos! Sag es einfach nicht!

»Und wo fahren wir hin, nachdem du mich abgeholt hast?«, fragte sie stattdessen. »Soll ich Ma …«

»Auf gar keinen Fall!«, gab er zurück. »Wir müssen ein paar Tage allein sein. Lass uns in dieses Hotel am Stadtrand von Dartmouth gehen, in dem wir unsere Flitterwochen verbracht haben.«

Der Vorschlag überraschte und entwaffnete sie. Plötzlich war ihr Groll verflogen, und sie wollte einfach nur bei Guy sein.

»Großartige Idee«, antwortete sie. »Ach, Guy, ich bin so froh, dass du da bist! Du fehlst mir so!«

»Hm«, gab er zurück. »Reservierst du das Zimmer, oder soll ich?«

»Das übernehme ich. Und was ist mit den Jungs, Guy? Willst du sie sehen?«

»Natürlich besuche ich sie«, entgegnete er gereizt.

Er reagierte immer gereizt, wenn jemand seine Zuneigung zu Ben und Julian infrage stellte, und sie beeilte sich, ihn zu besänftigen.

»Solange du nicht schon vor dem Wochenende zurückmusst, ist das kein Problem. Sie haben diesen Sonntag frei, also können wir sie nach der Kirche abholen. Sie werden überglücklich sein, dich zu sehen.«

»Abgemacht. Reserviere das Zimmer für zwei Tage! Ich rufe später noch einmal an.«

Während der nächsten vierundzwanzig Stunden schwankte sie zwischen Freude und Zorn; der Zorn siegte, besonders, als Guy am Abend noch einmal anrief und erklärte, er sei für den nächsten Tag zum Segeln eingeladen und werde später kommen, als sie zunächst geplant hatten.

»Und könntest du ein Taxi zum Hotel nehmen?«, setzte er hinzu. »Ich möchte keine öffentliche Wiedersehensszene in South Brent.«

Sie unterdrückte den Drang, laut zu schreien und das Telefon an die Wand zu werfen. Doch dann erzählte er ihr von den Booten und davon, wie er Jess und jemanden namens Johnnie kennengelernt habe, dessen Enkel Will zusammen mit Ben und Julian am Mount House sei.

»Am Samstagnachmittag findet ein Rugbyspiel statt«, sagte er, »und Johnnie hat vorgeschlagen, wir könnten uns alle treffen und Wills Spiel ansehen. Was meinst du? Das würde Ben und Jules doch sicher gefallen, oder?«

Und wieder schluckte sie ihren Zorn hinunter und stimmte zu. Seine Stimme klang viel entspannter, beinahe überschäumend, und sie wollte diese Stimmung bewahren. Nachher allerdings stieg Groll in ihr auf: Warum sollte sie auf Zehenspitzen um ihn herumschleichen, die Sturmzeichen wahrnehmen und darauf reagieren, damit er glücklich war? Warum war ihr nicht der Luxus vergönnt, ihre Meinung zu sagen und Dampf abzulassen?

An diesem Punkt ihrer Überlegungen rief Oliver an.

»Na, spuckst du schon Feuer?«, fragte er munter – und ihr ganzer Zorn und Ärger brachen sich Bahn, sodass sie wütend über ihn herfiel.

»Tut mir leid«, sagte sie schließlich müde. »Sorry, Ol. Jetzt hast du alles abgekriegt. Doch mal ehrlich, begreifst du, was in seinem Kopf vorgeht? Ich meine, was *denkt* er sich, um Himmels willen?«

»Ich weiß, Liebchen, aber die Sache ist doch die: Er ist hier. Das hast du gewollt. Darauf hast du gebaut. Und er ist nicht gekommen, um zu sagen: ›Das war's. Ende.‹ Hör mal, er ist sauer. Oh ja, ziemlich sauer. Als er herkam, hatte er sich ordentlich in einen selbstgerechten Zorn hineingesteigert, doch das hält er nicht lange durch, der Gute. Ich habe ihn gestern Abend in den Pub geschleppt, und heute waren wir am

Tamar bei den Trehearnes, und er entspannt sich sehr schön, kommt ein bisschen runter, und – was noch wichtiger ist – er findet wieder Verbindung zu seinen Wurzeln. Redet lyrisches Zeug über den Tamar. Er ist angetan von dem Plan, uns alle zum Rugbyspiel zu treffen – ich vermute, er hat dir davon erzählt –, und ein Tag auf dem Wasser morgen wird das i-Tüpfelchen sein, um ihn wieder auf Kurs zu bringen. Wenn du danach nicht schaffst, was Frauen so anstellen, würde mich das überraschen. Ich mache mich aus dem Staub, und ihr könnt in Kates Cottage bleiben, wenn ihr wieder in Tavistock seid. Ich gebe ihm den Schlüssel.«

Und als sie Guy dann endlich wiedersah, wusste sie, dass Oliver recht gehabt hatte. Es war gut, dass Guy Freiraum und Zeit gehabt hatte, sich vor ihrem Treffen abzuregen.

Als er in das Hotelzimmer trat, wo sie wartete, erkannte sie bei ihm diesen entspannten, zufriedenen Ausdruck, den er im Allgemeinen nach anstrengender körperlicher Arbeit in einem Boot auf See trug. Sie stand auf und trat zwischen seine ausgestreckten Arme, und während sie ihn fest an sich drückte, flossen ihre Anspannung und ihr Groll buchstäblich aus ihr heraus. Begierde flammte in ihr auf, und am liebsten hätte sie ihn auf das Bett, das hinter ihnen stand, gezogen. Doch stattdessen ließ sie ihn einen Sekundenbruchteil, bevor er sich von ihr gelöst hätte, los und lächelte zu ihm auf.

»Wie es aussieht, hattest du einen guten Tag.«

Ihre Zurückhaltung wurde sofort belohnt.

»Großartig«, sagte er. »Tut mir leid, dass ich so spät komme. Aber ehrlich, Gemma«, er schüttelte beinahe fassungslos den Kopf, »du solltest diesen Ort sehen. Gott, ich würde töten für ein Haus an diesem Fluss. Ich hatte ganz vergessen, wie schön es da unten am Tamar ist.«

Sie ließ ihn reden, sah ihn an und verspürte eine tiefe Zuneigung zu ihm. »Ich freue mich darauf, sie alle am Samstag zu treffen«, sagte sie schließlich. »Eine tolle Idee, dass wir zu dem Rugbyspiel gehen. Die Zwillinge sind so aufgeregt darüber, dass sie dich sehen werden!«

»Tatsächlich? Ja, ich auch.« Er sah sich um, reckte sich und wurde mit einem Mal verlegen.

Aber auch darauf war sie vorbereitet. »Sollen wir nach unten gehen und etwas trinken?«, schlug sie vor. »Dafür, dass du den ganzen Tag gesegelt bist, siehst du sehr korrekt aus.«

»Ich habe noch schnell in der Chapel Street geduscht«, erklärte er. Offensichtlich war er erleichtert über die Aussicht auf einen Drink und den Umstand, dass alles Intimere noch hinausgeschoben wurde. »Ein Bier wäre gut. Oder ein sehr großer Gin Tonic.«

»Dann komm!«, meinte sie leichthin und legte die Hand in seine Armbeuge. »Du bist sicher halb verhungert.«

Später, als sie an ihrem Tisch beim Kaffee saßen, beschloss sie, ernsthaft mit ihm zu reden. Der Speisesaal war halb leer, und man hatte ihnen einen Tisch im Erkerfenster zugewiesen, wo niemand direkt in ihrer Nähe saß. Die Chintzvorhänge waren zugezogen, was eine intime Atmosphäre schuf. Guys Miene war ruhig, doch Gemma sah ihm an, dass er sich immer noch jeden Moment in seine gewohnte Distanziertheit zurückziehen konnte. Später würden sie bestimmt miteinander schlafen, aber sie wollte nicht, dass dieses wichtige Thema mit Emotionen und körperlicher Leidenschaft durcheinandergeriet. Sie hätte das zu ihrem Vorteil einsetzen können, doch das wäre nicht fair gewesen.

»Hierherzukommen war eine gute Idee von dir«, sagte sie und goss Kaffee nach. »Kannst du dich uns im Pfarrhaus vorstellen, wo Ma herumläuft und versucht, taktvoll zu sein, und Pa uns wütend anstarrt?«

»Nein.« Ein seltenes Lächeln erhellte sein Gesicht. »Deshalb bin ich ja in die Chapel Street gegangen.«

»Du musst schrecklich wütend auf mich gewesen sein«, warf sie wie nebenbei ein, »wenn du mir dein Kommen nicht angekündigt hast.«

Er sah sie durchdringend an, als wöge er ihre Worte ab. »Das war ich auch«, erklärte er schließlich. »Einfach mit den Jungs ins Blaue zu verschwinden und zu verkünden, dass du nicht wiederkommst!«

»Ich gehe auch nicht zurück, Guy«, sagte sie leise. »Das war mein Ernst. Aber ich hatte dir doch schon ein paar Warnschüsse vor den Bug gegeben. So schockiert kannst du nicht gewesen sein.«

Er trank von seinem Kaffee. »Ich hatte das Gefühl, die Kontrolle verloren zu haben«, erwiderte er aufrichtig. »Ich glaube, eigentlich hat das mich wütend gemacht. Dass du einfach so gegangen bist und ich nichts dagegen unternehmen konnte.«

Sie beugte sich zu ihm hinüber. »Am Ende hatte ich keine andere Möglichkeit, dich zu zwingen, mir zuzuhören. Ich habe es nicht mehr ausgehalten. Du warst immer so still und besorgt, den Jungs gegenüber kurz angebunden und hast ständig mit deinem Vater gestritten. Ich habe mich restlos und vollkommen allein gefühlt.«

Sie bemerkte, wie er das Kinn reckte und die Lider über seine grauen Augen sanken, und wusste, dass sein Zorn dicht unter der Oberfläche brodelte. Trotzdem wartete sie darauf, dass Guy zu sprechen begann. Sie hatte nicht vor, beschwichtigende Worte zu finden, damit er das Gesicht wahren konnte, und sie würde ihm auch nicht eilig beipflichten, sie sei selbst an allem schuld.

»Was schlägst du vor?«, wollte er schließlich wissen. Mit

seinen langen, gebräunten Fingern drehte er immer wieder die Kaffeetasse auf der Untertasse, sah darauf hinunter und weigerte sich, Gemma anzuschauen.

»Warum bist du hergekommen?«, fragte sie zurück.

»Oh, um mich ordentlich aufzuregen«, sagte er. Seine Augen zogen sich zusammen, als lachte er über sich selbst. »Um dir den Kopf zu waschen und darauf zu bestehen, dass du zurückkommst.«

»Was hat deine Meinung geändert?«

Jetzt schaute er sie an. »Wie kommst du darauf?«

Sie zuckte mit den Schultern und hielt seinem Blick stand. »Aber es stimmt doch, oder?«

Er sah mit aufgerissenen Augen an ihr vorbei, als betrachtete er eine Vision, und sie hielt den Atem an. »Ich hatte vergessen«, erklärte er endlich, »wie schön es hier im West Country ist. Und wie sehr ich mich mit dieser Gegend verbunden fühle. Oh, Kanada ist auch schön, auf eine andere Art, doch das hier ist … meine Heimat. Mir war gar nicht klar, wie sehr ich sie vermisst habe.« Plötzlich verlegen geworden, schüttelte er den Kopf. »Das klingt verrückt.«

»Ja? Nicht für mich«, sagte sie. »Deswegen bin ich zurückgekommen. Ich gehöre hierher, und ich wünsche mir das auch für Ben und Jules. Vielleicht wäre es anders gekommen, wenn wir dort drüben wunderbar glücklich gewesen wären, doch das waren wir nicht. Und das gilt nicht nur für mich, Guy, sondern auch für dich. Du bist nicht glücklich. Ich liebe dich und möchte mit dir zusammen sein, aber nicht so. Ach, das ist nicht fair dir gegenüber, das ist mir klar, und ich weiß, dass es meine Schuld ist, dass wir überhaupt nach Kanada gegangen sind. Glaubst du, ich kann das je vergessen? Deswegen wollte ich es ja versuchen, um alles wiedergutzumachen. Und du wolltest auch übersiedeln, nicht wahr? Du hattest dir das schon eine

Weile überlegt, daher war es damals eine naheliegende Lösung. Wir haben es beide versucht, aber es hat nicht geklappt.«

»Und was jetzt? Was ist mit meinem Vater?«

Sie seufzte. »Wenn ich wirklich glauben würde, dass Mark sich etwas aus uns macht, wäre das etwas anderes. Doch das tut er nicht. Er kann mich nicht leiden – das hat er deutlich zum Ausdruck gebracht –, und er interessiert sich nicht besonders für die Jungs. Und was dich angeht, bin ich überzeugt davon, dass es ihm vor allem darum geht, dich unter Kontrolle zu haben. Er wird wütend sein, genau wie du, als ich gegangen bin, aber viel mehr steckt nicht dahinter. Tut mir leid, das so brutal ausdrücken zu müssen, doch so sehe ich es. Und seine kalte Art scheint auf dich abzufärben, sodass unsere Beziehung ebenfalls leidet. Ich werde wirklich nicht mehr damit fertig, Guy. Und falls das nach einem Ultimatum klingt, dann deswegen, weil es eines ist.«

Ein kurzes Schweigen trat ein.

»Was hast du da eben vor dir gesehen, Guy?«, fragte sie dann.

»Boote«, antwortete er. »Boote auf dem Tamar, ein altes graues Haus und ein Segelloft.«

Sie schob ihren Stuhl zurück und stand auf. Rasch blickte er zu ihr hoch, und einen Moment lang wirkte er nervös und ängstlich. Sie streckte ihm die Hand entgegen.

»Komm«, sagte sie. »Lass uns zu Bett gehen.«

Als sie jetzt Tee aufbrüht und die Käsetoast-Scheiben aus dem Grill nimmt, erinnert sie sich daran, wie Guy und sie sich geliebt haben, und kann ein Lächeln kaum unterdrücken. Gestern hatten sie den ganzen Tag für sich und haben alte Lieblingsplätze erkundet, und heute Morgen, nach dem Frühstück im Hotel, war die Fahrt über das Moor geradezu magisch gewesen. Jetzt muss Gemma sich innerlich auf das Rugbyspiel vorbereiten, auf Guys Wiedersehen mit seinen Söhnen und auf die Begegnung mit diesen neuen Freunden. Oliver hat ihr eine SMS geschrieben und angekündigt, sie in der Schule zu treffen.

Guy taucht hinter ihr auf. »Wie sieht es aus? Das Spiel fängt in weniger als einer Stunde an.«

»Alles fertig«, erklärt sie und stellt Teller und Tassen auf ein Tablett. »Wir essen im Wohnzimmer. Ach, ich habe mich noch gar nicht erkundigt, wie es mit Oliver und Jess ging.«

»Jess?«

Sie sieht zu ihm auf. »Er ist ziemlich angetan von ihr. War ja klar, dass dir das nicht auffällt. Er fürchtet allerdings, er könnte zu alt für sie sein.«

Guy runzelt die Stirn. »Ich hätte gedacht, dass er eher von Sophie angetan ist und nicht von Jess.«

»Sophie? Aber er hat sie doch gerade erst kennengelernt, oder?«

Guy zuckt mit den Schultern und beißt von einem Stück Käsetoast ab. »So etwas kann schnell gehen.«

Gemma grinst ihm zu. »Wir beide haben ziemlich lange gebraucht«, meint sie. Dann wird sie mit einem Mal ernst. »Was sollen wir nur machen, Guy?«

Er isst seinen Toast auf und trinkt einen Schluck Tee. »Noch habe ich keine Ahnung. Von etwas müssen wir leben, und wir brauchen eine Wohnung. Dad wird mir nicht helfen, mich hier zu etablieren. Warum sollte er auch?«

»Aber du kommst zurück?«

Er holt tief Luft. »Ja, ich komme zurück.«

»Ach, Liebling.« Rasch schließt sie ihn in die Arme, um jeder resignierten Bemerkung seinerseits vorzubeugen. Habe ich denn eine andere Wahl?, könnte er entgegnen. Oder: Du lässt mir ja nichts anderes übrig. Ihre Position ist schwierig: Sie kann nicht offen jubeln, weil es dann so aussehen würde, als wäre dies ein Spiel, das sie gewonnen hat. Und wenn sie Dankbarkeit ausdrückt, wird er sich unbehaglich fühlen.

Guy löst den Zwiespalt auf die ihm eigene prosaische Art. Er drückt sie an sich und gibt sie dann wieder frei. »Wenn du jetzt nicht einen Zahn zulegst, kommen wir zu spät zum Spiel«, erklärt er.

Gemma möchte am liebsten vor Erleichterung in Tränen ausbrechen, doch sie beherrscht sich. Sie spielt nach seinen Regeln. Das kann sie sich leisten, denn sie hat gewonnen.

Während Guy darauf wartet, dass sie sich zurechtmacht, erinnert er sich wieder an diese ersten, glücklichen Zeiten und lächelt in einem Anflug von Nostalgie. Gemma hatte eine Lücke in den Panzer geschlagen, den er zu seinem Selbstschutz sorgfältig um sich errichtet hatte, und ihre Unbeschwertheit und ihre Liebe zum Leben auf ihn übertragen. Mit ihr an seiner Seite war er besser in der Lage, Beziehungen zu anderen Menschen zu knüpfen und das Leben leichter zu nehmen. Ohne sie sah seine Zukunft trostlos aus. Ihr Ultimatum damals – die Nachricht, die sie unter seiner Tür durchgeschoben hatte – hatte die gleiche Wirkung auf ihn ausgeübt wie ihre Flucht aus Kanada jetzt.

»Woran denkst du?« Bereit zum Aufbruch, steht Gemma an der Tür und sieht ihn an.

»Ich habe daran gedacht, wie ich dich vor zwölf Jahren übers Moor gejagt habe, und dann an die Bootsfahrt von Fowey aus ein paar Wochen später«, antwortet er.

Sie weiß sofort, was er meint.

»Ich musste vorhin auch daran denken. Immer, wenn wir diese Strecke fahren, so wie heute, fällt es mir wieder ein. Durch Cornwood und Wotter und über die Cadover-Brücke. Ich erinnere mich, wie deine Scheinwerfer in meinem Rückspiegel aufgeblitzt sind und ich gehofft habe, du wärst es, aber Angst hatte anzuhalten, falls es doch jemand anders wäre.«

»Und weißt du noch, wie wir das Boot in Fowey geholt haben?«

Sie lacht. »Natürlich. Damals warst du ziemlich romantisch.«

»Es hat doch Spaß gemacht, oder?«, beharrt er. »Wir haben diese Reisen genossen, wenn wir Boote abgeholt und ausgeliefert haben und zusammen auf See waren; damals, bevor die Jungs kamen.«

Leicht verwirrt sieht sie ihn an. »Ja, das war schön. Warum?«

Er wirkt nachdenklich und schüttelt den Kopf. »Nichts. Nur so eine kleine Idee.«

»Wir sollten fahren«, sagt sie. »Hast du den Hausschlüssel? Komm, sonst sind wir zu spät dran!«

»Ich finde das empörend«, sagt Tom. »Er ist seit fünf Tagen wieder im Lande und hat nicht einmal die Höflichkeit besessen, uns zu besuchen. Wir haben uns einen Monat um seine Frau und seine Kinder gekümmert ...«

Er hat den ganzen Tag draußen gearbeitet und Laub gefegt. Sein uralter marineblauer Pullover löst sich an den Manschetten auf, und seine alte Cordhose ist an den Knien fadenscheinig. In seinen dicken weißen U-Boot-Socken steht er mit dem Rücken zum Spülbecken und hat die Arme vor der Brust verschränkt. Cass brüht Tee auf, und er weiß, dass er ihr im Weg steht, aber er macht keine Anstalten, sich vom Fleck zu rühren. Stämmig, unverrückbar und mit vorgerecktem Kinn steht er da.

»Ach, um Himmels willen!«, ruft Cass aus und stößt mit Absicht gegen seinen Ellbogen, als sie nach dem Zucker greift. »Sie ist schließlich unsere Tochter. Die Jungs sind unsere Enkel. Hör auf zu reden wie eine unverheiratete viktorianische Tante. Guy und Gemma müssen ihre Probleme lösen. Wie sollen sie das hier in unserer Gesellschaft fertigbringen? Benutz doch deinen Verstand!«

»In der Chapel Street sind sie gewesen.«

»Aber Kate ist nicht da, oder?«

»Das hat Guy ja nicht gewusst.«

Cass verdreht die Augen und gießt den Tee ein. »Kate ist seine Mutter. Natürlich ist er zuerst dorthin gegangen. Genau wie Gemma zu uns gekommen ist. Wie hättest du dich denn gefühlt, wenn Gemma zuerst zu Kate gegangen wäre, als sie und die Jungs nach Hause gekommen sind? Es war reiner Zufall, dass Oliver dort war. Und außerdem, was macht das schon, solange die beiden sich wieder einig werden? Das wolltest du doch, oder?«

Tom schweigt und versucht, einen gewaltigen Anfall von selbstgerechtem Zorn zu überwinden. Er hat das Gefühl, dass Gemma sie alle betrogen und belogen hat: Sie hat sie in dem Glauben gelassen, sie wäre noch bei Debbie, obwohl sie mit Guy zusammen war, und dann sind die beiden in die Chapel Street gefahren, statt nach Hause ins Pfarrhaus zu kommen.

»Sie ist keine zwölf mehr«, sagt Cass. »Sie ist eine verheiratete Frau mit Kindern. Willst du jetzt einen Tee oder nicht?«

»Genau das habe ich gesagt, als sie nach Hause flüchten wollte«, schreit er empört und ignoriert den Tee. »Dass sie Verantwortung für sich selbst und ihre Ehe übernehmen und nicht zu uns gelaufen kommen soll, wenn sie an der ersten Hürde scheitert.«

»Ist das hier ein Privatkrieg?«, fragt Oliver von der Tür aus. »Oder kann man noch mitmachen? Wollte nur sagen, dass ich jetzt zu diesem Rugbyspiel fahre. Bis später.«

Ehe Tom antworten kann, ist er schon verschwunden. Cass läuft zur Tür.

»Richte Guy aus, dass wir uns freuen würden, ihn zu sehen, falls er es vor seinem Rückflug einrichten kann«, ruft sie ihm nach. »Vielleicht morgen zum Mittagessen, mit den Zwillingen?« Oliver hebt eine Hand, um ihr zu bedeuten, dass er verstanden hat, und Cass geht wieder in die Küche.

»Falls er es einrichten kann«, schnaubt Tom. »Mir fällt auf, dass *wir* nicht mit unseren Enkeln und den Trehearnes zu diesem Spiel eingeladen sind.«

»Die Jungs spielen doch gar nicht.« Cass setzt sich an den Tisch. »Will spielt. Jess und Sophie gehen auch hin, und es ist eine Gelegenheit für die jungen Leute, zusammen zu sein.«

»Und was ist mit Johnnie?«, verlangt Tom sofort zu wissen. »Ich wette, er ist auch mit von der Partie.«

»Wahrscheinlich«, antwortet Cass müde. »Was ist dein Problem, Tom? Nach den paar SMS zu urteilen, die Gemma an Oliver geschickt hat, sieht es aus, als würde das Ganze funktionieren. Guy ist gekommen, wie Gemma gehofft hatte, und es scheint, als wäre er bereit, wieder nach England zu ziehen. Das haben wir uns alle gewünscht. Was ist bloß mit dir los?«

Tom kocht innerlich. Er kann nicht sagen, dass das Problem seine Eifersucht auf seinen ältesten Sohn ist, der wie üblich alles wie ein moderner Machiavelli zu regeln scheint.

»Ich bin es leid, mich ausnutzen zu lassen«, erklärt er. »Wir stehen herum und warten darauf, dass uns jemand sagt, was los ist, und sind für jedes Fitzelchen an Informationen dankbar, während Oliver bei uns ein und aus geht, als hätten wir hier ein verdammtes Hotel. Ich meine, was macht er eigentlich hier? Seit Wochen lungert er bei uns herum. Warum macht er nicht das, was er sonst in London oder wo auch immer tut, und verdient noch mehr Geld?«

»Ach, komm schon!«, fällt Cass ungeduldig ein. »Kennst du deine Kinder denn gar nicht? Ich vermute, dass Gemma Oliver gesagt hat, dass sie nach Hause flüchten will, und sie wollte ihn als Puffer in der Nähe haben. Seit sie ein kleines Mädchen war, hat sie sich immer darauf verlassen, dass Oliver ihr durch schwierige Situationen hilft. Er ist gekommen, um greifbar zu sein, falls sie ihn brauchte. Und sie hat ihn gebraucht. Er hat die Jungs am Mount House untergebracht, Gemma aufgemuntert und Guy bei den Trehearnes eingeführt.«

Tom starrt sie empört an: Wozu braucht Gemma ihren Bruder, wenn sie einen Vater hat, der sie unterstützt? Und was soll dieses Gerede von wegen »einführen«?

»Was meinst du?«, fragt er. »Wir kennen die Trehearnes seit Ewigkeiten. Was brauchen wir Oliver, damit er uns ihnen vorstellt?«

»Ich habe nicht von uns geredet. Aber er hat Guy bei ihnen eingeführt, und jetzt wird Gemma sie kennenlernen.«

»Und?«

Cass schweigt einen Moment. »Ich weiß es nicht«, sagt sie schließlich. »Ich habe nur das Gefühl, dass es irgendwie wichtig werden könnte.«

»Ich fürchte mich regelrecht davor, ins Pfarrhaus zurückzukehren«, vertraut Gemma in der Halbzeitpause Oliver an. Sie stehen ein Stück entfernt von den anderen am Rand des Spielfelds. »Ich weiß einfach, dass Pa eine gewaltige Szene machen wird.«

»Er hat die Gelegenheit verdient, etwas Dampf abzulassen«, meint Oliver verständnisvoll. »Ma hat er auch die Ohren vollgejammert, als ich vorhin gefahren bin. Er wird schon darüber hinwegkommen.«

»Denkst du, wir sollten morgen alle zum Mittagessen zu ihnen fahren? Wir könnten die Jungs nach der Kirche abholen und sie ins Pfarrhaus mitnehmen.«

»Definitiv nein«, erklärt Oliver sofort. »Der liebe alte Guy scheint momentan in ungewohnt milder Stimmung zu sein, doch ich glaube, das wäre ein Zahn zu viel. Pa könnte einfach nicht anders und würde etwas Provozierendes sagen, und das könnte unsere ganze gute Arbeit zunichtemachen.«

Gemmas Blick huscht zu der hochgewachsenen, schlanken Gestalt ihres Mannes, der tief in ein Gespräch mit Johnnie versunken ist.

»Bestimmt hast du recht«, stimmt sie unglücklich zu, »aber ich habe ein schlechtes Gewissen gegenüber unseren alten Herrschaften. Sie sind sehr geduldig gewesen.«

»Das ist nun einmal die Aufgabe von Eltern«, erklärt Oliver unbeeindruckt. »Die Kinder gehen immer vor. Deine Pflicht liegt bei deinen Jungs, und das heißt, dass du dich mit Guy versöhnen musst. Und da wir gerade von Eltern reden, hat er mit Kate gesprochen?«

»Er hat gestern Abend mit ihr telefoniert. Sie kommt Montagmorgen aus St. Meriadoc, und ich gehe dann in die Stadt, damit die beiden ein wenig allein sein können.«

Mit hochgezogenen Augenbrauen sieht er sie an. »Das ist außerordentlich ... taktvoll von dir.«

Gemma zuckt mit den Schultern. »Kate ist sehr gut zu mir gewesen. Ich bin mir nicht sicher, ob ich mich als Schwiegertochter haben wollte. Jedenfalls fahre ich am Montag nach dem Mittagessen mit Guy nach London, bringe ihn Dienstagmorgen zum Flughafen und komme dann mit dem Zug zurück. Kannst du mich in Plymouth abholen?«

»Selbstverständlich.« Oliver beobachtet Guy und Johnnie. »Anscheinend hat unsere Taktik sich ausgezahlt. Ich muss sagen, dass Guy sehr positiv wirkt. Vergnügt sogar.«

»Das ist er, nicht wahr?« Gemma beißt sich auf die Lippen. »Oh Gott, Ol. Ich könnte es nicht ertragen, wenn jetzt noch etwas schiefgeht.«

»Die beiden sind einander schrecklich ähnlich, nicht wahr?«, meint Jess. Sie sitzt neben dem Picknickkorb, wo Sophie aus einer Thermoskanne Kaffee in eine Anzahl kleiner Tassen einschenkt.

»Ja, das sind sie.« Sophie weigert sich, dorthin zu sehen, wo Gemma und Oliver zusammenstehen.

»Wirklich attraktiv«, meint Jess seufzend. »Die beiden haben Glück, so groß und elegant zu sein.«

Sophie reicht ihr eine Tasse. »Sicher, dass Sie nicht verliebt in Oliver sind?«

»Natürlich«, sagt Jess sofort. »Das ist vorbei. Es war reine Schwärmerei. Aber ich bin bis über beide Ohren in Will verliebt. Als er diesen Punkt gemacht hat, bin ich vor Stolz fast gestorben.«

»Er ist ein ganz Lieber«, pflichtet Sophie ihr bei. »Hören Sie, ich habe eine Idee. Warum laden wir nicht alle für morgen zum Mittagessen ein? Was meinen Sie?«

»Oh!« Mit strahlenden Augen trinkt Jess von ihrem Kaffee. »Was für eine großartige Idee! Ich frage mich, was sie sonst unternehmen würden.«

»Nun ja, Gemma sagt, dass die Jungs natürlich mit Guy zusammen sein möchten, obwohl sie keine große Lust hat, zu ihren Eltern zu fahren ...«

»Das Problem mit dem Ausgang am Sonntag ist doch«, erwidert Jess, »dass man oft nicht weiß, was man den ganzen Tag anfangen soll, wenn der Heimweg zu weit ist. Will ahnt ja nicht, was für ein Glück er hat, dass er einfach zu Ihnen kommen kann. Wir mussten früher den Tag in irgendeinem Café oder im Kino verbringen, oder wir sind spazieren gegangen, wenn das Wetter nicht allzu scheußlich war. Ich vermute, Gemma und Guy werden nach der Kirche mit den Zwillingen in die Chapel Street fahren und dann wahrscheinlich im Moor wandern gehen oder so.«

»Ich hatte gedacht, sie könnten den Morgen einfach zusammen verbringen und dann ein wenig später zum Lunch kommen. So würden sie zwei Fliegen mit einer Klappe schlagen. Sie hätten Zeit, als Familie zusammen zu sein, und essen anschließend bei uns.«

»Ich finde die Idee brillant«, sagt Jess. »Fragen Sie doch Gemma, was sie dazu meint! Will wäre begeistert. Er kann den Zwillingen sein Boot und das Segelloft zeigen, und dann können sie nach dem Tee alle zusammen zum Internat zurückfahren.«

»Es wäre sicher nett, Oliver auch einzuladen«, antwortet Sophie und erlaubt sich, den Blick zu ihm schweifen zu lassen.

Sie ist noch nicht an dieses seltsame, freudige Gefühl gewöhnt, das sie überkommt, wenn er in der Nähe ist – oder daran, wie farblos ihr das Leben vorkommt, wenn er nicht da ist. Ungewohnte Empfindungen sind das, die an den äußeren Enden ihres Gefühlsspektrums liegen, und im Stillen schwelgt sie darin.

»Natürlich muss er kommen!«, erklärt Jess bestimmt – und errötet dann. »Tut mir leid«, murmelt sie. »Das klang ein wenig aufdringlich. Schließlich bin ich selbst nur Gast hier.«

»Unsinn«, gibt Sophie fröhlich zurück. »Inzwischen sind Sie ganz eindeutig ein Teil der Familie. Sie gehören hierher. Spüren Sie das nicht?«

Eine kleine Pause entsteht.

»Ja«, sagt Jess. »Doch, ich glaube schon.«

Tamar

Rowena döst, gleitet in den Schlaf und wieder zurück. Manchmal, wenn sie erwacht, sind ihre Gedanken scharf und klar. Jetzt zum Beispiel. Ihr Zimmer ist voller Licht; wässrige Reflexe huschen über die cremefarben gestrichenen Wände, und sie hört das raue Krächzen der Möwen über dem Fluss. Sie denkt an Jess, an ihre schockierte Miene, als sie das Foto sah, wie sie scharf den Atem einsog, und an ihre Frage. »Wer ist das?«, hat sie gesagt und auf Al gezeigt. Rowena spürt eine tiefe Zufriedenheit; ihre Verdachtsmomente – ihre Hoffnungen – waren alle auf der Wahrheit gegründet. Diese sorgsam gehorteten Erinnerungen, die Puzzlestücke, passen endlich zusammen und ergeben ein Gesamtbild.

Wieder sieht sie Al bei dem Weihnachtsball auf der *HMS Drake* mit Juliet tanzen, ein langsames, romantisches Stück in den Schatten am Rand der Tanzfläche. Der seidige Chiffonrock von Juliets langem, hellem Ballkleid schwebt und heftet sich an die dunkle Uniform ihres Tanzpartners. Mike sitzt an der Bar und kippt die Drinks nur so herunter. Er dreht sich um und beobachtet die beiden, und seine ziemlich dümmliche und halb betrunkene Miene verhärtet sich wachsam.

Sie hört Juliet mit angespannter, verzweifelter Stimme während einer Party an einem warmen Frühlingsabend vor den Fenstern des Morgensalons flüstern: »Jetzt weiß ich, dass ich ihn nie hätte heiraten dürfen. Ich dachte, ich wäre verliebt in ihn. Das habe ich wirklich geglaubt. Woher sollte ich wissen, was kommen würde? Was sollen wir nur tun?« Und die leise gemurmelte Antwort: »Wir müssen eben sehr vorsichtig sein.«

Rowena erinnert sich an die Woche, die Juliet bei ihnen als Hausgast verbracht hat, während Mike auf See war. Wie sie sich am Fluss entlang zur Segelwerkstatt davonschlich und dann, ein wenig später, Als schattenhafte Gestalt, die ihr folgte.

Und, am wichtigsten, die Mittsommerparty im Seegarten. Lichtreflexe flirren und hüpfen auf der glatten schwarzen Wasseroberfläche; schattenhafte Gestalten tanzen oder lehnen sich an die Balustrade unterhalb der imposanten Circe-Statue. Die hohen Lavendelhecken sind blasse, wolkenhafte Umrisse, deren Duft noch in der warmen Luft verweilt.

Das Wispern hinter dem Sommerpavillon. Die erste Stimme klingt drängend, fordernd, die andere verängstigt.

Juliets Kleid ist zerdrückt, ihr Haar aufgelöst. Al vergräbt das Gesicht an ihrem Hals, aber sie hat ihr Gesicht von ihm abgewendet und die Hände auf seine Schultern gelegt.

»Hör mir zu«, sagt sie jetzt, immer noch in diesem verzweifelten Flüsterton. »Bitte hör mich einfach an! Ich bin schwanger, Al. Um Gottes willen, hör mir zu ...«

Und dann, das letzte kleine Glied in der langen Kette, die Rowena mit der Vergangenheit, mit Al, verbindet. Der Brief von ihrer Freundin in Australien.

... keine weiteren Kinder bekommen. Es sieht aus, als ob der arme alte Mike Platzpatronen verschießt ...

Es muss schwer für Mike gewesen sein zuzusehen, wie Juliets Sohn, je älter er wurde, immer stärker Al ähnelte. Kein Wunder, dass sie gestritten haben und Patrick Australien verlassen hat, sobald er alt genug war, und in England zur Armee gegangen ist.

Rowena wirft sich unruhig hin und her und begehrt gegen ihre körperliche Schwäche auf. Sie darf immer wieder kurz aufstehen, um in ihrem Stuhl am Fenster zu sitzen, und bald wird sie darauf bestehen, nach unten zu gehen. Johnnie macht natürlich einen Aufstand – er ist schon immer genauso ein Schwarzmaler gewesen wie sein Vater –, doch es wird nicht mehr lange dauern, bis sie stark genug ist, um ihm ihren Willen aufzuzwingen.

Jess hat sie natürlich hier oben besucht, aber jedes Mal sind entweder Sophie oder Johnnie in der Nähe herumgeschlichen, sodass Rowena nicht offen mit dem Mädchen sprechen konnte. Sie muss mit Jess allein sein, und dieses Mal darf es keine Verwirrungen oder Halbwahrheiten mehr geben. Sie hat sofort gesehen, dass Jess Al erkannt, dass sie die Ähnlichkeit zwischen Al und ihrem eigenen Vater bemerkt hat. Rowena spürt den vertrauten, schmerzhaften Stich im Herzen. Wie tragisch, dass beide so jung gestorben sind! Und wie grausam, dass sie Als Sohn nie kennengelernt hat!

Als Sohn. Mit einem tiefen, zufriedenen Seufzer lehnt Rowena sich entspannt in ihre Kissen. Er hatte einen Sohn – und jetzt ist seine Enkelin hier, Jess, die ihrerseits vielleicht weitere Söhne bekommen wird. Eine leichte Besorgnis mischt sich in Rowenas Schläfrigkeit und stört ihr Behagen. Sie runzelt die Stirn. Sie müssen irgendwie Vorsorge für Jess treffen. Wenn Als Sohn noch am Leben wäre, würde dieses Haus und alles, was darin ist, ihm gehören, nicht Johnnie.

Rowena kämpft mit diesem Gedanken, doch plötzlich ist sie zu müde, zu schwach, um ihn weiterzuverfolgen. Später wird sie noch einmal darüber nachdenken und entscheiden, wie man Jess entschädigen kann.

Als sie erwacht, ist es später Nachmittag, und das Zimmer ist voller Schatten. Vom Seegarten her hört sie die Jungen rufen und lachen, und ihr Mund verzieht sich bei dem Gedanken, dass sie dort spielen, zu einem Lächeln. Sie muss aufstehen und zu ihnen hinuntergehen. Rowena hebt den Kopf, der sich schwer anfühlt, so schwer, dass ihr Hals ihn nicht tragen kann, und lässt sich mit einem leisen Keuchen zurücksinken. Sie runzelt die Stirn und versucht, sich an etwas zu erinnern, an das sie vorher gedacht hat. Da ist etwas, das in Ordnung gebracht werden muss, bevor es zu spät ist.

Langsam, ganz langsam und mühevoll, richtet sie sich auf, zwingt sich in eine sitzende Haltung und schwingt die Beine über die Bettkante. Wie müde sie ist! Eine Weile sitzt sie auf dem Bettrand und sammelt ihre Kräfte. Jetzt weiß sie es wieder; sie ist krank gewesen. Erinnerungen huschen durch ihren Kopf wie Fledermäuse in der Dunkelheit, und die ganze Zeit hindurch hört sie die Kinder lachen.

Unter Schmerzen steht sie auf und schlurft durch das Zimmer zu dem hohen Schiebefenster. Sie klammert sich an den Vorhang und sieht hinunter. Die Jungs sind da, sie kann sie spielen sehen, während die Circe über die drei wacht; Al, Johnnie und den kleinen Fred. Sie erkennt Johnnies blondes Haar, aber die beiden anderen befinden sich im Schatten. Rowena hebt eine Hand und klopft ans Fenster, doch sie ist so schwach, dass sie sie nicht hören können – und außerdem sind sie zu weit fort.

Als sie sich auf den Stuhl sinken lässt, kommt sie zu der Einsicht, dass sie sehr krank gewesen sein muss. Aber dennoch beugt sie sich vor und hofft, die Jungs beim Spielen zu sehen oder beobachten zu können, wie sie die Balustrade hinaufklettern, um die Circe anzuschauen, aber der Seegarten ist leer. Sie lässt sich wieder zurücksinken und schließt die Augen.

Als die Schlafzimmertür geöffnet wird, dreht sie sich um und sieht Dickie auf sich zukommen. Jemand steht hinter ihm. »Wir hatten uns gefragt, wie es dir geht, Mutter«, sagt er. »Die Jungs trinken ihren Tee, bevor sie zurück zur Schule fahren, und Jess hat dir deinen gebracht.«

Rowena runzelt die Stirn; sie fühlt sich verängstigt und verwirrt. Warum nennt Dickie sie »Mutter«, und wer ist Jess? Das Mädchen sieht sie nervös an, setzt das Tablett ab und kommt näher. Und jetzt, mit einem Mal, ist Rowenas Kopf wieder klar, und sie erkennt Juliet und erinnert sich daran, dass Juliet ein Kind hat, Als Kind.

Vor Freude bebt sie am ganzen Körper – aber sie ist auch besorgt. Ihr fällt wieder ein, dass das klargestellt werden muss, und zwar unzweifelhaft. Drängend streckt sie die Hand aus, packt Jess' Handgelenk und zieht sie herunter, sodass das Mädchen sich neben sie knien muss.

»Das Kind ist von Al, nicht wahr? Sein Sohn«, fragt Rowena, und sie ist so glücklich, dass sie meint, ihr Herz zerspringe ihr in der Brust, und ihre Augen sind voller Tränen, weil das Mädchen nickt, und jetzt weint es ebenfalls. Juliet legt die Stirn auf ihrer beider Hände, und Rowena spürt ihre feuchten Tränen.

Dickie ist da und beugt sich besorgt über die beiden. Rowena will ihm von Als Sohn erzählen, aber plötzlich kann sie nicht mehr sprechen, nicht atmen. Doch sie umklammert das Handgelenk des Mädchens, bis ihre Kraft versagt und die Dunkelheit kommt.

Gemma und Guy werden Will nach dem Tee zusammen mit den Zwillingen in die Schule fahren.

»Urgroßmutter ist wieder krank«, erklärt Sophie Will. »Wir

müssen Doktor Alan rufen. Kannst du ein guter Junge sein und mit Julian und Ben fahren? Grando und ich müssen hier sein. Wäre das in Ordnung, nur dieses eine Mal?«

Und natürlich ist Will gleich einverstanden; er möchte vor diesen neuen Freunden erwachsen wirken. Er ist vollkommen zufrieden damit, mit ihnen zur Schule zu fahren; aber es tut ihm leid, dass er Jess nicht mehr sieht, die verschwunden zu sein scheint.

»Du siehst sie beim nächsten Mal wieder«, versichert ihm Sophie. »Ich vermute, sie ist bei Granny. So, was musst du mitnehmen? Hast du etwas mit nach Hause gebracht?«

Und jetzt bricht die übliche hektische Aktivität aus. Besitztümer werden zusammengesucht, man verabschiedet sich, und dann verlässt der Wagen die Auffahrt, und im Haus ist es wieder still.

Sophie und Oliver sitzen zusammen, Popps liegt in ihrem Korb, und Johnnie telefoniert mit dem Hausarzt. Oliver hält die Hände der weinenden Sophie, und dann kommt Johnnie herein. »Alan ist unterwegs!«, seufzt er. »Es ist zu spät, doch er will kommen und sie sich ansehen. Ich hätte ein schreckliches Gefühl dabei gehabt, einfach einen fremden Arzt zu rufen, der ihren Tod feststellt.«

Sophie wischt sich die Wangen ab. »Es tut mir so leid!«, sagt sie. »Und die arme kleine Jess! Furchtbar, dass ihr das passieren musste!«

Johnnie ist sichtlich erschüttert. »Es ist sehr schnell gegangen«, erklärt er. »Dafür müssen wir dankbar sein. Sie hat Jess wieder mit Juliet verwechselt. Mutter wirkte plötzlich ganz aufgeregt, hat Jess am Handgelenk gepackt und angefangen, von Al zu reden. Die arme Jess steht unter Schock.«

»Wo ist sie geblieben?« Sophie steht auf. »Ich wollte Will verabschieden, damit er nicht mitbekommt, dass etwas Schlimmes geschehen ist, und sie sagte, sie wolle einen Moment allein sein. Ob sie vielleicht zurück ins Segelloft gegangen ist? Ich finde, sie sollte nicht allein sein.«

»Ich gehe sie suchen«, erklärt Oliver. »Ihr müsst auf den Arzt warten. Ich kümmere mich um Jess.«

»Und wir haben uns alle wunderbar amüsiert«, meint Sophie betrübt. »Ach, die arme Rowena, ganz allein da oben!«

»Sie war nicht allein, als es passiert ist«, tröstet Johnnie sie. »Und sie wirkte so glücklich. Ich glaube, sie fühlte sich in die Vergangenheit versetzt und dachte, Jess wäre Juliet, und Al sei noch am Leben. Wirklich leid tut mir Jess. Dass ihr das zustoßen musste! Ich hoffe nur, sie hat nicht irgendwie das Gefühl, schuld zu sein.«

»Ich sehe nach ihr.« Oliver umarmt Sophie kurz und geht dann hinaus.

Sophie und Johnnie sehen einander an. Seine Miene ist so traurig, dass Sophie am liebsten wieder weinen möchte, aber sie drängt die Tränen zurück. Sie hat das alles schon durchgemacht, bei Dickie und bei Meg, und sie weiß, dass es Johnnie erneut das Herz zerreißt und er ebenso tief um seine Mutter trauern wird wie um seinen Vater und seine Frau.

»Kann ich noch etwas für Rowena tun, bevor Alan kommt?«, fragt sie.

Er schüttelt den Kopf. Mit einem Mal rinnen ihm die Tränen, und er wendet sich ab, damit sie es nicht sieht.

»Dann koche ich frischen Tee«, sagt sie. »Wir bekommen nie welchen, wenn es Zeit ist, Will zur Schule zu fahren.« Als sie an ihm vorbeitritt, um den Wasserkessel zu holen, berührt sie ihn leicht an der Schulter.

»Ziemlich unhöflich gegenüber Gemma und Guy«, murmelt er und putzt sich die Nase. »Sie so holterdiepolter zu verabschieden. Schreckliches Timing.«

»Rowena hat immer gern auf sich aufmerksam gemacht«, erwidert Sophie mit einer Munterkeit, die sie nicht wirklich empfindet. »Ich glaube, es hätte ihr gefallen, dass ihr Abschied ein großes Spektakel ausgelöst hat.«

Er lächelt ein wenig und nickt, als quittierte er ihre Bemühungen, ihn aufzumuntern. Sie brüht Tee auf, und dann sitzen sie schweigend da und warten auf den Arzt.

Oliver geht auf die alte Segelwerkstatt zu. Die Tür steht offen, und er klopft, ruft nach Jess und tritt ein. Der große Raum ist halbdunkel, aber auf dem Balkon erkennt er vor dem Hintergrund aus Dämmerlicht ihre Silhouette. Er geht hinaus und bleibt neben ihr stehen. Sie schaut über den Fluss nach Cargreen hinaus und hat die Arme so um den Körper geschlungen, dass ihre Hände nicht zu sehen sind. Unten pickt ein Möwenschwarm in dem weichen, hellen Schlamm. Die Vögel stelzen kreischend einher, und plötzlich erheben sie sich in die Luft, kreisen wie eine einzige große Wolke aus schlagenden Flügeln am Himmel und fliegen flussabwärts in Richtung Meer davon.

»Es war schrecklich«, sagt Jess unvermittelt. Ihre Stimme zittert. »Furchtbar.«

Sie sieht weiter auf den Fluss hinaus, und er stützt sich mit verschränkten Armen auf die Balustrade, ohne sie anzuschauen.

»Natürlich habe ich sie kaum gekannt«, erklärt Jess rasch. »aber trotzdem. Es ist so schnell gegangen.« Sie beißt sich auf die Lippen, und er spürt, wie sich ihr Arm, der seinen berührt, anspannt, als ballte sie die Hand zur Faust. »Ich wünschte nur, sie hätte mich nicht mit Juliet verwechselt. Ich glaube, das hat sie umgebracht.«

»Vielleicht«, gibt er ruhig zurück. »An etwas musste sie sterben. Sie war sehr krank. Johnnie sagt, er glaubt, sie sei glücklich gewesen, habe gedacht, Al sei zusammen mit Juliet zu ihr zurückgekehrt. Sie war zweiundneunzig, Jess, schwer herzkrank und hatte noch ein paar andere Leiden. Es ist nicht Ihre Schuld.«

Jess holt tief Luft und nickt. »Ich weiß, doch da war noch etwas anderes.«

Er lehnt immer noch neben ihr und sieht ins Schilf hinunter. »Es hat mit dem Foto zu tun, stimmt's?«

Sie zögert, nickt kurz und krampft erneut die Hände zusammen.

»Wollen Sie mir davon erzählen?«

Dieses Mal schüttelt sie den Kopf. »Nein, noch nicht. Verstehen Sie, es geht nicht nur um mich. Ich muss zuerst noch etwas erledigen.«

»Gut, aber machen Sie keine Dummheiten, ja? Sie haben einen großen Schock erlitten. Kommen Sie jetzt mit mir zurück ins Haus! Da können Sie etwas essen und trinken und sich aufwärmen.«

»Einverstanden. Doch Sie sagen nichts über das Foto, in Ordnung?«

»Versprochen. Hören Sie, Kate ist ab morgen wieder in der Chapel Street, und Guy fährt nach dem Mittagessen. Wenn Sie ein paar Tage dorthin zurückwollen, wäre sie bestimmt sehr froh, Sie aufzunehmen.«

Sie zögert und denkt darüber nach. »Vielleicht eine gute Idee, während die Familie hier alles regelt. Ich möchte nicht im Weg stehen.« Sie dreht sich um und sieht ihn an. »Danke, Oliver.«

»Dann kommen Sie!«, sagt er, und sie folgt ihm nach draußen und schließt die Tür hinter sich.

Tavistock

Kaum hat Kate Gemma und Guy nachgewinkt, die in ihrem Mietwagen nach London aufbrechen, da fährt Cass heran und parkt vor dem Cottage in der Chapel Street.

»Tom treibt mich in den Wahnsinn, und ich habe es einfach keine Minute länger ausgehalten«, erklärt sie und folgt Kate ins Wohnzimmer. »Aber ich wollte dich und Guy nicht stören. Oliver meinte, Gemma und er würden direkt nach dem Mittagessen fahren.«

Sie bückt sich und macht viel Aufhebens um Flossie, denn sie weiß, sie hätte nicht so früh kommen, sondern Kate noch etwas Zeit lassen sollen, Guys Besuch zu verarbeiten. Aber gleichzeitig hasst sie es, dass die Situation zwischen Kate und ihr derart verfahren ist, solange Gemma und Guy ihre Probleme noch nicht gelöst haben.

»Ich glaube, es wird klappen«, hat Oliver ihr gestern am Telefon gesagt, »vorausgesetzt, niemand mischt sich ein.«

Unterdessen ist sie unruhig und kann sich nicht entspannen, und Gemma kommt erst morgen zurück.

»Sie sind vor ungefähr zehn Minuten gefahren«, erklärt Kate. Auch sie empfindet Unbehagen. Nach fünfzig Jahren Freundschaft fühlt es sich verkehrt an, uneins mit Cass zu sein. Aber sie ist immer noch von ihren Emotionen überwältigt. Sie hatte Guy fast ein Jahr nicht gesehen, und dann konnte sie nur so kurz mit ihm allein sein. Und da irritiert sie dieser unerwartete Besuch, der sie aus ihrer mütterlichen Stimmung reißt, ein wenig.

»Wir haben Guy gar nicht gesehen«, sagt Cass – und beginnt zu lachen. »Ich glaube, Gemma hatte schreckliche Angst, Tom könnte etwas Unüberlegtes von sich geben und alles ruinieren. Deswegen hat sie sich zuerst in einem Hotel bei Dartmouth versteckt und dann hier. Oh Gott, Kate, wie mir das zuwider ist!«

Sie setzt sich an den Tisch, streicht sich das Haar zurecht, das heutzutage zu einem aschfahlen Cremeton verblasst ist, und lächelt Kate betreten zu – und schon sind die Geister wieder da. Kate sieht eine viel jüngere Cass, die genau wie jetzt an diesem alten Tisch sitzt. So war es in den Wohnquartieren bei der Marine, ihren Cottages und dem Haus in Whitchurch: Cass hat ein Baby auf dem Schoß, Kleinkinder spielen zu ihren Füßen, und sie lächelt über eines ihrer Missgeschicke. Kate erinnert sich daran, wie sie zusammen über Albernheiten lachten oder auf die Unvernunft der Marine schimpften – und wie Cass nach Charlottes Tod geweint hat, erfüllt von Schuldgefühlen, Kummer und qualvoller Trauer.

»Mir auch.« Kate nimmt ihr gegenüber Platz. Sie weiß, dass Guy nicht wollen würde, dass sie Cass von seinen persönlichen Gedanken und Plänen erzählt, daher gibt sie dem Gespräch eine andere Wendung. »Ich glaube, Oliver hat recht, und es wird alles gut zwischen ihnen, doch wir müssen das vielleicht noch ein wenig aushalten. Es ist großartig, dass sie die Trehearnes kennengelernt haben, oder? Aber schlimm, das mit der armen alten Lady T. Gemma wusste nicht allzu viel, nur dass sich ihr Zustand wohl stark verschlechtert hat, als sie gerade ihren Tee genommen hatten. Gemma und Guy haben einfach die Jungs genommen und sind schnell gefahren.«

Cass versteht die Andeutung sofort. Jegliche wichtige, persönliche Eröffnung über die Zukunft ihrer Kinder muss von Gemma kommen. Gut, das ist fair.

»Viel hat Oliver mir nicht erzählt«, sagt sie. »Ich weiß, dass sie alle zum Mittagessen an den Tamar fahren wollten, aber weiter sind wir nicht gekommen. Tom war wütend, weil sie uns nicht besucht haben. Das mit Lady T. hatte ich noch nicht gehört.«

Um ehrlich zu sein, interessiert Cass sich nicht besonders für Lady T. Ihr Problem ist, dass sie sich angesichts von Toms übler Stimmung in letzter Zeit merkwürdig einsam fühlt. Dieses elende Thema der Scheidung, das zwischen ihr und Kate steht, hat ihr klargemacht, wie sehr ihr die alte, bedingungslose Freundschaft zwischen ihnen fehlt. Bisher war noch nie etwas zwischen ihnen tabu, ob Kinder, Ehemänner oder Liebhaber. Aber jetzt schleichen sie auf Zehenspitzen umeinander herum, und keine von ihnen kann das Kind der anderen allzu offen kritisieren, damit die Freundschaftsbeziehung unter diesem Druck nicht zerbricht. Sie fragt sich, wie Kate damit zurechtkommt, ohne jemanden, bei dem sie Dampf ablassen kann, wenn etwas schiefgeht, oder den sie umarmen kann, wenn sie in diesen trostlosen frühen Morgenstunden mit Verzweiflung im Herzen aufwacht. Tom geht ihr, Cass, im Moment vielleicht etwas auf die Nerven, aber wenigstens ist er da. Und um ihm Gerechtigkeit widerfahren zu lassen, ist er ein großer Trost, wenn es ganz schlimm kommt. Natürlich hat Kate Bruno …

»Wie geht's eigentlich Bruno?«, erkundigt sie sich. »Hattet ihr ein schönes Wochenende?«

»Ihm geht's prima«, antwortet Kate. »Er hat gerade mit den Recherchen für ein neues Buch angefangen.«

Sie fragt sich, durch welche Assoziation Cass wohl auf Bruno gekommen ist, doch wenigstens hat sie das Thema »Guy und Gemma« umschifft. Ihr Herz macht einen kleinen Freudensprung, als sie an das denkt, was Guy ihr vor weniger als einer Stunde in diesem Raum erzählt hat.

»Ich war nicht bei Cass und Tom«, hat Guy ihr erklärt. »Wahrscheinlich würde das mehr schaden als nützen. Aber ich überlege, wieder nach England zu kommen, Mum. Ich weiß jetzt, dass ich das will, doch es ist nicht ganz so einfach.«

Sie war so froh, dass sie kein Wort herausbrachte, sondern einfach nickte. Am liebsten hätte sie ihn mit allen möglichen Plänen und Möglichkeiten überschüttet, um ihn dabei zu unterstützen, aber sie war so klug, ihr Schweigen zu wahren. Ein bei ihm seltenes Lächeln und eine Umarmung, eigentlich nicht viel mehr als ein Schulterklopfen, waren ihr Lohn. An Guy war nun wirklich nichts, das darauf schließen ließ, dass er in Kontakt zu seiner weichen, weiblichen Seite stand, und kurz bedauerte sie Gemma.

Cass beobachtet sie. »Es tut mir leid, Kate«, erklärt sie aufrichtig zerknirscht. »Es war vollkommen egoistisch von mir, so bald nach Guys Aufbruch hier zu erscheinen. Ich hatte nur nicht die geringste Ahnung, was los war, und fühlte mich plötzlich ganz verzweifelt. Aber das war nicht richtig von mir. Du hast Guy so lange nicht gesehen, und dann hattest du ihn – wie lange? – eine Stunde für dich.«

Kate entspannt sich. Wie üblich gelingt es Cass, sie zu besänftigen. »Ist schon gut. Immerhin hat Gemma uns diese Zeit gelassen. Das war sehr rücksichtsvoll von ihr. Ich wünschte, er hätte uns vorher gesagt, dass er nach Hause kommt. Ist doch verrückt, die lange Reise zu unternehmen, ohne jemandem ein Wort zu verraten. Oliver hat die Situation gerettet.«

»Ja.« Cass lehnt sich auf ihrem Stuhl zurück. »Ich wünschte nur, Tom und er würden nicht so oft aneinandergeraten. Nie hätte ich gedacht, dass Tom im Alter so mürrisch werden würde. Meistens ist es lustig, aber in letzter Zeit wird es sehr anstrengend. Ich weiß, dass er im Moment oft an Charlotte denkt, und dann fühle ich mich so schuldig und unglücklich.«

»Warum ausgerechnet jetzt Charlotte?«

»Ach«, meint Cass schulterzuckend, »du weißt ja, wie Tom ist. Charlotte war immer sein Lieblingskind. Sie war ihm so ähnlich und ihm gegenüber immer so sanft und zugänglich. Als sie älter wurde, begann sie, unabhängiger zu werden, und sie hatte das Bedürfnis, sich gegen mich aufzulehnen. Ich glaube, das kann bei Müttern und Töchtern passieren, doch sie war immer auf Toms Seite. Nun ja, ich habe mir nichts daraus gemacht und fand das sogar ganz herzig. Die Sache ist nur die, dass das Durcheinander, das Gemma angerichtet hat, ihn an diese schlimme Zeit erinnert und ihn das schlechte Gewissen und den Kummer erneut erleben lässt. Die Erinnerung ist nie tief unter der Oberfläche, man lernt nur, damit zu leben. Aber nun hat Gemmas Problem all die alten Wunden wieder aufgerissen, und sie sind frisch und schmerzhaft. Du erinnerst dich, dass nicht nur ich eine Affäre hatte, sondern er auch. Doch das hätte Charlotte nie geglaubt. Wir waren beide schuld, aber Tom will sich seinen Teil an der Verantwortung nicht wirklich eingestehen, und da fällt es ihm leichter, seine Gefühle in Form von schlechter Laune an Gemma und mir auszulassen.«

»Ich hatte ja keine Ahnung, dass es so schlimm ist«, sagt Kate nach kurzem Schweigen. »Ich habe die Verbindung zu Charlotte nicht gesehen.«

»Wie solltest du auch? Wir haben ja kaum noch geredet, weil es so schrecklich war, dass diese Sache zwischen uns stand, oder? Als Gemmas Mutter möchte ich Guy die Schuld geben. Als Guys Mutter möchtest du Gemma verantwortlich machen. Doch tief im Herzen wissen wir beide, dass es nicht so einfach ist. Dadurch wird es so schwierig, überhaupt zu reden, weil es immer wieder darauf hinausläuft, oder? Und mit Tom kann ich nicht sprechen, weil er wütend auf Gemma ist. Es ist, als ginge man auf rohen Eiern. Sogar Oliver weicht mir aus, weil Gemma ihn ins Vertrauen gezogen hat. *Natürlich* möchte ich sie und die Jungs lieber hier haben statt so weit weg, aber mir wäre es aufrichtig lieber, wenn Guy bei ihnen wäre, Kate. Ich weiß, dass er und ich uns nicht gerade gut verstehen, doch ich bin auch überzeugt davon, dass Gemma ihn liebt, und die Jungs lieben ihn ebenfalls.«

Kate nickt. »Ich weiß. Natürlich weiß ich das. Sieh mal, es kommt doch darauf an, dass weder Gemma noch Guy eine Scheidung wollen. Das ist auf jeden Fall ein guter Anfang. Und schließlich sind Gemma und die Jungs für immer zurückgekehrt, nicht wahr? Also kannst du jetzt gar nicht mehr verlieren.«

»Doch«, gibt Cass betrübt zurück. »Denn wenn Guy nicht wiederkommt, wird es zwischen uns beiden nie wieder so wie früher sein. Und ich weiß, dass Gemma und die Zwillinge auch nicht glücklich sein werden.«

»Scheidungen zerstören Beziehungen und wirken sich auf so viele Menschen aus«, sagt Kate. »Jetzt begreife ich das. Eine Scheidung ist wie ein Krieg. Niemand gewinnt wirklich, also muss man einen guten Grund haben, sich darauf einzulassen.«

»Und was können wir tun?«, fragt Cass. »Die beiden lieben sich immer noch. Also gibt es in diesem Fall keinen guten Grund.«

Kate zögert. Sie will Guys Vertrauen nicht missbrauchen. Gemma muss diejenige sein, die Cass von ihren gemeinsamen Hoffnungen und Plänen erzählt. »Wir müssen einfach abwarten«, erklärt sie.

Cass sieht sie an und erinnert sich an das, was Oliver gesagt hat: »Ich glaube, es wird klappen, vorausgesetzt, niemand mischt sich ein.« Sie nimmt sich zusammen.

»Okay«, antwortet sie fröhlich. »Wie wäre es mit einem Drink?«

»Es ist gerade erst drei«, protestiert Kate.

»Und? Gibt es eine Regel, die besagt, dass wir um diese Uhrzeit noch nichts trinken dürfen?«

»Und du willst noch mit dem Auto nach Hause fahren.«

»Du hast schon immer diese furchtbar langweiligen Anfälle von Rechtschaffenheit gehabt«, meint Cass seufzend. »Dann eben Tee. Und bei der Gelegenheit kannst du mir alles über Bruno erzählen.«

Kaum hat sie Cass nachgewinkt, als Oliver herangefahren kommt und den Wagen parkt.

»Hast du nicht das Gefühl, du könntest hier gleich ein Asyl einrichten?«, fragt er. »Zuerst Jess, dann Guy, danach Ma – ganz zu schweigen von mir.«

»Sag mir nicht, dass du hier herumgelungert und darauf gewartet hast, dass sie geht.«

»Nicht ganz, aber es kommt der Sache schon nahe. Im Moment gerate ich andauernd mit Pa aneinander, daher musst du Mitleid mit mir haben. Nein, jetzt im Ernst: Ich habe eine schlechte Nachricht. Lady T. ist tot.«

»Tot?«

Er nickt und sieht zu, wie sie mechanisch das Teegeschirr zusammenräumt, als stünde sie unter Schock.

»Aber Gemma hat mir doch erzählt, ihr Zustand habe sich stark verschlechtert, und deswegen habe Johnnie sie gebeten, Will zusammen mit den Zwillingen zur Schule zurückzufahren.«

»Gemma wusste es ja nicht besser. Jedenfalls war es ein weiterer Herzanfall. Lady T. ist tot, und es ist möglich, dass

Jess Zuflucht vor den Beerdigungsvorbereitungen suchen wird.«

Kate setzt sich an den Tisch. »Merkwürdig, aber ich bin ziemlich traurig. Lady T. hat mich nie besonders gut leiden können, und ich hatte schreckliche Angst vor ihr, doch es ist einfach ...«

»Sag jetzt nicht ›das Ende einer Ära‹«, erwidert er, »oder ich wünsche mir noch, ich wäre gleich zum Pfarrhaus gefahren. Mir war sofort klar, dass Pa sich darüber gar nicht würde beruhigen können. All die Erinnerungen, die Anekdoten und die lieben alten Marinekameraden.«

Kate kann nicht anders, sie lacht. »Du bist vollkommen herzlos.«

»Nein, bin ich nicht«, widerspricht er. »Aber ich kannte Lady T. kaum. Soweit ich weiß, bin ich ihr vor ein paar Tagen zum ersten Mal begegnet.«

Neugierig sieht sie ihn an. »Vor ein paar Tagen?«

Argwöhnisch erwidert er ihren Blick. »Hmmm. Da hat sie im Bett gelegen. Guy, Jess und Johnnie waren segeln gegangen, und Sophie hat mich mit nach oben genommen, um Hallo zu sagen.«

»Wirklich?« Immer noch beobachtet sie ihn halb lächelnd, halb stirnrunzelnd. »Wie ... eigenartig von ihr!«

»Ach, das finde ich nicht«, meint er lässig. »Ich gehöre inzwischen fast zur Familie, weißt du.«

»Du bist wirklich schnell. Dann bist du mit Sophie zurückgeblieben, während die anderen segeln gegangen sind?«

Er strahlt sie an. »Hast du ein Problem damit?«

Sie lacht. »Ganz und gar nicht. Ich dachte nur, du hättest ein Auge auf Jess geworfen.«

»Ja und? Ich habe noch nie gehört, dass es gegen die Regeln verstößt, zwei Frauen gleichzeitig zu mögen.«

»Du klingst genau wie deine Mutter. Möchtest du Tee?«

»Das wäre nett. Soll ich ihn aufbrühen? Du wirkst immer noch ein bisschen erschüttert.«

»Ja, bitte, Ollie«, sagt sie. »Und dann erzählst du mir von Lady T., Jess und Sophie.«

Sie sitzt am Tisch und denkt an ihre Begegnung mit Johnnie und seiner Mutter im *Bedford Hotel* zurück, und an die Miene der alten Dame, als sie von Juliet und Mike sprachen. Und dann, als sie Jess zum Mittagessen mitgebracht hat, um sie alle kennenzulernen, hat Lady T. Jess wieder so durchdringend angestarrt.

Oliver ist mit zwei Bechern Tee zurück. »Die Sache ist die, dass die arme Jess bei ihr war, als sie starb. Das war ein Riesenschock für das Mädchen. Jess glaubt, alles hätte damit zu tun, dass sie wie Juliet aussieht, und daher ist sie überzeugt davon, dass sie zumindest teilweise verantwortlich ist. Lady T. hat sich ein wenig in die Vergangenheit hineingesteigert, und bei ihrem schwachen Herzen war das dann das Ende.«

»Oh Gott, die arme Jess!«, murmelt Kate. »So langsam wünschte ich, ich hätte sie nie hierher eingeladen.«

»Jetzt fang nicht an, dich auch noch schuldig zu fühlen! Ich glaube, Jess ist schrecklich gern am Tamar; es könnte nur sein, dass sie momentan das Gefühl hat, im Weg zu stehen. Wahrscheinlich wird ja die ganze Familie zur Beerdigung erscheinen.«

»Natürlich kann sie wieder herkommen. Das ist ja ein Grund, aus dem ich das Haus eingerichtet habe, obwohl ich allmählich wünschte, ich hätte es nicht gekauft.«

»Aber warum denn? Das Häuschen ist super.«

Kate seufzt. »Ich weiß, doch jetzt muss ich alle möglichen Entscheidungen treffen. Und ich hasse Entscheidungen.«

»Meinst du, du musst dich entscheiden, ob du hier oder in

St. Meriadoc wohnen willst? Muss es denn das eine oder das andere sein? Könntest du dir nicht das Beste aus beiden Welten herauspicken? Ein Cottage an der Küste und eines in der Stadt?«

»Klingt gut, nicht wahr?«, pflichtet sie ihm bei. »Die perfekte Lösung. Glaub nicht, dass ich daran nicht schon gedacht hätte! Das Problem ist, dass es so nicht immer funktioniert. Ganz im Gegenteil sogar. Es kann einen sogar zerreißen.«

»Du meinst, wenn du an einem Ort bist und das Gefühl hast, am anderen sein zu müssen, und umgekehrt?«

»Etwas in der Art. Ich würde zu gern entspannt damit umgehen, doch ich weiß, dass ich mich in St. Meriadoc fragen würde, ob ich mich hier um den Garten kümmern sollte, und wenn ich hier bin, werde ich überlegen, ob ich in St. Meriadoc den Wasserhahn nicht zugedreht habe. Und genau das Buch, das ich gerade lesen will, wird immer in dem anderen Haus sein. Ach, ich weiß, das klingt vollkommen verrückt, aber ich kenne mich: Ich bin so.«

»Du bist ein bisschen *loca*, Kate. Weißt du das?«

»Natürlich weiß ich das. Und außerdem kommt es mir ziemlich albern vor, wenn eine Person zwei Häuser bewohnt.«

»Das Problem ist also, dich zwischen ihnen zu entscheiden.«

»Genau. Das hier gehört wenigstens mir, und jetzt, nachdem Gemma zurück ist und die Schule der Jungs nicht weit entfernt liegt, wäre es praktisch. Und Cass und Tom sind auch in der Nähe. Außerdem könnte ich zu Fuß in die Stadt gehen.«

»Aber? Ich habe so das Gefühl, dass da noch ein ›Aber‹ kommt.«

»Verrückt, nicht wahr? Die letzten drei Jahre waren wie ein langer Urlaub. Es hat mich wirklich glücklich gemacht, in dem gemieteten Cottage zu leben und ein Teil von St. Meriadoc zu sein. Nach Davids Tod war so viel zu sortieren und abzuwickeln. Zum Beispiel der Verkauf des Hauses in Whitchurch, das für mich allein viel zu groß war. Und dann habe ich über einen gemeinsamen Freund Bruno kennengelernt. Sein Cottage war frei, und ich hatte das Gefühl, ein ganz neues Leben zu beginnen. Doch es kam mir immer wie ein Traum vor, daher konnte es wohl nicht von Dauer sein.«

»Warum denn nicht?«, fragt er beinahe ärgerlich. »Warum musst du alles so negativ sehen? Warum soll es ein Traum bleiben, nur weil du glücklich warst? Wieso kann Glück nicht zur Abwechslung einmal Realität sein? Du siehst ja dennoch deine Familie und deine alten Freunde; es ist ja nicht so, als hättest du dem Leben den Rücken gekehrt. Okay, jetzt hast du wieder eine Immobilie gekauft, aber das ist eben eine Investition, also nutze sie! Vermiete das Haus! Dann bist du trotzdem nur eineinhalb Stunden von hier entfernt, immer noch nahe genug, um mitzumischen.«

Kate denkt über seine Worte nach; was er sagt, klingt alles ganz vernünftig. Sie versucht, den Finger auf die Wunde zu legen, doch es erscheint ihr zu dumm, um es auszusprechen.

»Dein Problem«, erklärt er ihr, denn er liest wie üblich ihre Gedanken, »ist, dass du dir zu viele Sorgen machst.«

»Verstehst du, ich hätte das Gefühl, sie alle zurückzuweisen. Ich habe eine wunderbare Chance, hier in ihrer Nähe zu sein, doch ich sage wieder einmal ›Nein danke‹. Jedenfalls kommt es mir so vor.«

»Warum hast du dann dieses Cottage gekauft?«

»Giles wollte unbedingt, dass ich wieder investiere, solange die Immobilienpreise so niedrig sind. Ich glaube, er hat sich Sorgen um mich gemacht. Er hat mich darauf hingewiesen, dass ich das Cottage in St. Meriadoc vielleicht nicht immer mieten kann. Und selbst wenn, könnte eine Zeit kommen, in der ich das Bedürfnis hätte, weniger abgeschieden zu leben, zum Beispiel, wenn ich aus irgendeinem Grund kein Auto mehr fahren könnte. Alle hielten das für sehr vernünftig. Und außerdem hatte ich ein gutes Gefühl dabei. Dann hat Jess Davids Preis gewonnen, und mit einem Mal dachte ich, dass es großartig für sie wäre, herzukommen und eine Weile zu bleiben. Sie wollte sich ein Jahr freinehmen, und das schien die perfekte Lösung zu sein. Da sie nicht wusste, wo sie hinsollte, aber gern herkommen wollte, war ich wirklich überzeugt davon, es wäre alles so vorherbestimmt.«

»Ein Zeichen oder Omen?«

Sie lacht. »Genau. Ich hatte nur nicht vorhergesehen, dass sie sich so ausgezeichnet mit den Trehearnes verstehen würde, dass sie bei ihnen bleiben will. Ich freue mich darüber, ehrlich! Doch es hat mich ziemlich aus der Fassung gebracht. Andererseits ist es großartig, dass die Trehearnes Jess so ins Herz geschlossen haben, nicht wahr? Wie traurig für die arme alte Lady T., dass sie ausgerechnet jetzt sterben musste! Und was für ein Schock für Jess! Da hat der Sonntagsausflug ein allzu jähes Ende gefunden.«

Oliver schweigt; er überlegt, wie er das Thema des Fotos anschneiden soll, ohne das Versprechen zu brechen, das er Jess gegeben hat.

»Guy hat gut ausgesehen«, sagt er. »Ich finde, er schwächelt, meinst du nicht auch? Ich glaube, wir werden ihn hier bald wiedersehen, wenn er sich nur entschließen kann, was er anfangen soll. Er schien sich sehr gut mit Johnnie zu verstehen.«

Kate wirft ihm einen schnellen Blick zu. »Was meinst du?«

Oliver zuckt mit den Schultern. »Du weißt schon. Die zwei haben über Boote und all das Zeug geredet. Johnnie hat da unten eine tolle Segelbasis, oder? Ich bin vollkommen überwältigt, und dabei segle ich nicht einmal. Ich mag den alten Johnnie gern, und Fred habe ich auch kennengelernt. Damit kenne ich jetzt die ganze Bande. Nun ja, beinahe. Die Gruppe bestand aus Johnnie, Fred und Pa, oder? Und Al und Mike und noch jemand anderem. Weißt du, wer das war?«

»Was für ein anderer?« Kate schaut verwirrt drein.

»Sein Name fällt mir im Moment nicht ein. Johnnie meinte, er hätte zu der alten Bande gehört. Ich glaube, er hat davon gesprochen, er wäre zu dem Wiedersehensessen eingeladen. Hast du eine Ahnung, wer alles auf der Gästeliste steht?«

Kate runzelt die Stirn und versucht, sich zu erinnern. »Johnnie hat allerdings etwas von ein paar ehemaligen U-Boot-Kameraden gesagt«, meint sie. »Und Tom hat sich den Kopf nach Leuten zerbrochen, die Juliet und Mike gekannt haben müssten. Ach, jetzt weiß ich! Ich glaube, sie wollten die Mortlakes einladen.«

»Die Mortlakes?«

»Stephen war bei den U-Booten.« Kate verstummt kurz und denkt daran, dass Cass vor vielen Jahren eine kurze Affäre mit Stephen Mortlake hatte. »Sie leben in Buckland Monachorum«, erklärt sie. »Ich glaube, Stephen hat der Gruppe ziemlich nahegestanden, als sie alle in Dartmouth an der Marineakademie waren.«

»In der guten alten Zeit?« Oliver trinkt von seinem Tee.

Kate lächelt – und seufzt dann. »Ja«, sagt sie. »In der guten alten Zeit.«

Später, nachdem Oliver gegangen ist, ruft Bruno an.

»Also, was ist passiert?«, fragt er. »Wie geht es Guy? Ist er für immer zurück? Ich hoffe, dir ist klar, dass ich den ganzen Tag hier gesessen und überlegt habe, was los ist. Ich war vollkommen außerstande, mich auf die Recherchen für dieses elende Buch zu konzentrieren.«

Kate lacht. »Ich wünschte, du wärst hier gewesen. Zuerst kam Guy mit allen möglichen Ideen über Segelschulen und wer weiß was. So aufgeregt habe ich ihn seit Jahren nicht erlebt. Ach, es war so schön, ihn zu sehen, Bruno! Ich darf noch kein Wort verraten, aber er kommt auf jeden Fall nach Hause. Er muss erst einmal zurück und einiges regeln, doch er hat den Entschluss gefasst. Dann sind Gemma und er nach London gefahren, und Cass tauchte auf. Sie hat sich vor Tom zu mir geflüchtet und wollte wissen, wie Guys Pläne aussehen. Es ist schrecklich, nicht offen mit ihr reden zu können, aber der Junge hält so auf seine Privatsphäre und möchte auf keinen Fall, dass etwas bekannt wird, bevor er ganz genau weiß, was er will.«

»Nun ja, das ist nur fair«, meint Bruno. »Vor allem in seiner Lage, angesichts seiner Ehekrise und des Umstands, dass Gemma ihn verlassen und die Jungs mitgenommen hat. Da wird er im Moment keine Lust auf gemütliche Plaudereien mit seinen Schwiegereltern haben, was?«

»So hat er es auch ausgedrückt. Er hat Tom und Cass nicht ein einziges Mal besucht. Tom ist nicht sehr erfreut darüber, aber Cass hat Verständnis. Ich werde so froh sein, wenn das alles vorüber ist und wir beide unsere alte, ungezwungene Freundschaft wieder aufnehmen können! Es fühlt sich vollkommen verkehrt an, mit Cass uneinig zu sein. Jedenfalls ist sie dann gegangen, und Oliver ist aufgekreuzt. Ich habe ihm von meinem Zwiespalt erzählt, dass ich nicht weiß, wo ich in Zukunft leben soll.«

Ein kurzes Schweigen tritt ein.

»Und was hat er gesagt?«, fragt Bruno.

Sie denkt über ihr Gespräch mit Oliver nach und fasst es

kurz zusammen. »Er findet, ich sollte in St. Meriadoc bleiben und dieses Haus hier vermieten.«

»Vernünftiger Bursche, dieser Oliver!«, erwidert Bruno. »Und, nimmst du seinen Rat an?«

»Und«, fällt Kate hastig ein, »nachdem Oliver gegangen war, hat Jess angerufen und gefragt, ob sie wieder eine Weile bei mir wohnen könne. Die arme alte Lady T. ist gestern gestorben, und Jess steht unter Schock und meint, sie fühle sich ein wenig wie das fünfte Rad am Wagen, wenn die ganze Familie zum Begräbnis kommt. Daher habe ich natürlich Ja gesagt.«

»Selbstverständlich«, pflichtet er ihr bei.

Seine Stimme ist warm und voller Verständnis, und Dankbarkeit und Liebe steigen in ihr auf.

»Ich komme aber bald zurück«, erklärt sie rasch.

»Das will ich dir auch raten«, sagt er milde.

Als Oliver am nächsten Tag Gemma vom Bahnhof in Plymouth abholt, nimmt er die Veränderung an ihr sofort wahr. Sie strahlt vor Glück und Wohlbefinden, und er grinst sie pfiffig an, als sie neben ihm auf den Beifahrersitz rutscht.

»Gut aufgetankt für die nächsten Wochen?«, fragt er, startet den Motor und fährt vom Parkplatz.

Sie lacht auf und stößt ihm den Ellbogen in die Rippen. »Halt den Mund!«, sagt sie. »Das geht dich nichts an.«

»Und was geht mich etwas an?«

»Na ja.« Sie blickt über die Stadt hinaus, während sie die North Hill entlang in Richtung Mutley Plain fahren. »Es wäre natürlich schön, wenn du in Guys Pläne für unsere Zukunft investieren würdest.«

»Oh Gott!«, stöhnt er. »Dachte ich mir doch, dass es so weit kommen würde!«

Gemma sieht weiter aus dem Fenster, drückt die Hand zwischen die Knie und denkt daran, dass Guy ihr das strikt verboten hat.

»Auf gar keinen Fall«, hat er gesagt, »bittest du Oliver um Geld. Schlimm genug, dass er die Schulgebühren bezahlt! Ich weiß, du wirst ihm erzählen müssen, warum ich beschlossen habe, es damit zu versuchen. Aber du musst ihm unmissverständlich klarmachen, dass ich mich wegen Johnnies Begeisterung dazu entschlossen habe und weil er bereit ist, Nägel mit Köpfen zu machen. Johnnie glaubt an das Projekt und an mich. Ich brauche keine milden Gaben mehr von Oliver.«

»Es ist sogar eine sehr gute Geschäftsidee«, erklärt sie jetzt. »Johnnie interessiert sich sehr dafür.«

»Johnnie? Ja, mir war schon klar, dass da etwas im Busch ist. Diese Geschäftsidee hat natürlich mit Booten zu tun.«

»Ja, klar. Das ist schließlich Guys Metier. Wir haben jemanden in London getroffen, der diese Art Segelausflüge mit klassischen Booten anbietet. Man fährt zwei Tage oder länger mit acht Personen hinaus und zeigt ihnen, wie es auf einem altmodischen Segelschiff zugeht. Ich habe jede Menge Broschüren und so, die ich dir zeigen will.«

»Wie lieb von dir!«

»Rede doch nicht so! Es klingt brillant. Und Guy und ich könnten das Geschäft während des Schuljahrs gemeinsam betreiben.«

»Gehe ich recht in der Annahme, dass diese wunderbaren altmodischen Segelschiffe in Wahrheit hochmoderne neue Boote sind, die sehr viel Geld kosten?«

Ein kurzes Schweigen tritt ein. Gemma beobachtet den Verkehr. Oliver hält an, um eine Frau mit mehreren kleinen Kindern über die Straße zu lassen, und wirft Gemma einen Blick zu.

»Wie viel?«, fragt er.

Sie verzieht das Gesicht. »Ein neues Boot kostet ungefähr vierhunderttausend«, murmelt sie, »aber um richtig anzufangen, brauchen wir eine halbe Million.«

»Das sagst du wahrscheinlich so schnell, damit es nicht so furchtbar klingt«, überlegt er, legt den Gang ein und fährt weiter.

»So viel würde es kosten, Guys großen Traum zu verwirklichen«, räumt sie ein, »doch er weiß, dass er sich nach der Decke strecken muss. Wir haben aus dem Verkauf des Cottage in Brent einhundertfünfundachtzigtausend, die wir investiert haben. Guy wollte nie, dass wir das Geld anrühren, weil er immer gehofft hat, so ein Unternehmen zu starten. Er hat versucht, Mark zu überreden, zusammen mit ihm zu investieren, denn er war überzeugt davon, dass wir reichlich genug für den Anfang hätten, wenn Mark und die Bank jeweils noch einmal so viel dazutun würden.«

»Aber Mark hat nicht mitgespielt?«

»Ich glaube, er hält Guy gern an der kurzen Leine, und nachdem er jetzt wieder geheiratet hat, bin ich überzeugt davon, dass es nie dazu kommen wird.«

»Dann hat Guy also definitiv beschlossen, zurückzukommen und es hier zu versuchen?«

»Er weiß schon, dass die Option mit dem großen, klassischen Schiff ein Traum ist. Er wird sich nach einem gebrauchten umsehen, doch wenn er keines findet, wird er sich zunächst mit kleineren Booten zufriedengeben«, erklärt sie. »Aber das klingt, als würde es so viel Spaß machen, und wir könnten es während des Schuljahrs zusammen betreiben, verstehst du? Johnnie hat ihm angeboten, ein paar seiner Anlegeplätze zu benutzen, und er und Fred wollen ihm gelegentlich unter die Arme greifen. Johnnie war wirklich ganz aufgeregt.«

»Das glaube ich dir.«

»Er hat Guy gesagt, er sei bereit, mehrere Tausend Pfund in seinen Plan zu investieren. Anscheinend kennt er jemanden, der genauso ein Geschäft an der Solent-Meerenge betreibt, und kann sich vorstellen, dass es hier unten gut ankommen würde. Er meinte, an einem solchen Projekt würde er sich gern beteiligen.«

Oliver zieht die Augenbrauen hoch. »Alte Seebären sterben nicht«, bemerkt er. »Sie kaufen nur größere Boote.«

Er hat es nicht eilig. Auf der Fahrt über Roborough Down und das Moor haben sie Gelegenheit, in einer entspannten, friedlichen Atmosphäre zu reden. Es beeindruckt ihn ziemlich, dass Guy Johnnie so schnell für sich eingenommen hat. Offensichtlich hat Guy an dem Tag, an dem er mit Johnnie und Jess segeln gegangen ist, seine Chance optimal genutzt. Er sieht sie wieder vor sich, wie sie am Rand des Rugbyfeldes stehen und die Köpfe zusammenstecken, und seine Achtung vor seinem Schwager steigt.

»Wenigstens hat Guy sich entschieden«, sagt Gemma. »Dass er zu Hause und wieder mit uns zusammen war und dass du ihn mit an den Tamar genommen und allen vorgestellt hast – all das hat ihm ganz neuen Mut gemacht. Vor allem die Begegnung mit Johnnie. Dass er ihn so positiv ermuntert hat, hat Guy das Selbstvertrauen geschenkt, zurückzufliegen, Mark zu kündigen und dann wiederzukommen und es zu versuchen.«

»Und wie wird Mark reagieren?«

»Er wird wütend sein, weil er die Kontrolle über Guy verloren hat; doch tief im Inneren ist er wahrscheinlich erleichtert. Ich habe dir ja erzählt, dass seine neue Frau nichts davon hält, dass wir im Haus leben und sie und Mark in der Wohnung, und ich glaube, sie hätte gern, dass Mark alles verkauft und in den Ruhestand geht. Sie reist gern.«

»Und was wirst du unseren alten Herrschaften erzählen?«

»Guy findet, wir können ihnen jetzt sagen, dass er zurückkommt und versuchen will, die Firma so schnell wie möglich startklar zu bekommen.« Sie seufzt. »Ich fürchte mich nur davor, es Pa zu erzählen.«

»Weil er alles ins Negative ziehen wird?«

Gemma nickt. »Es ist natürlich ein großes Unterfangen. Und selbstverständlich wirft es andere Fragen auf, zum Beispiel, wo wir wohnen sollen und so weiter. Wir können natürlich etwas mieten, doch ich weiß genau, dass es schwierig werden wird.«

»Wenn Johnnie sich für das Projekt in die Bresche wirft, wird das Pa beeindrucken. Und Ma ist bestimmt begeistert. Ich bin es übrigens auch.«

»Danke«, murmelt sie erleichtert. »Ich war auf der ganzen Zugfahrt so glücklich, ich kann dir gar nicht sagen, wie sehr. Aber jetzt müssen wir es bald allen erzählen, und ich fühle, wie mich der Mut verlässt. Glaubst du, dass es funktionieren wird, Ol?«

»Damit ich darauf antworten kann, brauche ich noch sehr viel mehr Input. Doch es klingt, als hätte Guy gründlich darüber nachgedacht, und er ist kein Mensch, der Risiken eingeht, oder? Und der alte Johnnie auch nicht.«

»Guy hat mir strengstens verboten, dich um Geld zu bitten«, gesteht Gemma. »Er findet, es sei schon schlimm genug, dass du die Schulgebühren bezahlst. Er darf um Gottes willen nie erfahren, dass ich eine Andeutung in diese Richtung gemacht habe. Es ist nur so, dass ich mir lieber bei dir etwas leihe als bei der Bank – immer angenommen, die Bank gibt uns Kredit. Du würdest sicher netter zu uns sein, wenn etwas nicht ganz nach Plan läuft. Doch Guy hat fest darauf bestanden, dass ich dich nicht fragen soll. Also habe ich kein Sterbenswörtchen gesagt. Okay?«

»Aber die Broschüren darf ich trotzdem ansehen, oder?«

»Natürlich. Ich zeige sie auch Johnnie.«

»Wenn ich also entscheide, dass ich investieren möchte, wie soll ich Guy darauf ansprechen, ohne dich reinzureiten?«

Gemma schenkt ihm ein strahlendes Lächeln. »Dir fällt schon etwas ein«, meint sie zuversichtlich.

Dichter Nebel säumt den Fluss. Er dämpft das Plätschern des Wassers, kriecht in kleine, schlammige Kanäle und schluckt die Schreie der Seevögel, die sich vor der steigenden Flut zurückziehen. In den Dornenhecken hängen komplizierte Spinnweben durch. Sie sind mit Flüssigkeit gesättigt und beben in der kalten Brise, die sich flussaufwärts schlängelt. Sogar die Boote an ihren Anlegestellen sind unsichtbar.

Vorsichtig fährt Jess über die kurvige Straße, hält sich dicht am Seitenstreifen und bremst ab und zu, wenn eine scharfe Biegung sie überrascht. Der Nebel umwabert das Auto, sodass sie das Gefühl hat, allein in dieser winzigen Kapsel durch einen weißen, feuchten, leeren Raum zu reisen.

Als grelle, gelbe Frontscheinwerfer sie im Rückspiegel blenden, dreht sie das Steuer und tritt auf die Bremsen. Mit wild klopfendem Herzen lenkt sie den Wagen noch näher an die dichte Hecke und hört, wie harte Zweige über den Lack kratzen. Das größere Fahrzeug zieht vorbei und verschwindet mit einem kurzen, durchdringenden Hupen in der Nebelwand.

Einen Moment lang sitzt Jess ganz still. Immer noch klopft ihr Herz. Langsam und vorsichtig setzt sie den Wagen dann in Bewegung und tastet sich voran. Dabei hält sie das Steuer fest umklammert. Mit einem Anflug von Furcht wird ihr klar, dass sie womöglich an der Gabelung die nach links führende Straße nicht finden wird; vielleicht fährt sie einfach quer über die Fahrbahn und in die gegenüberliegende Hecke. Nervös späht sie durch die Windschutzscheibe und hält Ausschau nach dem Wegweiser an der schmalen Stelle, an der sich die Straße nach rechts und links gabelt.

Als ein großer, dunkler Schatten ein, zwei Meter vor ihrer Motorhaube vorbeihuscht, stößt Jess einen leisen Schrei aus und reißt das Steuer nach links, sodass das Auto auf die grasbewachsene Böschung holpert. Zitternd steigt sie aus, geht über das Gras und horcht auf das leiseste Geräusch. Die Hände streckt sie aus, als wäre sie blind. Mit einem Mal berührt ihre linke Hand raues, gesplittertes Holz, und als sie aufblickt, erkennt sie den Wegweiser. Sie befindet sich an der Gabelung, und die Straße verläuft direkt vor ihr.

Jess steigt wieder in den Wagen, fährt mit heruntergekurbeltem Fenster nahe an den Wegweiser heran und lauscht auf Verkehrsgeräusche, als sie auf die Straße abbiegt, die sie zur Hauptstraße nach Tavistock bringen wird. Sie stößt einen tiefen Seufzer der Erleichterung aus. Langsam fährt sie weiter, immer noch dicht an der Hecke, doch sie fühlt sich jetzt besser. Als die Straße aus dem Flusstal auf höheres Gelände ansteigt, wird der Nebel dünner, und sie fühlt sich zuversichtlicher. Jetzt kann sie ihre Gedanken schweifen lassen und über die Ereignisse der letzten paar Tage seit Rowenas Tod nachdenken.

»Auf gar keinen Fall«, hat Johnnie gesagt, »dürfen Sie das Gefühl haben, es wäre Ihre Schuld gewesen. Das ist das Letzte, was irgendjemand will. Niemand von uns hätte sich vorstellen können, dass sie so aufgeregt auf Sie reagiert. Nachdem Kate uns erzählt hatte, sie hätten den Preis gewonnen und seien Juliets Enkelin, konnte sie es nicht erwarten, Sie kennenzulernen. Wenn Sie mich fragen, haben Sie sie sehr glücklich gemacht. Sie war niemals froher, als wenn sie über Al reden, die Fotos ansehen und sich an diese glücklichen Zeiten erinnern konnte.«

Johnnie sah Sophie an, damit sie ihn bestärkte und unterstützte, und sie pflichtete ihm eilig bei.

»Und wir waren ohnehin gewarnt und wussten, dass sie von geliehener Zeit lebt«, erklärte sie. »Verstehen Sie, Jess, sie hatte schon mehrere dieser Anfälle, bevor Sie auf der Bildfläche erschienen sind.«

»Sie hat so glücklich ausgesehen«, erinnerte sich Johnnie, »als Sie neben ihr gekniet haben und ich sie von Al sprechen hörte! Ich glaube, es war das Beste so. Bitte machen Sie sich keine Gedanken, Jess!«

Sie waren so nett zu ihr, aber sie kannten auch die Wahrheit nicht – obwohl Jess vermutete, dass Sophie einiges merkwürdig vorkam.

»Kein Problem, wenn Sie hierbleiben wollen«, sagte Sophie später zu ihr, als Johnnie hinausgegangen war. »Wirklich nicht.«

»Aber ich würde mich wie ein Eindringling fühlen«, entgegnete Jess rasch. »Und Sie werden das Haus voll haben.« Die Aussicht, auf engstem Raum mit Johnnies Töchtern zusammen zu sein, die wissen würden, dass sie bei Rowenas letzten beiden Anfällen bei ihr gewesen war, erschien ihr einfach zu schrecklich. »Werden Sie ihnen erzählen, dass ich bei ihr war, als sie starb?«

Sophie schüttelte den Kopf. »Johnnie findet es besser, nicht alles durch diese Sache mit Al zu komplizieren. Die Mädchen wissen nicht wirklich viel über die alten Geschichten, und ich vermute, dass Johnnie es für gescheiter hält, die Angelegenheit einfach zu handhaben. Verstehen Sie, alle haben damit gerechnet. Es war kein besonders großer Schock, auch wenn wir alle sehr traurig sind. Was haben Sie jetzt vor?«

»Ich fahre wieder zu Kate. Sie hat mich schließlich eingeladen, und es wäre nett, noch etwas bei ihr zu bleiben. Natürlich würde ich gern an der Beerdigung teilnehmen.«

»Ich hoffe, Sie kommen beide«, sagte Sophie.

Jess erreicht die Abzweigung zur Straße nach Tavistock und fährt auf die Stadt zu. Der Nebel lichtet sich, und sie erkennt die Moore am Horizont, die von treibenden Wolken eingehüllt sind. Wie lange es her zu sein scheint, seit sie damals ankam und Oliver und die schwanzwedelnde Flossie am Tor auf sie gewartet haben! Jess fährt in die Chapel Street, wo dieses Mal Kate und Flossie sie erwarten.

»Ich hoffe, es macht Ihnen nichts aus, dass ich Ihnen so früh ins Haus falle«, meint Jess nervös, nachdem sie Kate umarmt und Flossie gestreichelt hat. »Einige Familienmitglieder wollten schon am Vormittag kommen, und ich habe mich unwohl bei dem Gedanken gefühlt, bei einer so privaten Angelegenheit dabei zu sein.«

»Natürlich macht es mir nichts aus«, sagt Kate. »Es ist schön, Sie wieder bei mir zu haben. Ich war heute ziemlich faul und habe noch über meinem Frühstückstee gesessen. Warum bringen Sie nicht Ihr Gepäck nach oben und leisten mir dann Gesellschaft?«

»Sehr gern«, antwortet Jess dankbar.

Oben sieht sie sich mit einem Gefühl der Erleichterung und des Wiedererkennens in ihrem Zimmer um. Hier wird niemand Erwartungen an sie stellen, und sie spürt, wie ein Teil der Spannung der letzten Woche von ihr abfällt.

Jess packt ihre Tasche aus, nimmt Davids Gemälde aus seiner Hülle und setzt es behutsam auf das Gestell. Dann steht sie ganz still da und betrachtet es: die alte Steinbrücke über den

Fluss und das Uferstück darunter, wo der Fingerhut vor dem von der Sonne erwärmten Stein wächst; das Sonnenlicht auf dem schimmernden Wasser, das vor ihren Augen zu fließen und zu plätschern scheint. Die geschickten, zarten Pinselstriche, die die Fingerhutstauden darstellen, die Oberflächenstruktur des bröckelnden Steins und die winzigen, federnden Mooskissen, die sich daran klammern.

Danke für alles. Es war vollkommen. Alles Liebe, D.

Jess holt tief Luft. Sie zieht den Reißverschluss ihrer Laptoptasche auf, nimmt zwei Fotos heraus und geht wieder nach unten.

Kate sitzt an dem großen Tisch im Wohnzimmer, liest einen Brief und trinkt Tee. Jess legt schweigend die Fotos neben sie. Behutsam stellt Kate die Tasse auf die Untertasse und betrachtet das erste Foto. Dann nimmt sie es in die Hand. Die Braut mit den Blumen in ihrem langen, glänzenden Haar ist wunderschön. Sie trägt ein einfaches weißes Kleid mit einem hohen, verstärkten Spitzenkragen und langen Ärmeln und sieht mit einer Art erfreutem Erstaunen in die Kamera. Der stolze, selbstbewusste Bräutigam ist in Galauniform und steht in beschützerischer Haltung neben seiner Braut; eine Hand hat er auf den Knauf seines Schwertes gelegt.

»Wie außerordentlich!«, murmelt sie. »Juliet und Mike.«

Sie betrachtet das Foto weiter, und Jess sieht ihr an, dass es noch andere Erinnerungen und Bilder heraufbeschwört.

»Lady T. hat es mir geschenkt«, erklärt sie. Das ist keine richtige Lüge; Jess ist sich sicher, dass Rowena es ihr geschenkt hätte, wenn sie darum gebeten hätte. »Ich komme gar nicht über die Ähnlichkeit hinweg. Das Bild hatte ich noch nie gesehen. Daddy hatte nicht allzu viele Erinnerungsstücke, und bei den wenigen Malen, die ich Granny begegnet bin, hat sie nie über die Vergangenheit gesprochen.«

Aber jetzt nimmt Kate das zweite Foto zur Hand.

»Herrje, da ist ja Tom!«, ruft sie lachend aus. »Und ist das Johnnie neben ihm? Oh, und das ist Mike, oder?«

Jess steht wartend hinter Kates Stuhl und hofft inständig, dass sie die beiden Männer erkennt, die sie noch nicht hat identifizieren können.

»Und das«, erklärt Kate und zeigt auf den Mann, »ist Stephen Mortlake.«

Eifrig beugt Jess sich vor. »Stephen Mortlake?«

»Er war ein Freund von Tom, einer von der alten Bande. Ich glaube, seine Frau und er sind auch zu der Wiedersehensfeier eingeladen. Schade, dass sie jetzt eine Zeit lang verschoben wird, aber ich bin mir sicher, dass Sie ihn früher oder später kennenlernen werden. Und das ist Freddy Grenvile, Johnnies Cousin.«

»Ja«, sagt Jess. Ihr Herz schlägt schnell, und sie setzt sich auf den Stuhl neben Kate. »Es ist so merkwürdig, diese Puzzleteile zusammenzusetzen. Erzählen Sie mir von Stephen Mortlake. Und von Freddy Grenvile.«

Gemma sitzt in dem Costa-Café in der Duke Street, trinkt einen *Caffè latte* und sieht aus dem Fenster. Sie braucht Luft zum Atmen, um über alles nachzudenken: über Guys Heimkehr und die Erfolgsaussichten seines Projekts. Es ihren Eltern zu erzählen hat sich genauso schwierig gestaltet, wie sie schon geahnt hatte, und Oliver, der zu einem Meeting nach London gefahren war, hatte ihr dieses Mal nicht beistehen können. Sie hat sich nach Kräften bemüht, den beiden den Plan auseinanderzusetzen, aber Pa hat sie ständig mit negativen Bemerkungen unterbrochen, obwohl Ma, genau wie Oliver vorausgesagt hatte, überglücklich gewesen ist. Erst als letzten Ausweg hatte Gemma zu dem – ebenfalls von Ollie vorgeschlagenen – Trick Zuflucht genommen. »Also, Johnnie Trehearne hält es für eine sehr gute Idee«, erklärte sie. »Guy hat das Projekt mit ihm durchgesprochen, und er hat uns angeboten, zwei seiner Anlegestellen zu benutzen. Er hat sogar angedeutet, dass er gern darin investieren möchte.«

Darauf trat tiefes Schweigen ein. Sie sah, dass Ma sich große Mühe gab, angesichts von Pas Miene nicht vor Lachen herauszuplatzen. Er wirkte wie vor den Kopf geschlagen und wünschte ganz offensichtlich, er könne ein Stück zurückrudern, nachdem er jetzt wusste, dass Johnnie das Projekt so positiv beurteilte. Sie sah ihm an, dass er sich in eine ausweglose Position manövriert hatte – sein Ärger darüber, wie sie an ihre Probleme herangeht, überträgt sich auf seine Meinung über jede ihrer Handlungen –, doch sie möchte, dass er sich darüber freut, dass Guy nach Hause kommt und sie zusammen sein werden.

»Guy könnte es bestimmt besser erklären als ich«, versetzt sie rasch, um ihm den Druck zu nehmen. »Wenn er dir das Projekt vorstellt, wirst du es vielleicht ein wenig anders sehen. Schau dir diese Broschüren an, die wir aus London mitgebracht haben, dann wird wahrscheinlich alles klarer.«

Unwillkürlich musste sie daran denken, was Ollie ihr im Pub über Charlotte erzählt hatte, über den Kummer und die Gewissensbisse ihrer Eltern, und mit einem Mal spürte sie ein überwältigendes Bedürfnis, Pa und Ma restlos zu überzeugen und von ihnen ermutigt zu werden. Sie sehnte sich danach, die Tragödie wenigstens ein bisschen zu lindern und wiedergutzumachen, dass sie ihnen solche Sorgen bereitet hat.

An diesem Morgen hat sie zugesehen, wie die beiden – dem Anlass entsprechend elegant und dunkel gekleidet – zum Begräbnis der alten Lady T. aufbrachen. Sie hat sich Mas Auto geliehen, um nach Tavistock zu fahren, damit sie hier allein sitzen und sich die Freude gönnen kann, an Guys Heimkehr und ihr gemeinsames, aufregendes neues Unternehmen zu denken. Natürlich würden Probleme auftauchen, und manchmal würde Guy gestresst und schweigsam sein, und sie würde ihn aufmuntern müssen. Aber wenigstens würden sie gemeinsam an seinem Traum arbeiten.

»Sag den Jungs noch nichts!«, hat er sie gewarnt. »Nur für den Fall, dass es länger dauert, als wir denken. Ich muss Dad alles erklären, und es ist nur fair, wenn ich mit einem Monat Frist kündige. Ich kann ihn nicht von heute auf morgen im Stich lassen. Denk du inzwischen darüber nach, wo wir wohnen könnten! Wir müssen wohl etwas mieten. Sieh dich in Bere Alston um, das wäre ideal.«

Angesichts der Aussicht auf noch einen Monat ohne ihn seufzt Gemma ungeduldig. Sie schaut sich um. Am Nebentisch arbeitet ein gut aussehender Mann Mitte dreißig mit konzentrierter, vertiefter Miene an seinem Laptop; hinter ihm, in der Ecke, sitzen zwei Frauen mittleren Alters, wie es aussieht, bei einem geschäftlichen Treffen, denn sie haben ihre Handys griffbereit liegen und Notizen auf dem Tisch ausgebreitet. Eine erschöpft wirkende junge Frau mit einem Baby im Buggy versucht, ihr schreiendes Kleinkind davon zu überzeugen, lieber ruhig zu sitzen und seinen Milchshake zu trinken, statt herumzurennen und alle zu stören.

Gemma trinkt ihren *Caffè latte* aus und sucht ihre Sachen zusammen. Der Mann am Nebentisch schaut auf, und ihre Blicke kreuzen sich. Es ist dieser kurze Moment, dieses winzige Aufflackern, in dem sich beide eingestehen, dass der andere eine attraktive Erscheinung ist und dieser rasche, prüfende Blick zu mehr führen könnte, zu etwas, das unterhaltsam und aufregend wäre.

Normalerweise würde Gemma sich ein leises Lächeln gestatten und auf eine beiläufige Bemerkung warten, die an diesen Moment anknüpft, sodass sich ein oberflächlicher Flirt entwickeln könnte. Doch stattdessen denkt sie an Pa und an Charlotte, nimmt ihre Tasche und tritt rasch auf die Straße.

Kate sitzt im hinteren Teil der Kirche und spürt, wie die Geister sich neben ihr drängen. Sie weiß, dass Jess sehr befangen ist. Die beiden haben abgesprochen, unauffällig einzutreten, ganz hinten Platz zu nehmen und gleich nach dem Gottesdienst zu gehen.

»Wir müssen die Trehearnes doch nachher nicht ins Haus begleiten, oder?«, hat Jess, offensichtlich aufgeregt, gefragt, und Kate hat ihr versichert, dass sie sich selbst nur zu gern bedeckt hält.

Und so sitzen sie hier, ganz hinten, und sehen zu, wie Menschen mit angemessen ernstem Gesichtsausdruck hineinströmen. Zu ihnen gehören auch Cass und Tom, die ziemlich weit vorn Platz nehmen. Kate sieht ihre Rücken an, und vor ihrem inneren Auge spielen sich andere, ähnliche Szenen ab: Charlottes Begräbnis und das von David. Doch obwohl sie ihren Erinnerungen nachhängt, ist sie sich der Anspannung des Mädchens, das neben ihr sitzt, bewusst; und ihr fällt auf, wie Jess jeden, der an ihnen vorbeigeht, aufmerksam mustert.

Kate denkt über das Foto nach und fragt sich, warum es Jess so wichtig ist. Man könnte meinen, dass einen die Jugend des eigenen Großvaters interessiert; aber Jess hat ihren Großvater nie gekannt.

»Daddy und er haben furchtbar gestritten«, hat sie gesagt. »Sie sind einfach nicht miteinander ausgekommen, und deswegen ist Daddy nach England gegangen. Er wollte sowieso schon immer zur Armee, aber ich habe das Gefühl, dass es für Granny schwer war. Wir haben sie ein- oder zweimal besucht, als ich ein Baby war, doch ich kann mich kaum daran erinnern. Dann, nach Daddys Tod, sind Mum und ich nach Australien geflogen, um ein paar Verwandte von ihr zu besuchen, und bei dieser Gelegenheit haben wir Granny wiedergesehen. Sie war sehr lieb, aber auch ein wenig distanziert. Vielleicht konnte sie den Gedanken nicht ertragen, dass Daddy so früh gestorben war. Natürlich war Mike inzwischen auch verstorben, doch sie wollte über keinen der beiden reden.«

Kate findet es interessant, dass Jess Juliet manchmal »Granny« nennt, von ihrem Großvater aber immer als »Mike« spricht. Ihr fällt ihr Gespräch über das Foto wieder ein, und sie berührt Jess' Arm.

»Stephen Mortlake«, murmelt sie, und Jess blickt rasch zu dem grauhaarigen Mann auf, der seiner Frau in eine Bank folgt, sich setzt und sich umschaut. Cass dreht sich um und schenkt ihm die Andeutung eines Lächelns.

Kurz sieht Kate vor dem Hintergrund der schwarzen Rücken der Gemeinde, die sich ihr zuwenden, die Geister von Cass und Stephen in ihrer Jugend – und dann ist mit einem kleinen Aufruhr und hektischer Geschäftigkeit Rowena bei ihnen und wird, gefolgt von der Familie, zum Altar getragen. Kate und neben ihr Jess stehen auf und schlagen das Faltblatt mit den Liedtexten auf.

»Ich hasse Beerdigungen«, erklärt Jess auf dem Rückweg nach Tavistock. Sie beugt sich nach vorn und ist den Tränen nahe.

»Das liegt daran, weil Sie so jung einen sehr wichtigen Menschen verloren haben«, meint Kate. »In diesem Alter ist es ein Schock, sich der Tatsache stellen zu müssen, dass wir nicht unsterblich sind.«

Kate fragt sich, ob das stimmt. Selbst hat sie keine Probleme mit Begräbnissen und hofft immer, dass der Verstorbene sich jetzt an einem glücklicheren, friedlicheren Ort befindet. Was sie hasst, sind Hochzeiten. Glückliche Mädchen in albernen, teuren Kleidern treten auf nervöse, hoffnungsvolle Männer in unbequemen Anzügen zu, und alle glauben, dass sie jetzt ein Glück wie im Märchen erwartet, und geben Versprechen ab, die sie unmöglich einhalten können.

Tut das nicht!, möchte sie dann am liebsten rufen. Das ist alles nur ein Mythos!

Das sagt sie Jess aber nicht.

»Es ist schrecklich«, bemerkt sie stattdessen, »schon als so junges Mädchen erkennen zu müssen, wie furchtbar endgültig der Tod ist.«

Zu ihrem Entsetzen beginnt Jess zu weinen. Sie zieht die Füße auf den Rand des Sitzes hoch, schlingt die Arme um die Knie und verbirgt ihr Gesicht dazwischen. Ihr Körper wird von Schluchzern geschüttelt, und Kate überlegt, ob sie anhalten oder lieber weiterfahren soll. Instinktiv setzt sie die Fahrt jedoch fort; sie wird Jess ins Moor bringen und hofft, dass die gewaltige Majestät der Landschaft und das Gefühl von Unendlichkeit ihren Schmerz lindern und heilen werden, so wie sie, Kate, es in der Vergangenheit auch erlebt hat. Schnell durchqueren sie die Stadt, schlagen die Princetown Road ein und passieren das Mount-House-Internat. Am Viehgitter biegt Kate nach links auf den kleinen Pfad ein, der unterhalb des Cox-Tors verläuft, und setzt den Wagen rückwärts in einen kleinen, ungenutzten Steinbruch.

Auf dem Rücksitz beginnt Flossie eifrig zu winseln. Jess hebt den Kopf; ihr Gesicht ist fleckig und rot, und ihre Augen sind angeschwollen. Sie sieht sich um.

»Kommen Sie!«, sagt Kate. »Wir spazieren mit Flossie zum Tor hinauf.«

Jess' Augenbrauen schießen nach oben; beinahe bringt sie ein Lächeln zustande. »In diesen Schuhen?«

Kate sieht an sich selbst hinunter; sie hat vergessen, dass sie beide eleganter gekleidet sind als normalerweise.

»Ich habe ein paar Wanderschuhe unter dem Sitz«, erklärt sie, »und Gummistiefel im Kofferraum. Wir haben ungefähr die gleiche Größe. Der Ausblick wird uns den Kopf freimachen. Bei mir schafft er es immer, mir ein Gefühl für das wirklich Wichtige zu vermitteln.«

Sie wechseln die Schuhe, klettern am Rand des Steinbruchs hoch und schlagen den Weg zum Tor ein.

»Tut mir leid«, murmelt Jess. »Die Trauer überfällt mich immer ganz plötzlich. Albern, nicht wahr? Und nicht bei der Beerdigung selbst. Die war okay für mich. Aber nachher musste ich auf einmal an Pa denken, wie er war, und ich konnte es einfach nicht ertragen. Er fehlt mir immer noch genauso. Und jetzt ...« Sie verstummt.

»Jetzt?«, hakt Kate behutsam nach.

Jess schüttelt den Kopf; sie schlingt die Arme um den Körper, bleibt stehen und sieht sich um. Flossie ist vorgelaufen, wuselt zwischen dem Geröll und den uralten Fundamenten von Rundhütten umher und folgt einer Fährte. Auch Kate hält inne. Sie schaut nach Westen, nach Cornwall, wo das geschützte, magische Tal von St. Meriadoc liegt und Bruno in seinem seltsamen Steinhaus auf der Klippe lebt.

Jess ist jetzt höher gestiegen und sieht nach Süden, weit über die aufgehäuften Granitbrocken des Pew Tor und die Schieferdächer von Horrabridge hinaus. Dort, in der Ferne, schlängelt sich ein schmales, glänzendes Band vom Meer aus landeinwärts.

»Ist das der Tamar?«, ruft sie und deutet mit dem Arm darauf. »Dieser Fluss?«

Kate klettert zu ihr hinauf, und dann stehen die beiden nebeneinander und schauen in Richtung Plymouth.

»Ja, das ist der Tamar«, antwortet Kate. Sie mustert Jess' Gesicht, ihre merkwürdig nostalgische Miene. »Wissen Sie, ich denke, Sie haben Ihr Herz an diesen Fluss verloren.«

Nur einen Moment lang glaubt Kate, dass Jess sich ihr anvertrauen und sie in das eigentliche Geheimnis einweihen wird, doch stattdessen nickt sie lächelnd.

»Ja, so ist es wohl«, sagt sie.

Tamar

Nach dem Begräbnis scheint es, als trüge alles Trauer um Rowena. Nach dem langen, schönen Herbst schlägt das Wetter um: Atlantikfronten rücken aus dem Westen heran; Wolken, die die Farbe von Blutergüssen haben, türmen sich und entlassen Platzregen. Die Flüsse führen Hochwasser und fließen schnell, treten über die Ufer und zerschmettern kleine, uralte Brücken. In den Gemeinden am Fluss werden Häuser überflutet, und Läden und Cafés stehen unter Wasser. Jeden Abend sind die Lokalnachrichten voll mit betrüblichen Berichten über beschädigte Warenlager und ruinierte Teppiche. Westwinde von Sturmstärke versenken kleine Boote und stürzen Bäume um, die unter ihren ausladenden Ästen Autos zerquetschen.

Und dann, plötzlich, ist alles wieder ruhig. Die Stürme ziehen nach Osten weiter, und ein abnehmender, von einem Sternenschleier umgebener Mond geht am klaren Nachthimmel auf. Die Temperaturen fallen, weißer Raureif überzieht kahle Äste und abgefallenes Laub, und Pfützen krachen und splittern einem unter den Füßen, als es zu frieren beginnt. Die Wettervorhersage meldet für Anfang Dezember nie da gewesene Tiefsttemperaturen, und es heißt, es könne weiße Weihnachten geben.

Im Salon schaltet Johnnie den Fernseher aus und sieht Sophie an, die in einem großen Sessel sitzt. Sie hat die Beine unter den Körper gezogen und schreibt einen Brief. Ihr feines Haar fällt nach vorn über ihre Wangen, und sie runzelt leicht die Stirn, während sie schreibt. Er rückt in der Sofaecke in eine bequemere Haltung und streckt eine Hand nach Popps aus, die sich neben ihm zusammengerollt hat. Popps vermisst Rowena und nutzt das weidlich aus, indem sie mehr Aufmerksamkeit und zusätzliche Leckerbissen einfordert. Sophie lässt ihr das durchgehen, weil sie das Gefühl hat, dass Johnnie sich seine eigene Art von Trauer erlaubt, indem er Popps verhätschelt.

»Die arme, alte Popps! Mutter fehlt ihr. Wie sie dieses Hündchen geliebt hat, nicht, Sophes? Sie hatte eine Schwäche für Hunde.« Und dann gibt er Popps noch eine kleine Leckerei, streichelt ihr den Kopf und redet leise auf sie ein.

»Sie sagen Schnee voraus«, erklärt Johnnie. »Wird wieder eine kalte Nacht. Vor Glatteis wird gewarnt.« Er schmunzelt. »Wie Mutter diesen Ausdruck hasste! Glatteis. ›Was soll das?‹, pflegte sie zu sagen. ›Natürlich ist Eis glatt.‹« Und er lacht noch einmal leise und voller Zuneigung.

Sophie nickt. Ohne Rowenas strenge, kritische Gegenwart wirkt das Haus merkwürdig leer, und sie ist froh darüber, dass Oliver morgen kommt – und auch Jess wird zurückkehren.

»Ich frage mich, ob es draußen im Segelloft für Jess nicht ein wenig kalt sein wird«, bemerkt Johnnie, als hätte er Sophies Gedanken gelesen. »Was meinst du, ob wir sie lieber im Haus unterbringen?«

»Ich habe sie darauf angesprochen.« Sophie legt ihren Brief beiseite. »Vor allem, weil sie seit der Beerdigung diese elende Erkältung hat, doch sie möchte unbedingt dort draußen bleiben. Ich glaube, irgendwie braucht sie das.«

Johnnie schaut verwirrt drein, und Sophie zerbricht sich den Kopf nach einem Grund, den Johnnie akzeptieren kann. Ihrer Meinung nach setzt Jess sich mit etwas Persönlichem,

Privaten auseinander, und dazu ist die alte Segelwerkstatt gut geeignet.

»Für ihre Arbeit«, sagt sie. »Du weißt ja, wie kreative Menschen sind. Sie brauchen ihren Freiraum. Jess versucht, eine Mappe zusammenzustellen, während sie hier ist. Und dazu ist das Segelloft perfekt.«

»Ja, natürlich«, pflichtet Johnnie ihr bei. »An diesen Aspekt hatte ich nicht gedacht. Und sie kann ja ins Haus ziehen, falls es noch kälter wird. Der gute Fred kommt diese Woche auch zurück.«

Er wirkt nachdenklich, und Sophie runzelt die Stirn.

»Ich finde das immer noch ziemlich komisch von ihm, so einfach wegzufliegen.«

»Er meinte, er wolle sich mit einer alten Freundin treffen.« Johnnie zuckt ausweichend mit den Schultern. »Du kennst doch Fred. Typisch für ihn.«

»Wahrscheinlich. Ach, und Oliver kommt morgen!«

»Gut.« Johnnie rutscht auf dem Sofa nach vorn. »Ich will mit ihm über Guys Geschäftsidee reden. Oliver hat mir ein paar Sachen per E-Mail geschickt. Ich glaube wirklich, die Sache könnte funktionieren.«

»Das hoffe ich«, sagt sie. »Ich finde, das wäre großartig für uns alle. Es ist etwas, an dem wir alle Anteil haben können, oder? Du, Fred und ich. Sogar Will, wenn er hier ist.«

»Das würde neues Leben ins Haus bringen«, stimmt Johnnie zu. »Menschen, die kommen und gehen, und alle möglichen Ableger wie zum Beispiel Segelkurse, für die Fred und ich qualifiziert sind, oder als Skipper bei den Tagesausflügen zu fahren. Dabei könnten wir uns alle abwechseln. Natürlich ist da noch viel zu besprechen, aber ich bin sehr zuversichtlich. Ich kann kaum abwarten, dass Fred wieder da ist, damit wir ihm davon erzählen können.«

Sophie lacht. »Er wird ganz in seinem Element sein. Und es wird so schön für Guy sein, dass ihr ihn beide unterstützt! Solange die Zahlen stimmen.«

»Um diesen Aspekt kümmert sich Oliver«, erklärt Johnnie. »Dieser Bursche hat wirklich Köpfchen. Kein Wunder, dass er so viel Geld verdient.«

Sophie spürt einen Anflug von Stolz. »Ich habe noch gar nicht wirklich mit ihm darüber gesprochen.« Sie kann der Versuchung, über ihn zu reden, nicht widerstehen, obwohl sie nicht recht weiß, was sie sagen soll. »Er ist eine merkwürdige Mischung, was?«

»Wenn es ums Geschäft geht, ist er sehr gewieft. Sonst wirkt er so entspannt, doch bei Geschäftsfragen wird einem klar, dass unter dieser amüsanten Hülle ein ganz schön harter Hund steckt.«

»Ich glaube, so ist es«, pflichtet sie ihm bei. »Er hat mir erzählt, dass er unter anderem das Startkapital für eine Gruppe junger Wissenschaftler stellt, die eine billigere Methode zur Herstellung von Sonnenkollektoren gefunden haben. Um Oliver zu zitieren: ›Es ist aus ökologischen Gesichtspunkten sinnvoll, die Leute sind großartig, und wir werden alle Geld verdienen!‹ Er hat darauf bestanden, dass sie eine GmbH gründen, und hat einen Sitz im Vorstand. Wie er sagt, ist es sein Job, das Gründungskapital zu stellen, und der des Erfinders, die Firma zum Wachsen zu bringen.«

»Klingt gut.« Johnnie sieht Sophie an und zupft Popps sanft an den Ohren. Er fragt sich, ob er das Gespräch in eine persönlichere Richtung lenken soll. Sophie fängt seinen Blick auf und lächelt abwehrend; sie ist noch nicht so weit, sich ihm anzuvertrauen.

»Zeit für Popps' letzte Runde«, sagt sie beiläufig.

»Das übernehme ich«, erklärt Johnnie, der den Hinweis

versteht. Er schiebt Popps vom Sofa, und die beiden gehen hinaus.

Sophie legt die Seiten ihres Briefs zusammen und räumt den Salon auf. Sie schüttelt die Kissen auf, stellt den Funkenschirm vor den Kamin und geht hinaus in die Küche. Vermutlich weiß Johnnie ganz genau, was sie empfindet, aber sie kann sich noch nicht dazu überwinden, über diese Gefühle zu sprechen. Immer noch versucht sie sich einen Plan auszudenken, der Oliver und sie in die Lage versetzen wird, ihre Beziehung weiterzuentwickeln, ohne dass einer von ihnen sein Leben drastisch verändert. Da Oliver in London lebt und arbeitet, ist es sehr schwierig, den üblichen Weg zu beschreiten und miteinander auszugehen. Außerdem wäre es inzwischen ziemlich merkwürdig, ihn in einem Restaurant oder sogar in einem Pub zu treffen. Es ist, als wären sie über so etwas schon weit hinaus – und dabei kennt sie ihn kaum. Und nun ist er durch seine Beteiligung an Guys zukünftigem Geschäft und Johnnies Begeisterung für das Projekt ein Teil der Familie geworden, und es ist noch schwieriger, diese ganz normalen Unternehmungen zu planen. Sie ist froh darüber, dass Johnnie sie weder ins Kreuzverhör genommen noch sie geneckt hat; er mag Oliver, er ist auf ihrer Seite, und das ist alles, worauf es im Moment ankommt.

Johnnie schlendert über den Rasen. Die Luft ist eiskalt, und der Mond spiegelt sich klar und kalt im ruhigen Wasser des Flusses. Weiter oben im Tal ruft eine Eule, ein langer, auf- und abschwellender Schrei. Johnnie steht an der Balustrade des Seegartens und sieht in Richtung Meer. Seine Gedanken sind bei anderen Trehearnes, die hier schon gestanden, gewartet und hinausgesehen haben, und er streckt eine Hand nach der

Circe aus, deren Rock sich unter seiner Hand glatt und feucht anfühlt.

Dann dreht er sich um und schaut zu Rowenas Fenster hinauf, als rechnete er damit, dass dort wie immer das Licht brennt.

»Gute Nacht, Mutter«, murmelt er. Dann ruft er Popps und geht über den Rasen wieder zum Haus.

Als Sophie Oliver wiedersieht, wird sie von einer Befangenheit ergriffen, die ihr eigentlich gar nicht ähnlich sieht.

»Hi«, sagt sie, öffnet ihm die Hintertür und geht voran in die Küche. »Johnnie sitzt im ›Schmollwinkel‹ und versucht, mit dem Buch weiterzukommen, aber ich wollte ihn gerade mit Kaffee aufmuntern. Möchtest du auch welchen?«

Er nickt, und das belustigte Funkeln in seinen Augen besagt, dass er den Grund für ihre Befangenheit gut versteht, aber nicht vorhat, sie in Verlegenheit zu stürzen, indem er sie darauf anspricht.

»Wie geht's Johnnie?«, erkundigt er sich. »Rowenas Tod kann nicht wirklich überraschend für ihn gekommen sein, trotzdem wird er sehr traurig sein.«

»Das gilt für uns beide«, antwortet sie, während sie den Wasserkessel füllt. »Sie war eine so starke Persönlichkeit. Ein merkwürdiges Gefühl, dass sie nicht mehr da ist. Ich glaube, er arbeitet an dem Buch, um sich abzulenken.«

»Guys Idee wird ihn schon auf andere Gedanken bringen«, versichert Oliver ihr. Er stellt eine Laptoptasche auf den Tisch. »Johnnie und ich haben E-Mails ausgetauscht, aber ich glaube, er vergisst, dass ich nicht segle, daher muss er mir manches ›übersetzen‹. Doch es sieht gut aus, und mir gefallen Johnnies Ideen bezüglich der Diversifikation. Der alte Unk, der Bursche, der mich in seine Firma geholt hat, pflegte zu sagen, um Erfolg zu haben, brauche man einen Aufhänger.«

»Aufhänger?«

»Hmmm. Der ausschlaggebende Faktor, um den ein Geschäft aufgebaut wird. Das ist in diesem Fall natürlich das Boot, aber je mehr Dinge uns einfallen, um diesen Aufhänger zu benutzen, desto besser. Johnnie hat mir erzählt, er und Fred hätten den Ausbildungsschein von der RYA, und er scheint zu meinen, dass das ein Aktivposten sei. Was genau bedeutet das?«

Sophies Befangenheit hat sich inzwischen fast gelegt. Sie lehnt sich mit dem Rücken an die Herdumrandung und verschränkt die Arme. »Das heißt, dass beide qualifiziert sind, Segelunterricht zu geben, was sehr nützlich für Guy sein kann, obwohl ich mir sicher bin, dass er sich selbst auch qualifizieren möchte.«

»Warte mal! Was für eine Qualifikation? Von dieser RYA?«

»Ja. Früher hieß sie Royal Jachting Association, aber jetzt nennt sie sich einfach nur RYA. Die Vereinigung ist von der Regierung beauftragt, Segelscheine und Ausbildungslizenzen auszugeben. Wenn du nicht so eine Landratte wärst, wüsstest du, dass die Organisation hochgeachtet ist und ihre Zertifikate in der ganzen Welt anerkannt werden. Johnnie könnte Kurse auf der *Alice* geben und Fred auf seinem Boot ebenfalls, wenn nötig. Ehrenamtlich haben sie so etwas schon oft gemacht, doch in ihrem Alter würden sie wahrscheinlich nicht die Verantwortung dafür übernehmen wollen, das kommerziell erfolgreich zu betreiben. Aber wenn ihr, du und Guy, die Show leitet, wäre das doch eine Möglichkeit für sie, sich stärker zu beteiligen, oder?«

»Klingt so, aber ich muss das alles ordentlich überprüfen. Die Versicherungen und so weiter. Und Johnnie wäre wirklich glücklich damit, wenn all diese Leute über sein Anwesen stapfen? Hat er richtig darüber nachgedacht?«

»Er wäre in seinem Element.« Als das Wasser im Kessel zu kochen beginnt, dreht sie sich um, schiebt ihn zur Seite und löffelt Kaffee in die Kanne. »Johnnie fühlt sich immer am wohlsten, wenn die Familie zu Besuch kommt. Doch jetzt sind die Kinder größer, und die Besuche müssen auf die Schulferien begrenzt bleiben, deswegen ist es nicht mehr wie früher, als ein ständiges Kommen und Gehen herrschte. Ich glaube, jetzt, nach Rowenas Tod, wird er den berühmten kalten Luftzug spüren, und dieses Unternehmen wäre die perfekte Lösung.«

»Und was ist mit dir?«

»Na, ich fände das auch großartig«, beginnt sie und zögert dann. Sie hat geredet, als würde sie hierbleiben, als kämen sie nicht zusammen, und sie fühlt sich verwirrt. Sophie gießt den Kaffee auf, mahnt sich, nicht töricht zu sein, und dreht sich um, sodass sie Oliver direkt ansieht. »Ich möchte, dass wir irgendwie zusammen sind«, erklärt sie fest. »Jedenfalls glaube ich, dass ich das möchte. Aber ich sehe immer noch nicht, wie das gehen soll.«

Er tritt um den Tisch herum, legt die Arme um sie und küsst sie. Sie hält ihn fest und entspannt sich dann.

»Wir lassen uns etwas einfallen«, sagt er leichthin und lässt sie los, und sofort ist sie voller Glück und Erleichterung. Er scheint sie so gut zu verstehen, und sie hat das Gefühl, ihm vertrauen zu können. Sophie spürt, dass er ihrer Liebe Zeit lassen wird, sich in ihrem eigenen Tempo zu entwickeln, sodass sie die Menschen und die Ereignisse um sie herum einschließen kann. Es wird keine Dramen geben, keine Umbrüche, und dafür ist sie zutiefst dankbar. Seit dem Begräbnis hat ein Gefühl von Trauer und Leere geherrscht, aber Oliver bringt die Aussicht auf Veränderung und neue Ziele, und das alles ist ein

Teil dieser aufregenden neuen Liebe, die zwischen ihnen wächst.

»Geh Johnnie begrüßen«, bittet sie, »und sag ihm, dass der Kaffee fertig ist! Und dann kannst du uns zeigen, wie weit du gekommen bist.«

»Sie bleiben doch bei uns, oder?«, fragt Johnnie. »Während wir das alles auf die Reihe bringen? Hast du einen Hundekuchen für Popps, Sophie? Sie war den ganzen Morgen so artig.« Er schenkt den Kaffee ein, schiebt Oliver einen Becher zu und setzt sich an den Tisch.

»Das wäre sehr freundlich.« Oliver schaut erfreut drein. »Sehr gern.«

»Ich glaube, das wäre uns allen recht«, meint Johnnie mit einem verschmitzten Blick zu Sophie, die Popps einen Hundekuchen gibt. »Werden Tom und Cass nicht böse sein, weil wir Sie vereinnahmen?«

»Sie machen wohl Witze. Mein Vater hat genug damit zu tun, dass Gemma augenblicklich bei ihnen wohnt.«

»Aber der gute Tom muss doch absolut begeistert von dieser Geschäftsidee sein, oder? Natürlich war er nie ein begeisterter Segler, doch wenn dadurch Guy und seine Familie wieder nach Hause kommen, muss das trotzdem eine gute Nachricht für ihn sein.«

»Er wird sich sicher sehr freuen«, pflichtet Oliver ihm bei, »solange der Plan machbar ist. Er muss sich rechnen.«

»Es wäre wunderbar«, überlegt Johnnie laut, »noch ein oder zwei Boote auf dem Fluss zu haben. Menschen, die aufs Meer hinausfahren, Segeln lernen. Wäre das nicht ein großartiges Postskriptum für mein Buch? Eine weitere Generation, die auf dem Fluss arbeitet. Der kleine Will wird groß werden und ein

Teil davon sein. Und Guys Jungs auch. Was könnte schöner sein, als an einem solchen Unterfangen beteiligt zu sein?«

Oliver lächelt angesichts von Johnnies ansteckender Begeisterung und wünscht, Guy wäre hier, um das mitzuerleben.

»Es ist sehr traurig«, bemerkt er, »dass Ihre Mutter das alles nicht mehr miterlebt.«

Johnnie wirkt nachdenklich. »Vielleicht ist es besser so«, erwidert er mit vernichtender Aufrichtigkeit. »Um ganz ehrlich zu sein, hat meine Mutter immer nur auf ihre eigenen Ideen vertraut. Wir hätten uns buchstäblich auf den Kopf stellen müssen, damit sie die Möglichkeiten erkannt hätte. Sie hat immer eine schützende Hand über das Anwesen gehalten, und ich glaube, ein oder zwei Aspekte unseres Plans hätten sie nervös gemacht. Nicht erstaunlich in ihrem Alter, aber es ist gut so, wie es gekommen ist. Sie hatte es gern, wenn alles auf ihre Art erledigt wurde, doch jetzt ist es Zeit für Veränderungen.«

»Die Generationen der Lebenden vergehen rasch«, zitiert Oliver, *»und reichen wie Staffelläufer die Fackel des Lebens weiter an die nächste.«*

»Ja«, meint Johnnie nach kurzem Schweigen. »Genauso ist es. Wer hat das noch gesagt?«

»Lukrez«, gibt Oliver zurück.

»Natürlich.« Johnnie nickt. »Also, was haben Sie uns auf diesem schicken Laptop zu zeigen? Schenken wir uns noch Kaffee ein, und dann machen wir uns an die Arbeit!«

»Es kann funktionieren«, sagt Oliver zu Sophie. Nachdem Johnnie Tabellen und die technischen Einzelheiten diverser klassischer Segelboote studiert hat, hat er sich wieder in den »Schmollwinkel« zurückgezogen und hat Popps mitgenommen. »Und damit meine ich nicht Guys Geschäftsidee. Ich meine uns. Wir brauchen keine konventionellen Wege zu gehen, damit es klappt.«

»Ich habe darüber nachgedacht«, gesteht Sophie. »Ich habe sogar überlegt, ob wir uns eine eigene Wohnung in der alten Segelwerkstatt einrichten könnten. Aber Johnnie plant, sie zu einer Art Clubhaus für Anfänger auszubauen, wo sie die Grundlagen des Segelns lernen können, bevor sie überhaupt zum ersten Mal hinausfahren.«

»Eine Art ewiges Sommerlager wie aus einem dieser Jugendbücher«, murmelt Oliver. »Ich sehe es schon richtig vor mir. Der gute alte Guy wird sich wie im Himmel fühlen.«

»Was für ein Glück, dass du ihn mit hergebracht hast!«, meint Sophie zustimmend. »Das ist wirklich eine Ehe, die im Himmel geschlossen ist.«

»Sprichst du von uns beiden?«

»Nein. Also, ja, gewissermaßen«, antwortet Sophie verlegen. »Ich wollte nur sagen, dass es Wunder gewirkt hat, Johnnie und Guy zusammenzubringen.«

»Und eigentlich haben wir das alles Jess zu verdanken. Sie hat alles in Gang gesetzt.« Oliver denkt an das Foto. »Etwas beschäftigt sie sehr, doch ich weiß nicht, was. Hast du eine Ahnung?«

Sophie schüttelt den Kopf. »Ich wusste von Anfang an, dass etwas vorging, seit Johnnie Kate im *Bedford Hotel* getroffen und sie ihm von Jess erzählt hat; dass sie den Preis gewonnen hatte und sie Juliets und Mikes Enkelin war. Seitdem hat Rowena sich ganz eigenartig verhalten. Sie war mit den Gedanken immer woanders, hat geheimnisvoll getan und all diese Fotos zusammengesucht.«

»Fotos?«

»Ja. Sie hatte Berge davon. Manche natürlich von ganz früher. Johnnie arbeitet sie in sein Buch ein. Aber diese, die sie heraussuchte, zeigten hauptsächlich die Jungs, als sie jung und an der Marineakademie waren. Aufnahmen von Partys im Seegarten und so etwas.«

»Was für Jungs?«

»Na ja, Al und Mike, Johnnie und Fred und noch ein paar andere. Keine Ahnung, damals war ich noch nicht hier. Hat nicht dein Vater auch dazugehört?«

»Ja«, antwortet Oliver.

»Jedenfalls waren es Stapel solcher Fotos, und ein ganz großartiges von Juliet und Mike bei ihrer Hochzeit. Ich muss sagen, dass Jess ganz außerordentliche Ähnlichkeit mit Juliet hat. Jess schlug Rowena sofort in ihren Bann, schon bei ihrer ersten Begegnung. Das war alles sehr eigenartig.«

»Wieso?«

»Also ...« Sophie runzelt die Stirn und versucht, ihr Unbehagen in Worte zu fassen. »Okay, Mike und Al waren eng befreundet, aber Al ist gestorben, und Mike und Juliet sind vor weit über vierzig Jahren nach Australien ausgewandert. Seitdem war der Kontakt abgebrochen. Warum dann jetzt die Aufregung um ihre Enkelin? Ich meine, es ist nett, sie kennenzulernen und eine Art großes Wiedersehen zu feiern, das verstehe ich schon. Aber Rowena hat sich so in das Ganze hineingesteigert. Und dann, als sie Jess die Bilder gezeigt hat, bekam sie einen ganz schlimmen Herzanfall.«

»Du meinst, ihr Anfall hatte etwas mit den Fotos zu tun?«

»Ja, das vermute ich. Sie hatte sie alle auf dem Tisch im Morgensalon ausgelegt und diese große Sitzung mit Jess geplant. Sie hat sie immer wieder aufgeschoben, bis die beiden allein sein konnten. Und, wie ich schon sagte, war da diese Stimmung von unterdrückter Aufregung. Ich habe Johnnie darauf angesprochen, weil ich mir Sorgen um Rowena gemacht habe und das Gefühl hatte, dass diese Anspannung nicht gut für sie war.«

»Und was hat er gesagt?«

Sophie zuckt mit den Schultern. »Ach, er meinte nur, dass Rowena die Gelegenheit genießt, von Al zu sprechen. Sie hat ihren Ältesten geradezu in den Himmel gehoben, ziemlich ödipal. Johnnie hatte dagegen nichts zu melden. Er macht sich nichts daraus, doch seiner Meinung nach ging es nur darum, um nichts weiter.«

»Aber du hast das nicht geglaubt?«

»Nicht ganz. Ich dachte, es hätte vielleicht mehr damit zu tun, dass Al bei einem Segelausflug ertrunken ist, und ich habe mich gefragt, ob da der Hase im Pfeffer liegt, wenn du verstehst, was ich meine.«

»Was denn?«

»Das klingt jetzt ein wenig weit hergeholt, doch sieh es mal so: Al und Mike sind Busenfreunde und beide hinter Juliet her, aber Mike bekommt sie. Angenommen, dahinter hat mehr gesteckt, und sie haben sich auf dem Segelausflug gestritten. Und dann ist Al über Bord gegangen.«

Oliver zieht die Augenbrauen hoch. »Du meine Güte!«

»Na ja, das hört sich sehr dramatisch an«, räumt Sophie abwehrend ein. »Doch ich weiß einfach, dass da etwas war.«

»Aber wenn Rowena den Verdacht hatte, Mike könnte ihren Sohn umgebracht haben, warum sollte sie dann so darauf brennen, Jess kennenzulernen?«

»Ich kann mir gar keinen Grund dafür vorstellen, warum Rowena Jess unbedingt treffen wollte. Und dann hat sie sie auch gleich hierher eingeladen«, erklärt Sophie offen. »Das ist ja das Problem. Jess ist ein liebes Mädchen, und ich mag sie gern. Trotzdem ist es ein wenig komisch. Und jetzt ist Rowena tot.«

Schweigen.

»Du möchtest also nicht, dass Jess wiederkommt?«, fragt Oliver.

»Herrje, doch, natürlich möchte ich das!«, gibt Sophie zurück. »Ehrlich, ich mag sie wirklich gern. Und sie tut mir schrecklich leid. Sie war so begeistert darüber, hier zu sein, wo sich ihre Großeltern so gern aufhielten; und dann hatte Rowena diesen Anfall, und die arme Jess war ganz bestürzt. Und sie war auch noch bei Rowenas Tod dabei.«

»Ja. Eigentlich hat es mich überrascht, dass Jess so gern zurückkommen wollte.«

»Mich ebenfalls. Aber ich freue mich auch. Vielleicht lüften wir das Geheimnis ja noch.«

»Du glaubst wirklich, dass es ein Geheimnis gibt?«

»Ja«, erklärt Sophie bestimmt. »Ganz bestimmt. Ich dachte, vielleicht hätte sie dir etwas erzählt.«

»Ich weiß weniger als nichts über die ganze Sache«, sagt Oliver und denkt an sein Versprechen. »Abgesehen davon, dass mein alter Pa damals zu der Gruppe gehört hat. Ich fürchte, ich bin da keine große Hilfe. Aber vielleicht wird Jess jetzt, nach Rowenas Tod, ja etwas mitteilsamer.«

»Schon möglich. Doch vergessen wir das alles einstweilen! Ich freue mich, dass Johnnie dich zum Bleiben eingeladen hat. Hast du Gepäck bei dir?«

»Ja. Ich bin direkt aus London gekommen. Bin sehr früh aufgebrochen und die direkte Strecke gefahren, daher sind meine Taschen im Wagen.«

»Sehr praktisch. Komm, wir suchen dir ein Zimmer aus! Bist du dir immer noch sicher, dass du dich in dieser Atmosphäre wohlfühlen wirst, in der es wie in einer Wohngemeinschaft zugeht? Jess wird bei uns ein und aus gehen. Und Fred auch, wenn er zurück ist.«

»Mir gefällt so etwas. Meine glücklichsten Zeiten habe ich erlebt, als Unk und ich die Firma aufgebaut haben. Ein Freund von uns hatte eine sehr erfolgreiche Kinderbuchserie namens

Percy, der Papagei geschrieben, nach der eine Kultserie für das Fernsehen entstand. Ich hatte den Einfall, Percy als weiches, kuscheliges Stofftier herzustellen, und die Idee ist großartig angekommen. Wir haben T-Shirts, Tassen und alle möglichen Fanartikel hergestellt. Der Erfolg hat sogar Unk verblüfft. Seine Nichte, ihre Tochter, unser Designer und wir haben praktisch zusammengelebt, mit Ideen jongliert und uns gegenseitig angestachelt. Als das Unternehmen wuchs und Erfolg hatte, haben wir immer mehr Personal eingestellt und begonnen, Arbeit zu delegieren. Doch damit wurde die Seite der Arbeit, die Spaß machte, immer überflüssiger. Nach ein paar Jahren ist das ursprüngliche Team nach und nach auseinandergefallen, und dann ist Unk gestorben. Die Firma war zu groß, zu unpersönlich geworden, und zu diesem Zeitpunkt bin ich ausgestiegen.«

»Ich glaube aber nicht, dass uns das passieren wird, oder?«, fragt Sophie nervös.

»Nein, nein«, versichert er ihr. »Dieses Projekt ist eine ganz andere Geschichte. Ich kann mir vorstellen, dass der kleine Will und Guys Söhne die Firma einmal übernehmen, wenn es so weit ist. Das hier ist eindeutig eine langfristige Sache.«

»Klingt gut«, meint Sophie glücklich.

Kurz setzt leichter Schneefall ein; dann wird es wieder kälter.

Jess fährt sehr vorsichtig über die vereisten Straßen, obwohl sie sich trotzdem noch der leuchtenden Beeren und scharfen schwarzen Dornen in den Hecken bewusst ist. Gern würde sie aussteigen und Fotos machen, aber sie möchte auch unbedingt weiterfahren. Sie hat Angst, stecken zu bleiben, falls es noch mehr schneit. Trotz der Befürchtungen, die ihr durch den Kopf schießen, sagt ihr Instinkt ihr, dass sie das Richtige tut. Sie ist ein Teil dieser Geschichte, und jetzt ist sie an der Reihe, einen weiteren Schritt zu tun, der sie direkt mitten hineinführen wird.

Sie empfindet schreckliche Angst und zugleich großen Jubel. Ihr Herz hüpft vor Freude, als sie jetzt um eine Kurve fährt und den Fluss erblickt, der mit seinen beiden Brücken, die sich über seine leuchtende Breite spannen, im strahlenden Sonnenschein glitzert. Wie seltsam und wunderbar ist doch dieses starke Gefühl, nach Hause zu kommen! An dem Wegweiser an der kleinen Gabelung biegt sie nach rechts ab, steuert den steilen Hügel hinunter, überquert die Straße und fährt das letzte Stück zum Fluss hinunter.

Johnnie kommt ihr entgegen, um sie zu begrüßen, und neben ihm hüpft Popps kläffend auf und ab. Er umarmt sie, und sein strahlendes Gesicht heißt sie willkommen.

»Ich freue mich, dass Sie wieder bei uns sind«, sagt er. »Ich dachte, wir hätten Sie vielleicht vergrault.«

»Aber nein«, gibt sie zurück und lächelt zu ihm auf. »Wie sollte das denn gehen? Doch es war natürlich schrecklich ...« Sie zögert und will nicht allzu fröhlich klingen, weil Johnnies Mutter erst seit so kurzer Zeit tot ist, aber sie ist so froh, diesen warmherzigen, freundlichen Mann zu sehen.

»Schrecklich«, pflichtet er ihr bei. »Furchtbar. Doch sie war krank, Jess, das dürfen wir nicht vergessen. Kommen Sie jetzt ins Haus! Sophie und Oliver sind nach Tavistock gefahren, um einen Großeinkauf zu tätigen, falls das Wetter schlechter wird. Sie brauchen jetzt sicher eine Tasse Tee, um sich aufzuwärmen. Sophie sagt, dass Sie weiter in der alten Segelwerkstatt wohnen möchten, obwohl es so kalt ist. Sie hat Ihnen noch einen Heizkörper hineingestellt.«

»Aber Sie müssen mir erlauben, mich an den Kosten für Essen und Heizung zu beteiligen«, erklärt Jess energisch. »Schlimm genug, dass ich einfach herkomme! Da kann ich nicht auch noch von Ihnen verlangen, mich zu unterhalten. Ehrlich, ich …«

»Unsinn!«, fällt er sofort ein. »Sie gehören jetzt zur Familie, verstehen Sie …«

Freundschaftlich zankend gehen sie in die warme Küche.

»Mutter hat diesen Raum gehasst«, sagt Johnnie. »Sie hat nie verstanden, warum Sophie und die Kinder sich alle hier versammeln. Am angenehmsten ist die Küche jetzt, wenn spätnachmittags die Sonne hineinscheint.« Er schiebt den Kessel auf die Herdplatte, dreht sich um und lächelt ihr zu. »Was haben Sie da?«

Sie zieht die Fotos aus ihrer großen Tasche und schiebt sie ihm hin. »Rowena hat sie mir geschenkt«, sagt sie. Das stimmt nicht ganz, doch darauf kommt es nicht wirklich an. Der Moment ist gekommen. »Das hier mag ich besonders.«

Sie zeigt auf das obere, das Hochzeitsfoto, und er beugt sich vor, um es anzusehen. Seine Miene wirkt verhalten.

»So ein hübsches Mädchen!«, murmelt er. »Und Sie sehen ihr so ähnlich! Ich freue mich darüber, dass Mutter es Ihnen geschenkt hat. Sie hat diese Bilder nämlich eifersüchtig gehütet.«

»Vielleicht, weil sie wusste, dass ich Juliet und Mike nie richtig kennengelernt habe«, antwortet Jess und beobachtet ihn dabei. »Ich habe noch niemals ein Bild von ihnen in ihrer Jugend gesehen. Dad hatte keine. Mike und er haben sich furchtbar gestritten, verstehen Sie? Die beiden haben sich gar nicht verstanden.«

Johnnie runzelt die Stirn und betrachtet das Foto immer noch eindringlich. Jess verschiebt es so, dass das andere sichtbar wird.

»Das hier hat sie mir auch gegeben.«

Der Wasserkessel pfeift, doch Johnnie rührt sich nicht. Er

sieht auf die Gruppe junger, glücklicher Gesichter hinunter, und seine eigene Miene wird traurig und besorgt. Er holt tief Luft und wendet sich ab, um den Tee aufzugießen.

»Sie erkenne ich inzwischen alle«, sagt Jess, doch er dreht ihr weiter den Rücken zu. »Das ist Al, das hier Mike, und dieser junge Mann ist Stephen Mortlake. Und das sind Sie, oder?«

Endlich wendet er sich um und betrachtet das Foto. Er nickt. »Ja, das bin ich.«

»Und das ist Tom, und das da Fred?«

Er nickt, und sie stößt einen tiefen Seufzer aus und nimmt die Fotos in die Hand.

»Ich musste es wissen, verstehen Sie?«

»Ja«, sagt er. »Das begreife ich. Aber Sie meinen, dass meine Mutter die ganze Zeit Bescheid wusste?«

Jess lächelt ihm mitfühlend zu. »Das hat sie geglaubt, doch sie hatte den Falschen im Visier. Sie dachte, es wäre Al.«

Er runzelt die Stirn und versucht, sich vorzustellen, wie sie darauf gekommen ist. »Was hat sie Ihnen erzählt?«

»Sie hat mir viele, viele Jugendfotos von Ihnen allen gezeigt, aber sie wollte auf dieses hier hinaus. Sie ist sehr geschickt vorgegangen und hat gehofft, dass ich jemanden erkenne.«

»Wie hätten Sie jemanden erkennen sollen? Nun ja, vielleicht Mike. Gut möglich, dass Sie schon Fotos von ihm als jungem Mann gesehen haben. Doch wie in aller Welt hätten sie einen der anderen erkennen sollen?«

Jess sieht ihn an und denkt an jenen Tag im Morgensalon zurück. »Es war ein furchtbarer Schock«, gibt sie leise zurück, »aber sie hatte recht mit ihrer Ahnung. Doch inzwischen war ich argwöhnisch geworden, verstehen Sie? Sie hat sich so in die Sache verbissen und mich nach Daddy ausgefragt. Ich habe niemanden von Ihnen erkannt, aber einer der jungen Männer auf dem Foto sah so sehr aus wie mein Dad in diesem Alter, dass ich unwillkürlich aufgekeucht habe, und dann wusste ich, dass ich mich verraten hatte. Sie hat mein Erschrecken bemerkt, doch ich habe sie absichtlich in die Irre geführt und auf ein Gesicht gezeigt, das ich nicht kannte. ›Wer ist das?‹, habe ich gefragt.« Sie stöhnt leise. »Ich hätte keine schlechtere Wahl treffen können.«

»Sie haben zufällig auf Al gedeutet?«

Sie nickt. »Sie war vollkommen außer sich vor Freude. Darauf hatte sie offenbar gewartet und gehofft, und der Schock hat ihr diesen furchtbaren Anfall beschert.«

»Oh, mein Gott!«

»Ich fühlte mich so schuldig und beschämt! Und ich hatte schreckliche Angst davor, sie wiederzusehen, Angst vor dem, was sie dann sagen würde. Und tatsächlich, bei unserer nächsten Begegnung wollte sie nichts anderes von mir hören, als dass Daddy Als Sohn gewesen sei.«

»Und, haben Sie es ihr gesagt?«

Wieder nickt Jess. »Sie sah so krank aus, aber sie war überglücklich. Sie hat mich für Juliet gehalten. ›Das Kind ist von Al, nicht wahr?‹, hat sie gefragt, und ich habe nur genickt und den Kopf auf ihr Handgelenk gelegt, damit sie mein Gesicht nicht sehen konnte, und dann ist sie gestorben.«

Schnell tritt Johnnie um den Tisch herum und zieht sie in die Arme. Er drückt die Wange an ihren Kopf, und sie schmiegt sich weinend an ihn.

»Arme Jess!«, murmelt er. »Arme kleine Jess!«

»Ich musste doch etwas sagen«, schluchzt sie. »Sie sind alle so nett zu mir gewesen. Es tut mir leid.«

Er umarmt sie fester. »Ihnen braucht nichts leidzutun«, erklärt er. »Lassen Sie mir ein ganz klein wenig Zeit, um etwas zu regeln, Jess? Ich verspreche Ihnen, dass alles gut wird.«

Sie nickt, fasst seine Hand und wischt sich mit der anderen die Wangen ab. Plötzlich beginnt Popps zu kläffen, springt aus ihrem Korb und rennt zur Tür. Johnnie richtet sich auf.

»Verdammt!«, sagt er. »Das werden Oliver und Sophie sein. Geht es Ihnen gut?«

»Ja.« Jess steckt die Fotos in ihre Tasche und steht von ihrem Stuhl auf. »Ich gehe mich nur frisch machen«, erklärt sie und verschwindet in Richtung Gästetoilette.

Johnnie beschäftigt sich wieder mit dem Tee und nimmt ein paar Tassen von der Anrichte. Sophie und Oliver kommen mit Tüten beladen herein.

»Die Wettervorhersage ist nicht gut«, berichtet Sophie fröhlich. »Vielleicht werden wir ja eingeschneit. Gott sei Dank ist Jess sicher angekommen!«

»Gerade eben«, antwortet Johnnie. »Ich brühe Tee auf.«

»Es ist eiskalt«, sagt Oliver. »Und ich habe nur meine dünnen Sachen aus London.«

»Wir haben genug Pullover übrig«, erwidert Sophie. »Oh, hi, Jess! Wie geht es Ihnen?«

»Gut.« Jess umarmt zuerst sie und dann Oliver. »Es ist großartig, wieder hier zu sein. Ich bin fest entschlossen, einiges an Arbeit zu schaffen.«

»Bei diesem Wetter?« Sophie erschauert. »Um diese Jahreszeit werden Sie aber nicht viele Blumen finden. Hören Sie, sind Sie sich wirklich sicher, dass Sie im Segelloft bleiben wollen? Wir haben genug freie Zimmer.«

Jess wirft Johnnie einen schnellen, nervösen Blick zu. »Ja, wirklich«, beginnt sie. »Ich bin gern da draußen.«

»Sie wird sich dort wohlfühlen«, pflichtet Johnnie ihr bei. »Jedenfalls, wenn ihr ihr vierundzwanzig Stunden Zeit gebt. Dann werdet ihr schon sehen, wie sie zurechtkommt.«

»Nun gut«, meint Sophie. »Aber ich bin es nicht schuld, wenn Sie eingeschneit werden.«

Jess und Johnnie wechseln noch einen Blick. »Nein, natürlich nicht«, sagt sie. »Danke.«

Nach dem Abendessen sehen sie fern und unterhalten sich über die neue Geschäftsidee. Oliver und Johnnie setzen eine E-Mail an Guy mit neuen Ideen und Vorschlägen auf.

»Denken Sie bitte daran«, meint Oliver warnend. »Guy soll noch nicht wissen, wie weit ich schon mit drinstecke. Er soll so begierig und aufgeregt sein, dass es ihm egal ist, woher das Geld kommt.«

»Ich hätte gedacht, in diesem Stadium wäre er schon lange«, merkt Sophie an.

»Wir müssen ihm seinen Stolz lassen«, sagt Oliver.

Johnnie geht in den »Schmollwinkel«, um die Mail abzuschicken und einige Anrufe zu tätigen. Später kommt er wieder, um Jess eine gute Nacht zu wünschen.

Er gibt ihr einen Kuss. »Morgen, nach dem Frühstück«, flüstert er ihr dabei ins Ohr. Sie nickt lächelnd.

Oliver und Sophie bringen Jess mit Popps zur alten Segelwerkstatt und überzeugen sich davon, dass es warm darin ist und Jess alles hat, was sie braucht. Sophie zieht die Vorhänge in dem großen Raum zu, damit er nicht auskühlt, aber sobald die beiden fort sind, öffnet Jess sie wieder. Der Mondschein taucht das Segelloft in kaltes weißes Licht und zerfällt auf dem schwarzen Wasser in einzelne Reflexe. Einen Moment lang steht sie da und sieht in die magische Nacht hinaus; dann läuft sie rasch die kleine Treppe hinauf, in ihr warmes, behagliches Schlafzimmer.

Jess wacht mit dem seltsamen, aber inzwischen vertrauten Gefühl auf, dass sich noch andere Menschen bei ihr in der Segelwerkstatt befinden. Sie zieht sich die lange Wolljacke und dicke Socken über den Schlafanzug, tritt auf die Galerie hinaus und geht über die Treppe in den großen Raum hinunter. Und die ganze Zeit über ist sie sich einer Präsenz bewusst: Da ist der Widerhall leichter Schritte auf den glänzenden Bodendielen, gedämpftes Lachen, das plötzlich abbricht. Sie wendet den Kopf und horcht, aber sie hat keine Angst. Während sie ihren Tee zubereitet und ihn mit zur Balkontür nimmt, fühlt sie sich von einer eigentümlichen Freude erfüllt. Sie öffnet die Tür nicht, sondern steht nur da, trinkt den Tee wie schon einmal und sieht zu, wie der Nebel über das Wasser treibt.

Die Sonne geht auf und übergießt die Hügel auf der anderen Seite mit einem strahlenden, rosig-goldenen Licht, das nach und nach über die kleinen, schräg angelegten Felder und an den schwarzen Hecken entlang abwärtsgleitet und die nächtlichen Schatten vertreibt, bis es die ungleichen, schiefergedeckten Dächer von Cargreen berührt. Ein kleines Ruderboot löst sich von den dunklen Mauern und gleitet über das Wasser. Als es näher kommt, kann Jess den Mann an den Rudern erkennen. Er legt sich kraftvoll in die Riemen und blickt ab und zu über die Schulter, um nicht mit den wenigen Booten, die noch in der Fahrrinne vor Anker liegen, zusammenzustoßen. Dieses Mal hält er nicht an. Das kleine Boot kommt, umgeben von den Wellen, die von den rhythmisch ins Wasser tauchenden Rudern ausgehen, näher, bis es fast direkt unter ihr aus ihrem Blickfeld verschwindet.

Jess holt tief Luft, wendet sich wieder in den Raum hinein und wartet. Ein Schatten huscht am Fenster vorbei, und dann klopft es leise an der Tür: Endlich ist er da. Er tritt auf sie zu und schaut sie aufmerksam an, und sie erwidert seinen eindringlichen Blick. Die Teetasse hält sie immer noch mit beiden Händen umklammert.

Er lächelt, als hätte er eine wunderbare Entdeckung gemacht, fasst sie am Ellbogen und führt sie zu dem großen Fenster zurück. Immer noch sieht er sie an, und auch sie schaut ihn an und versucht, in dem Gesicht dieses großen, breitschultrigen und viel älteren Mannes die Züge ihres Vaters zu erkennen.

»Wann bist du darauf gekommen?«, fragt er. Er ist so aufgeregt, so froh, dass sich ihre letzten Ängste in nichts auflösen, und sie lacht.

»Ich glaube, als ich dich zum ersten Mal gesehen habe«, erklärt sie. »Du kamst aus dem Nebel gerudert und bist an Bord deiner Jacht gegangen. Da hast du mir zugewinkt.«

»Aber wir haben uns schon vorher gesehen«, erinnert er sie. »Am allerersten Tag, als du am Fluss entlanggegangen bist.«

»Ja!«, ruft sie aus. »Jetzt weiß ich es wieder! Du warst auf deinem Boot, und ich habe dir zugewinkt.«

»Du hast so sehr wie Juliet ausgesehen, dass ich am liebsten in das Beiboot gesprungen und zu dir an Land gerudert wäre.«

»Warum hast du es nicht getan?«, fragt sie, und ihr Lächeln verfliegt. »Ich wünschte, du wärst gekommen.«

Er sieht sie mit einem traurigen Blick an. »Juliet hatte mir jeden Kontakt verboten. Sie sagte, niemand dürfe je davon erfahren. Sogar, als ich hörte, dass dein Vater nach England zurückgekehrt war, hat sie mich nicht aus meinem Versprechen entlassen. Oh, mein Gott, ich muss dir so viel erklären, Jess! Jess.« Er sagt ihren Namen noch einmal. »Ich hätte nie geglaubt, dass ich dich einmal kennenlernen würde.«

»Aber wie soll ich dich nennen?«, will sie wissen. »Das ist ganz komisch, oder? Nachdem ich dich so lange nicht gekannt habe, kann ich dich doch nicht plötzlich mit ›Grandpa‹ oder ›Granddad‹ ansprechen.«

»Klingt ziemlich merkwürdig, oder?«, meint er zustimmend. »Kannst du mich nicht einfach Freddy nennen?«

Sie sitzen zusammen am Tisch und betrachten die Fotos, während Jess die Geschichte, die sie Johnnie erzählt hat, wiederholt.

»Nach und nach habe ich sie alle ausgeschlossen«, erklärt sie. »Al, Mike, Stephen.« Sie zeigt auf einen nach dem anderen.

»Johnnie, Tom, Freddy. Du und Stephen wart die Letzten, die ich identifizieren konnte. Kate hat es mir gesagt. Aber tief in meinem Inneren hatte ich schon vorher das starke Gefühl, du, Freddy, müsstest derjenige sein, der Daddy so ähnlich sah. Ich habe dich draußen auf dem Fluss gesehen, in deinem Ruderboot. Irgendwie warst du immer im Schatten, bist aus dem Nebel aufgetaucht oder warst als Silhouette vor der Sonne zu sehen, und ich konnte dich nie richtig erkennen. Du bist gekommen und gegangen, wenn ich nicht da war. Ich war überzeugt davon, dass du es sein musstest, und doch erschien es so, als wärst du der unwahrscheinlichste Kandidat von allen.«

»Ah, aber das war doch meine Stärke, verstehst du? Ich war immer der Kleinste, Unbedeutendste und Letzte. Der junge Fred, der kleine Freddy. Niemand hat mich ernst genommen. Meine Mutter war eine entfernte Cousine von Dickie Trehearne. Mein Vater ist gegen Kriegsende gefallen, und Dickie hat uns das Cottage in Cargreen überlassen und mich wie einen eigenen Sohn behandelt, genau wie Al und Johnnie. Er war ein ganz reizender Mensch, und Johnnie schlägt ihm nach. Doch

Rowena hat meine Mutter und mich immer als arme Verwandte betrachtet. Deswegen wäre sie auch nie auf die Idee gekommen, dass die hinreißende Juliet ernsthaft den kleinen Freddy dem großartigen Al vorgezogen hat.«

»Wusstest du, dass sie erraten hat, dass Juliet eine Affäre hatte?«

Er schüttelt den Kopf. »Als Mike und Juliet sich kennenlernten und geheiratet haben, war ich auf See. Ich war wie vom Donner gerührt, als ich sie zum ersten Mal gesehen habe. Sie war das schönste Mädchen, das mir je unter die Augen gekommen ist. Ich konnte einfach nicht verbergen, dass ich bis über beide Ohren in sie verschossen war. Und zu meiner Überraschung hat Juliet darauf reagiert. Ich konnte mein Glück kaum fassen. Wir haben dann diese verrückte Affäre angefangen. Mike war viel auf See, was hilfreich war, und Rowena hatte Juliet hierher eingeladen. Das war nicht so einfach, denn Al war ebenfalls hier, und wir begannen zu ahnen, dass wir beobachtet wurden. Juliet pflegte sich davonzuschleichen, und ich bin zu ihr hinübergerudert. Manchmal haben wir uns hier getroffen.« Sein Blick schweift durch das Segelloft. »Damals hat es hier anders ausgesehen, aber sie liebte das Haus. Wir waren wahnsinnig glücklich. Und genau das war das Problem. Es war Irrsinn. Es war die ganze Stimmung, dieser magische Sommer. Diese Partys im Seegarten mit den kleinen Lichtern, die im Dunkeln glitzerten und sich im Fluss spiegelten. Die Mädchen in langen Kleidern, und wir jungen Männer alle in Uniform oder im Smoking. Wir hatten damals eben Stil. Und dann wurde Juliet schwanger. Wir wussten, dass das Kind von mir war. Kurz nachdem Mike für sechs Wochen auf See gegangen war, hatte Juliet ihre Periode gehabt, daher bestand kein Zweifel an meiner Vaterschaft. Wir hatten keine Ahnung, was wir tun sollten. Ich wollte, dass sie Mike verlässt, aber sie hatte

Angst. Wir waren so jung, verstehst du? Und sie wusste, dass ihre Eltern außer sich sein würden. Ganz zu schweigen von Mike ...«

Freddy schweigt einen Moment, bevor er weiterspricht: »Und dann machte Al seinen Schachzug. Er hatte uns beobachtet, uns nachspioniert. Er erklärte Juliet, wenn sie nicht mit ihm schliefe, würde er alles Mike erzählen. Das hat sie furchtbar geängstigt. Sie hat ihm gesagt, dass sie schwanger sei, und natürlich gehofft, er werde annehmen, das Kind sei von Mike; sie hat beteuert, dass sie sich nicht gut fühle und alles Mögliche. Er hat ihr trotzdem weiter gedroht, und da hat sie sofort die Beziehung zu mir abgebrochen. Sie erklärte mir, ihr sei einfach alles zu viel, und ich musste ihr versprechen, nie jemandem davon zu erzählen. Ich war dumm genug, mich darauf einzulassen. Aber Juliet war eine starke Persönlichkeit, und außerdem kam Mike nach Hause. Also habe ich Idiot nachgegeben.«

»Und was ist dann passiert?«

»Alles ging mehr oder weniger seinen üblichen Gang. Nachdem Mike zurück war, konnte Al Juliet nicht mehr belästigen. Wir vier – Mike und Al und Johnnie und ich – sind segeln gegangen. Ein Sturm braute sich zusammen. Das Boot halste unbeabsichtigt, und irgendwie ging Al über Bord. Wir haben seine Leiche nie gefunden.«

Erschüttert und wortlos starrt Jess ihn an. »Meinst du ...? Was sagst du da?«

Freddy zuckt mit den Schultern. »Johnnie und ich waren unter Deck. Plötzlich gab es lautes Geschrei, das Boot halste, und als wir nach oben kamen, brüllte Mike, eine Sturmbö habe uns getroffen, und Al sei über Bord gegangen. Er hat einen Rettungsring über die Reling geworfen, und wir haben das Mann-über-Bord-Manöver durchgeführt, doch wir haben Al nie gefunden.«

»Oh, mein Gott! Glaubst du, Mike hat ... nun ja, ihn geschlagen oder über die Reling gestoßen?«

»Das werden wir nie erfahren. Johnnie nimmt an, dass Al Mike etwas Provozierendes über Juliet gesagt und Mike ihn geschlagen hat. Mir gegenüber ist Johnnie unter vier Augen immer dabei geblieben, dass er laute Stimmen gehört hat, *bevor* das Boot halste. Aber es war mit an Sicherheit grenzender Wahrscheinlichkeit ein Unfall. Niemand hätte mehr tun können als Mike, um Al zu finden.«

»Wie schrecklich! Oh Gott, die arme Rowena!«

»Mike und Juliet sind nach Faslane gezogen, und dann ist Mike zur australischen Marine gegangen. Juliet hat gesagt, er habe zunächst nie über diesen Sommer geredet, doch die beiden versuchten, noch ein Kind zu bekommen. Vergeblich. Schließlich ließen sie sich untersuchen, und es stellte sich heraus, dass Mike zeugungsunfähig war. Und dazu kam noch, dass Patrick, dein Vater, mir immer ähnlicher wurde. Juliet hat erzählt, als er älter wurde, sei es fast unerträglich gewesen. Ich habe sie angefleht, Mike zu verlassen und mit Pat zu mir nach England zu kommen, aber sie hat mir gesagt, Mike liebe sie immer noch, und sie sei es ihm schuldig zu bleiben. Es sei besser geworden, als Pat nach England ging, obwohl er ihr schrecklich gefehlt hat. Und dann ist er gefallen.«

Jess starrt Freddy wortlos und mit Tränen in den Augen an. Er steht auf, schiebt seinen Stuhl beiseite und streckt ihr die Arme entgegen, und sie stolpert weinend in sie hinein.

»Mir fehlt er auch«, schluchzt sie. »Ich ertrage es nicht.« Und er hält sie fest und murmelt beruhigende Worte in ihr Haar hinein. Sie spürt, wie sich der weiche Baumwollstoff eines Taschentuchs gegen ihre Wange drückt, und nimmt es dankbar an.

»Tut mir leid«, murmelt sie. »Wirklich. Es war nur alles so ein Schock!«

»Nichts davon ist deine Schuld«, sagt Freddy. »Arme Jess! Als Johnnie mir erzählte, dass du aufgetaucht seist, waren wir uns einig, dass wir sehr vorsichtig vorgehen mussten. Ich habe mich im Hintergrund gehalten, aber als Allererstes Juliet angerufen. Wir waren heimlich in Kontakt geblieben; schließlich wollte ich wissen, wie es zuerst Pat und dann später dir erging. Keiner von uns hat damit gerechnet, dass du einfach so auf der Bildfläche erscheinen würdest. Wir sind davon ausgegangen, dass du glücklich und gut versorgt bist. Doch als du hergekommen bist, um nach deinen Wurzeln zu suchen, habe ich einen Entschluss gefasst. Ich wollte, dass Juliet die Kontaktsperre aufhebt, die sie mir aufgezwungen hatte. Sie war bereit, darüber zu reden. Wir sind in die Staaten geflogen, ich von hier aus und sie aus Australien, und haben uns in Los Angeles getroffen, wo sie Freunde hat. Das war unsere erste Begegnung seit über vierzig Jahren.«

Jess starrt ihn staunend an. »Du hast dich mit ihr getroffen? Du hast Juliet gesehen?«

Er zuckt mit den Schultern. »Es war Zeit. Wir brauchten uns keine Gedanken mehr wegen Mike zu machen. Pat lebt auch nicht mehr. Jetzt mussten wir an dich denken und alles ins Reine bringen. Ich fand, dass es kein besonders großer Schock für dich sein würde. Schließlich kanntest du Mike nicht gut, und Pat betraf es nicht mehr, also habe ich ihr ordentlich Druck gemacht. Ich wollte sie überreden, mich zurück an den Tamar zu begleiten, um es dir mit mir gemeinsam zu sagen, aber sie wollte nicht. Sie ist der Meinung, für uns beide sei es zu spät, und da hat sie wohl recht, doch sie hofft, dass sie dich bald wiedersieht.«

»Das hast du für mich getan?«

Er lächelt betreten. »Ich vermute, ich wäre kein besonders guter Vater gewesen, Liebes, aber ich würde in unserer Beziehung gern mein Bestes geben. Juliet hat mir erlaubt, dir alles zu erzählen. Das habe ich gewollt, und ich habe es bekommen.«

»Ich weiß gar nicht, was ich sagen soll.«

»Johnnie ist vor Freude ganz aus dem Häuschen.«

»Er hat es die ganze Zeit gewusst?«

»Aber ja! Johnnie wusste alles. Nach dem ersten Schreck fand er, das sei eine wunderbare Gelegenheit, endlich alles in Ordnung zu bringen. Doch dann hat er sich Sorgen um Rowena gemacht. Sie benahm sich äußerst seltsam. Er hatte keine Ahnung, ob sie etwas darüber wusste.«

»Sie hat erraten, dass Juliet eine Affäre hatte und das Baby nicht von Mike war, aber sie nahm an, es wäre Als Kind.«

»Das hat Johnnie mir gesagt, als er mich gestern Abend angerufen hat, nachdem ihr beide geredet hattet. Für mich war es ein vollkommener Schock, dass sie überhaupt etwas gewusst hat. Die letzten Wochen waren schwierig, Liebes, doch Johnnie ist so glücklich darüber, dass ich offen mit dir reden kann! Er hasst Täuschungen und Lügen, aber wir waren uns trotzdem einig, dass ich mich zunächst heraushalten würde. Ich habe dich aus der Entfernung beobachtet.«

»Das war so eigenartig«, sagt sie zittrig. »Als ich zum ersten Mal herkam, hatte ich gleich das Gefühl, hierher zu gehören.«

»Und so ist es auch, Schatz. Es ist dein Zuhause. Meine Familie lebt seit Generationen hier. Du bist nach Hause gekommen, Jess.«

Als Johnnie kommt, sitzen sie immer noch zusammen, trinken Tee und reden. Jess steht auf und tritt auf ihn zu.

»Wir sind verwandt«, sagt sie. »Freddy hat es mir erzählt. Ist das nicht wunderbar?«

»Ja«, antwortet er und umarmt sie. »Das ist großartig.«

»Wir haben uns etwas ausgedacht«, erklärt Freddy. »Ich fahre jetzt mit ihr hinüber in mein Haus und bringe sie mit der

Abendflut zurück. Du bist aus einer großen Schar von Bewerbern dafür ausgewählt worden, es Sophie zu erzählen, alter Junge.«

»Und Oliver«, setzt Jess schnell hinzu.

»Danke«, meint Johnnie trocken.

Freddy schenkt ihm ein Grinsen. »Wir müssen los, solange das Wasser noch hoch genug steht. Komm, Jess! Zieh dir etwas Warmes an, draußen ist es eisig!«

Sie gehen alle hinunter zu dem Beiboot. Jess klettert hinein und setzt sich ins Heck. Freddy folgt ihr, nimmt mittschiffs Platz und fasst die Ruder. Johnnie wirft die Fangleine ins Boot und stößt sie ab.

Während Freddy rudert, beobachtet Jess ihn und sucht nach Zügen, die sie an ihren Vater erinnern. Sie erkennt die Art, wie sich die Haut um seine haselnussbraunen Augen in Falten legt, bevor er lächelt, und vermutet, dass sein eisgraues Haar einmal genauso dunkelbraun war wie das ihres Vaters. Er ist stark, immer noch vital, und sie ist stolz auf ihn: Dies ist ihr Großvater.

»Glaub ja nicht«, sagt er beim Rudern, »dass ich dich nicht als Hausgast bei mir haben möchte! Ich hoffe, du kommst irgendwann, aber da ist es nur fair, wenn du das Haus zuerst siehst. Außerdem muss ich wohl noch allerhand aufräumen.«

Jess ist froh, dass er sie nicht gleich eingeladen hat, bei ihm zu wohnen. Im Moment ist die alte Segelwerkstatt ein neutrales Territorium zwischen dem großen Haus und Freddys Cottage. Es ist ihr eigener Raum, in dem sie die unerwarteten Ereignisse der letzten paar Wochen verarbeiten kann.

»Ich freue mich aber, dass du segelst«, bemerkt er gerade und lächelt – das Lächeln seines Sohnes.

Sie fühlt einen starken Drang, in Tränen auszubrechen, doch

stattdessen erwidert sie sein Lächeln, dreht sich um und winkt Johnnie zu.

Der sieht den beiden noch kurz nach und hebt die Hand, um Jess' Gruß zu erwidern. Dann geht er zurück zum Haus und probt im Kopf die Geschichte, die er gleich erzählen wird.

»Wusste ich doch, dass es da ein Rätsel gab!«, sagt Sophie, deren Wangen vor Aufregung rosig überhaucht sind. »Ich wusste es einfach! Und ihr habt es all die Jahre geheim gehalten!«

Sie sitzen immer noch beim Frühstück. Die Überraschung hat sie alle hungrig gemacht, und Johnnie hat eine weitere Portion Schinkenspeck gebraten. Sophie toastet noch Brot.

»Bis Jess aufgetaucht ist, gab es auch nicht viel zu erzählen«, sagt Johnnie. »Juliet hat sehr sporadisch Kontakt zu Freddy gehalten, aber er durfte ihr nicht schreiben, damit Mike nicht dahinterkam. Als Pat nach England kam, hat Fred gebettelt und gefleht, ihn sehen zu dürfen, doch Juliet ist absolut hart geblieben. Der arme alte Fred war ständig hin und her gerissen und wusste nicht, ob er einfach gegen ihren Wunsch verstoßen sollte. Aber gleichzeitig hatte er keine Ahnung, was schlimmer für Pat sein würde: weiter zu glauben, dass sein Vater – das heißt, Mike – ihn nicht liebte, oder zu erfahren, dass seine Mutter ...«

Er zögert, will das Wort nicht aussprechen und schaufelt Oliver noch mehr Speck auf den Teller.

»Eine sehr unangenehme Position für den guten Fred«, meint Oliver zustimmend. »Und ich vermute, je länger das so ging, desto schwieriger wurde es.«

»Das Problem mit solchen verrückten Affären ist«, setzt Sophie nachdenklich hinzu, »dass sie im Allgemeinen auf simpler Lust beruhen, und Juliet hat sich wahrscheinlich gefragt, wie es sein würde, wenn sie tatsächlich die Vorsicht in den Wind schlagen und zurück zu Fred gehen würde.«

»Wir beugen uns deiner überlegenen Erfahrung auf dem Gebiet der ›simplen Lust‹«, erklärt Oliver, »und vermuten einmal, dass Juliet in einem üblen Zwiespalt steckte.«

»Für diese Theorie spricht vieles«, meint Johnnie und ignoriert, dass Sophie nach Olivers rasch eingezogenem Kopf schlägt. »Fred war der Jüngste von uns allen, sogar noch jünger als Juliet, und damals hätte man an ihm noch keine Spur von erwachsenem Ernst entdeckt, die Juliet vielleicht bewogen hätte, Mike zu verlassen. Freddy war in seinem letzten Jahr an der Marineakademie, und Mike war bereits dritter Offizier auf der *Optimist*.«

»Wie schrecklich das für sie gewesen sein muss!«, sagt Sophie, die plötzlich ernst geworden ist. »Sie war schwanger mit dem Kind eines anderen, musste es geheim halten und dann so weit von zu Hause fortgehen. Arme Juliet!«

»Aber vorher«, wirft Oliver ein, »ist Al gestorben.«

Johnnie wirft ihm einen raschen Blick zu; Sophie sieht verwirrt auf. Oliver isst den Speck auf und schiebt den Teller beiseite.

»Sophie hatte recht, dass es ein Rätsel gab«, erklärt er, »doch die Sache ist die, dass Rowena anscheinend an der Geheimniskrämerei beteiligt war.«

»Ja, das stimmt«, pflichtet Sophie ihm bei. »Eigentlich hat Rowenas Verhalten mich misstrauisch gemacht, noch bevor Jess herkam. Aber was hat Als Tod damit zu tun? Er ist doch bei einem Segelunfall auf See gestorben.«

Johnnie schweigt. Er legt Messer und Gabel weg und schenkt Kaffee nach. »Ich hatte damals keine Ahnung, dass Mutter Juliet im Verdacht hatte, eine Affäre zu unterhalten«, sagt er schließlich. »Vergesst nicht, dass es eine kurze Sommerliebelei war, nichts weiter. Ich wusste davon, weil Fred und ich uns so nahestanden. Er war für mich wie ein Bruder – mehr, als Al es je war. Wir sind zusammen geschwommen und gesegelt, sind fischen gegangen. Wir waren schon unser Leben lang unzertrennlich. Johnnie und Fred. Freddy und John. Mein Vater und Freds Mutter waren verwandt und hatten immer ein enges Verhältnis zueinander. Wir haben direkt gegenüber am Fluss gelebt, haben dieselben Schulen besucht und sind zusammen auf die Marineakademie gegangen.

Als Fred mir das von Juliet und sich erzählte, war ich ziemlich neidisch. Na ja, ihr habt die Fotos gesehen, und ihr kennt Jess. Welcher junge Mann hätte da anders empfunden? Aber sogar ich ahnte, dass der liebe Freddy leicht überfordert war. Dieser lange, heiße Sommer war von Magie erfüllt, und Fred hat sich verzaubern lassen. Es war ein Sommernachtstraum; Freddy war Zettel und Juliet Titania. Als er erfuhr, dass sie schwanger war, reagierte er zuerst entsetzt und dann überglücklich. ›Jetzt muss sie ihn verlassen‹, sagte er zu mir – aber da hatte er die Rechnung ohne Juliet und ihre praktische Ader gemacht. Der Traum begann zu verblassen, und Oberon – in unserem Fall Mike – war auf dem Weg nach Hause. Er hatte sich spezialisiert und fuhr jetzt auf U-Booten. Fred war noch auf der Akademie. Ich glaube, Juliet ist in Panik geraten und dachte vor allem daran, sich zu schützen. Glücklicherweise war sie noch in einem Zeitrahmen, der Mike die Annahme erlaubte, das Kind sei seines – außerdem hatte er ja keinen Grund, daran zu zweifeln …«

»Bis Al es ihm gesagt hat?«

Johnnie nickt in Olivers Richtung. »Sehr schnell kombiniert. Al wusste von der Affäre, er hatte den beiden nachspioniert, und jetzt sah er seine Chance. Er war immer hinter Juliet her gewesen.« Johnnie seufzt. »Er war das Lieblingskind und nicht daran gewöhnt, Zweiter zu sein. Er hat ihr gedroht, Mike die Wahrheit zu sagen, wenn sie nicht mit ihm schlafen würde.«

Sophie starrt ihn entsetzt an. »Oh Gott! Was ist passiert?«

»Juliet hat versucht, vernünftig mit ihm zu reden. Hat ihm erzählt, dass sie schwanger war, und versucht, ihn davon abzubringen, doch Al hatte einen tyrannischen Zug, und ich kann mir vorstellen, dass sie Angst vor ihm hatte. Sie hat Fred erklärt, es sei vorbei, und sie könnten einfach nicht riskieren, dass ihnen noch jemand auf die Spur kommt. Er war verzweifelt, hat das aber akzeptiert. Dann kam Mike von See nach Hause, und wir sind wie so viele Male zuvor alle vier zusammen segeln gegangen. Fred und ich und Al und Mike. Wir segelten vor der Westküste und waren auf dem Heimweg. Fred und ich waren unter Deck. Al und Mike hatten die Mitternachtswache übernommen.« Einen Moment lang verstummt er und erinnert sich an die lauten Stimmen, das plötzliche Halsen des Bootes. »Al stand am Steuer. Das Boot hat gehalst, und er ist über die Reling gegangen.«

Oliver wartet, doch Sophie fällt sofort ein.

»Aber das war doch sicher ein Unfall?«

Johnnie reibt sich übers Gesicht. Darüber hat er schon tausend Mal nachgedacht. »Woher sollen wir das wissen? Der Wind hatte stark aufgefrischt. Mike sagte, eine Bö habe das Boot getroffen und Al überrumpelt, und der Mastbaum habe ihn über Bord gestoßen. Und da habe er, Mike, begonnen, um Hilfe zu rufen. Doch ich habe die Stimmen gehört, versteht ihr? Ich habe wütende Stimmen gehört, *bevor* die Bö das Boot traf. Ich werde euch sagen, was ich glaube, doch das muss unter uns bleiben. Wir segelten vor dem Wind, und ich vermute, dass Al gesteuert hat. Angenommen, er hat Mike wegen Juliet verspottet, die beiden gerieten in Streit und Mike hat ihm einen Faustschlag versetzt. Al stand immer gern am Steuerruder. Wegen des Schlages könnte er Übergewicht bekommen haben, nach hinten gestürzt sein und dabei die Ruderpinne nach Backbord verrissen haben. Ergebnis: Das Boot halst unabsichtlich. Der Mastbaum könnte Al über die Reling gestoßen haben. Mike würde sich schuldig und entsetzt gefühlt haben, und genauso hat er sich auch tatsächlich verhalten. Als Fred und ich an Deck kamen, versuchte Mike, den Rettungsring zu lösen, er warf ihn dann über die Reling und begann mit dem Mann-über-Bord-Manöver. Wir haben die ganze Nacht gesucht, doch wir haben Al nicht gefunden.«

»Wie grauenhaft!«, murmelt Sophie, die sich die Geschichte in diesem neuen Licht vorstellt. »Wie absolut furchtbar für euch alle!«

»Und jetzt vermuten Sie, dass Ihre Mutter das die ganze Zeit gewusst hat?«, fragt Oliver.

Johnnie seufzt leise. »Das Problem ist, wenn man sich einer Sache sicher ist, dann kann man sich nicht vorstellen, dass ein Zweiter die Zeichen interpretiert. Ich wäre nie auf die Idee gekommen, sie könnte glauben, Al und Juliet wären ein Paar gewesen. Eines erklärt das allerdings, nämlich warum meine Mutter schnell bereit war, Mikes Unfallschilderung zu akzeptieren. Man hätte doch meinen können, dass sie über Als Tod völlig aus der Fassung gerät, uns alle ins Verhör nimmt und jedem außer Al die Schuld gibt. Aber sie war sehr still und zurückhaltend. Falls sie glaubte, Al und Juliet hätten eine Affäre, dann wollte sie ihn sicherlich nicht bloßstellen oder Mike zu Geständnissen zwingen, die hätten peinlich werden können. Doch mir ist gar nicht in den Sinn gekommen, dass meine Mutter von der Affäre wusste, bis wir erfuhren, dass Jess kommen würde und Mutter sich so merkwürdig zu verhalten begann. Und selbst da habe ich zwei und zwei noch nicht zusammengezählt. Jess hat mir dann erzählt, meine Mutter sei in dem Glauben gewesen, ihr Vater sei Als Sohn gewesen und sie seine Enkelin. Aber jetzt vermute ich, dass meine Mutter damals von der Affäre wusste, jedoch angenommen hatte, Al und nicht Fred sei Juliets Liebhaber. Den kleinen Fred hätte sie nie mit Juliet in Verbindung gebracht. Doch Al machte keinen Hehl daraus, dass er Juliet begehrte, und wahrscheinlich hat es meine Mutter gewurmt, dass Juliet Mike den Vorzug vor ihrem Lieblingssohn gegeben hatte. Bestimmt hat sie mehr mitbekommen, als ich je geahnt habe. So vieles ist in diesem Sommer hier geschehen, im Seegarten. So langsam komme ich zu der Ansicht, dass sie sich im Lauf der Jahre ein kleines, imaginäres Dossier aufgebaut hat, um ihre wacklige Theorie zu unterstützen, Juliet habe Als Sohn zur Welt gebracht. Kein Wunder, dass sie so aufgeregt war, als Jess auf der Bildfläche erschien! Sie wünschte sich, dass sie schlussendlich recht behalten würde. Das wäre ihr wichtig gewesen. Deswegen hat sie sich für Jess diesen kleinen Test mit dem Foto ausgedacht und gehofft, dass sie Al über eine Ähnlichkeit mit ihrem Vater erkennen würde. Und die arme Jess, die noch mit ihrem eigenen Schrecken beim Anblick der Fotografie rang und versuchte, sich und Fred zu schützen, hat sie eher zufällig im Glauben gelassen, es wäre wahr. Mutter war so überglücklich! Aber dann hatte sie einen Anfall und ist gestorben, bevor die Wahrheit ans Licht kommen konnte.«

»Wie außerordentlich, dass Jess zufällig auf Al gezeigt hat!«, meint Sophie. »Großer Gott, was für ein Durcheinander!«

»Gott sei Dank hat sie nicht auf *mich* gezeigt«, sagt Johnnie. »Da hätte ich aber allerhand erklären müssen!«

Angesichts seiner entsetzten Miene brechen sowohl Sophie als auch Oliver in Gelächter aus.

»Wenigstens ist die arme Rowena in dem Glauben gestorben, Jess sei Als Enkelin und seine Gene würden weitergetragen. Das muss ihr viel bedeutet haben«, bemerkt Sophie.

»Es hätte viel schlimmer kommen können«, schaltet sich Oliver ein. »Nach dem, was ihr mir über Rowena erzählt habt, würde sie wahrscheinlich eine Entschädigung für Jess verlangen, wenn sie noch leben würde.«

»Du meinst, dass sie an meiner Stelle hier leben sollte?« Johnnie nickt. »Dann wäre die Wahrheit herausgekommen, und die arme Mutter wäre niedergeschmettert gewesen. Schlimm genug, dass Al von Mike ausgestochen worden ist – aber vom kleinen Fred? Ach, du meine Güte!«

»Und Jess wird mit dem Ganzen fertig?«, erkundigt sich Sophie. »Ich meine, was für ein Schock für sie! Sie kommt her, um nach ihren Wurzeln zu suchen, und findet mehr, als sie je geahnt hat. Gott sei Dank ist Freddy so froh! Und dass er nach Amerika geflogen ist, um sich mit Juliet zu treffen ... Das ist einfach nur fantastisch.«

»Freddy hat sich nie verziehen, dass er Pat so leicht aufgegeben hat. Sobald ich ihm erzählt hatte, dass Jess uns besuchen würde, hat er überlegt, wie er Juliet dazu überreden könnte, endlich die Wahrheit zu sagen. Heute frage ich mich, ob Juliet den Verdacht hegte, dass Al Mutter etwas erzählt hatte und sie vielleicht die Wahrheit oder einen Teil davon kannte. Jedenfalls ist sie wohl, nachdem die drei Hauptbeteiligten nicht mehr unter uns weilen, zu dem Schluss gelangt, ihr Schweigen zu brechen und Jess und Fred die Gelegenheit zu geben, einander kennenzulernen.«

Schweigend sitzen sie da, und jeder denkt über dieses kleine Stück Geschichte nach, einer Geschichte, die immer noch weitergeht.

»Erzählst du den Mädchen davon?«, fragt Sophie.

»Selbstverständlich«, antwortet Johnnie. »Eine zensierte Version natürlich. Sie werden außer sich vor Freude sein. Sie lieben den guten Fred.«

»Und Will und Jess sind auch verwandt«, meint Sophie zufrieden. »Über etliche Ecken herum, aber immerhin. Er wird völlig aus dem Häuschen sein.«

»Danke, Johnnie«, sagt Oliver. »Dafür, dass Sie mich mit einbezogen haben. Ihr Vertrauen ehrt mich sehr.«

»Oh, schon gut!« Johnnie schiebt seinen Stuhl zurück und steht auf. »Schließlich gehören Sie doch jetzt auch zur Familie.« Er sieht von Oliver zu Sophie und wieder zu Oliver. »Oder?«

»Er hat noch Probezeit«, versetzt sie spröde.

»Allerdings«, stimmt Oliver ihr nachdenklich zu. »Es klingt, als müsste ich allerhand Erwartungen erfüllen.«

»Hauptsache, ihr schleicht nicht nachts über die Flure«, sagt Johnnie. »Ich kann nicht ausstehen, auf dem Weg zur Toilette über Leute zu stolpern. Das habe ich alles schon einmal erlebt, als die Mädchen jung waren. Wenn ihr in einem Bett schlafen wollt, dann macht es einfach.«

»Aber nicht, wenn Will oder die Kinder hier sind«, erklärt Sophie bestimmt. »Dann bleibt Oliver in seinem eigenen Zimmer, bis wir uns sicher sind ...« Sie zögert.

»Bis wir uns sicher sind, dass dies keine dieser Affären ist, die nur auf reiner Lust basieren«, beendet Oliver ihren Satz. »Was für ein Spaß es sein wird, das herauszufinden!«

»Freut mich, dass Sie das sagen!«, meint Johnnie. »Ich denke gern, dass die Leute heute genauso viel Spaß haben wie wir. Als wir ... Na, Sie wissen schon ...«

»In der guten alten Zeit?«, schlägt Oliver vor.

Johnnie strahlt ihn an. »Ja, in der guten alten Zeit.«

Tavistock

Wieder schneit es stark. Bunte Lichter funkeln in den Schaufenstern, in den Hallen des Pannier Market drängen sich glückliche Käufermengen, und in der Bar des *Bedford Hotel* brennt Feuer im Kamin und der Weihnachtsbaum ist geschmückt.

Kate sitzt mit Flossie zu ihren Füßen am Ecktisch. Gemma kommt von der Theke zurück, wo sie Kaffee bestellt hat.

»Also«, sagt Kate. »Das klingt ja alles ganz wunderbar. Guy ist Weihnachten wieder zu Hause, und Johnnie ist bereit, euch unter die Arme zu greifen.«

Gemma setzt sich und holt tief Luft. »Ich kann das alles noch gar nicht fassen. Es ging so schnell. Zuerst hat sich Mark furchtbar aufgeregt und Guy dann gesagt, er wolle ihn nicht mehr sehen. Guy meint jedoch, dass Mark insgeheim froh darüber ist, aus der ganzen Sache herauszukommen. Er hat nur noch den Wunsch, das Geschäft zu verkaufen und sich mit seiner neuen Frau niederzulassen. Anscheinend hat sie große Reisepläne. Guy hat natürlich ein schlechtes Gewissen, doch er und sein Vater haben sich noch ein paar Mal gestritten, und ich glaube, er wird nur froh sein, zu packen und den nächsten Flug nach Hause zu nehmen. Das Haus war möbliert, deshalb wird das Packen zum Glück schnell gehen.«

»Und wie stellt ihr euch jetzt eure Zukunft vor?«

Gemma verzieht das Gesicht. »Ziemlich schwierig. Oliver baut die Firma auf, Guy hat ein gebrauchtes Boot gefunden, und wir machen Werbung für Segelurlaube und Kurswochenenden für das Frühjahr. Guy muss ein paar Kurse absolvieren, doch das ist kein Problem.«

»Gott sei Dank, dass es Oliver gibt!«

»Ich weiß. Ich muss gestehen, dass ich nicht ganz so begeistert wäre, wenn er mir nicht den Rücken stärken würde.«

»Und Guy hat akzeptiert, dass Oliver Anteilseigner wird oder wie man das nennt?«

Der Kaffee wird gebracht, und Gemma lehnt sich zurück, während der Kellner das Tablett auf den Tisch stellt. Kate verteilt Tassen und Untertassen.

»Das war schon etwas knifflig«, gesteht Gemma und nimmt ihren Kaffee entgegen. »Auf gewisse Art ist es ein Glück, dass wir alles über Telefon und E-Mail erledigen mussten. Guy blieb einfach nichts anderes übrig, als sich schnell damit abzufinden. Aber eigentlich hat Johnnie die Sache gedeichselt. Er hat weitergemacht und ist ganz einfach davon ausgegangen, dass Guy sich nur freuen kann, wenn sein Schwager begeistert von seiner Geschäftsidee ist und einsteigen will.«

»Armer Guy!«, erwidert Kate. »Du meinst, er weiß, dass er hinters Licht geführt wird, doch er kann nichts dagegen unternehmen, weil es nur zu seinem Besten ist?«

Gemma wirft ihr einen nervösen Blick zu. »Ich weiß. Es ist nicht einfach, und ich will nicht, dass Guy das Gefühl hat, von Oliver bevormundet zu werden. Aber ich sehe keine andere Möglichkeit, das Geschäft in Gang zu bringen. Oder siehst du eine?«

»Natürlich nicht. Es ist Guys Traum, und wenn Oliver ihm dabei helfen kann, ihn wahr zu machen, wird er eben seinen Stolz hinunterschlucken müssen.«

»Schließlich werden wir Geld verdienen« wirft Gemma rasch ein. »Da sind sich alle sicher, Oliver eingeschlossen.«

»Oh, das glaube ich dir! Wenn es um Finanzfragen geht, ist

Oliver sehr geschickt. Dass er in die Firma investiert, macht mich sehr zuversichtlich.«

»Er sagt, er hätte nach einer Investition gesucht, und die Geschäftsidee sei wirklich sehr gut. Aber er möchte ein gewisses Maß an Kontrolle über Guy behalten, für den Fall, dass er sich vergaloppiert. Du erzählst Guy doch nichts davon, oder? Jedenfalls investieren wir einhundertfünfzigtausend Pfund aus dem Verkauf des Cottage in Brent, und Ollie legt noch einmal die gleiche Summe drauf. Er hat Johnnie gebeten, ein paar Tausend Anteile zu kaufen, damit er das Zünglein an der Waage sein kann, falls Guy und Oliver sich nicht einig sind. Ollie sagt, es wäre verkehrt, wenn er der Hauptanteilseigner wäre, daher gibt er uns den Rest als Kredit. Guy möchte das Geld lieber von der Bank leihen, doch ich bin froh, dass es von Ollie kommt. Eine Sorge weniger.«

»Ich bin ganz deiner Meinung«, pflichtet Kate ihr energisch bei. »Ich kann mir nicht vorstellen, dass Ollie euch mit Zwangsvollstreckung droht oder euch in den Bankrott treibt, falls etwas schiefgeht.«

»Genauso ist es. Ich weiß, dass Johnnie ebenfalls dieser Ansicht ist. Wir werden sehr viel Arbeit und jede Menge Spaß haben.«

Gemma klingt sehr entschlossen, und Kate sieht sie voller Zuneigung an. Offenbar weiß Gemma genau, wie schwierig die kommenden Monate werden. Guys Traum hat einen Preis, und dazu gehören viel Stress und Sorge. Mit einem Mal freut sie sich sehr darüber, dass Gemma mit Guy zusammenarbeiten, ihn ermuntern und ihre Kraft und ihren Optimismus mit ihm teilen wird. All das wird Guy brauchen, bevor sein Traum Wirklichkeit werden kann.

»Ich kann dir gar nicht sagen, wie sehr es mich freut, dass du das sagst«, erklärt Kate voller Wärme. »Und es ist ein wunderbarer Gedanke, dass ihr alle hier sein werdet, wieder zu Hause.«

»Es ist *wirklich* wundervoll.« Gemma trinkt von ihrem Kaffee. »Die Zwillinge sind ganz außer sich vor Freude. Jetzt habe ich nur noch Angst, dass das Wetter Guys Heimflug verhindert. Viele Flüge sind verspätet oder ganz abgesagt worden. Ja, und dann müssen wir noch etwas finden, wo wir leben können. Ich kann nicht von Guy verlangen, dass er sich längere Zeit im Pfarrhaus wohlfühlt. Er möchte etwas in Bere Alston, doch zur Miete ist dort momentan nichts frei. Johnnie sagt, wir könnten bei ihnen wohnen, bis wir etwas gefunden haben, und wahrscheinlich ist das sinnvoll, während wir das Geschäft aufbauen. Aber es ist trotzdem immer heikel, bei anderen Menschen zu leben, ob das nun Familienmitglieder oder Freunde sind. Jedenfalls kommt Johnnie morgen zum Mittagessen ins Pfarrhaus und bringt in seinem Geländewagen Oliver und Jess mit. Ollie sagt, er bekommt seinen Wagen nicht die Straße hinauf, aber das scheint Johnnie nicht besonders abzuschrecken.«

»Johnnie setzt Jess bei mir ab«, erklärt Kate. »Sie will ein paar Weihnachtseinkäufe erledigen, und dann holt er sie nach dem Tee wieder ab.«

»Da wir gerade von Weihnachten reden ...«, sagt Gemma. »Du kommst doch ins Pfarrhaus, oder? Ma hat mir aufgetragen, dich unbedingt darauf festzunageln. Jetzt bist du sicher richtig froh darüber, das Cottage in der Chapel Street gekauft zu haben. Nachdem ich dich und meine alten Herrschaften drei Jahre kaum gesehen habe, werden wir alle in der Gegend von Tavistock wohnen. Herrje, das wird großartig!«

Kate trinkt ihren Kaffee aus und schenkt sich frischen nach. »Ja. Das wird es bestimmt.«

»Ach, und als ich Ollie erzählt habe, dass ich dich treffe, hat er mich gebeten, dich an etwas zu erinnern. Ich soll dir sagen, dass man dort zu Hause ist, wo das Herz wohnt. Kannst du damit etwas anfangen?«

Bevor sie antworten kann, taucht Tom auf. Er sieht sich nach ihnen um, kommt dann zu ihrem Tisch und beugt sich hinunter, um Kate zu küssen.

»Ich will ja kein Spielverderber sein, aber wir müssen zurück, Gemma. Es hat wieder zu schneien begonnen. Kate, kommst du gut nach Hause?«

Kate sieht ihm ins Gesicht, bemerkt das Netzwerk von Linien und sein graues Haar und denkt an Cass' Worte. »Nie hätte ich gedacht, dass Tom im Alter so mürrisch werden würde.«

»Natürlich«, antwortete sie. »Es sind ja nur ein paar Schritte. Es muss beängstigend gewesen sein, auf dem Weg über die Furt herzufahren.«

Tom verzieht das Gesicht. »Zum Glück gibt es den Allradantrieb. Sonst hätte ich es nicht riskiert. Cass lässt dir ausrichten, dass du jederzeit zu uns kommen kannst, Kate. Sie möchte nicht, dass du womöglich in Tavistock festsitzt und Weihnachten nicht mit uns feiern kannst.«

»Das ist lieb von ihr. Aber noch ein bisschen früh, oder? Bis zu den Feiertagen sind es noch fast zwei Wochen.«

»Die Zwillinge bekommen Donnerstag Ferien«, sagt Gemma. »Kommst du zu dem Gottesdienst zum Halbjahresende?«

»Oh ja, gern«, gibt Kate zurück. »Das möchte ich auf keinen Fall verpassen.«

Sie erinnert sich an die Gottesdienste zum Halbjahresende in der St.-Eustachius-Kirche, deren grauen Turm sie durch das kahle Geäst der Bäume auf der anderen Straßenseite erkennen kann. Eltern, die sich mit ihren Kindern am Portal treffen; die Hausmütter, Gert und Foggy, mit Mr. Wortham. Giles und

Guy in ihren kurzen Cordhosen und hochgeschlossenen Pullovern, die aufgeregt neben ihr in der Bank herumrutschen; der liebliche Chorgesang.

»Dann vertagen wir uns eben«, sagt Tom gerade. »Wenn du nach dem Gottesdienst mit uns zurückfahren willst, Kate, gib einfach Bescheid.«

Sie schenkt ihm ein dankbares Lächeln. »Danke, Tom. Aber meinst du nicht, das könnte ein bisschen eng werden? Die Jungs und Flossie, zwei Schulkoffer, Cass, Gemma, du und ich?«

»Ach, das kriegen wir schon hin«, gibt er zurück. »Komm, Gemma! Hast du alles?«

»Danke für den Kaffee«, meint Kate. »Sagt Bescheid, wann ihr Guy zu Hause erwartet. Vorausgesetzt, er kündigt sich dieses Mal an.«

Als die beiden fort sind, sitzt sie noch einen Moment da, denkt an Bruno und fragt sich, was er wohl gerade tut; ob er in seinem Arbeitszimmer schreibt, sich in der Küche ein Mittagessen kocht oder mit Nellie auf den Klippen spazieren geht. Die Bar füllt sich. Eine hochgewachsene, elegante Frau kommt mit einem kleinen weißen Hund herein. Sie setzt ihn auf einem Handtuch auf einen Stuhl und geht dann Kaffee bestellen. Ein älteres Paar äußert sich begeistert über das Feuer und lässt sich an dem Tisch neben dem Kamin nieder. Kate denkt an Tom und Cass und überlegt, ob er Cass je überreden wird, aus dem Pfarrhaus auszuziehen, und welche Auswirkungen die Rückkehr Gemmas mit den Zwillingen auf die beiden haben werden. In Toms Gesicht hat sie die Spuren gesehen, die Kummer und Reue hinterlassen haben; und sie denkt an Charlotte, die immer so freundlich zu den kleineren Kindern war, so ein liebes Mädchen!

Das Schneegestöber vor dem Fenster wird stärker. Kate

trinkt ihren Kaffee aus. Sie steht auf und zieht den Mantel an, und dann geht sie mit Flossie in den Schnee hinaus.

An diesem Abend ruft sie Bruno an.

»Und, wie sieht es aus?«, fragt er. »Wir sind hier praktisch von der Welt abgeschnitten. Rafe kommt mit dem alten Land Rover bis zur Hauptstraße durch und kann Vorräte beschaffen. Hier unten am Meer ist so etwas praktisch noch nie da gewesen. Gott sei Dank haben wir einen unerschöpflichen Vorrat an Feuerholz! Da weißt du sicher die Vorzüge des Lebens in der Stadt zu schätzen.«

Sie lauscht seiner Stimme, vermisst ihn und denkt an das magische, verschneite Tal. »Ich bin mir nicht sicher«, antwortet sie. »Es ist bestimmt wunderschön in St. Meriadoc.«

Er schweigt, und sie weiß, dass er überlegt, was er zu ihr sagen soll. Er versucht, ihre Bedürfnisse und Beweggründe zu erraten. Sie geben sich beide so große Mühe, einander Freiraum zu lassen und keine Forderungen zu stellen.

»Hast du schon überlegt«, erkundigt er sich jetzt, »wo du Weihnachten feierst? Du fährst also endgültig nicht zu Giles und Tessa?«

»Nein. Schließlich war ich die letzten zwei Jahre bei ihnen, da haben sie eine Auszeit verdient. Sie waren alle letzte Woche hier, wir haben Geschenke ausgetauscht, und sie haben mich für Silvester eingeladen. Ich hatte vorgehabt, vor Weihnachten kurz bei ihnen vorbeizufahren, aber ich bin mir nicht sicher, ob ich bis in ihre Bucht komme, wenn das mit dem Schnee so weitergeht.«

»Und was ist mit Cass? Sie hat dich eingeladen. Und Guy und die Zwillinge werden auch zu Hause sein.«

»Ich weiß«, sagt sie. »Wie sieht es bei dir aus?«

»Na, ich bin hier«, erklärt er fröhlich. »Sitze wie immer auf meinem Fels. Es wäre sehr schön, dich hier bei mir zu haben, doch ich weiß ja, wie wichtig dir deine Familie ist. Wie geht's Flossie?«

Kate ist klar, dass er versucht, sie nicht zu beeinflussen. Er wird nie zwischen ihr und ihren Söhnen und deren Familien stehen.

»Flossie geht es gut«, sagt sie. »Sie mag den Schnee nicht besonders. Und Nellie?«

Sie stellt sich das Bild vor: Bruno auf dem Sofa am Kamin, die Beine ausgestreckt und an den Knöcheln überkreuzt. Nellie wird sich, die Nase auf den Schwanz gelegt, neben ihm zusammengerollt haben.

»Nellie ist selig«, erklärt er. »Wir sind vorhin auf die Klippen hinaufgestiegen, und sie ist richtig herumgetollt. Sie steckt die Nase in den Schnee, wirft dann den Kopf zurück und schleudert ihn in die Luft. Sieht aus wie ein Wasserbüffel in einem Fluss. Sie hatte noch nie vorher Schnee gesehen.«

Kate lacht. »Das würde ich mir gern anschauen.«

»Nichts spricht dagegen«, gibt er zurück. »Die Hauptstraßen sind noch frei, und Rafe hat den Land Rover. Du brauchst nur ein Wort zu sagen.«

»Ich weiß. Ich wünschte nur, ich wüsste, wie dieses Wort heißt, Bruno.«

»Das Wort lautet ›Liebe‹«, erwidert er leichthin. »Ich bin hier, Kate. Du brauchst weder Angst- noch Schuldgefühle zu haben. Gib mir Bescheid, wenn du dich entschieden hast. Aber so, wie es sich anhört, wird das Wetter nicht besser. Ich hoffe, Guy schafft es rechtzeitig zurück.«

»Ja«, sagt sie. »Ich auch. Morgen kommt Jess. Dann weiß ich etwas mehr.«

»Worüber?«

»Darüber, ob ich weiter hier leben oder das Haus vermieten werde. Vielleicht hilft sie meiner Entscheidungsfindung auf die Sprünge. Schließlich habe ich ihr das Cottage als vorübergehende Bleibe angeboten, obwohl sie sich am Tamar eingelebt zu haben scheint und dort glücklich ist. Und doch sagt mir ein sicherer Instinkt, dass das Cottage wichtig für uns alle war. Nachdem Guy jetzt nach Hause kommt und mit seiner Familie in der Nähe leben wird, gehen natürlich alle davon aus, dass ich hierbleibe. Wir werden sehen.«

»Es ist leicht, andere für sich entscheiden zu lassen«, meint er, »doch nichts ist lebensbejahender, als seine Entscheidungen selbst zu treffen.«

Sobald sie Jess erblickt, erkennt Kate, dass etwas Außerordentliches passiert sein muss. Sie kommt kaum durch die Tür und sprudelt schon ihre Geschichte hervor. Kates Verwunderung wächst, als die Namen sich überschlagen – Juliet und Mike, Al und Freddy.

»Moment, warten Sie mal!«, sagt sie. »Denken Sie daran, dass diese Partys im Seegarten lange her sind. Sie meinen nicht Freddy Grenvile, oder?«

»Er ist mein Großvater«, antwortet Jess zwischen Lachen und Weinen. »Mein Großvater, Kate! Ist das zu glauben? Ich wollte ein Teil der Geschichte sein, und jetzt bin ich mittendrin.«

Und sie erklärt noch einmal alles, genauer jetzt, und Kate lauscht verblüfft der merkwürdigen Geschichte; wie sie begann, wie sie sich fortsetzte und wie sie jetzt von Jess weitergeführt wird.

»Ich glaube«, bemerkt Jess gerade, »wenn ich den Preis nicht gewonnen hätte, hätte ich es nie erfahren.«

»All diese kleinen Mosaiksteine«, meint Kate staunend, »die alle miteinander verknüpft sind. Und jetzt haben Sie eine große neue Familie.«

Jess seufzt vor lauter Glück. »Ein paar von ihnen kommen zu Weihnachten nach Hause, wenn sie es schaffen.«

»Dann fahren Sie über die Feiertage nicht nach Brüssel?«

Jess schüttelt den Kopf. »Ich habe Mum schon gesagt, dass ich Weihnachten vielleicht in diesem Teil der Welt oder bei Freunden in Bristol verbringen werde. Ihr macht das nichts aus; für sie ist Weihnachten eher ein gesellschaftliches Ereignis. Von Freddy habe ich ihr aber noch nicht erzählt. Das möchte ich ihr von Angesicht zu Angesicht sagen, obwohl ihr das nicht viel bedeuten wird. Schließlich haben wir Mike nie richtig gekannt, und es ist nicht ihre Seite der Familie. Trotzdem will ich das nicht am Telefon abhandeln. Und ich liebe Freddys Häuschen, Kate. Warten Sie, bis Sie es gesehen haben! Es ist so niedlich, und man hat von dort einen direkten Blick über den Fluss und auf den Seegarten. Und Sie werden es nicht glauben, aber Freddy fertigt wunderschöne kleine Zeichnungen an. Boote überwiegend, nichts Großes, doch ich bin mir sicher, dass ich meine Liebe zum Zeichnen von ihm geerbt habe. Er richtet mir ein Zimmer ein, falls ich es brauche, aber einstweilen wohne ich in der alten Segelwerkstatt. Da kann Will bei mir sein, wenn er am Donnerstag Ferien bekommt. Seine Eltern und seine kleinen Schwestern kommen aus Genf.«

»Nun, das beantwortet meine Frage, ob Sie das Cottage brauchen werden.«

»Ich glaube nicht, doch ich bin Ihnen so dankbar! Wenn Sie es mir nicht angeboten hätten, wäre ich wohl nie hergekommen.«

»Also, das ist ja ganz erstaunlich. Dann sind Sie jetzt mitten in der Geschichte.«

»Ja, nicht wahr? Ich gehöre richtig dazu. Komisch war das; ich habe es die ganze Zeit gespürt. Als Sie über den Seegarten, die Partys und all das gesprochen haben, da konnte ich es richtig vor mir sehen. Und im Segelloft fühle ich irgendwie, dass Juliet bei mir ist. Ich weiß, das klingt verrückt, aber es ist wahr.«

»Dann bleiben Sie noch eine Weile?«

Jess nickt. »Und ich will jetzt ordentlich arbeiten. Viel habe ich bisher nicht geschafft, doch ich habe eine kleine Idee.«

»Ach?« Kate zieht die Augenbrauen hoch.

»Hmmm.« Jess grinst. »Aber ich verrate noch nichts. Warten Sie's ab!«

»Freddy?«, fragt Tom zum dritten Mal ungläubig. »Der junge Fred? Ich meine, ist das zu fassen, Cass?«

Johnnie und Oliver sind zurück an den Tamar gefahren und haben unterwegs Jess in der Chapel Street abgeholt. Oliver hat sich eine Tasche mit legerer Kleidung gepackt, und Cass hat ihm schon sein Weihnachtsgeschenk gegeben.

»Glücklicherweise habe ich meine Geschenke frühzeitig eingepackt«, sagte Cass und überreichte es ihm, als die beiden kurz allein waren.

»Es macht dir doch nichts aus, oder, Ma?«, fragte er und umarmte sie. »Sieh mal, die Wahrheit ist, dass Sophie und ich da etwas laufen haben, deswegen wollte ich bleiben und habe die Einladung angenommen.«

»Sophie?« Cass war erfreut. »Natürlich musst du bleiben. Du bist ja nicht meilenweit entfernt. Schwierig wird es nur durch dieses elende Wetter.«

»Deswegen habe ich ja die Chance ergriffen, in Johnnies Geländewagen mitzufahren. Ich kriege meinen Wagen nicht aus der Einfahrt. Wir sehen uns, sobald ich wieder fahren kann. Während Johnnie dir das Familiengeheimnis verraten hat, haben Gemma und ich mit Guy geskypt. Er hat für Freitag einen Flug bekommen.«

»Danke, dass du den beiden unter die Arme gegriffen hast.« Sie küsste ihn. »Und frohe Weihnachten!«

»Werde ich haben. Wie hat Pa die Neuigkeiten über die liebreizende Juliet aufgenommen?«

Cass zog eine Grimasse. »Bestimmt macht er später einen Aufstand.«

Und jetzt schenkt Tom sich einen Drink ein. »Ausgerechnet Freddy!«, meint er ungläubig.

Du meinst, warum nicht du?, hätte Cass beinahe provozierend gefragt, doch sie beherrscht sich. »Aber Freddy war ein sehr attraktiver Mann«, hält sie ihm stattdessen entgegen.

»Mann!«, schnaubt Tom verächtlich. »Er war kaum alt genug, um sich zu rasieren.«

»So alt warst du selbst auch noch nicht.«

»Aber älter als Fred«, protestiert er. »Jeder war älter als Fred. Und überhaupt, was meinst du mit ›attraktiv‹? Er war mager und schlaksig.«

»Hochgewachsen und elegant«, verbessert Cass ihn. »Und er ist es immer noch. Freddy hat mir immer gut gefallen. Großartige Beine. Außerdem, was soll's? Offenbar mochte Juliet ihn auch. Darauf kommt es doch an.«

Tom schüttelt den Kopf und trinkt von seinem Wein.

»Und es ist wunderschön für Jess«, meint Cass. »Die andere Neuigkeit ist übrigens, dass Oliver und Sophie sich nähergekommen sind. Deswegen verbringt er Weihnachten dort.«

Tom starrt sie mit offenem Mund an. »Oliver und *Sophie?*« Er denkt an die attraktive, sportliche und starke Blondine, eine dieser typischen Tennisschönheiten. Zuerst Juliet und jetzt Sophie. Vor Neid stöhnt er laut auf, und Cass beginnt zu lachen.

»Kopf hoch!«, sagt sie. »Ich finde es war sehr nett von Johnnie, herzukommen und es uns selbst zu erzählen. Gieß mir auch ein Glas ein und hör auf, dich wie ein Idiot aufzuführen!«

»Wer führt sich hier wie ein Idiot auf?«, fragt Gemma und kommt herein. Sie legt Tom einen Arm um die Schultern. »Was ist los?«

»Nichts«, versetzt er kurz angebunden. »Aber anscheinend sind Oliver und Sophie dabei, ein Paar zu werden.«

»Oh, toll!«, meint Gemma. »Guy ist auch aufgefallen, dass da etwas im Busch war. Ich mag Sophie wirklich gern, und ich finde, es war höchste Zeit, dass Oliver eine Bindung eingeht. Ich werde eifersüchtig auf sie sein, aber wenigstens gehört sie zum Team. Hört mal, wenn das Wetter nicht schlechter wird, müsste Guy spätestens am Sonntag bei uns sein. Ein Jammer, dass er den Gottesdienst in der Schule verpasst! Trotzdem ist es großartig, dass er Weihnachten zu Hause ist, oder?«

»Das ist wunderbar«, stimmt Cass zu. »Sollen wir darauf anstoßen?«

Anlässlich des Gottesdienstes zum Halbjahresende ist die Kirche brechend voll. Der Schnee schafft eine besondere Atmosphäre, und die Gesichter der Kinder leuchten, weil sie wissen, dass ihre Koffer und die Kästen mit ihren persönlichen Besitztümern gepackt auf sie warten. Und dann die Aussicht auf die Heimfahrt und Weihnachtsgeschenke. Eine freudige Stimmung herrscht, und das Orgel-Präludium klingt sogar noch schöner als sonst.

Wie merkwürdig, denkt Kate, dass sie neben Gemma, Cass und Tom sitzt und Oliver auf der anderen Seite des Ganges zwischen Sophie, Johnnie und Jess Platz genommen hat! Neben Jess' dunklem rotbraunen Haar hüpft Wills Blondschopf auf und ab, als der Junge ihr etwas zuflüstert und sie sich zu ihm hinunterbeugt.

Kate lächelt Ben zu – Julian singt im Chor –, und er strahlt zu ihr hoch. Hinter ihm erscheinen weitere Geister: Guy und Giles mit neun Jahren, die ihre Aufregung mühsam beherrschen und sich umdrehen, um zu sehen, wer durch den Mittelgang kommt.

Auf Bens anderer Seite sitzt Gemma und starrt vor sich hin. Die Hände hat sie im Schoß gefaltet. Einen Moment lang macht sie sich Sorgen, denkt an ihre Familie und deren Zukunft und fragt sich, wo sie wohnen sollen und ob Guys Traum der Realität standhält. Sie wirkt ein wenig verletzlicher, schmaler; in den letzten paar Monaten hat sie abgenommen. Dann dreht sie den Kopf und lächelt rasch, als Ben ihr etwas zuflüstert. Sie stimmt sich auf seine Bedürfnisse ein und schiebt ihre eigenen Ängste beiseite.

Als Kate Gemma beobachtet, steigt eine Idee in ihr auf, und in diesem Moment trifft sie ihre Entscheidung. Und sofort fallen alle Sorgen von ihr ab, und Friede erfüllt sie. Oliver sieht über die Schulter, fängt ihren Blick auf und zwinkert ihr zu, und sie erinnert sich an seine Nachricht. »Man ist dort zu Hause, wo das Herz wohnt.« Cass sieht ihn, dreht sich um und lächelt Kate zu.

»Das wird so ein Spaß!«, hat Cass vorhin gesagt, als sie alle am Portal standen. »Ich wünschte, du würdest schon heute Nachmittag mit zu uns kommen, Kate! Du bist nur stur.«

»Nein, bin ich nicht.« Energisch schüttelte Kate den Kopf. »Komm schon, Cass, es sind noch zehn Tage bis Weihnachten!«

»Tom macht sich jedenfalls Sorgen wegen des Wetters.« Sie

sieht sich nach ihm um. »Ich hoffe, er hat einen Parkplatz gefunden. Laut Wettervorhersage bekommen wir weiße Weihnachten. Ich glaube nicht, dass das eisige Zeug sich einfach in Luft auflösen wird.«

»Das Risiko muss ich eingehen.«

»Geht es dir auch gut?« Cass musterte die alte Freundin eingehender. »Jetzt ist doch alles in Ordnung, oder? Guy kommt nach Hause, und Oliver unterstützt die beiden bei ihrer Geschäftsidee. Gott sei Dank hast du das Cottage gekauft, sodass du wieder in unserer Nähe bist! Wie in alten Zeiten. Ich dachte, du wärst überglücklich darüber, dass Guy seine Probleme gelöst hat.«

»Das bin ich auch«, sagte Kate. »Ich habe nur in letzter Zeit ein etwas komisches Gefühl.« Sie schnaubte amüsiert, beinahe wegwerfend. »Ich glaube, ich verliere ein wenig den Verstand. Ich habe die Geister vergangener Weihnachten gesehen.«

»Ach, Schätzchen«, sagte Cass und schaute plötzlich düster drein. »Das geht uns allen so. Die arme kleine Charlotte, Kate! Kein Tag vergeht, an dem ich nicht an sie denke und mich frage, was aus ihr hätte werden können. Ob ihre Kinder heute zusammen mit Ben und Jules hier wären.« Sie umklammerte Kates Arm. »Ich führe einen ziemlichen Kampf mit meinen Dämonen, und ich muss mir ins Gedächtnis rufen, was mein alter Dad zu sagen pflegte: ›Lass dich nicht unterkriegen.‹ Er fehlt mir immer noch.«

»Mir auch«, meinte Kate betrübt. »Ich habe ihn so gerngehabt! Oh Gott, Cass! All diese Geister!«

Und dann tauchte plötzlich Jess neben ihnen auf. Sie strahlte vor lauter Glück, sie zu sehen; und angesichts ihrer Lebensfreude lösten sich die Geister in Luft auf.

»Ich habe etwas für Sie«, erklärte sie Kate und zog sie beiseite. »Meine Art, Ihnen dafür zu danken, dass Sie das alles ermöglicht haben. Kein Weihnachtsgeschenk, sondern etwas Wichtigeres. Wenn Sie mich nicht eingeladen hätten, mir das Cottage zur Verfügung gestellt und mich dann mit an den Tamar genommen hätten, hätte ich nie etwas von alldem erfahren. Wie kann ich Ihnen je genug dafür danken? Jedenfalls hoffe ich, es gefällt Ihnen. Und wissen Sie was? Auf dem Weg hierher dachte ich, dass Sie vielleicht zu Weihnachten kommen und bei Will und mir im Segelloft wohnen könnten.«

Kate brach in Gelächter aus. »Das ist jetzt ein Angebot, dass ich beinahe nicht ablehnen kann, aber trotzdem nein, meine Liebe. Dennoch danke ich Ihnen.«

»Johnnie hätte nichts dagegen«, versicherte Jess. »Und Sophie auch nicht. Doch ich habe ihnen gesagt, dass Sie wahrscheinlich lieber mit Ihrer eigenen Familie feiern. Jedenfalls ist hier Ihr Geschenk, und noch einmal danke, Kate.«

Sie reichte ihr ein kleines Päckchen. Kate nahm es, wog es in der Hand und zog erstaunt die Augenbrauen hoch, denn es war schwer.

»Sehr geheimnisvoll«, meinte sie. »Danke, Jess. Lassen Sie uns im neuen Jahr ein Treffen vereinbaren!«

Und als Kate jetzt in der Kirche sitzt, dreht Jess sich um und lächelt ihr zu. Sie erwidert das Lächeln, und Glück und Dankbarkeit angesichts all dieser neu erblühten Freundschaft und Liebe erfüllen sie. Diese Gefühle erstrecken sich in die Vergangenheit und zu anderen geliebten Menschen, aber sie strahlen auch in die Zukunft aus. Sie wünscht, David hätte Jess noch kennengelernt.

Die Orgelmusik wechselt von Bach zu den Anfangsakkorden von *Once in Royal David's City*, und mit einem Mal tritt ein erwartungsvolles Schweigen ein. Der Chor bewegt sich vom hinteren Teil der Kirche nach vorn, die Gemeinde erhebt sich, und Kate nimmt das Blatt mit den Texten zur Hand, um das erste Lied mitzusingen.

Das Päckchen bleibt auf dem großen Tisch liegen, bis Kate sich umgezogen hat. Jetzt trägt sie Jeans und Stiefel und hat sich ein Kaschmirtuch umgelegt. Sie brüht sich Tee auf und trägt die Tasse ins Wohnzimmer. Noch immer bibbert sie. Der Heimweg durch den tiefen, vereisten Schnee, in dem sie immer wieder ausgeglitten ist, war mit dem kleinen Päckchen nicht einfach.

Sie stellt den Becher auf den Tisch und beginnt noch im Stehen, an dem Klebeband zu zupfen, von dem das dicke braune Packpapier zusammengehalten wird. Nachdem sie das Papier durchgerissen hat, erblickt sie eine selbst gefertigte Hülle aus Wellpappe. Sie löst das Klebeband, die Hülle fällt ab, und zum Vorschein kommt ein Aquarell in einem filigran geschnitzten Holzrahmen.

Rasch nimmt Kate das Bild in die Hand und schaut es an. Eine schimmernde Wasserfläche in der Abenddämmerung und auf dem gegenüberliegenden Ufer ein Rasen, auf dem im letzten Licht der untergehenden Sonne gerade eben noch Gestalten zu erkennen sind. Mit leichten Pinselstrichen – hier ein Stück heller Chiffon, dort ein Fleck scharlachroter Seide – sind schlanke junge Frauen umrissen, während dunklere Silhouetten und das weiße Aufblitzen von Hemdbrüsten hochgewachsene, elegante Männer darstellen. Winzige bunte Lichter verteilen sich über die Szene und spiegeln sich im Wasser. Die Steinbalustrade ist eingezeichnet, und hier steht eine größere, massivere Gestalt, reglos und distanziert: die Circe, die flussabwärts schaut. Der Seegarten.

Kate setzt sich und neigt das kleine Gemälde; sie staunt über das Schimmern des Zwielichts auf dem Wasser, das die Künstlerin eingefangen hat, die Andeutung von Bewegung unter den schattenhaften Gestalten, die magische Ausstrahlung. Als sie jetzt genauer hinsieht, stellt sie fest, dass quer über die Ecke des schmalen, grauen Passepartouts etwas geschrieben steht.

Danke für alles. Es war vollkommen. Alles Liebe, J.

Tränen steigen ihr in die Augen und fließen über. Sie fragt sich, ob Jess weiß, wie schwer es ihr gefallen ist, sich von diesem anderen kleinen Bild zu trennen, das auf so merkwürdige Art in ihren Besitz gelangt war. Irgendwie erschien es ihr richtig, es als Zeichen für die Zukunft an Jess weiterzugeben. Jetzt hat Jess sich dafür revanchiert.

Kate lehnt das Bild an einen blauen Keramiktopf mit Hyazinthenzwiebeln und schaut es noch einmal an. Vermutlich hat Jess die Szene von Freddys Cottage auf der anderen Seite des Tamar aus skizziert und sie dann mit den Geistern aus der Vergangenheit, von denen man ihr erzählt hat, bevölkert. Sie ist in die Geschichte hineingetreten und hat sie sich zu eigen gemacht, und jetzt wird sie ein Teil davon sein: ein Glied in der Kette, die Vergangenheit und Zukunft verbindet.

Kate hebt ihren Becher zu einem Toast auf Jess' Zukunft und ihre eigene. Sie trinkt den Tee und greift dann zum Telefon. Bruno nimmt sehr schnell ab.

»War der Gottesdienst schön?«, fragt er. »Und in der Luft hing ein starker Duft nach Weihrauch, alten Gesangbüchern und kleinen Jungen?«

Sie lacht. »Heutzutage auch kleinen Mädchen«, sagt sie. »Und die Lieder werden inzwischen fotokopiert.«

»Aha«, meint Bruno. »Meine Schulzeit liegt ja auch lange

zurück. Ich hatte mich gefragt, ob du vielleicht zu Cass und Tom gehst. Für dieses Wochenende werden neue Schneefälle vorausgesagt.«

»Ich weiß«, gibt sie zurück.

Sie nimmt das Bild zur Hand und betrachtet es. Dabei denkt sie an Cass und Tom, die das Pfarrhaus weihnachtlich schmücken, an Jess und Will in dem Segelloft am Tamar und an Guy und Gemma und die Zwillinge.

»Hast du dich entschieden, Kate?«, fragt Bruno.

»Ja«, antwortet sie. »Ich habe meinen Entschluss gefasst. Sag Rafe, er soll den Land Rover bereithalten, Bruno. Ich komme morgen nach Hause.«

Tamar

In der Nacht vor Johnnies Geburtstag schneit es stark, aber der Tag zieht klar und hell herauf. Die Sonne geht auf, überzieht die eisigen weißen Felder mit einem Schleier aus Rottönen und schickt ihr Licht in das bewaldete Tal. Die Straßen sind gesperrt, an den Flughäfen herrscht Chaos.

»Wir werden unter uns sein«, sagt Sophie beim Frühstück, nachdem Johnnie mit Popps nach draußen gegangen ist. »Fred kommt mit seinem kleinen Motorboot über den Fluss, doch sonst wird niemand durchkommen. Nach dem Stand der Gezeiten schafft er es erst zum Tee. Aber was soll's? Wir machen eben das Beste daraus.«

»Wir könnten doch Grandos Geburtstag trotzdem im Seegarten feiern, oder?«, bettelt Will, der mit gutem Appetit Eier mit Speck isst. »Das würde ihm sicher gefallen.«

Jess sieht sehnsüchtig aus dem Fenster. »Das wäre ein Spaß.«

Sophie zögert, denn sie sorgt sich um das Wohlergehen des jüngsten und des ältesten Familienmitglieds.

»Ich weiß, dass die Temperaturen unter null liegen«, meint Oliver, »aber die Sonne wird den Sommerpavillon wärmen. Wir könnten zusätzlich Heizstrahler hineinstellen …«

»Und die bunten Lichterketten aufhängen wie im Sommer«, fällt Will eifrig ein.

»Warum eigentlich nicht?«, lenkt Sophie ein. »Wenn die Sonne den ganzen Tag scheint, könnte es im Sommerpavillon ganz angenehm werden. Allerdings wird es bis zur Teezeit fast dunkel sein.«

»Aber deswegen wird es ja so lustig«, sagt Will. »Und dafür brauchen wir die Lichter.«

»Gut, in Ordnung. Tee im Sommerpavillon, und dann, wenn wir den Kuchen angeschnitten haben und Johnnie seine Geschenke ausgepackt hat, stoßen wir mit Sekt und Orangensaft auf Grandos Gesundheit an.«

»Cool!«, meint Will zufrieden. Er befindet sich in diesem gewissen Zustand freudiger Erregung, in dem er den Eindruck hat, dass niemand ihm etwas abschlagen kann. Jess ist seine Verwandte und außerdem Künstlerin – er hat sie gegoogelt, und das, was er gelesen hat, hat ihn tief beeindruckt –, und die beiden haben das Segelloft in eine richtige Höhle verwandelt. Sie bringt ihm Zeichnen und Malen bei, und er hat Grando zum Geburtstag ein richtig gutes kleines Bild von der *Alice* gemalt. Er strahlt vor vollkommener Freude und tunkt mit einem Stück Toast das Eigelb von seinem Teller auf.

»Und du«, sagt Sophie zu Oliver, »bist aus einer unüberschaubaren Zahl von Bewerben ausgewählt worden, um die Lichterketten aufzuhängen.«

»Ich kriege immer die guten Jobs«, meint Oliver resigniert und greift nach seinem Kaffee. »Verhalten die sich auch wie elektrische Weihnachtsbaum-Kerzen? Die packt man nämlich am Dreikönigstag ordentlich und vollkommen funktionsfähig in die Schachtel, nur damit sie im nächsten Jahr ineinander verknotet und unerklärlicherweise defekt daraus auftauchen.«

»Wir haben ganze Meilen davon«, erklärt Will ihm fröhlich. »Grando sagt immer, sie aufzuhängen wäre, als sortierte man einen Strickkorb.«

»Na, vielen Dank«, brummt Oliver. »Irgendwelche freiwilligen Helfer?«

Jess und Will zeigen beide auf und grinsen einander zu. Johnnie kommt mit Popps herein.

»Es ist eiskalt«, sagt er. Er hat den Schal noch um den Hals geschlungen. »Aber herrlich. In der Nacht hat es weitergeschneit, und die arme Popps ist in eine Schneewehe gefallen. Ich finde, sie hat einen Hundekuchen verdient, Will. Ich weiß, dass ich schon gefrühstückt habe, Sophie, aber wenn noch Kaffee da ist, hätte ich gern eine Tasse, um mich ein wenig aufzuwärmen.«

Will rutscht von seinem Stuhl, um sich der erwartungsvollen Popps anzunehmen, die gebieterisch auf Aufmerksamkeit wartet, und Sophie gießt Johnnie Kaffee ein.

»Habe ich euch erzählt, dass ich gestern Abend spät noch eine SMS von Kate bekommen habe? Sie ist sicher in St. Meriadoc angekommen«, berichtet Oliver.

»Gerade noch rechtzeitig, würde ich sagen«, meint Johnnie. »Ich finde es sehr nett von ihr, das Cottage Guy und Gemma zu überlassen. Löst eine Menge Probleme.«

»Ich weiß auch nicht, ob Kates Herz jemals daran gehangen hat«, erwidert Oliver. »Eigentlich hat sie es gekauft, weil sie das Gefühl hatte, wieder in Immobilien investieren zu müssen, doch ich habe mir nie richtig vorstellen können, dass Kate in der Stadt lebt. Ma wird enttäuscht sein, aber für Gemma, Guy und die Jungs ist es auf jeden Fall ein Vorteil.«

»Und so ein hübsches Häuschen!«, schwärmt Jess. »Gemma ist sicher sehr froh.«

»Sie ist begeistert«, sagt Oliver. »Das hat eine große Sorge von ihr genommen. In Kates Cottage können sie zusammen, als kleine Familie, einen Neuanfang starten, ohne von jemand anderem abhängig zu sein. Kate hatte sogar Etagenbetten in das kleinste Zimmer gestellt, damit die Kinder sie besuchen konnten. Es ist ideal für die Zwillinge.«

»Ben und Julian kommen nach Weihnachten her«, verkündet Will. »Ich habe ihnen gesagt, wir könnten auf der Heron segeln. Wir dürfen doch, oder, Grando?«

»Ich wüsste nicht, was dagegen sprechen sollte«, antwortet Johnnie. Er greift noch einmal nach seinen Geburtstagskarten, lächelt beim Lesen der einen und sieht sich eine andere genauer an.

»Wenn nur die Post durchkäme, wären es sicher mehr«, meint Sophie bedauernd.

Will stellt sich neben Johnnie, um zusammen mit ihm die Karten zu betrachten. Es stimmt, viele Karten sind es nicht, und Grando tut ihm leid. Er lächelt zu ihm auf, und sein Großvater erwidert sein Lächeln.

»Beim Tee gibt's die Geschenke«, sagt Will aufmunternd.

»Ich räume den Rasen rund um das Sommerhaus frei und bahne so etwas wie einen Weg zur Hintertür«, erbietet sich Oliver. »Habt ihr eine gute Schaufel?«

»Trotzdem müssen wir zur Party dicke Strümpfe und Gummistiefel tragen«, sagt Sophie. »Heute Nacht sind bestimmt noch einmal drei Zoll Schnee gefallen. Ich hoffe, Louisa schafft es bis nach Hause. Sie haben es aufgegeben, sich um einen Flug zu bemühen, und nehmen den Eurostar. Wie sie sagt, haben sie Winterreifen, daher hofft sie, dass sie sicher durchkommen.«

»Bei dem Gedanken, all diese Menschen kennenzulernen, wird mir ein wenig mulmig«, gibt Oliver zu.

»Jess wird sie schon ablenken«, sagt Sophie. »Ich habe Louisa alles erklärt, so gut ich konnte. Aber Will denkt einfach nur, dass Jess' Vater mit Fred verwandt war. Ich bin nicht in Details gegangen, doch ich finde, das reicht einstweilen. Was denkst du?«

»Es ist mehr als genug.« Oliver zieht einen warmen Mantel unbekannter Herkunft an. »Zum Glück habt ihr diese Massen von Ersatzkleidung und Stiefeln!«

»Ja, es wäre verrückt, jedes Mal, wenn alle kommen und gehen, schwere Kleidung um die halbe Welt zu schleppen. Deswegen haben wir immer Anziehsachen und Stiefel in den meisten Schuhgrößen vorrätig. Zieh diese Mütze an! Wusstest du, dass man den größten Teil seiner Körperwärme über den Kopf verliert? Schau sie nicht so an!«

»Das ist ein Beanie«, protestiert Oliver. »Ist dir klar, dass ich in Wills Augen jeglichen Coolnessfaktor verliere, wenn er mich mit dem Ding sieht?«

»Ach, jetzt stell dich nicht so an und setze sie auf! Komm, ich zeige dir, wo die Schaufel liegt!«

»Ich glaube, ich liebe dich«, sagt Oliver, folgt ihr hinaus in die Wintersonne und zupft an der engen Mütze herum.

»Hmmm«, gibt sie zurück und nimmt seinen Arm. »Ich dich auch. Aber lass es dir nicht zu Kopf steigen.«

»Wenn ich diese Mütze trage«, erwidert er, »ist darunter gar kein Platz mehr dazu.«

Gegen vier Uhr geht die Sonne hinter den Hügeln unter, und lange blaue Schatten erstrecken sich über das weiße Gras. Der Seegarten ist bereits festlich geschmückt: Die Lichterketten funkeln in der eisigen Luft, und die Circe trägt eine Halskette aus Stechpalmenzweigen und Efeu. Das von Öllampen beleuchtete Sommerhaus wirkt einladend, und an ein Tischende hat Sophie die Glaskanne mit Orangensaft und Sekt in einen Kreis aus zarten Sektflöten gestellt.

Johnnie steht neben der Circe und probiert von dem Getränk. Die Flut steigt, und als er die langbeinigen Säbelschnäbler beobachtet, die im Watt nach Nahrung suchen, sieht er ein kleines Motorboot, das unterhalb der Mauern von Cargreen ablegt. Freddy ist auf dem Weg zur Geburtstagsparty. Johnnie lehnt sich mit dem Rücken an die Balustrade und ist sich anderer, schattenhafter Gestalten im Seegarten bewusst: Al und Mike stehen zusammen und spötteln; Juliet gleitet in ihrem eleganten Chiffonkleid anmutig dahin, und Rowena, die halb von der Ecke des Sommerhauses verborgen wird, beobachtet sie alle.

Plötzlich taucht vom Haus her ein Festzug auf, der von Popps angeführt wird. Als Nächste kommt Sophie, die ein mit Teeutensilien beladenes Tablett trägt; Jess und Will, die zuständig für Teller und Gabeln sind, folgen; und den Schluss bildet Oliver mit dem Kuchen. Alle sind mit Fleecejacken, Gummistiefeln und Wollmützen ausgerüstet.

Bei ihrem Anblick lächelt Johnnie, und die Geister ziehen sich wieder in die Schatten zurück.

»For he's a jolly good fellow«, beginnt Sophie zu singen, und Will, Jess und Oliver fallen ein.

Johnnie hebt sein Glas zu einem Gruß an die Vergangenheit und geht den anderen über den verschneiten Rasen entgegen.

Perfekter Karibik-Schmöker für Leserinnen von großen Landschaftsromanen

Linda Belago
DIE BLUME VON SURINAM
Roman
736 Seiten
ISBN 978-3-404-16808-8

1876: Julie und Jean führen eine glückliche Ehe und bewirtschaften erfolgreich ihre Zuckerrohrplantage. Dann aber ziehen sich dunkle Wolken über der Familie zusammen: Es drohen wirtschaftliche Sorgen, gegen die als Abhilfe indische Arbeiter in das südamerikanische Land geholt werden. So kommt die junge Inika mit ihren Eltern auf die Plantage und sorgt für erbitterte Rivalität zwischen Julies Sohn und ihrem Stiefenkel ...

Bastei Lübbe

Eine mitreißende Saga über Mut, Hoffnung und unvergessliche Liebe

Lesley Pearse
DER ZAUBER EINES FRÜHEN MORGENS
Roman
Aus dem Englischen
von Britta Evert
544 Seiten
ISBN 978-3-404-16803-3

England 1914. Wer an Belles schönem Hutsalon vorbeikommt, ahnt nichts von der düsteren Vergangenheit seiner Besitzerin: Nach qualvollen Jahren endlich aus der Prostitution entkommen, hat sich Belle nun ihren Traum vom Hutladen erfüllt und ist glücklich verheiratet. Doch der Erste Weltkrieg wirft seine Schatten voraus. Belle wird bald als Krankenschwester nach Frankreich geschickt □ und trifft dort inmitten der Kriegswirren auf Etienne, ihre unvergessene große Liebe.

Bastei Lübbe